L&J EDITIONS

Cameron
Tome 3

L&J EDITIONS
La saga des enfants des dieux

Linda Saint Jalmes

Cameron
Tome 3

LSJ EDITIONS
La saga des enfants des dieux
Roman

~ Les romans de l'auteur disponibles chez LSJ Éditions ~
(Brochés, numériques et audios en cours)

La saga des enfants des dieux (fantastique, aventure, pour adultes) :

1 – Terrible Awena (disponible en audio)
2 – Sophie-Élisa (disponible en audio)
3 – Cameron
4 – Diane
5 – Eloïra

La Saga des Croz (fantastique, aventure, pour adultes) :

1 – La malédiction de Kalaan
2 – Le collier ensorcelé
3 – Val' Aka

Passion Flora (mini-roman érotique, pour adultes)

Les bêtises de Lili (tout public, humour, anecdotes)

The Curse of Kalaan (traduction en anglais US du tome 1 des Croz)
Romances Fantastiques : Nouvelles – édition 1
    Trois nouvelles : Second Souffle, Le Naohïm de Noël, Le prix d'un nouveau monde.

La saga Bhampair (fantastique, dark)

Bhampair : 1 - Aaron Dorsey
Bhampair : 2 – Lune Noire *(en cours de préparation)*

LSJ EDITIONS

Le Code de la propriété intellectuelle et artistique n'autorisant, aux termes des alinéas 2 et 3 de l'article L.122-5, d'une part, que les « copies ou reproductions strictement réservées à l'usage privé du copiste et non destinées à une utilisation collective » et, d'autre part, que les analyses et les courtes citations dans un but d'exemple et d'illustration, « toute représentation ou reproduction intégrale, ou partielle, faite sans le consentement de l'auteur ou de ses ayants droit ou ayants cause, est illicite » (alinéa 1 er de l'article L. 122-4). « Cette représentation ou reproduction, par quelque procédé que ce soit, constituerait donc une contrefaçon sanctionnée par les articles 425 et suivants du Code pénal. » Pour les publications destinées à la jeunesse, la Loi n°49-956 du 16 juillet 1949, est appliquée.

© Linda Saint Jalmes
© Illustration de couverture : LSJ.
ISBN : 9782490940318
Dépôt légal : mars 2019

LSJ Éditions
22 Rue du Pourquoi-Pas
29200 Brest

Site officiel auteur et boutique :
www.lindasaintjalmesauteur.com

~ Les liens pour suivre Linda Saint Jalmes ~

Site officiel et boutique :
https://www.lindasaintjalmesauteur.com/
(Dans la boutique du site : Parfum *Awena*)

Facebook :
https://www.facebook.com/LSJauteur

Instagram :
https://www.instagram.com/linda_saintjalmes/

Pinterest :
https://www.pinterest.fr/lindasaintjalmes/

Tik Rok :
https://www.tiktok.com/@linda.saintjalmes_auteur?lang=fr

*À mes amis et lecteurs,
avec toute ma tendresse*

Prologue

Je flotte, plane, m'envole, me laisse porter telle une plume au gré du vent, pourtant, je ne suis pas une plume, et là où je me trouve, il n'y a pas de vent...

Tout est si étrange autour de moi et je constate, hallucinée, que je peux voir de façon panoramique tout ce qui m'entoure. C'est prodigieux ! Mon regard est partout à la fois !

Je suis dans ce qui ressemble au cosmos, au tout début de la création des mondes, sans pour autant en être totalement certaine.

Il n'y a pas de planètes, mais une quantité infinie d'étoiles argentées de tailles différentes, de poussières et roches interstellaires, et de nébuleuses qui semblent peu à peu se transformer en un amas de feu et d'obscurité mêlés... C'est un peu comme de contempler les fumées de soufre et de débris incandescents que dégagerait la fournaise d'un volcan en éruption.

Soudain, un son trouble le silence de ma perplexité : j'entends le battement d'un cœur qui pulse au ralenti.

Un être humain, ou une créature terrestre, se serait-il égaré en ce lieu avec moi ? Cela ne se peut, le manque d'oxygène dans le cosmos ne pourrait permettre à aucun d'eux de vivre ni même de survivre ! J'affine ma vision, mais cela ne sert à rien, il n'y a absolument personne en vue dans le champ rougeoyant de la nébuleuse...

Alors, à qui appartient ce cœur ?

Une idée incongrue, inepte, m'effleure l'esprit : serait-ce *mon* cœur ?

Non, c'est impossible, car il y a des millénaires que je

n'en ai plus, comprenez : au sens physique et en aucun cas métaphorique. Cela s'est passé le jour de mon Élévation[1], alors que je venais de fêter mes vingt périodes lumineuses[2].

Je sais ce que j'étais à ce moment-là une *entité*, une essence de l'absolu, alors que je suivais les silhouettes éthérées des miens et que le Chant[3] nous guidait vers le monde des Sidhes[4]...

Cependant, je ne suis pas allée jusqu'au bout et ai fait demi-tour à mi-chemin.

Contrairement aux miens qui avaient foulé la Terre durant d'innombrables périodes, je n'avais, pour ma part, pas eu tout le loisir de la découvrir. Ce que je peux maintenant nommer comme de la curiosité m'empêcha de vivre mon Élévation comme les autres et me fit retourner auprès des hommes pour suivre leur évolution.

J'étais silencieuse, invisible, enfin, tant que les événements ne me poussaient pas à intervenir en usant des passages des courbes du temps. Ainsi, sans m'en rendre réellement compte, je suis devenue la plus âgée des divinités, la plus puissante aussi, une marginale parmi les miens...

Cependant, je ne m'explique pas ce que je suis en cet instant !

Je n'ai pas l'impression d'être une substance, ni d'avoir un corps et... je suis pleine d'incertitudes.

Tant de confusion et de questions me traversent l'esprit, si tout du moins je peux parler *d'esprit*, et ces sensations et émotions que je découvre sont-elles véritablement les miennes ?

---

1 *Élévation : Moment où les divinités ont quitté leurs corps terrestres pour rejoindre le monde des Sidhes.*
2 *Période lumineuse : Période qui regroupe à la fois le printemps et l'été.*
3 *Le Chant : Là où se retrouvent toutes les âmes des défunts et des créatures. Chacune d'elles forme des notes et mises ensemble, elles deviennent un chant, premier lien d'entre les mondes des hommes et des Dieux, celui qui assure l'harmonie et la vie.*
4 *Monde des Sidhes : Lieu céleste ou tertres enchantés, là où demeurent les divinités.*

Mon nom...

Elenwë... oui... c'est ainsi que l'on m'appelait dans le monde des Sidhes. Princesse et fille des Dieux, tels étaient mes statuts. Voilà des certitudes auxquelles je peux me raccrocher. Cependant... et maintenant ?

J'ai souvenir de mes derniers instants en tant que divinité, cela s'est passé en l'an 2014... J'ai fait le don de mon immortalité pour réparer les erreurs de mes pairs, en sauvant une femme condamnée à tort par eux, pour être simplement née.

Elle se prénommait Sophie-Élisa, elle était la jumelle de Cameron Saint Clare et portait elle aussi la marque de l'Enfant Unique, chose qui aux yeux des Dieux était une imperfection dans le processus de la quête que seul un Élu désigné pouvait accomplir.

Et cet Élu n'était autre que Cameron, fils d'une lignée d'hommes-dieux aux exceptionnels pouvoirs, aîné de Sophie-Élisa de cinq minutes. L'Enfant Unique sur qui reposait la survie du monde des Sidhes et celui des humains !

Tout est à nouveau si clair dans mon esprit, alors que je ne sais toujours pas ce que je suis en cet instant ! J'ai si souvent été invisible, fantomatique, que, de ne pas avoir de corps, n'est pas une preuve en soi de mon existence.

Des sensations et des émotions me chamboulent, je ne peux pas gérer ces nouveautés, car je n'ai jamais appris à les connaître !

Voilà que j'entends à nouveau ce cœur !

Ses battements s'affolent...

Je reconnais le son de ce que les hommes nomment : la peur. C'est à l'instar du galop éperdu d'un cheval, un bruit saccadé, sourd, qui par moment dérape, comme si la bête allait soudainement s'effondrer avant de repartir courageusement.

Je cherche à nouveau le porteur de cette angoisse, mais rien, à part le son nouveau d'une respiration oppressée, sifflante !

Un cœur… puis une respiration…

À force de me focaliser sur ce que j'entends, j'ai manqué de me rendre compte du changement qui s'est opéré autour de moi. La nébuleuse rougeoyante est devenue immense et en son sein se développe un vortex d'une noirceur absolue.

Les pulsations du cœur et les souffles se font erratiques… Je comprends enfin ce qu'est ce lieu ! Je me trouve aux portes du *Néant*[5] !

Alors il a fini par gagner, malgré la bravoure des hommes que j'ai côtoyés et en dépit de mon sacrifice… Le Néant a réussi à nous engloutir tous…

Une rage et une souffrance sans nom me saisissent… et, tel un écho à mes sentiments, le cœur de l'inconnu suffoque de terreur ! J'en éprouve des trémolos au creux de ma poitrine…

Assez !

Je n'ai pas de corps ! Je n'ai jamais rien ressenti ! Ni le froid, ni le chaud, et encore moins la douleur, ni l'amour… Rien ! À moins qu'en faisant don de ma vie à Sophie-Élisa, un peu de son humanité m'ait touchée ?

Oh Dieux ! Pourquoi maintenant ? J'aurais, avant ce don, fait cadeau des centaines de fois de mon immortalité, ne serait-ce que pour pouvoir ressentir une once d'émotion. Oh oui ! Je l'aurais fait… et voilà que cela m'est enfin permis ! Mais je ne voulais pas finir dans le Néant en connaissant la peur, la douleur, le mal…

Des êtres sanglotent, se lamentent, je les entends… Ils sont si proches de moi et pourtant je ne vois toujours personne dans cette nébuleuse qui ne cesse de s'assombrir et m'aspirer. Le froid m'enveloppe alors que les pleurs se font plus perceptibles.

Les larmes des *invisibles* !

---

5 *Le Néant : Fin de toute existence, immortelle ou mortelle. Absorption des mondes dans un trou noir.*

Je les sens couler sur ma peau, elles me brûlent, me torturent. La peine de ces gens est incommensurable, elle m'étouffe et la souffrance dans mon organisme est de plus en plus cuisante.

Je ne comprends plus rien ! Je ne suis qu'une vision et n'ai pas de corps, sachant cela, d'où proviennent toutes ces sensations physiques ?

Alors que le Néant semble m'engloutir, le décor qui m'entoure change, et je me matérialise, cette fois-ci, et à ma plus vive surprise, dans mon enveloppe charnelle – celle que j'avais avant l'Élévation –, à l'intérieur d'une sorte de grotte sombre, humide et lugubre.

Ici et là, de l'eau écœurante ruisselle sur les parois noires et vertes de moisissures. Mes pieds ne touchent pas le sol boueux, immonde, et une autre émotion inconnue – le soulagement – me gagne.

J'allais finir dans le Néant et je me retrouve dans un endroit glauque ! Décidément, je ne m'explique plus rien et je cherche du regard un indice, n'importe quoi, qui pourrait m'apporter des réponses à tout ce que je vis depuis ma prise de conscience dans le cosmos.

Il y a quelque chose gisant sur le sol spongieux, une longue forme décharnée, tout aussi sombre que l'est cette horrible grotte.

C'est un cadavre ! Un squelette ayant encore des lambeaux de peau et d'habits parcheminés se raccrochant aux os...

Soudain, je sursaute ! Le mort a bougé, et un sifflement émane de ses poumons en décomposition.

L'effroi me saisit et je ressens pour la première fois de mon existence la froide morsure de la terreur !

Le visage squelettique aux orbites sombres et vides se tourne vers moi et là... venus de nulle part, deux points luisants prennent la place des yeux et cherchent à atteindre mon esprit.

La seconde qui suit, un hurlement cauchemardesque –

le mien, me rends-je compte – se répercute contre les parois de la grotte, s'amplifie de mille échos de souffrance, et, au moment où je crois mourir de douleur, je me sens instantanément transportée dans un autre endroit, lumineux, qui me sauve de la *chose*...

Dans un nouveau sursaut de conscience, je sais enfin ce qu'est cette créature : une *liche* ! L'être le plus démoniaque et maléfique que la lignée des Hommes-Dieux ait pu engendrer.

Apprenez une chose essentielle, au début de tout, il n'y a jamais eu autre chose que la pureté et l'harmonie. Les Dieux ont façonné des mondes et des civilisations, jusqu'à celle des humains, que nous désirions modeler à notre image. Et certains d'entre eux... ont créé le mal.

Pas de simples hommes, non, les descendants de nos lignées, de nos sangs mêlés. Ceux qui se sont rapprochés des magies noires, elles-mêmes nées de la malveillance qui sommeillait en leurs corps.

Ainsi ont vu le jour des créatures plus terrifiantes les unes que les autres : des vampires, des goules[6] ou zombis, des métamorphes meurtriers, et les sorts les plus destructeurs que nos mondes n'eurent jamais connus...

Mon corps tremble à la pensée de la liche entraperçue dans la caverne humide. Elle n'est pas encore arrivée à sa phase la plus maléfique, la plus funeste, elle est comme le ver dans son cocon qui se prépare à se muer en quelque chose de plus accompli.

Cette liche était, avant le processus de sa transformation, un mage noir qui se nourrissait des âmes des mortels qu'il tuait, et je connais ce monstre, tout comme les Saint Clare ! On l'appelait : l'ecclésiastique fou ou le prêtre noir !

J'avais cru qu'il était passé de vie à trépas, à la suite du

---

6   *La goule : Vampire femelle qui se rapproche du zombi. Elle se nourrit de sang ou des corps qu'elle déterre des cimetières. Elle peut prendre toutes sortes d'apparences mais reste reconnaissable à ses pieds fourchus.*

combat mené par les Saint Clare sur les terres du clan Keith. Car ce monstre, encore homme, était tombé avec sa monture du haut des falaises de Dunnottar, directement dans la mer du Nord. Telle devait être sa fin.

Apparemment, il a survécu, le temps de ramper dans une grotte et d'invoquer un sort qui le transformerait en liche, un roi sorcier mort-vivant aux pouvoirs presque identiques à ceux des divinités... Un nouveau fléau pour nos mondes !

Nous, peuple céleste, savions que cette mutation était possible, mais nous avons sous-estimé la race humaine en croyant qu'il ne trouverait jamais cette faille maléfique.

— Elenwë...

Cette voix, je la connais ! C'est celle de mon père, le Dieu que les Celtes ont nommé Lug.

« Père ? »

Mon appel n'est guère plus qu'une pensée qui s'échappe de mon esprit, alors que je ne sais comment, je me retrouve allongée sur un parterre tendre, fait de mousse, de lierre, et de fleurs parfumées. Je le devine à l'odeur, et grâce au toucher, que j'entreprends du bout de mes doigts. Car mes paupières sont closes et refusent de s'ouvrir pour que mes yeux puissent apercevoir le décor qui m'entoure.

— Oui Elenwë, je suis là, nous sommes autour de toi. Ta renaissance a été plus difficile que nous ne l'avions prévu. Mais tu es là... et nous en sommes... heureux.

Que ce mot semble étrange dans la voix de mon père, tout comme la sensation qui vient de se propager au creux de ma poitrine et qui fait courir une vague de chaleur dans mon sang.

« Que suis-je devenue ? », demandé-je par télépathie.

— Une femme de chair et de sang, me répond-il doucement, à l'écoute de mes pensées. Un homme a fait le vœu que tu vives, et nous avons fait notre possible pour que son souhait se réalise. Te ramener de l'endroit céleste où ton aura était allée nous a demandé beaucoup d'efforts et de concentration. Nous avons cru te perdre définitivement plus d'une fois.

Un frisson me parcourt le corps et mon esprit est à nouveau en ébullition.

« *Père, j'ai aperçu un cosmos qui peu à peu s'est fait engloutir dans une nébuleuse de feu et de noirceur. J'ai entendu un cœur pulser de terreur...* »

— Ton *cœur*, Elenwë...

Non seulement le fait de ne rien voir commence à m'horripiler, mais mon corps reste sourd à mes injonctions et demeure inerte, privé de la parole, allongé sur un tapis de douceur. Cependant, la vérité se fait jour en moi. Le cœur que je percevais était donc le mien et c'étaient ma propre peur ainsi que ma confusion qui le faisaient palpiter misérablement.

« *J'ai entendu des sanglots, j'ai senti les larmes couler sur ma peau et me brûler...* »

— Là encore, c'était nous qui connaissions pour la première fois la perte d'un des nôtres et l'exprimions par des pleurs de sang. Ils n'étaient pas faits pour te blesser et ont sillonné ta chair en la marquant de tatouages célestes.

Je ne m'appesantis pas sur les dernières paroles de Lug, elles n'ont, pour l'instant, que peu d'importance.

« *Père... qui est avec vous ?* »

— Moi, ma fille, murmure avec une tendresse inédite la voix de Bride, ma mère. Ainsi que les membres les plus proches de notre famille, reprend-elle. Ta renaissance est accomplie, mon enfant, et les heures de ta nouvelle destinée s'écoulent déjà dans les nuages du temps. L'homme qui t'a souhaitée à ses côtés arrive... il vient te chercher...

La voix se fait chuchotis, et la peur s'empare de moi, je n'ai pas trouvé le moment de leur parler de ma vision dans la grotte, de l'imminent danger qui plane sur nos mondes, de ce monstre qui dans peu de temps risque d'avilir de sa haine toute vie !

Je sens les miens s'en aller, leurs auras s'atténuent !

« *Attendez !* »

Il me semble avoir crié, pourtant, ce n'est qu'une lamentable pensée plaintive qui s'est échappée de mon esprit.

— Nous veillerons sur toi... chuchote encore mon père, mais il est déjà loin... si loin !

Et moi qui ne peux toujours pas bouger, ni parler, ni voir ! Des émotions impossibles à identifier m'envahissent à nouveau et quelque chose de chaud coule de mes yeux pour courir sur mes joues... c'est humide, et un liquide au goût bizarre nappe mes lèvres...

— Cameron, ne sois pas stupide ! J'ai hâte de retrouver papa et maman et ce détour à la Cascade des Faës nous retarde ! grommela une voix que je reconnus aussitôt pour être celle de Sophie-Élisa, la jeune femme que j'avais sauvée.

— Laisse-le, mon amour, tu constateras comme moi qu'il est sourd à toutes tes paroles ! Tu sais pourtant, quand Cam a une idée dans la tête, il ne l'a pas ailleurs !

Là, c'était Logan MacKlare qui venait de parler.

Un picotement continu courut soudainement sur ma peau, une autre chaleur, plus forte, coulait dans mon sang, et un trouble mystérieux faisait palpiter mon cœur...

L'homme-dieu se tenait à mes côtés, j'en avais la certitude !

— Elenwë... Enfin, murmura-t-il à ce moment-là de sa voix unique et rauque.

Chapitre I
Je t'ai souhaitée

Plus Cameron approchait de la Cascade des Faës, plus son sang bouillonnait dans ses veines.

Il en était convaincu et les ondes de l'aura magique qui lui parvenaient en vagues magnétiques confirmaient cette certitude : *elle* serait là !

Elle... n'était autre qu'Elenwë, une divinité, une princesse des Sidhes, et fille légitime des Dieux. Cela revenait à dire qu'elle était aussi inaccessible qu'une étoile scintillante au firmament, qui attire et envoûte, sans que jamais il ne soit possible de l'effleurer, ne serait-ce que du bout des doigts ou des pensées.

Seulement, les choses avaient changé.

Cette conviction était gravée dans l'esprit de Cameron depuis que les courbes du temps l'avaient à nouveau propulsé chez lui, en 1416, sur les terres Saint Clare.

Il serra les poings, banda ses muscles, et franchit d'un pas félin tous les obstacles – racines vicieuses, branches d'arbres traîtresses, et ronces aux épines cruelles – que semblait lui tendre l'ancestrale forêt située aux abords du château et du Loch of Yarrows.

Plus rien ne pourrait le ralentir !

Cameron sourit, ironique, et d'un simple mouvement de la main il coucha, puis écarta par magie tout ce qui se dressait sur son chemin. Il *la* voulait, il l'avait souhaitée vivante, et les Dieux savaient devoir s'acquitter de sa demande, même si celle-ci avait était prononcée presque involontairement, à la toute dernière seconde !

Les divinités avaient plus que jamais besoin de lui pour la maudite quête qui lui avait valu plus de cinq siècles de souffrances et qui avait failli le transformer en monstre, en mage noir.

Pour ne pas sombrer vers les ténèbres, tout au long de ces interminables années écoulées, Cameron s'était désespérément raccroché à l'idée qu'il retrouverait Sophie-Élisa – sa jumelle – dans le temps, ainsi qu'aux images éthérées qui lui restaient à l'esprit de la première fois qu'il avait entrevue Elenwë à la Cascade des Faës : une silhouette féminine d'une magnificence et d'une sensualité jamais égalées. Une vision gravée au fer rouge dans sa chair et ses songes les plus fous...

Après cinq cent quatre-vingt-dix-huit ans d'attente, Sophie-Élisa l'avait enfin rejoint en l'an 2014, et Cameron avait encore une fois cru la perdre, définitivement, jusqu'à ce que la princesse des Sidhes se matérialise devant lui, beauté des plus absolues, et fasse don de son immortalité pour sauver sa jumelle...

Lui qui avait toujours imaginé que les Dieux avaient simplement écarté Sophie-Élisa en envoyant Logan, son Âme sœur, la chercher en 1416, s'était largement fourvoyé, sur toute la ligne !

Les divinités désiraient écarter Sophie-Élisa en la tuant et avaient bien failli y parvenir, par son intermédiaire qui plus est !

Si Elenwë n'était pas intervenue, il serait devenu le plus puissant des poisons destinés à sa sœur et rien que d'y songer, un long frisson glacial lui courut le long du dos.

Elenwë avait agi sans aucune contrepartie, et puis... elle avait disparu. Juste au moment où Cameron l'avait à sa portée. Cela l'avait presque propulsé aux portes de la folie, état qu'il avait miraculeusement réussi à contenir aux yeux de tous.

Suite au don précieux d'Elenwë, un événement

incroyable eut lieu : les Dieux souffrirent !

À ce moment-là, Cameron leur aurait ricané au nez, si lui-même n'avait pas été aussi bouleversé du trépas de leur fille. Les divinités avaient instantanément compris ce qu'elles avaient fait endurer aux Saint Clare depuis des siècles et pour réparer leurs torts, elles proposèrent – à Cameron, Sophie-Élisa et Logan – de réaliser leurs vœux les plus profonds, les plus chers.

Chacun, tour à tour, demanda à retourner dans le passé, et dans un dernier sursaut de regret amer, Cameron avait marmonné le souhait qu'Elenwë vive...

Maintenant, alors qu'il avançait dans les bois, que les rayons du soleil se levaient sur une autre journée du 11 mars 1416, Cameron n'avait plus qu'une idée en tête : concrétiser son fantasme le plus fou en tenant la princesse des Sidhes dans ses bras.

Car elle était ici !

Et plus il se rapprochait du lieu sacré où se situait la chute d'eau, paroi ténue entre le monde des Sidhes et celui des hommes, plus son désir physique et mental augmentait.

Pourtant, en lui, sourdait quelque chose de tout aussi fort : la colère. Monstrueuse, irrépressible, celle-ci se dressait en combattante et luttait contre ce *désir*. Car Cameron ne pouvait oublier que la princesse des Sidhes était une divinité. Comme celles qui avaient voulu tuer Sophie-Élisa et qui l'avaient puni en le rendant immortel, spectateur impuissant de la vie et du trépas de tous les siens, fantôme sans âme qui avait traversé les siècles !

La mâchoire de Cameron se crispa et un muscle battit dans le creux de sa joue ombrée d'une barbe naissante. Haine, désir, punition, possession...

Ces sentiments contradictoires se bousculaient de plus en plus dans son esprit. Ils couvraient presque par leurs intenses bourdonnements le joyeux babillage du couple qui le suivait. Logan et Sophie-Élisa, unis pour l'éternité, avaient enfin toute la vie et l'au-delà devant eux pour s'aimer, et comptaient, apparemment, le clamer haut et fort au monde entier.

Leur bonheur aurait pu être contagieux, aurait *dû* l'être, si Cameron n'avait pas été autant assailli par ses tumultueuses et sombres réflexions.

La chaleur du lieu sacré l'enveloppa soudain. Il franchit les derniers obstacles des bois et là... à quelques mètres de la chute d'eau et de son vrombissement régulier, allongé sur un lit de verdure, reposait le corps inerte d'Elenwë.

— Cameron, ne sois pas stupide ! J'ai hâte de retrouver papa et maman et ce détour par la Cascade des Faës nous retarde ! grommela dans son dos Sophie-Élisa, qui ne contenait plus son impatience de revoir sa famille.

— Laisse-le, mon amour, tu constateras comme moi, qu'il est sourd à toutes tes paroles ! lança Logan l'air badin. Tu sais, pourtant, que quand Cam a une idée dans la tête, il ne l'a pas ailleurs !

Cameron n'eut pas le temps de s'étonner plus avant : n'avaient-ils pas aperçu, tout comme lui, le corps inanimé de la princesse des Sidhes, drapé de sa longue chevelure de soie noire ?

En trois grands pas, il se tint debout devant Elenwë, les poings crispés, les muscles raidis, et ses yeux bleu azur contemplant avidement la scène, pour ainsi dire quasi irréelle, qui s'étalait à ses pieds.

— *Och !* s'étrangla presque aussitôt Logan, qui voulut contourner Cameron pour s'agenouiller aux côtés d'Elenwë.

D'un vif mouvement du bras, celui-ci lui interdit toute avancée et darda sur lui un sombre regard d'avertissement. Logan tiqua, puis recula. Non de peur, car ils étaient amis, mais pour retenir in extremis Sophie-Élisa qui se précipitait vers la forme inanimée.

— Reflet ! s'écria-t-elle, en découvrant à son tour le corps allongé sur la mousse et en utilisant spontanément le diminutif qu'elle lui avait donné quand elle était petite fille. Logan ! Mais lâche-moi ! ! Elle semble...

— Vivante... souffla Cameron, presque de soulagement, en s'agenouillant pour poser l'index et le majeur sur le cou de la déesse, là où sa jugulaire pulsait au rythme des battements affolés de son cœur. Et consciente, ajouta-t-il dans un murmure rauque tout en laissant son regard avide se repaître des formes sensuelles de son corps.

Le drapé de soie ébène de l'interminable chevelure d'Elenwë masquait sa nudité, tout de même perceptible, ça et là, en taches opalescentes lorsque des mèches s'écartaient souplement sur une courbe arrondie de hanche, ou sur la blancheur d'un bras, ou encore quand elles glissaient sur le velouté d'une cuisse longue et fuselée.

— Je... je ne comprends pas... bafouilla Sophie-Élisa, ses yeux verts exprimant la confusion, avant qu'elle ne se penche pour essayer d'apercevoir le visage de la princesse. Elle était morte... je l'ai senti au fond de moi !

Cameron grommela sans la regarder et se redressa lestement tout en se défaisant de son long manteau de cuir noir, pour le draper ensuite sur Elenwë qui gémit doucement en retour.

— Est-ce... vraiment elle ? s'enquit Sophie-Élisa que Logan avait libérée et qui s'était agenouillée près de la princesse.

— *Aye* et *naye*, marmonna Cameron alors que sa sœur écartait, en gestes tendres, quelques mèches de cheveux ébène de la joue satinée d'Elenwë. Elle n'est plus celle que tu as connue. Je ne sens aucune magie émaner d'elle, ou si peu... C'est une humaine, une simple femme !

— Ah ! s'exclama Sophie-Élisa en foudroyant son frère du regard. Presque six siècles d'immortalité n'ont pas atténué ton machisme à ce que je vois !

Cameron leva les yeux au ciel en poussant un long soupir tandis que Logan toussotait pour dissimuler son amusement.

— Ramenons-la au château ! suggéra ce dernier en s'avançant à son tour. Je vais la porter, proposa-t-il d'un ton léger, avant de cacher un nouveau sourire au son du feulement sourd que Cameron émit en retour.

On aurait dit un gros félin couvant sa femelle, prêt à bondir et mordre quiconque s'approcherait de trop près.

— *Bruadar* (Rêve) ! grogna Cameron en glissant un bras musculeux sous les genoux d'Elenwë et l'autre sous ses aisselles, avant de se redresser agilement tout en la soulevant pour plaquer son corps chaud contre son torse.

Le désir rugit derechef dans ses veines, son instinct de possession atteignit des limites jamais franchies. Elenwë était à lui ! Enfin !

Celle-ci gémit encore, doucement, alors que Cameron faisait déjà quelques pas vers les bois sombres à l'orée de la Cascade des Faës.

— Attends, Ron-Ron ! s'écria Sophie-Élisa en passant derrière Logan pour lui enlever d'office son élégant pardessus gris anthracite et en faisant la sourde oreille aux jurons que proféra Cameron en retour, car il détestait qu'elle l'appelle : Ron-Ron !

Logan riva sur sa femme un regard fauve qui ne cachait en rien son amusement grandissant. Ce qui exaspéra d'autant plus Sophie-Élisa, d'autant que le vêtement récalcitrant ne semblait pas vouloir se détacher des avant-bras de son tendre – mais ô combien irritant – mari !

— Mais aide-moi ! trépigna-t-elle en secouant le noble tissu, au risque de le déchirer. Cameron ! Stop ! Nom d'un chien ! Mais vous allez m'écouter tous les deux, oui ? !

Cameron hésita deux secondes, puis s'arrêta en lançant un coup d'œil courroucé par-dessus son épaule en direction de sa sœur et de Logan qui se mordait les lèvres, hilare, tout en libérant ses poignets – si, soit dit en passant, ceux-ci avaient bien été prisonniers.

— *Ciod* (Quoi) ? ! grinça entre ses dents Cameron en regardant de haut Sophie-Élisa.

— Oh ! Descends de ton piédestal et tourne-toi ! répliqua Sophie-Élisa sans se laisser démonter. Cesse de jouer au grand dadais ! s'énerva-t-elle encore en suivant le mouvement de Cameron qui pivotait sur lui-même pour l'empêcher de voir Elenwë.

— Je commence à regretter que l'on se soit retrouvés ! marmonna Cameron en continuant son petit manège agaçant.

Sophie-Élisa se figea, telle une statue de glace, et Cameron lut dans ses prunelles l'élan de douleur que ses mots insensés lui avaient causée.

— *Mo piuthar, tha mi duilich* (Ma sœur, excuse-moi) ! souffla-t-il gentiment, son beau visage que sa cicatrice rendait inexplicablement encore plus séduisant laissant tomber le masque sombre qui le durcissait.

Sur ses lèvres, un sourire plein de tendresse se dessinait, même si ce sentiment n'atteignait pas ses yeux bleus qui restaient de glace.

Logan venait de se placer dans le dos de sa femme. Il ceinturait sa taille d'un bras protecteur, alors que ses iris ambrés émettaient des étincelles dorées, comme de minuscules petites flammes. Son athlétique physionomie s'était tendue sous son impeccable trois-pièces de ville et chemise col mao blanche.

Allons bon, voilà que je vais me les mettre à dos tous les deux ! Contrôle-toi ! s'adjura mentalement Cameron en fermant un instant les paupières.

Un souffle chaud, électrique, dans son cou, lui fit rouvrir les yeux pour contempler son précieux fardeau.

Elenwë semblait vouloir parler, mais c'était comme si quelque chose l'en empêchait. Ses longs cils noirs, identiques à des ailes de papillons, frémissaient sur ses joues blanches, et ses lèvres rouges, pulpeuses, tremblaient de ne pouvoir émettre une parole.

— Cameron, l'interpella durement Logan. L'espace d'un instant, ton aura était noire...

Ce dernier cilla, sa bouche bien dessinée se crispa, et un muscle battit sur sa mâchoire. Tout en serrant la princesse dans le berceau de ses bras, il chercha le regard de sa sœur, tandis qu'elle penchait son visage vers le sol, ses mèches acajou cachant son expression.

Était-ce vrai ? Le mal qu'il essayait de combattre s'était-il emparé de lui ? Il se sentait pourtant... presque heureux ?!

Non, il se mentait à lui-même, car un tumulte incessant avait happé son esprit, et son corps n'était plus guidé que par un seul mot d'ordre : possession !

Tout le reste, amis et famille, n'était plus qu'abstraction.

C'était la faute de ce maudit souhait, et de cette déesse qu'il tenait dans ses bras !

Cameron aurait pourtant dû le savoir depuis le temps : les divinités étaient ses ennemies !

Il devait se libérer d'Elenwë !

Il le fallait, avant que l'ombre du mage noir ne revienne planer sur lui !

— Prends-la Logan ! gronda-t-il en s'avançant vers son beau-frère qui en resta coi pendant deux secondes, tandis que Sophie-Élisa s'écartait en dévisageant Cameron, très inquiète.

— Cameron... je... je voulais seulement mieux la protéger des regards et du froid quand on sortira des sous-bois, balbutia-t-elle dans un souffle. Vois par toi-même, ton manteau de cuir ne la couvre pas entièrement, avec le pardessus de Logan, elle ne craindra plus rien.

— Ne t'excuse pas, *nighneag-piuthar* (petite sœur), c'est plutôt à moi de le faire, mais je ne redeviendrai vraiment moi-même que si vous m'enlevez cette déesse des bras ! Logan... prends-la ! répéta-t-il plus vivement alors qu'il sentait un fort courant le parcourir tout entier, récalcitrant à l'idée que l'on puisse le séparer d'Elenwë. *Vite !* cria-t-il, comme un appel au secours.

Logan s'empressa de recueillir dans ses bras le corps aussi léger qu'une plume de la princesse des Sidhes, alors que Sophie-Élisa se dépêchait de la recouvrir dignement, de sous le menton jusqu'aux pieds, avec les deux manteaux.

Dans son coin, Cameron respirait difficilement, son coeur battait à un rythme effréné et il serrait les poings en s'efforçant de marcher à reculons, un pas après l'autre, pour se trouver le plus loin possible de la dangereuse attraction qu'était Elenwë.

Sous les yeux de sa soeur et de Logan, il apparaissait comme la quintessence de l'homme viril, pourtant déchiré, torturé, luttant contre ses propres démons. Il était magnifique et terrifiant à la fois. Ses longs cheveux noirs aux reflets de feu dansaient dans la brise de la clairière, ses prunelles bleues étaient animées d'une sourde luminescence, sa chemise blanche collait à même sa peau tendue, tandis que ses cuisses athlétiques étiraient le cuir noir de son pantalon.

Petit à petit, Cameron s'éloignait... et avec lui, la surtension qu'il dégageait en ondes quasi palpables.

— Par les Dieux, marmonna Logan, fortement contrarié, alors que son beau-frère venait de faire volte-face pour s'enfoncer dans la forêt et disparaître à leurs yeux. Que lui est-il arrivé ? Jamais je ne l'ai vu ainsi, pas même quand il ne me connaissait pas à ma première arrivée en 1416 !

— J'en sais fichtre rien ! baragouina Sophie-Élisa en continuant de materner Elenwë pour cacher sa tristesse. M'entendez-vous princesse des Sidhes ? demanda-t-elle avec plus de retenue et de gentillesse.

Seul un mouvement des cils lui répondit, suivi d'un souffle ténu, presque un gémissement. Ce qui inquiéta réellement Sophie-Élisa et provoqua un froncement de sourcils sur son beau visage constellé d'éphélides.

— Qu'est-ce qui a bien pu lui arriver ? s'inquiéta-t-elle en levant ses prunelles vertes à la rencontre du regard ambré de Logan. Attends, je vais essayer quelque chose, ajouta-t-elle vivement en posant ses deux mains jointes au-dessus de la poitrine d'Elenwë.

Elle laissa la puissante magie qui avait appartenu à la déesse fuser dans ses veines et prendre possession de son corps ainsi que de son esprit. Fermant les yeux, Sophie-Élisa se focalisa sur l'échange qui s'opérait entre leurs deux auras et partit à la recherche de la moindre blessure, si insignifiante soit-elle. Au bout d'un moment, il fut clair que la princesse ne souffrait d'aucune lésion. Tout dans son organisme fonctionnait à la perfection. Alors pourquoi restait-elle prostrée ainsi ?

Tout cela dépassait les capacités de Sophie-Élisa !

— Rentrons au château quérir de l'aide ! s'exclama-t-elle en rouvrant les paupières.

— Pourquoi ? De quel mal est-elle atteinte ? s'enquit Logan, l'air anxieux.

— De rien ! s'écria Sophie-Élisa en levant les mains au ciel. Elle est en parfaite santé ! Nous avons besoin des pouvoirs de la famille au grand complet et je ne maîtrise pas encore assez bien ceux qu'Elenwë m'a transmis.

— Va, devance-moi ! lui enjoignit aussitôt Logan. Je te suis, plus vite nous retrouverons les nôtres, plus vite la princesse sera libérée de son mutisme.

— Et... Cameron ? s'alarma la jeune femme tout en se mettant en marche.

— Nous aviserons plus tard et résoudrons chaque problème en son temps. M'est avis qu'avec ton frère... nous nous tirerons les cheveux avant de trouver une once de solution ! grommela Logan.

Chapitre 2

Fuite anticipée

L'approche de Cameron aux alentours du château ne passa guère inaperçue, loin de là.

Un attroupement de sentinelles, arcs bandés et flèches encochées, se tenait sur la hauteur des murailles au-dessus de la voûte du pont-levis, sans compter une armada de Highlanders, claymore à la main, qui l'attendait de pied ferme sur la passerelle abaissée au-dessus des douves.

Comment rester impassible devant l'arrivée d'un homme comme Cameron qui dégageait à lui tout seul l'aura d'une armée entière de guerriers redoutables ? Il semblait que personne ne l'eût encore reconnu, mais comment ce faire ? Il avait tant changé, mûri, évolué au cours des siècles écoulés dans la peau d'un immortel. Le jeune homme insouciant que Cameron avait été n'existait plus, et depuis fort longtemps.

La scène était effectivement spectaculaire, Cameron, immense, exsudait par tous les pores de son être la puissance, une virilité animale, mais aussi une troublante et électrisante menace, chose que tous ceux qui le virent approcher à grands pas félins, perçurent au plus profond de leurs entrailles.

L'envie de reculer devant cet *être* saisit plus d'un des Highlanders du clan Saint Clare, mais tous tinrent bon ! La lâcheté et la peur n'avaient pas leur place ni dans leur sang, ni dans leurs esprits !

Les cornemuses et cors sonnaient déjà l'alarme par leurs notes stridentes ou plaintives !

Pourtant, Cameron *sentit* le moment exact où le doute atteignit les consciences. L'attitude des guerriers changea : de combative, elle passa par plusieurs échelons différents, allant de l'étonnement, l'incrédulité, pour finir au relâchement le plus total.

Pas besoin d'en connaitre la cause, Cameron savait que Sophie-Élisa et Logan, portant la princesse des Sidhes, étaient apparus dans le champ de mire des gens du clan. Toutes les fibres de son être *la* percevaient et subissaient le magnétisme attractif qu'elle opérait sur lui.

Pour essayer de l'éradiquer de ses songes, de lutter contre ses sens, et ne pas faire demi-tour pour s'emparer du corps céleste qu'il convoitait tant, Cameron focalisa son esprit sur le bruit spongieux qu'émettaient ses rangers noires à chacun de ses pas au contact de la boue et de la neige fondue.

Il reconnaissait tous les visages qui lui faisaient face. Tous ces hommes avaient été ses compagnons de jeu quand il était petit, puis d'armes alors qu'il était devenu adulte, en digne fils du laird Darren Saint Clare. Il avait botté les fesses à plus d'un de ceux qui lentement lui cédaient le passage pour faire son entrée dans la cour intérieure du château. Puis, il les avait vus vieillir et... mourir.

Cameron avait l'impression de s'être transformé en spectre terrifiant, ayant pour pouvoir de glacer sur place les êtres vivants ! Il grommela bruyamment en passant près d'un groupe de Highlanders et s'amusa à leur montrer les dents. Tous pâlirent d'un coup, mais aucun ne recula.

Là, il était fier de ses hommes ! C'est pourquoi il leur accorda un saugrenu clin d'oeil suivi d'un sourire, même si celui-ci ressemblait plus à une froide grimace.

Encore quelques pas, et il se retrouva devant les grandes portes en chêne vénérable du château. D'un simple mouvement de la main, et sans les toucher, il poussa les montants qui malgré leur masse, allèrent s'éclater dans un fracas de tous les diables contre les murs de pierre du hall d'entrée.

Derrière lui, les murmures enflaient, et son nom courut sur toutes les langues en diverses exclamations, suivi de ceux de Logan et Sophie-Élisa.

Allez, Cameron se sentait d'humeur bon prince, qu'ils acclament aussi le couple, même si celui-ci venait à peine de les quitter. Entre quelques jours de vacances dans le futur et des siècles de pénitence, il y avait quand même deux poids deux mesures à faire !

Il fut arrêté dans sa conquérante avancée par un petit bout de donzelle au visage volontaire, aux yeux verts foudroyants et aux cheveux hirsutes flamboyants de rousseur. Elle le mettait en joue en brandissant une poêle en fonte sous son nez.

Dieux ! Que cette femme lui avait manqué ! !

— *Màthair* (Maman) ! s'exclama-t-il de sa voix rocailleuse et soudainement enrouée tout en se débarrassant comme d'une brindille de l'arme préférée de sa mère pour l'enlacer et la faire follement voler dans les airs.

Le bonheur ! C'était cela, absolu, phénoménal, qui provoquait les pulsations déchaînées du coeur, faisait frissonner le corps, et emplissait l'âme d'une chaleur incandescente tout en privant d'oxygène les poumons.

Là encore, il sut exactement le moment où Awena le reconnut, ses magnifiques yeux s'ouvrirent aussi grands que des soucoupes et sa délicieuse bouche forma un « O » de pur ébahissement.

Soudain, il pensa au bébé qu'elle portait en son sein et ralentit la course effrénée de ses pirouettes.

— *Màthair*... souffla-t-il derechef, tout ému, en reposant son précieux fardeau sur ses pieds, mais sans lâcher sa taille, car Awena donnait des signes de faiblesse évidents alors que ses jambes la soutenaient à peine.

— Cam... Cameron ? balbutia-t-elle en contemplant

l'immense et bel homme qui lui faisait face. Comment... est-ce... possible ? demanda-t-elle encore en tendant ses doigts tremblants vers son visage, pour ensuite suivre d'une caresse incertaine, la cicatrice qui courait de son sourcil gauche à sa joue droite.

— *Aye, is mi* (Oui, c'est moi), murmura Cameron en se penchant pour appuyer son front contre celui, parfumé et soyeux, de sa mère. *Och* ! Qu'il est bon de te serrer à nouveau dans mes bras *màthair* !

— Cameron... je ne comprends pas... tu es physiquement si... différent, pourtant, c'est bien mon fils qui se tient devant moi ?! Que s'est-il passé ?

— Nous sommes simplement rentrés à la maison... répondit-il en croisant le regard d'Awena.

C'est là qu'il perçut sa souffrance. Elle avait les yeux rougis de trop avoir pleuré, la peau délicate gonflée au-dessus de ses joues pâles, ainsi que des cernes mauves qui attestaient de sa grande tristesse et fatigue.

Cameron se souvenait de ce temps où Awena s'était refermée sur elle-même, où la lumière qui irradiait de son être s'était éteinte, c'était il y a si longtemps pour lui, mais pour elle, cela s'était déroulé la nuit passée : au moment où elle avait cru perdre sa fille unique pour toujours.

Awena écarquilla les yeux à la suite des paroles de son fils.

— Que dis-tu ? Nous ? De qui parles-tu ? Qui est rentré ?

Les mots semblaient se bousculer tandis qu'Awena avait posé ses fines mains sur les avant-bras musclés de Cameron tout en essayant de le secouer, mais comment faire trembler une montagne telle que lui ?

Les murmures et voix dans la cour s'intensifièrent, et Awena tourna d'instinct la tête vers l'extérieur. Là encore, la stupeur s'afficha sur ses beaux traits, alors qu'apparaissaient dans l'encadrement de la porte grande ouverte, les silhouettes de Sophie-Élisa et de Logan portant un corps inerte.

Cameron soutint à nouveau sa mère qui faillit s'écrouler, presque évanouie, tant ses émotions avaient été foudroyantes, mais qui réussit cependant à puiser dans ses forces intérieures pour rester debout, éveillée.

— Sophie-Élisa ? ! *Lisa ?*

Son cri de joie se transforma très vite en cri d'effroi alors qu'Awena se tournait pour faire face à son fils.

— Non ! Cameron ! Il ne faut pas que vous soyez ensemble ! Ta soeur va en mourir !

— *Chutttt... màthair*, Lisa ne craint plus rien ! Elle est sauvée... *Màthair*, écoute-moi... Lisa vivra, *elle est sauvée !* répéta Cameron comme une litanie jusqu'à ce que ses mots percent le nuage de terreur qui obscurcissait l'esprit d'Awena.

— Maman ! s'exclama alors Sophie-Élisa avant de venir à sa rencontre et qu'elles ne se jettent mutuellement dans les bras l'une de l'autre. Oh ma douce maman ! Que tu m'as manqué ! sanglota la jeune femme tout en essayant d'effacer du bout des doigts les propres pleurs de sa mère, en gestes d'une infinie tendresse.

À ce moment-là, une cavalcade monstrueuse se fit entendre à l'extérieur et apparurent à leur tour, derrière Logan et son léger fardeau : Iain, ses deux fils Gordon et Fillian, vite bousculés par le puissant laird... Darren !

— Les hommes m'ont dit... je ne pouvais croire... mais c'est vrai ! bafouilla le plus grand chef de clan des Highlands, lui aussi physiquement marqué par le chagrin, ses longs cheveux noirs hirsutes, sa chemise blanche et son kilt ayant vécu de meilleurs jours et ses bottes de cuir noir mangées par la boue et l'humidité.

Ses splendides yeux bleu nuit se posèrent tour à tour sur Logan, Sophie-Élisa puis Awena, et revinrent se fixer en cillant sur la haute stature qui tenait sa femme dans ses bras.

Darren avança de trois pas, avant de se figer totalement.

— *Mac* (Fils) ? souffla-t-il d'un ton rauque où perçait

une note lourde d'incrédulité.

— *Aye athair* (Oui père), c'est bien moi !

Cameron sut d'emblée que la scène de terreur allait se rejouer devant lui quand il vit les prunelles de son père s'écarquiller de stupeur, puis se dilater sous la force d'une peur irrépressible.

Il choisit de prendre les devants :

— Tout va bien *athair !* lança-t-il en levant une main rassurante. Lisa est hors de danger et nous sommes tous rentrés à la maison... pour de bon !

— Pour de... bon ? hoqueta Darren alors que Sophie-Élisa accourait pour se jeter dans ses bras et qu'il l'enserrait fortement, au risque de lui briser les os.

— *Aye athair*, répéta Cameron sans bouger de là où il se tenait, tandis qu'Awena rejoignait son mari et sa fille et participait activement aux accolades de joie et embrassades des retrouvailles qui auraient dû être impossibles. La princesse des Sidhes est intervenue dans le futur pour sauver Lisa en faisant le don de son immortalité. Suite à cela, les Dieux qui ont ressenti la souffrance, pour la première fois de leur existence, nous ont accordé de réaliser nos souhaits. Nous avons tous décidé de rentrer.

— *Sguir* (Stop) ! *Fuirich mionaid* (Attends une minute) ! s'écria Darren en regardant tour à tour Logan et Cameron, puis la forme typiquement féminine dans les bras de son beau-fils. Toi ? Tu étais *toi aussi* dans le futur ? Tu es si différent du *mac* que j'ai vu pour la dernière fois aux aurores ! Et qui est cette... femme ? demanda-t-il encore, hésitant, en direction de Logan.

Cameron et Logan commencèrent à répondre en même temps, avant que Iain, le grand-père des jumeaux, n'intervienne pour calmer le jeu.

— *Air do shocair* (Tout doux) ! Vous allez tout nous raconter lentement... car après la nuit blanche que nous venons de passer, nous serons plus à même de comprendre et, sutout, d'accepter vos divagations ! Mais *len-te-ment*...

ajouta-t-il à nouveau, filou, avant de sourire jusqu'aux oreilles et de prendre à son tour Sophie-Élisa dans ses bras.

— En premier, il va falloir s'occuper de la princesse des Sidhes ! intervint Cameron en grommelant et en recommençant à reculer pas à pas comme si faire allusion à *elle* lui causait le plus grand des tourments.

— La déesse est ici ? Avec nous ? s'écria Awena en cherchant du côté des voûtes du hall d'entrée la moindre présence céleste.

— *Màthair*... baisse les yeux... plus bas... là, regarde qui se trouve dans les bras de Logan, lui indiqua Cameron en s'enfonçant plus encore dans l'ombre d'une arche de pierres grises.

Awena se dirigea aussitôt vers le corps qui paraissait sans vie. Elle fit un signe du menton à Logan, sorte de question muette, à savoir si elle pouvait s'approcher, et il lui répondit par un hochement affirmatif.

Doucement, elle écarta les mèches de soie ébène qui recouvraient le visage d'albâtre d'une femme d'une exceptionnelle beauté.

À en couper le souffle... pour être honnête. Comme le lui confirmèrent les divers soupirs languissants, typiquement masculins, qui se répercutèrent dans son dos.

— Que lui est-il arrivé ? murmura Awena, sans cesser de contempler la déesse.

— Nous n'en savons rien, rétorqua Logan avec un haussement d'épaules impuissant. Elle est morte en sauvant Sophie-Élisa et Cam a fait le souhait qu'elle vive. À peine sommes-nous revenus dans le Cercle sacré qu'il s'est dépêché d'aller à la Cascade des Faës. Lisa et moi l'avons suivi et une fois sur les lieux, nous l'avons découverte, gisant sur la mousse et dans le même état léthargique qu'en ce moment.

— Cameron affirme qu'Elenwë est devenue humaine ! avança Sophie-Élisa qui s'était approchée en fronçant ses fins sourcils de perplexité.

— Vous connaissez son *nom* véritable ? souffla Iain, abasourdi.

— C'est en me faisant prononcer son nom, en me transmettant son pouvoir céleste, qu'Elenwë m'a sauvée de la mort. Mais... que pouvons-nous faire pour elle maintenant ? s'inquiéta Sophie-Élisa.

— Nous allons la conduire dans une chambre d'amis et faire venir ta tante Aigneas, la *Seanmhair*, Larkin et tous les plus puissants mages et *bana-bhuidseach* du clan. À nous tous, nous trouverons une solution ! décida Awena, la fatigue et la tristesse envolées, alors qu'elle distribuait des ordres à tour de bras et devançait Logan en direction des escaliers en colimaçon qui les mèneraient à l'étage où se situaient les pièces de repos.

— Cameron ?... appela-t-elle en se tournant vers son fils.

Cependant, celui-ci s'était tout bonnement évaporé.

« *Eh bien ! Il est peut-être différent physiquement, plus homme, plus beau, plus... tout ! Néanmoins, il reste tout de même une sacrée tête de bourrique !* », songea encore Awena en pinçant les lèvres tout en repassant devant Logan et son divin fardeau.

Cameron avait fui ! Oui, pour la première fois de sa vie, il avait procédé à une retraite dans ses anciens appartements qui avaient si peu changé à travers les siècles.

Loin d'éprouver un sentiment de lâcheté, il se félicitait intérieurement d'avoir eu le courage et la force de s'éloigner de l'endroit où se tenait Elenwë. Tout était bon pour éviter d'être à quelques pas d'elle et de céder à la tentation de venir au plus près de son corps, de la toucher, de la posséder...

Cameron la désirait si fort que cela lui rongeait les entrailles, déclenchant inévitablement une impitoyable frustration dans tout son être suivie d'une rage sourde envers quiconque s'approchait de la princesse des Sidhes, homme ou femme, parents, amis ou ennemis.

Il aurait voulu massacrer Logan parce que celui-ci tenait dans ses bras l'objet de sa convoitise. Il aurait repoussé sa propre famille pour que personne ne touche à ce corps parfait, sublime... à lui !

La simple présence d'Elenwë éveillait en lui ses plus bas instincts, les plus primitifs, sauvages, et réveillait la bête sombre qui ne connaissait aucune limite quand il s'agissait de prendre et de revendiquer ce qu'il considérait lui appartenir. Quitte à se battre contre les siens, ceux qu'il avait perdus les uns après les autres, et qu'il avait mis tant de temps à retrouver.

Fuir avait donc été la meilleure solution, pour le salut de tous !

Cameron grommela alors que l'image d'Elenwë s'affichait à nouveau, malgré lui, dans son esprit. Son corps se durcit et se tendit en même temps que la rage cherchait encore une fois à le conquérir.

Non, il ne céderait pas ! Pas maintenant ! Cependant, il désirait une déesse ! Voilà pourquoi la colère tourbillonnait en lui, parce qu'il haïssait tous ses semblables au plus haut point, oui... il la détestait, elle, et toute sa pompeuse clique céleste !

Les divinités, perfides, vicieuses, avaient dû sonder son esprit pour le pousser à émettre un souhait involontaire, et par son biais, à nouveau, atteindre leurs égoïstes objectifs, dont un : faire renaître leur fille !

C'était cela ! Car Cameron ne pouvait pas, raisonnablement, désirer furieusement une déesse ennemie ! *Elle a sauvé Sophie-Élisa*, lui souffla sa conscience dans le tourment de ses pensées.

— *Aye !* Mais quel prix faudra-t-il que les miens, ou moi-même, payions pour cet acte ? éructa-t-il à haute voix tout en tournant en rond tel un lion blessé.

Il cessa son manège en se figeant sur place tandis que des ondes incandescentes, mais non douloureuses, se propageaient sur tout son corps, mettant à vif ses nerfs déjà à fleur de peau. Il n'avait vraiment pas besoin de ça pour raviver la tempête émotionnelle qu'il subissait !

Des voix et exclamations parvenaient au travers de l'épaisse porte en chêne de sa chambre, fermée à double tour. Le cortège familial accompagnant Elenwë à ses futurs appartements passait dans le couloir, le tout, à une lenteur insoutenable...

— Qu'ils se dépêchent, grinça Cameron entre ses dents, ses yeux bleus de glace fixant la porte sans ciller une seconde.

Il serra les poings de toutes ses forces et banda ses muscles pour empêcher son corps de s'élancer vers la sortie et courir arracher la princesse des bras de Logan.

Elle agissait sur lui comme le pire des aimants, et tout de suite Cameron songea à ce pauvre Ulysse attaché au mât de son navire, qui avait dû surmonter l'appel ensorcelant des sirènes qui vivaient sur des rochers escarpés, entre l'île de Capri et la côte italienne.

— *Aye*, mais lui, il était ficelé comme un saucisson, pas moi ! gronda Cameron qui fit un pas en avant malgré lui.

Heureusement, peu à peu, la tension se relâcha autour de lui, les siens s'étant éloignés dans les méandres des corridors.

Cameron soupira longuement et ferma les yeux d'abattement tout en courbant la tête en avant, ses longs cheveux noirs et feu glissant sur ses larges épaules en rideaux de soie pour entourer son visage altier.

C'est une humaine maintenant et c'est elle qui paye le prix de sa trahison envers les siens, susurra alors la voix de sa conscience.

Ces quelques mots eurent pour effet de calmer la tension insupportable qui régissait l'esprit de Cameron et détendirent ses muscles noués. Ils agirent comme un rayon de lumière perçant la noirceur de ses songes.

— Une victime ? s'étonna Cameron en redressant vivement la tête. *Aye* ! Elle et moi sommes des victimes du jeu des divinités !

Oui..., souffla sa conscience.

— Les Dieux ont souffert de sa perte, cependant, c'est moi qui ai décidé de sa survie ! Jamais ces sans-coeur n'auraient songé à la faire renaître, ce n'est pas dans leur nature ! Ce qui veut dire qu'elle est à moi ! s'exclama Cameron en s'ébrouant, le corps parcouru d'une félicité toute nouvelle. À moi ! scanda-t-il encore en levant le poing vers les cieux alors qu'un rire profond, incongru, naissait dans sa puissante poitrine pour fuser hors de sa gorge et se répercuter en échos sonores sur les murs de sa chambre.

— *Och* ! Petite déesse, la donne vient de changer... je sais à présent que les jours prochains seront les plus intéressants de ma longue vie ! Dorénavant, nous sommes liés l'un à l'autre !

Un peu plus loin dans une autre chambre attenante au même couloir que celle de Cameron, Elenwë luttait contre une foule d'émotions qui se débattaient en elle.

Logan l'avait déposée sur un matelas moelleux avant de se retirer avec les hommes du clan, et les femmes Saint Clare s'étaient dépêchées de la recouvrir d'un cocon de tissus chauds et doux.

Combien de temps resta-t-elle là à les écouter parler à voix basse alors qu'elle ne demandait qu'à communiquer avec elles ?

— Son souffle est à nouveau régulier et les battements de son coeur se sont calmés, annonça Awena qui se tenait à son chevet et lui touchait de temps en temps le front ou le cou de ses doigts frais. Quelqu'un sait-il si l'on a réussi à mettre la main sur Barabal ? lança-t-elle encore, une note d'agacement dans sa voix aux intonations chaudes en se tournant vers sa fille et les gardes qui patientaient dans le couloir.

— Aucune idée, maman, lui répondit Sophie-Élisa. Logan est parti à sa recherche tandis que papa et Iain s'arrangent pour réunir nos druides et *bana-bhuidseach* (sorcières).

— C'est vrai ? s'exclama soudain une autre voix essoufflée, féminine, qu'Elenwë reconnut pour être celle de Diane, la femme de Iain et grand-mère de Sophie-Élisa.

— Diane ! Oh mamie ! s'écria joyeusement Sophie-Élisa en se précipitant dans ses bras tremblants.

— Oh ma douce, pour notre plus grand bonheur, te revoilà parmi nous ! J'ai tant prié... fit tendrement Diane, la gorge enrouée par l'émotion, son souffle se brisant sur ses derniers mots.

— Nous sommes tous à la maison, souffla Awena en les rejoignant, sans perdre de vue le corps alité d'Elenwë.

Diane suivit son regard et fronça ses fins sourcils blonds au dessus de ses prunelles d'un brun pailleté d'or.

— Fillian et Gordon m'ont mise au fait de la présence de... de...

— La princesse des Sidhes, Elenwë, la renseigna Sophie-Élisa.

— Que lui arrive-t-il ? s'enquit Diane en recouvrant la parole. Comment une déesse peut-elle se retrouver alitée dans le château des Saint Clare et être visible de tout un chacun ?

Elenwë entendit clairement Sophie-Élisa relater les ultimes événements qui l'avaient conduite, elle, à devenir une humaine, découverte inerte près de la chute d'eau et du bassin de la Cascade des Faës, sans omettre un seul détail. De son apparition en l'an 2014 alors que Sophie-Élisa agonisait à l'approche de l'heure fatale de l'anniversaire de sa naissance, du don d'immortalité transmis pour la sauver, de sa prétendue mort, du désespoir des Dieux qui leur avaient proposé de concrétiser leurs souhaits en réparation de leurs torts, les derniers mots de Cameron qui disaient qu'il l'aurait souhaitée vivante... et le moment présent, en l'an 1416 où elle, Elenwë, était allongée sur un lit, totalement impuissante, aux mains des hommes et des femmes du clan

Saint Clare.

Elle savait devoir son retour à Cameron, et, rien que de se remémorer ce phénoménal homme-dieu, son tout nouveau coeur se remettait à battre la chamade et son souffle se précipitait à nouveau.

D'ailleurs, avait-il une seule fois quitté ses pensées depuis qu'elle était dans ce monde ? Non, il était dans ses songes, son image d'une beauté ténébreuse la hantait, l'habitait toute, et ce, à partir du moment où elle avait pu s'échapper de sa prison temporelle à l'appel désespéré de Logan et s'était matérialisée littéralement dans les bras de Cameron, bien plus fort et plus beau que l'homme qu'elle avait connu avant son emprisonnement. À cet instant-là, elle était déesse, aux idées froides, figées... Mais maintenant... en tant qu'humaine, elle subissait de plein fouet la force de ses émotions et sensations.

Une partie de lui était dans chaque bulle de ses songes : son magnifique corps bien découplé, immense, athlétique, de mâle en puissance à la virilité brute, son sublime visage rendu plus envoûtant par sa cicatrice, ses lèvres sensuelles, son nez droit, ses pommettes hautes, et ses yeux d'un bleu aussi pur que l'était celui du ciel des tertres enchantés...

Elenwë gémit, en proie à un feu intérieur qu'elle ne s'expliquait pas et qui courait dans ses veines, comme dans son ventre. Le choc de cette chaleur avec l'air ambiant et frais, provoquait des frissons sur ses bras et ses épaules.

— Elenwë ? s'alarma aussitôt Sophie-Élisa en accourant près d'elle. Parlez-moi déesse, nous savons que vous êtes consciente, dites-nous ce qu'il faut faire pour vous aider ! Je vous en prie ! la supplia-t-elle encore.

Si seulement je le savais ! se désespéra intérieurement la princesse des Sidhes.

— Ses fesses, pincer, on doit ! caqueta l'inimitable et incomparable voix grinçante de Barabal qui faisait son entrée fracassante sous les exclamations outrées d'Awena, Diane, et Sophie-Élisa.

Chapitre 3

Renaissances

— De quoi ? couina Awena en se faisant bousculer par la Seanmhair qui se déplaçait toutes voiles dehors vers le lit à baldaquin où reposait Elenwë.

La petite mère, dos voûté, habillée de sa sempiternelle toge grise de saleté, ses cheveux neigeux mi-longs en bataille, stoppa net son avancée en claquant de la langue d'un air agacé tout en frappant le sol de son étrange bâton enchanté.

— Question, toujours des questions, tu as ! grogna-t-elle après la première dame du clan, en la foudroyant de ses minuscules yeux noirs perdus dans un visage aux innombrables rides ancestrales.

À ce moment même, Barabal ressemblait, dans l'esprit d'Awena, à un très vieux bouledogue aux bajoues ballantes et aux lourdes paupières tombantes. Cette idée fut si incongrue, fulgurante, que pour ne pas éclater de rire, elle dut se mordre fortement l'intérieur des joues avant de se forcer à revenir au sujet présent. Ce qui eut pour mérite d'effacer toute notion d'amusement et lui fit à nouveau monter la moutarde au nez.

Au moins, Barabal, ne mâchait-elle pas ses immondes plantes et ne crachait-elle pas au sol le jus verdâtre qui en résultait.

— Bien sûr que j'ai des questions ! la houspilla Awena. Avec toi, il vaut mieux en poser avant d'avoir des résultats et quels résultats ! ! T'en rends-tu compte ? Pincer les fesses d'une princesse ? Et pourquoi ?

— Réflexes de bébé, elle, doit avoir ! lui retourna la Seanmhair en secouant la tête de droite à gauche et en levant les yeux au ciel comme si elle répondait à une idiotie.

— Mais, elle nous prend pour des neuneus ? ! s'écria Awena en mettant les mains sur les hanches et en avançant le buste, prête à en découdre avec la vieille femme.

— Moi pas savoir ce que toi veux dire ! Humpf ! Et toi, pas comprendre ce que moi, dire, je veux ! caqueta encore la petite mère qui agitait ses doigts osseux sous le nez d'Awena, comme si elle désirait chasser un agaçant moucheron.

— Assez ! intervint Diane tout en faisant rempart de son corps entre les deux duellistes. Seanmhair, nous ne doutons en rien de tes très grandes connaissances de guérisseuse, ainsi que de ta phénoménale magie. La nuit a été longue pour tout le monde et nos esprits fatigués, surmenés, font que nous sommes tous un peu sur les nerfs et que nos paroles peuvent dépasser nos pensées. Cependant, nous sommes tout ouïe et attendons tes explications, qui seront toutes, comme toujours, d'une suprême sagesse…

Diane croisa le regard outré d'Awena à ce moment-là, et se dépêcha de lui faire un clin d'œil en tournant le dos à Barabal.

Passer un peu de pommade ne pouvait pas faire de mal ? ! Ce que comprit très vite Awena, un lent sourire narquois se dessinant sur ses lèvres bien ourlées.

— Bonjour Barabal ! lança Sophie-Élisa en s'approchant de la Seanmhair et en lui posant deux baisers sonores sur les joues. Je suis si heureuse de te retrouver après tout ce temps…

— Nia nia nia… Humpf ! Si beaucoup de temps, cinq heures, être, tu crois… Alors, malade, tu es ! baragouina-t-elle avant de se détourner du trio et de claudiquer vers le lit sous le regard affligé des trois femmes.

— Seanmhair ! Je suis partie dans le futur beaucoup plus longtemps que cinq misérables heures, on peut parler en mois ! s'indigna Sophie-Élisa en la foudroyant de ses yeux verts. Crotte alors ! Tu arrives toujours à gâcher nos retrouvailles !

— *Aye*, toi différente ! Rouler dans la boue tu as, pas les mêmes atours, tu portes, pas parler pareil, tu fais ! Diane, en tenue de nuit, être... et ta *màthair*... pas changé elle a ! croassa Barabal en les contemplant de la tête aux pieds d'un air souverain.

Les trois femmes se dévisagèrent, déconcertées. Diane était effectivement en habits de nuit, chemise en dentelles cachée sous une robe de chambre épaisse nouée à la taille, chaussons *maout*[7] aux pieds, et ses longs cheveux blonds reposaient en désordre sur son dos. Awena portait la même tenue – quoique chiffonnée – que lors des noces celtiques de sa fille bien aimée, alors que sa coiffure s'était défaite et évoquait une grosse choucroute rousse embroussaillée. Quant à Sophie-Élisa, elle se présentait dans ses vêtements du futur, sa tunique verte toujours tachée d'auréoles noires, son jean, et ses chaussures de sport blanches crottées de terre. Les trois femmes cessèrent de se livrer à leurs introspections dès que Barabal reprit de sa voix cassante :

— Pfff... Contente, je suis… marmonna-t-elle en faisant un sourire qui ressemblait plus à une grimace sur ses dents immaculées avant de se détourner d'elles brusquement pour s'approcher du corps d'Elenwë. Pincer les fesses, je dois ! continua-t-elle en joignant le geste à la parole, si rapidement qu'aucune des trois femmes présentes dans la chambre ne put l'arrêter.

En deux temps trois mouvements, la Seanmhair serra et tourna vicieusement du bout de ses doigts la chair tendre du postérieur d'Elenwë qui poussa son premier cri aigu depuis qu'elle était revenue parmi les vivants, et gesticula assez

---

7 *Les chaussons maout (en breton) sont des chaussons tricotés en laine épaisse de mouton.*

pour se mettre sur le dos... ses yeux d'une couleur améthyste fixant avec effarement les prunelles noires de la vieille *bana-bhuidseach*.

— *Och !* Pareil qu'un bébé ! clama haut et fort Barabal, très fière d'elle, en tapotant le crâne d'Elenwë. Maintenant, réflexes éveillés !

— Barabal ! Tu es un génie ! souffla Awena à ses côtés et qui dévisageait Elenwë révérencieusement. Non... tu es absolument monstrueuse, se reprit-elle vivement en se rendant compte du compliment qu'elle venait de faire à Barabal. Comment vous sentez-vous, princesse ?

La somptueuse femme qui lui faisait face, à peine âgée d'une vingtaine d'années, écarta doucement ses lèvres pulpeuses d'un rouge carmin, et laissa fuser ce qui ressemblait à des petits couinements de souris.

Plus elle essayait de communiquer, plus l'affolement gagnait les traits parfaits de son visage en forme de cœur, ses splendides prunelles violettes, avant de se propager à son corps entier parcouru de tremblements incoercibles.

Diane et Sophie-Élisa s'approchèrent à leur tour pour tenter de la calmer par des gestes de douceur et des mots rassurants, mais rien n'y fit, les couinements s'amplifièrent jusqu'à devenir des cris si stridents que toutes durent se boucher les oreilles pour protéger leurs tympans mis à mal.

— Pas pincer, j'aurais dû ! marmonna la Seanmhair en claquant de la langue, ses deux index profondément enfoncés dans ses conduits auditifs.

Awena, qui avait entendu ses propos, se retint malgré elle de frapper de part et d'autre de ses coudes pour lui enfouir plus profondément les doigts dans les oreilles.

Elle avait toujours peur du pire avec Barabal, et la situation lui prouvait qu'elle avait, encore une fois, eu raison de se méfier d'elle.

Awena en était là, à peaufiner dans son esprit un machiavélique plan pour éliminer la vieille femme, quand elle sentit un extraordinaire souffle d'air la frôler avant d'être poussée sans cérémonie sur le côté.

Secouant la tête, alors que les cris avaient cessé – à part les sifflements qui persistaient dans sa boîte crânienne –, elle fit volte-face vers le lit pour découvrir son fils... enfin... celui qui était devenu son fils l'espace d'une nuit, prendre dans ses robustes bras la princesse des Sidhes et lui murmurer une mélopée étrange et inconnue...

Le son de la voix de Cameron était grave, rauque, il accompagnait sa litanie d'un mouvement lancinant du corps et calmait Elenwë.

Elle était dans le berceau de sa force, protégée des regards par le voile noir et feu de ses cheveux qui glissaient de ses larges épaules pour masquer leurs visages.

On aurait cru assister à l'étreinte tendre, voire passionnée, de deux amoureux !

— Première renaissance, se faire ! proféra Barabal qui avait dégagé un index de son oreille et luttait visiblement pour faire de même avec l'autre.

Bien fait ! s'écria mentalement Awena en souriant avec jubilation, pour ensuite faire une mine écœurée en dévisageant la petite mère qui avait réussi à se libérer, et contemplait le bout de son doigt crochu où trônait un énorme bouchon de cérumen... qu'elle s'empressa de lisser sur ses dents avant d'y passer le bout de sa langue rose !

Awena allait se sentir mal, sans parler des nausées matinales qui ne la quittaient pas.

— Je... je dois me reposer... hoqueta-t-elle en se dirigeant vers la sortie, une main posée sur la bouche au cas où.

Voyant sa mère vaciller sur ses jambes, Sophie-Élisa se hâta de venir la soutenir d'un côté, rapidement imitée par Diane qui lui prit son coude de libre.

— Nous t'accompagnons ma chérie, souffla gentiment celle-ci en alignant ses pas sur les siens. Et puis... Seanmhair et Cameron... est-ce bien Cameron ?

Après confirmation d'un signe de tête de Sophie-Élisa,

Diane continua :

— Eh bien... disons que la princesse des Sidhes est en de très bonnes mains... Pardon Awena ? Je n'ai pas compris ce que tu as marmonné...

— Ordonne à Barabal de se laver les mains, grogna un peu plus fort Awena, avant d'émettre un hoquet très sonore.

— Pourquoi ? s'étonna Diane en soulevant ses fins sourcils.

— Je t'expliquerai... plus tard... sinon je vais vomir ici !

Cameron sentait le corps d'Elenwë se détendre tout contre lui. La mélopée magique avait fait son œuvre et toute peur avait déserté le regard améthyste de la princesse.

Il n'avait pas entendu ses cris de détresse, non, il avait perçu son angoisse au plus profond de lui et avait su d'instinct comment agir avant de quitter ses appartements et de se précipiter dans la chambre d'amis où elle reposait.

Maintenant, allongé au plus près de cet être ensorcelant et n'ayant plus envie de lutter contre l'attraction qu'elle exerçait sur lui, sa chaleur se communiquant à sa peau, à ses veines, Cameron réalisait qu'il se comportait à nouveau comme un félin protégeant sa femelle et n'en avait cure.

Elenwë n'émettait plus aucun son, que quelques souffles réguliers et le dévisageait de ses insondables prunelles couronnées d'interminables cils d'un noir absolu, des ailes de papillon soulignant et révélant les deux plus beaux joyaux de l'univers.

Cameron désirait se noyer dans les profondeurs de ses yeux. Inconsciemment, il avait posé sa grande main sur la rondeur d'un de ses seins sous lequel battait son cœur en rythme saccadé avec le sien.

Le désir lui fouailla à nouveau les reins et une obsession tenace le saisit : embrasser cette bouche au rouge carmin et ne faire plus qu'un avec l'être de tous ses fantasmes.

Comme au ralenti, il se pencha doucement,

précautionneusement, pour ne pas effaroucher la belle. Une petite seconde de plus et il allait sceller leur sort, ses lèvres étant à un millimètre de...

— Plus fort tu es ! Plus encore que ton *athair* ! À ton premier souffle, le dire, je l'ai fait ! Humpf ! Puissant magicien tu es ! Pour la divinité, son Âme sœur tu deviendras ! Long chemin tu as fait. Renaissance, aussi pour toi, être maintenant ! caqueta à ce moment-là la Seanmhair que Cameron avait totalement oubliée, comme tout le reste d'ailleurs.

L'espace d'un songe merveilleux, il avait cru être téléporté dans une autre dimension avec sa dame de cœur et Barabal... l'avait réveillé !

Et... il *détestait* être réveillé !

Lentement, retroussant les lèvres sur ses dents blanches, et tournant la tête pour faire face à la vieille femme à travers les mèches de ses cheveux sombres, il se mit à rugir sourdement, les yeux plissés sur son regard glacial. Cameron ne comptait plus le nombre d'assaillants et d'importuns qu'il avait fait déguerpir ainsi... Cependant, il avait oublié que Barabal était d'une autre trempe, qu'elle n'avait peur de rien, et surtout pas de lui !

Elle le considéra en souriant avant d'applaudir avec enthousiasme.

— Magnifique ! Recommencer ça, tu dois ! Gros chat, méchant ! Grrr... Encore ! trépigna-t-elle sur place.

— Encore... souffla soudainement une voix aux intonations riches et sensuelles, tout près de l'oreille de Cameron, en le faisant violemment frissonner.

Tournant subitement la tête pour dévisager Elenwë, il fixa sa bouche avec de grands yeux étonnés.

— Parle, *mo maise* (ma beauté)... l'incita-t-il dans un chuchotement ému.

— Parrrllleee... articula-t-elle, ses iris améthyste posés sur ses lèvres charnues tout en essayant de reproduire ses mimiques, le brusque sourire lumineux de Cameron en plus.

Il avait l'impression qu'un magnifique rayon de soleil venait caresser sa peau et que sa chaleur se déversait dans son être. Elenwë n'était plus un corps léthargique, elle reprenait possession de ses sens et réapprenait peu à peu à dialoguer comme un humain. Ce qu'elle avait – à peu de chose près – été, durant les vingt années précédant son Élévation.

La magie avait opéré, le cours de la vie se chargerait de faire le reste...

Cameron était follement, stupidement, inexorablement... au septième ciel !

Il en éprouvait le besoin impérieux de le clamer au monde entier et se mit à badiner comme un bienheureux :

— Continue de parler, sinon... je te dévore ! plaisanta-t-il, ses lèvres avides de baisers caressant subrepticement celles d'Elenwë.

La jeune femme – puisque ce n'était plus une déesse – sursauta et réussit l'exploit de reculer un peu dans l'étau de muscles qui l'enserrait tendrement.

Plusieurs émotions traversèrent ses prunelles mauves : l'étonnement, la peur, l'ébahissement, l'incrédulité, et bien d'autres que Cameron ne put retenir tant il y en avait.

Quoi ? Qu'avait-il dit qui pût la bouleverser ainsi ?

Et maintenant, elle cherchait visiblement ses mots en bougeant les lèvres sans qu'aucun son ne parvienne à s'échapper !

Cameron, en bon mâle highlander, aurait largement préféré lire dans ses yeux du désir, de la passion, une flamme... n'importe quoi plutôt que de la peur ! Il s'était plu à imaginer, gourmand, qu'elle lui retournerait quelques paroles de sa riche voix sensuelle, du style :

— *Aye... mange-moi !*

Au lieu de quoi, elle dit – bafouilla plutôt – en souffles courts et entrecoupés :

— Pas... bonne... à manger... je suis...

Cameron tiqua, son rêve venait de prendre un méchant

coup !

Il recula à son tour sans cesser de la dévisager et de la maintenir dans ses bras, tandis que Barabal se remettait à applaudir en éclatant d'un rire grinçant qui ressemblait étrangement à un vilain hurlement de cordes de violon malmenées.

S'était-il trompé dans la mélopée magique ? Avait-il transformé Elenwë en une nouvelle Barabal ?

Nom d'un chien !

Elle parlait comme la Seanmhair...

Cameron cilla en pinçant les lèvres et en serrant les mâchoires, concentré sur le rappel des mots exacts qu'il avait prononcés pour le sort... Chose qui apeura Elenwë, qui de son côté ne comprenait pas pourquoi le puissant Highlander la regardait rageusement... Enfin, c'est ce qu'elle croyait, mais comment faire le tri parmi des centaines, des milliers de sensations qui fusaient dans sa tête ?

Jamais elle n'aurait songé que de devenir une femme de chair et de sang puisse poser autant de problèmes... Être une divinité était si simple, si parfait, si...

— Bien parler, elle fait ! chantonna Barabal en coupant le fil des pensées d'Elenwë. Apprendre vite ! Elle, brave fifille !

— Fifille... réussit à murmurer Elenwë, pour ensuite couiner lamentablement alors que les bras de Cameron se resserraient autour d'elle et que son large torse, dur comme du marbre, ne vienne douloureusement s'écraser contre sa fragile poitrine.

— Aïe ! s'écria-t-elle de douleur.

Ce que les deux autres prirent pour un « *oui* » crié en gaélique écossais.

— *Aye,* fifilllleeee ! s'époumona Barabal tandis que Cameron sentait ses démons revenir à la charge dans le but de l'aider à supprimer l'insupportable petite mère.

— Ne l'écoute pas *mo maise*, elle ne s'exprime pas de façon correcte, gronda-t-il en foudroyant de ses prunelles le corps courbé et sautillant de Barabal. Et... n'aie pas peur de moi, quand j'annonce vouloir te dévorer, ajouta-t-il la voix plus rauque en faisant face à Elenwë. C'est une métaphore... où j'émets le simple désir de te faire mienne !

Pour le coup, il n'y eut plus trente-six mille expressions sur les traits délicats et harmonieux du visage d'Elenwë, mais, une seule : la stupéfaction !

Ses yeux et sa bouche formaient de superbes ronds alors que du bout de ses doigts fins qui se terminaient par de longs ongles blancs, elle palpait son propre visage : ses lèvres, ses joues, et ses paupières.

Elenwë était ébahie des marques physiques que pouvait engendrer la surprise sur sa peau. Tout était si nouveau !

Et Cameron venait de lui annoncer clairement qu'il désirait la posséder !

Le feu se rallumait dans son esprit et son corps. Elenwë se sentait à nouveau attirée dans une spirale incessante, oppressante, elle ne contrôlait plus rien, elle n'était plus rien...

Pourtant une chose ressortait de tout ça : elle en voulait énormément à Cameron de l'avoir fait renaître pour subir tous ces tourments, impuissante qu'elle était à les maîtriser.

C'était peut-être ça, ce que certains hommes appelaient : l'enfer !

Alors que son corps était repris de soubresauts, que son esprit en fusion la portait à la souffrance plus que de raison, Elenwë prit conscience de se retrouver dans un autre endroit, sombre, lugubre, froid et humide... La grotte où gisait la liche !

Elenwë la voyait et cette... horreur la percevait aussi. Son faciès squelettique s'étira sur un sourire carnassier, les peaux parcheminées pendant sur des dents aiguisées. Un ricanement enfla autour d'Elenwë avant qu'une voix d'outre-tombe ne vienne lui écorcher les oreilles et ne déclenche une sourde terreur dans son âme :

— Je suis revenu à la vie, semblait-elle scander. Et... je

sais où te trouver... siffla la liche avec une malveillante jubilation avant que son rire inhumain ne perce les tympans d'Elenwë et qu'elle ne se mette à hurler de douleur.

Les gestes désespérés de Cameron lui firent réintégrer la chambre d'amis du clan Saint Clare qu'elle n'avait quittée, en fait, que par la pensée. Quelque chose de chaud coulait le long de ses lobes et dans son cou. Elle y passa doucement les doigts avant de les porter à ses yeux : du sang... rouge, et non d'or ! Le cri de la liche lui avait percé les tympans !

Elle était réellement une humaine, revenue d'entre les morts, elle allait devoir apprendre à vivre ainsi, et se préparer à affronter le pire des ennemis que les mondes terrestre et céleste n'eussent jamais connus !

Trois renaissances venaient de se faire : la sienne, d'une certaine manière celle de Cameron, mais aussi celle d'une terrible et redoutable créature : un roi-sorcier liche !

Chapitre 4

Matinée mouvementée

Cinq minutes avant...

Cameron, ne comprenant pas pourquoi Elenwë s'était mise dans un nouvel état de confusion et que du sang coulât de ses oreilles, vit rouge, et en attribua d'office tous les torts à Barabal.

Grâce à son don de guérison et à une autre incantation magique, il soigna et endormit celle qu'il considérait comme sienne avant de faire volte-face, très lentement, vers la Seanmhair.

Celle-ci avait dû sentir le vent tourner, car l'enjouement et l'euphorie avaient déserté ses traits. Pour la première fois depuis qu'il la connaissait, Cameron la vit très nettement pâlir, ce qui le fit sourire cyniquement tandis qu'il la jaugeait de son regard de glace et déployait posément sa haute et impressionnante stature pour s'approcher d'elle à pas de loup.

— Och ! Bon mac, tu es ! Gentil mac ! cancana Barabal de sa voix éraillée, tout en faisant quelques signes apaisants de ses mains tendues devant elle.

On aurait dit qu'elle essayait de calmer un chien méchant !

Cameron la quitta des yeux deux secondes et les riva sur la fenêtre dont les vantaux s'ouvrirent brusquement pour aller battre contre les montants de pierre, en amenant la

Seanmhair à sursauter pitoyablement.

Elle recula en lançant des regards furtifs vers la porte fermée de la chambre, puis vers son bâton de *banabhuidseach* posé au pied du lit.

— Tss, Tss... fit Cameron en secouant la tête de droite à gauche pour lui signifier qu'il était hors de question qu'elle récupère son bien.

— Quoi toi vouloir ?

— Ce que j'aurais dû faire depuis des siècles ! susurra Cameron en souriant d'un air trop angélique pour être vrai.

— Très vieille je suis ! Respecter, tu me dois !

— Aye... Mais, Barabal... tu as oublié un détail qui a toute son importance...

La Seanmhair tiqua et chercha visiblement où il désirait en venir. Cependant, Cameron, en preux chevalier, décida de ne pas la faire trop languir au risque de voir son cerveau griller :

— Je suis beaucoup plus vieux que toi à l'instant présent ! fredonna-t-il tout en faisant un geste de moulinet avec son poignet et que Barabal ne se retrouve en train de faire la brasse dans les airs, ouvrant et fermant la bouche comme un gros poisson rouge.

— Poser par terre, tu dois ! réussit-elle à couiner tandis qu'il tendait la main vers la fenêtre grande ouverte et qu'elle prenait la même direction en planant à plus d'un mètre en contre-haut du sol.

— *CAMERON !* s'égosilla-t-elle alors que son corps se trouvait maintenant à l'extérieur de la chambre, voltigeant peu gracieusement au-dessus du vide, sa toge grise gonflée par le vent ne cachant plus ses jambes osseuses qui pédalaient furieusement en tous sens et ses bas de laine grossiers descendus en accordéon sur les chevilles.

— *Aye Seanmhair* ? Un dernier souhait ? soupira-t-il, mimant un ennui mortel.

— Sur le sol, toi me poser ! ordonna-t-elle tout en le fusillant de ses minuscules yeux noirs, ne pouvant pas mettre les mains sur les hanches sans être déséquilibrée aussitôt.

— Que ta volonté soit exaucée ! scanda théâtralement Cameron en écartant ses doigts d'un geste brusque avant de lui faire un petit coucou comique.

Barabal sembla se figer d'étonnement dans les airs, un centième de seconde avant de disparaître à la vue de Cameron, et de tomber dans un horrible hurlement de sorcière terrassée à la fin d'un dessin animé.

Voilà une bonne chose de faite, se complimenta-t-il en retournant s'allonger tout contre le corps d'Elenwë.

Il fronça soudainement les sourcils, les yeux rivés sur la fenêtre par laquelle s'engouffraient de fortes bourrasques glaciales, et ordonna mentalement aux vantaux de se refermer. Une fois sa volonté accomplie, il soupira de contentement, et s'endormit paisiblement, la tête posée sur la soie parfumée des cheveux d'Elenwë.

Cinq minutes après...

— Crois-tu que nous soyons assez nombreux pour aider la princesse des Sidhes ? s'inquiétait Iain en marchant rapidement aux côtés de Darren tout en rassemblant ses longs cheveux noirs sur sa nuque et les nouant à l'aide d'un lien de cuir.

Le laird, presque sosie de Iain, décocha un coup d'œil par-dessus son épaule, sans cesser d'avancer, alors qu'ils franchissaient le pont-levis suivis par une cinquantaine de druides, d'une vingtaine de *bana-bhuidseach*, de Larkin, d'Aigneas sa belle-sœur, et de Logan, avant de reporter son attention vers la cour intérieure du château.

— *Aye* ! Il le faut ! jeta-t-il entre ses dents. Elle a sauvé ma *caileag* (fille) et c'est la moindre des choses de mettre tout en oeuvre pour la guérir, dans la mesure de nos possibilités !

Iain soupira bruyamment en envoyant un panache de

buée dans l'air froid ambiant.

— Nous aurions dû dormir un peu. Nous n'avons pas les esprits assez reposés pour agir correctement dans le cas présent ! Sans compter qu'il y a trop d'événements nouveaux, comme pour ton *mac* !

Darren cilla en reportant son attention sur Iain.

— *Dé mo mac* (Quoi, mon fils) ?

— *Och !* Il est... différent... tu ne trouves pas ? avança Iain, un peu maladroitement.

— *Aye !* consentit Darren dans un soupir, fronçant soucieusement les sourcils et son regard bleu nuit se perdant un instant dans le vague. J'ai hâte de savoir tout ce qui a pu se passer en une nuitée ! Mes idées sont confuses et...

— CAMERON ! ! s'égosillait la voix plus que reconnaissable de Barabal, les faisant stopper net dans leur avancée.

Darren et Iain cherchèrent d'instinct à localiser l'appel strident. Mais où était la Seanmhair ?

— Tu la vois ? demanda Iain en tournant sur lui-même pour s'efforcer de la repérer.

— *Naye* ! répondit laconiquement Darren qui imitait son grand-père.

— *A nall* (Là-bas) ! cria Larkin dans leurs dos en pointant le ciel de son index et en se mettant à courir comme un forcené vers la façade du château, sa toge blanche relevée au-dessus des genoux pour lui permettre d'aller plus vite.

Iain et Darren se dévisagèrent une seconde pour ensuite lever la tête dans la direction que Larkin avait désignée.

Quand ils aperçurent Barabal, gesticulante et vociférante, faisant du surplace dans les airs à plus de quinze mètres au-dessus du sol, les deux Highlanders en restèrent bouche bée, statufiés par la scène.

— Elle... commença Iain.

— Vole ! finit Darren avant que la Seanmhair ne pousse un effroyable hurlement et ne tombe dans le vide comme un pantin désarticulé.

L'espace d'un moment, une horrible vision de tulipe rabougrie s'imprima sur les rétines des deux hommes : la toge grise, avec la chute, était remontée et recouvrait entièrement le haut du corps de Barabal comme des pétales fanés, laissant apparaître ses fines et osseuses jambes en guise de tiges desséchées.

— Je vais t'attraper ! Je vais t'attraper ! piaillait lamentablement Larkin en levant les bras au ciel et en faisant quelques pas chassés pour se trouver au point d'impact de Barabal avec le sol.

Il comptait réellement amortir le choc en la réceptionnant ainsi ? Le pauvre fou !

La scène devait se dérouler à la vitesse grand V, pourtant et étrangement, le visionnage fut perçu de tous comme se passant au ralenti. Tout comme l'apparition d'un gigantesque matelas gonflable blanc qui aplatit Larkin comme une crêpe sur les pavés de la cour et réceptionna la Seanmhair en la faisant rebondir plusieurs fois, sans aucun dommage corporel.

— Encore ! ! s'égosillait l'insouciante et affreuse petite mère à chaque fois qu'elle moulinait des bras dans l'air pour ensuite sauter sur le matelas, alors qu'au même moment, Larkin expirait le peu d'oxygène qu'il avait réussi à inhaler.

Sortant de leur transe, Darren et Iain, assistés d'un Logan hilare, se précipitèrent pour porter secours au vieux grand druide dont la peau du visage avait viré du rouge au mauve !

— Tire-le par les épaules ! ordonna Darren en direction de Iain.

— *Aye* ! C'est ce que j'essaye de faire, mais tu devrais faire descendre cette vieille chouette pour que cela soit possible ! s'énerva Iain en vociférant après la Seanmhair qui continuait de culbuter comme un trapéziste chevronné.

Sauf que le trapéziste ne portait pas de toge... ni des bas...

— Je vais vous aider ! proposa Logan, en saisissant un des bras de Larkin et en le tirant en même temps que Iain de sous l'encombrant amas de tissu distendu.

Ce qui se passa ensuite découla bien sûr du peu de connaissances qu'avait Darren des inventions futuristes. Il empoigna sa claymore et chargea la grosse bâche blanche surgonflée par un nouveau rebond de Barabal : le matelas éclata en projetant dans les airs le laird, Logan, Iain et tous les malheureux qui s'étaient approchés, alors que Barabal faisait un plat monumental sur le tissu pourfendu, dégonflé, et gisant sur les pavés.

— *Och !* Za va... ba mal... caqueta-t-elle en soulevant la tête et souriant... sur une bouche à nouveau édentée, avant de s'écrouler encore, face contre terre.

— Mais qu'est-ce que c'est que cette foire ? ! hurla Darren en se redressant lestement puis en époussetant son kilt avant de se saisir rageusement du pommeau de sa claymore qui gisait par terre.

Il fusillait tout le monde du regard, cherchant un coupable, y compris parmi les druides et les *banabhuidseach* qui parlementaient entre eux et refaisaient le film à force de mimes grandioses.

— Quelqu'un a voulu jouer un mauvais tour à Barabal, avança Logan, pince-sans-rire, en soutenant le pauvre Larkin d'un bras. Ou alors... elle a réussi à pousser quelqu'un à bout, ajouta-t-il en rivant les yeux sur la fenêtre d'où avait probablement été éjectée la petite mère.

Tous suivirent son regard dans un bel ensemble de mentons levés.

— C'est la chambre où se trouve la princesse des Sidhes, les informa Iain en grattant distraitement sa barbe d'un jour.

— Awena... ? souffla Darren, en imaginant sa femme en pleine crise de nerfs et mettant ses menaces de mort vis-à-vis de la Seanmhair à exécution, une bonne fois pour toutes.

— *Naye*, Barabal a crié le nom de Cameron ! contra

Logan. Et ce matelas gonflable est sa signature. C'est ainsi qu'il nous a entraînés dans le futur à nous réceptionner le mieux possible lors d'une chute... avec ce matériel, quand il était de bonne humeur, sinon, c'était un tas de fumier !

Darren grimaça de dégoût tandis que Iain partait d'un fou-rire irrépressible.

— Je vais l'étriper... grommela Darren en se mettant en marche vers l'entrée du château.

— Si j'étais vous... j'éviterais ! le prévint Logan d'un ton léger en restant près d'un Larkin chancelant qui partit néanmoins porter assistance à sa vieille amie.

— Dé chanas tu (Que dis-tu) ? gronda Darren en se figeant sur place et en jaugeant Logan par-dessus son épaule.

Logan soupira longuement en secouant la tête, son sourire s'effaçant quelque peu.

— Votre fils est... très différent. Il est peut-être temps que vous ayez une discussion avec lui... Mais, soyez sur vos gardes.

Darren cilla, adressa un vif coup d'œil à Iain qui hocha du chef, puis fit un signe apaisant vers Logan.

— Je l'étriperai... après avoir parlé avec lui, grommela Darren en reprenant sa marche.

— Et nous ? Que faisons-nous ? le questionna Iain, sans le suivre.

— Vous restez tous ici, sauf Aigneas qui s'occupera de la princesse... pendant que je m'entretiendrai avec mon mac.

Aigneas acquiesça et s'avança à sa rencontre.

Darren crut entendre des murmures de soulagement dans son dos, mais quand il se retourna pour faire face à la foule de mages, hommes et femmes, tous le regardèrent studieusement, de façon par trop candide.

« *Les pleutres !* », songea Darren, mécontent et contrarié.

De quoi avaient-ils peur ? Ce n'était que Cameron, son digne fils ? !

— C'est du Cameron tout craché ! s'amusa ouvertement Aigneas, dans le but de couper l'interminable silence qui s'était établi entre Darren et elle tandis qu'ils montaient les escaliers en colimaçon et qu'ils longeaient les corridors pour accéder à la chambre d'amis où l'on avait logé Elenwë.

Darren sourit lentement et dévisagea du coin de l'œil sa belle-sœur qui ressemblait tant à son amour de femme.

Elle était visiblement fatiguée, des cernes mauves soulignaient ses yeux bleu azur, son visage était pâle, et elle avait attaché sa longue chevelure rousse en une simple lourde natte dans son dos.

Néanmoins, elle gardait un air invariablement enjoué, toujours d'apparence fraîche et propre dans sa toge blanche resplendissante.

Aigneas avait pourtant vécu des moments très éprouvants dans sa vie : en perdant ses parents très tôt, en étant séparée d'Awena à sa naissance – et ce durant vingt-deux ans – parce qu'elle la croyait morte elle aussi. Puis rejetée par les villageois et recueillie par Barabal. Sans omettre ses longues heures d'angoisse lorsque son mari Ned – nouveau grand druide du clan – et son fils Tom s'en allaient au loin pour porter secours aux autres religieux celtiques pourchassés par les chrétiens.

Oui, il n'y avait pas à dire, Aigneas était de la même trempe qu'Awena : des femmes fortes, généreuses, et courageuses.

— *Aye !* répondit Darren en rompant le fil de ses pensées. Aigneas... reprit-il d'un air embarrassé. Il faut que tu saches… Cameron a beaucoup changé…

— Changé ? s'étonna-t-elle en souriant de travers. Tout de même, tu exagères ! Par quel moyen ton fils aurait-il pu évoluer en une nuit ? !

— Justement ! Nous ne parlons plus là d'une nuitée, mais de siècles, selon les dires de Logan, et je compte en apprendre un peu plus sur ce qu'il en est réellement en discutant avec Cameron pendant que tu t'occuperas d'Elenwë.

Darren, se rendant compte qu'il parlementait tout seul, s'arrêta de marcher au milieu du couloir sombre, et jeta un coup d'œil par-dessus son épaule pour découvrir Aigneas, clouée sur place d'effarement, et qui le regardait comme s'il lui était poussé des cornes.

— Laisse-moi un peu récapituler les événements, s'écria-t-elle, un trémolo tendu dans la voix en commençant à compter sur ses doigts. Premièrement : hier soir, nous avons assisté au mariage de Logan et Lisa. Deuxièmement : un peu plus tard dans la nuit, nous leur avons fait nos adieux avant qu'ils ne partent dans le futur. Troisièmement : je suis rentrée à la maison avec Ned et Tom pour essayer de prendre un peu de repos... Quatrièmement : tu me fais quérir aux aurores en m'annonçant le *retour* de Logan et Lisa... Et... cinquièmement : tu me demandes de soigner une princesse des Sidhes, une divinité en fait, et... voilà que tu m'apprends que Cameron... ? Flûte ! Je ne sais plus du tout où j'en suis ! ... s'exclama-t-elle à bout de souffle en se remettant à compter silencieusement sur ses doigts.

— Aigneas... soupira Darren en la prenant gentiment, mais fermement par le coude pour la faire avancer dans le couloir. Je me trouve au même point que toi et si cela peut te consoler, mon esprit est aussi confus que le tien... Alors si tu veux bien allonger le pas, nous serons ainsi plus rapidement dans la chambre d'amis, et je pourrai enfin parler avec Cameron !

— Et Awena ?

— Elle doit s'y trouver également ! D'ailleurs, je pensais que c'était elle qui avait jeté Barabal par la fenêtre... grommela Darren, l'air penaud.

— Tu n'y songes pas ? se récria Aigneas. Il est vrai que la *Seanmhair* lui tape souvent sur les nerfs, comme Awena aime à le dire, mais de là à lui jouer un aussi mauvais tour...

— Nous arrivons ! coupa Darren en lui lâchant le coude

pour ouvrir la lourde porte de la chambre.

Tout semblait si paisible dans cette pièce que Darren en resta dérouté un instant et encore plus, quand il constata qu'Awena n'était pas en ces lieux.

Il s'approcha vivement du lit à baldaquin où reposaient son fils et Elenwë, comme si de rien n'était.

Darren décida de ne pas éveiller la princesse, mais n'eut aucune pitié pour Cameron qu'il secoua fortement par l'épaule jusqu'à ce que celui-ci grogne en dardant sur lui un regard féroce.

Ah... là, Darren reconnaissait bien son enfant dans cet impressionnant gaillard qui lui tenait tête !

— Par les Dieux... souffla Aigneas non loin derrière lui.

Celle-ci avait beau ouvrir grands les yeux ou fermer plusieurs fois les paupières pour corriger sa vue, rien n'y faisait : Cameron était assurément... différent !

Ce n'était plus son tout jeune neveu qu'elle contemplait, mais l'homme qu'il aurait dû devenir dans plusieurs années. Magnifique, impressionnant de force, un Saint Clare dans toute sa puissance brute !

— Où... est... ta... *màthair ? !* articula sourdement Darren entre ses dents, penché légèrement au-dessus de Cameron qui posa un index sur ses lèvres pour lui intimer le silence.

Darren recula pour laisser son fils se lever et se tenir debout en face de lui.

Yeux dans les yeux, Darren découvrit l'ampleur du trouble qui assombrissait les prunelles bleu azur de Cameron alors qu'un tic nerveux battait le long de sa mâchoire et qu'il semblait s'être figé sur place, incapable de parler ! Il était vrai qu'ils se retrouvaient vraiment tous deux en tête à tête... pour la premières fois depuis des siècles, en ce qui concernait Cameron.

— *Athair...* souffla enfin Cameron, la voix rauque d'émoi.

Darren fut bouleversé par la force que ce simple mot

prononcé véhicula.

Un tumulte d'émotions le saisit lui aussi et il eut l'envie irrépressible d'étreindre son fils, de le serrer tout contre lui comme si, effectivement, ils s'étaient quittés depuis des siècles.

Darren se racla la gorge avant de pouvoir parler à nouveau :

— Accompagne-moi dans mon cabinet de travail, Cameron ! Nous avons des tas de choses à nous raconter. Mais avant, dis-moi où est ta *màthair*.

— Elle était trop fatiguée pour demeurer ici, Lisa et Diane l'ont raccompagnée dans vos appartements. Toutes ces agitations ne sont pas bien venues pour une femme enceinte, ajouta Cameron d'un ton docte en fronçant les sourcils et en croisant négligemment les bras sur son large torse.

Darren en resta ébahi alors qu'Aigneas se mettait à tousser à leurs côtés, comme si elle avait mangé ou bu quelque chose de travers.

— Comment... chuchota Darren.

— Suis-je au courant pour le bébé ? termina Cameron en souriant tristement. *Athair*... je sais des tas de choses, du genre que tu n'imagines même pas. Dont une bonne partie que j'aimerais oublier... bien que la venue de ce bébé soit une merveilleuse grâce.

— Ma sœur est grosse ? coassa enfin Aigneas dans un souffle tendu en recouvrant la parole.

— Enceinte ! rétorquèrent en chœur Cameron et Darren en se tournant vers elle d'un même élan.

Aigneas les dévisagea bouche bée avant d'aller s'asseoir au bout du lit et de se mettre à bafouiller :

— Vous... avez encore... d'autres nouvelles... à m'annoncer ?

Darren sourit fugacement en faisant ressortir l'ombre de ses fossettes dans le creux de ses joues, tandis que Cameron faisait mine de réfléchir en se massant le menton.

— Plus tard tante Aigneas, badina-t-il en lui lançant un

clin d'œil effronté.

— *Aye...* souffla la guérisseuse en reportant son attention sur la princesse des Sidhes. Tu me racontes au moins ce que je dois savoir sur cette jeune personne ?

— Elenwë, fille légitime des Dieux... commença Cameron avant de lui narrer brièvement l'histoire que Darren et Awena avaient tenue secrète dans le but de sauver Sophie-Élisa du destin funeste que les divinités avaient fomenté contre elle. Elenwë a fait don de son immortalité en 2014, continua-t-il, elle est morte, j'ai émis le souhait qu'elle revienne à la vie... et la voilà ! termina Cameron alors que sa tante se massait les tempes du bout des doigts.

— Cela fait trop d'aventures à contenir dans mon pauvre esprit... gémit-elle, avant de se frapper les cuisses, de se redresser, et d'aller ausculter Elenwë comme si de rien n'était.

— Allons-y *mac*, enjoignit Darren en posant sa robuste main sur l'épaule solide de son fils. Nous devons parler entre hommes.

Cameron avait manifestement envie de suivre son père, mais ne pouvait faire un pas pour s'éloigner d'Elenwë.

— Je réalise qu'un lien puissant te lie à cette femme, *mac*. Cependant, aie confiance en Aigneas, la princesse est entre de bonnes mains. Viens ! répéta-t-il plus fort en devançant son fils vers la sortie.

— *Aye !* bougonna Cameron, réussissant enfin à quitter la chambre d'ami pour suivre son père jusqu'à son cabinet de travail, qui se situait un étage plus bas.

Chapitre 5

Quand Cameron n'en fait qu'à sa tête

Dix minutes plus tard, les deux Highlanders entrèrent l'un après l'autre dans l'antre du laird Saint Clare. Darren en premier, allant prendre place directement sur son massif siège capitonné, derrière son non moins imposant bureau, suivi d'un Cameron qui semblait soudainement intimidé et qui portait son regard sur tout ce qui l'entourait, comme s'il cherchait à graver dans son esprit la disposition de tous les objets et meubles.

— *Dèan suidhe* (Assieds-toi) ! ordonna gentiment Darren en désignant de la main un autre fauteuil près de la grande cheminée animée d'un bon feu. On dirait que tu n'es jamais venu ici, se moqua-t-il encore pour détendre l'atmosphère et orienter la discussion sur un ton plus badin.

— *Naye*, ce n'est pas cela... marmonna Cameron, le regard soudain fixé sur la hotte de l'âtre, ses larges épaules tendues sous la masse de ses cheveux longs. Je connais cette pièce par coeur, dans les moindres détails, et je pourrais y marcher les yeux bandés sans que je ne me prenne les pieds dans le bureau, le banc, ou les fauteuils. Il est tel que tu l'as laissé et que j'ai voulu le conserver par-delà les siècles, mis à part les deux tableaux de *màthair* que j'avais accrochés au-dessus de la tablette de la cheminée...

— *Aye*, de quelles peintures s'agissait-il ? demanda doucement Darren, par curiosité, alors que son fils s'était tu.

Cameron haussa négligemment les épaules avant de se

détourner des flammes pour s'asseoir nonchalamment sur son fauteuil et dévisager son père avec un masque d'indifférence figé sur ses nobles traits que sa cicatrice ne gâtait pas, bien au contraire.

— Des paysages... répondit-il enfin, le mensonge facile, avec un geste vague de la main. As-tu toujours ton *uisge*[8] caché dans la trappe secrète de ton bureau ? Ou alors... as-tu commencé à en dissimuler un peu plus tard qu'en 1416 ?

Darren ouvrit de grands yeux en se penchant en avant, les coudes sur la table de travail.

— Une cachette à *uisge,* dans mon cabinet ? s'étonna-t-il avant de rire de dérision en frappant le bois du plat de la main. Si je veux en boire, *mac*, je n'ai pas besoin de le cacher !

— Si... susurra ironiquement Cameron en plissant les paupières. Néanmoins, tout cela appartient dorénavant à une autre courbe du temps. Lisa et moi sommes rentrés et la vie va, au bout du compte, suivre un cours plus juste.

Darren perdit petit à petit son sourire et s'adossa à son fauteuil, les mains sur les accoudoirs, et dévisagea longuement son fils de son regard bleu nuit, insondable, qui masquait admirablement toutes les questions qui se bousculaient dans son esprit.

— Es-tu un autre Cameron ? Viens-tu d'une nouvelle courbe du temps, comme Logan ?

— *Naye*, je suis bien ton *mac*, répliqua tranquillement Cameron en rivant son attention sur les flammes dansantes dans la cheminée. Je n'ai pas *voyagé* dans le temps comme Logan... je l'ai vécu, *subi*, jour après jour, interminablement !

Un long frisson glacial parcourut le dos de Darren en entendant les paroles de son fils et en comprenant ce qu'elles impliquaient.

— Raconte-moi tout !

---

8   *Uisge : Whisky en gaélique écossais.*

— Tout ? ricana Cameron en lui jetant un bref coup d'oeil narquois avant de reporter encore une fois son attention sur les flammes. *Naye*... « Tout » ne serait pas judicieux et me prendrait du temps.

Il rit encore, de dérision, en secouant la tête.

— *Athair*, il y a quelques heures j'aurais pu perdre une éternité à te relater toute mon histoire, mais maintenant... chaque seconde, chaque minute sont à nouveau comptées et précieuses...

— Cameron, comme déclarerait ta *màthair* : tu parles le petit pékinois pour moi ! s'énerva Darren en tapotant du bout des doigts les accoudoirs de son fauteuil. Fais le tri, viens-en au fait, résume, narre-moi n'importe quoi ! Mais, explique-moi une fois pour toutes la situation !

Cameron sourit en dévisageant Darren, d'un vrai sourire, chaleureux, ce qui détendit quelque peu l'ambiance qui s'était faite électrique.

— *Athair*... on dit : parler petit-nègre et non le pékinois ! Comme on dit aussi quand on ne comprend pas, que c'est du chinois !

— Cameron ! gronda Darren, une lueur d'amusement dans ses yeux démentant le ton de sa voix.

— Je n'étais pas informé... commença Cameron en trébuchant sur ses mots. Je ne savais pas que les Dieux avaient décidé de faire disparaître Lisa par la mort, reprit-il. Je croyais bêtement qu'ils avaient envoyé Logan, son Âme sœur, pour la chercher, pour qu'ils soient ensemble et qu'ils n'errent pas dans des époques différentes sans jamais pouvoir se retrouver. J'en ai absurdement tenu rigueur à Logan de m'enlever Lisa ! En ces temps-là, j'étais un jeune coq impétueux, égoïste, qui ne voulais pas être séparé de sa jumelle, et ce, à n'importe quel prix, même si cela devait nuire à son bonheur éternel.

— Cameron... tu parles des dix jours passés... intervint doucement Darren, mais pour Cameron, ces mots ranimèrent la douleur atroce qui lui rongeait l'âme.

— *Naye !* hurla-t-il en se levant d'un coup, une aura noire et glaciale se déployant autour de lui.

Darren, qui l'avait imité dans son mouvement pour lui faire face, en frissona de froid. Par la suite, ce que Cameron lut dans le regard du laird étouffa sa rage : la stupeur, l'éveil fulgurant du guerrier devant le danger, et la sourde souffrance d'un père qui comprenait soudain que son fils pouvait être malveillant !

— *Och, athair...* gémit Cameron en se laissant lourdement retomber dans son fauteuil, les coudes sur les genoux et la tête enfouie dans ses mains tremblantes. Tu vois enfin ce que je suis : un monstre. Tu me parles d'une dizaine de jours jusqu'à aujourd'hui, moi, je te parle de cinq cent quatre-vingt-dix-huit ans !

La chaleur régnait à nouveau dans le cabinet de travail et l'aura noire s'était volatilisée, tout aussi rapidement qu'elle était apparue.

L'ébahissement saisit Cameron quand il aperçut du coin de l'œil Darren soulever à bras-le-corps son fauteuil, le porter, et le poser en face du sien. Là, le laird s'assit sans cesser de contempler son fils... avec tendresse et bienveillance.

Aucune once de mépris, de rejet, ne s'affichait sur ses traits fiers, bien au contraire, et son attitude réchauffa le cœur brisé de Cameron qui aurait souhaité être un tout petit enfant pour pouvoir se blottir encore dans les bras protecteurs de son fabuleux père.

— Les Dieux... après le départ de Logan et Lisa... ils sont venus me trouver dans mes appartements, marmonna Cameron qui continua après un bref signe d'encouragement de Darren. Ils désiraient que j'accomplisse ma quête d'Enfant Unique, mais... je me suis mis en colère et leur ai dit d'aller se faire cuire un oeuf !

Darren toussota derrière son poing et incita derechef son fils à parler d'un hochement du menton.

— Je leur en voulais tant ! se justifia Cameron comme

un gamin pris en faute. Alors... ils m'ont puni. Ils m'ont condamné à l'immortalité, à voir les miens disparaître les uns après les autres, à ne jamais trouver l'apaisement ni dans la mort ni dans l'amour, que ce soit moralement ou physiquement... Ils m'ont privé de...

— De quoi ? gronda soudain Darren, les yeux flamboyants, en enserrant à nouveau les accoudoirs en chêne qui émirent des grincements plaintifs. T'ont-ils châtré ?

— *Naye athair*... je ne suis pas... euh... émasculé... je...

— Parle ! ! vociféra Darren, alors que Cameron rougissait comme une tomate, chose inédite pour lui qui n'avait jamais été aussi embarrassé de toute son interminable existence.

— Je peux faire l'amour, sans aucun problème ! ajouta-t-il vivement devant le froncement de sourcils impatient de son père. Et ce, pendant des heures et des heures... Cependant... je ne peux pas... euh...

— Quoi ? ! s'emporta Darren qui n'y comprenait plus rien : puisque son fils pouvait vivre l'acte, quel était donc le souci ?

— Je ne peux pas jouir et éjaculer ! lui cria Cameron en débitant ces mots à toute vitesse avant de se taire pour rougir encore plus.

Darren se figea en ouvrant des yeux aussi ronds que des soucoupes, totalement estomaqué.

— Merde... je crois que je viens de réaliser ce qu'éprouvent les femmes chez leur gynécologue... baragouina Cameron en crispant les paupières tout en baissant lamentablement la tête.

— Attends... tu me dis que l'acte est possible, mais... que tu ne peux pas le finaliser ?

— C'est cela *athair*... murmura pitoyablement Cameron en réponse aux paroles hachées de Darren. S'il te plaît, n'en parlons plus, il y a d'autres points plus cruciaux que ça !

— Tu te moques de moi ? s'étouffa le laird en avançant le buste pour regarder son fils droit dans les yeux. Qu'y aurait-il de plus important que la virilité d'un homme ? On ne joue pas avec ça ! Les Dieux n'avaient pas le droit de te faire ça ! s'emporta-t-il encore.

— *Och athair !* Question « virilité », je me porte plutôt bien grâce à eux, je pourrais même lancer le marathon de la copulation et j'en sortirais mille fois gagnant ! se rengorgea Cameron pour dérider son père et dédramatiser la situation, ce qu'il réussit à faire, haut la main, car Darren se mit à rire tout bas avant de partir aux éclats.

— *Mac !* Je ne connais pas le terme « marathon », mais j'ai ma petite idée sur sa signification ! Pourquoi t'auraient-ils infligé cette... hum... punition ?

Cameron haussa ses larges épaules dans un signe de dérision.

— Je suppose que je ne devais pas engendrer de descendance tout au long des siècles ? ! Va savoir...

Darren attendit un instant une suite d'explication... qui ne vint pas. Il était cependant soulagé de savoir que son fils n'était pas devenu un eunuque.

— Bon, passons... soupira-t-il, conciliant. Tu me dis que tu es immortel, cependant... Logan m'a annoncé que tu ne l'étais plus, émit-il en revenant sur le sujet qui le préoccupait vraiment.

— Plus depuis que les divinités ont souffert de la perte de leur fille quand elle a sauvé Lisa en 2014 comme je l'ai expliqué tout à l'heure, devant toi, à Aigneas. Suite à cela, elles nous ont accordé nos souhaits pour rentrer à la maison, y compris... celui que j'ai fait pour qu'Elenwë vive. Avant de faire le bond dans le temps, reprit-il, je leur ai promis de mener ma quête à bien et du coup... en revenant ici, j'ai pressenti que je n'étais plus immortel ! Je me suis coupé la main avec la lame de mon *skean dubh* pour le vérifier, et j'ai tout de suite senti la lame entailler mes chairs en même temps que le sang coulait sur ma peau. *Athair*, ce sont des preuves irréfutables ! Quand j'étais immortel, aucun objet tranchant, aucune balle de revolver, ou ne serait-ce que la piqûre d'une simple aiguille, n'auraient pu me blesser. Mon corps restait imperméable à toute attaque et j'avais oublié à quoi ressemblait la douleur !

— Donc, si je résume, tu es à nouveau mortel parce que tu as accepté ta destinée et... quelle est-elle ?

— Je n'en sais rien ! s'exclama Cameron en levant les mains au ciel. Je viens seulement d'arriver, j'ai fusionné avec mon autre moi de ce présent, après sa querelle d'avec les Dieux... Que te dire de plus que : il n'y a plus qu'à attendre qu'ils me contactent ? !

— Cela ne me plaît guère... marmonna Darren comme s'il se parlait à lui-même.

— *Athair*, le rassura Cameron, ça me convient. Je revis depuis que je suis de retour, j'ai une deuxième chance pour beaucoup de choses : celle de ne pas répéter les mêmes erreurs, celle de vous soutenir comme j'aurais dû le faire autrefois, celle de vous aider, et surtout celle de ne plus vous quitter ! L'immortalité est un poison, comme tu as pu le constater tout à l'heure. Elle a bien failli me pousser vers le côté sombre de la magie. J'étais prêt à tout tenter pour arriver à mes fins : que Logan et Lisa ne se rencontrent jamais en faisant en sorte, par exemple, que ses parents ne tombent pas amoureux l'un de l'autre. J'ai abandonné ce projet pour Lisa et j'en suis heureux, car j'ai appris à connaître Logan avant son départ pour le passé. C'est un homme digne d'elle, son Âme sœur. De plus... le danger ne venait pas de lui, mais de moi. Dire que je me réjouissais de retrouver Lisa après presque six siècles... pour la voir mourir dans mes bras... à cause de moi...

— *Mac* ! C'est du passé, tout est derrière nous maintenant. La noirceur n'a pas touché ton âme, tu l'as combattue vaillamment et tu as gagné. Je ne veux rien apprendre de nos existences. De plus, avec les événements récents, celles-ci risquent de se modifier une nouvelle fois... Sauf...

— Sauf ? encouragea Cameron devant l'embarras de

son père.

— Dis-moi seulement si... tout se passera bien pour ta *màthair* et le bébé... ?

Eloïra...

Cameron masqua autant que possible la peur qui venait de s'emparer de lui en songeant à la vie écourtée de sa future petite sœur. Il dut réussir à cacher son angoisse derrière un voile rassurant, car Darren poussa un lent soupir de soulagement.

— Tout ira très bien ! lança Cameron en s'avançant sur son fauteuil et en frappant l'épaule de Darren d'une forte tape.

— *Mac no caileag* (Fils ou bien fille) ? chercha encore à apprendre le laird avec une moue enjôleuse.

Cameron éclata franchement de rire :

— *Naye !* Tu ne sauras rien ! fit-il en se levant souplement pour se diriger vers la sortie.

Tout n'avait pas été dit, cependant, le plus important, si. Cameron se trouvait dans l'incapacité d'oublier les innombrables événements qui avaient marqué son existence, mais il pouvait essayer de les remplacer par ceux d'un nouveau futur.

L'avenir s'étendait devant lui comme une nouvelle route à parcourir, inconnue, et soudain, il s'aperçut qu'un poids énorme avait quitté ses épaules.

— Je vais t'envoyer trois femmes pour la nuit prochaine ! proclama Darren dans son dos en le suivant dans le couloir.

— *Ciod* ? s'étrangla Cameron en pilant net pour plonger son regard dans celui de son père qui paraissait... tout à fait sérieux !

— Ce serait bien la mort si une des trois ne pouvait pas te faire...

— *Dùin do bheul* (Tais-toi) ! couina Cameron en pointant le menton vers deux gardes qui se tenaient un peu plus loin et qui semblaient tendre l'oreille.

— *Och...* si elles n'arrivaient pas à te débarrasser de ta crasse... dans le bain... bafouilla Darren en s'enlisant pitoyablement dans ses explications.

— *Athair...* se lamenta Cameron en s'enfonçant dans le couloir sombre, loin des personnes indiscrètes. Je crois que *màthair* t'a contaminé ! Tu mets les pieds dans le plat comme elle !

La dernière chose que Cameron entendit fut l'exclamation outrée de son père, suivie de son rire tonitruant avant qu'il ne regagne son cabinet de travail et ne claque la porte derrière lui.

Trois femmes ? Eh bien, pourquoi pas ? ! Au moins, il serait libéré du désir qui lui fouaillait les entrailles depuis qu'Elenwë était entrée dans sa vie et il pourrait enfin connaître à nouveau la jouissance absolue !

Trois femmes ne seraient pas de trop en fin de compte pour rattraper tout le temps perdu !

— C'est-y pas beau ? ! s'enthousiasma la cuisinière en chef Odette qui s'essuyait les mains sur son tablier, tandis qu'elle se tenait sur le pas de la porte des cuisines, face à la cour intérieure du château.

— Que font-ils ? demanda dans un souffle impressionné un jeune marmiton d'une dizaine d'années, répondant au nom de Cal, une éternelle houppette brune dressée sur le sommet de son crâne, en regardant d'un air émerveillé ce qui se déroulait à l'extérieur.

— Ils prient et chantent pour le rétablissement d'la princesse, renifla Odette en tamponnant furtivement une larme d'émotion d'un bout de sa souquenille[9].

Depuis que le laird Darren les avait quittés, tous les prêtres celtiques, ainsi que les *bana-bhuidseach* du clan, s'étaient regroupés et modulaient dans un concerto céleste de vieilles paroles d'un gaélique révolu, censé aider à la guérison d'Elenwë.

---

9   *Souquenille (vieux) : Une blouse de travail.*

Les basses se mélangeaient aux barytons des hommes pour aller jusqu'aux sopranos des femmes dont certaines atteignaient des aigus d'une pureté absolue.

Au loin, le son des cornemuses se joignit aux vocalises, suivi par celui de la *clàrsach*[10] de Diane, de quelques flûtes et de tambourins.

Le clan tout entier semblait ne faire qu'un pour montrer à l'ancienne déesse combien tous étaient à ses côtés en la soutenant à leur manière.

— Pourquoi tu pleures Odette ? s'inquiéta le jeune Cal en la dévisageant de ses vives prunelles marron.

La cuisinière sursauta et reporta toute son attention sur le marmiton.

— L'a pas versé une larme l'Odette ! S'doit être c'tes maudits oignons du haggis !

Cal secoua la tête en pinçant les lèvres d'un air comique, il avait beau être un gamin, il savait bien, lui, qu'Odette ne sanglotait pas à cause de ces bulbes !

— Viendez[11], jeune garnement, l'repas s'fera pas tout seul ! s'exclama la cuisinière en saisissant Cal par ses frêles épaules pour ensuite le forcer à pirouetter sur lui-même et le diriger vers les grandes tables où étaient disposés des ustensiles et mets divers.

— Ferme pas la porte ! ordonna-t-elle encore en direction d'une autre servante qui se frottait frileusement les bras. La musique nous ragaillardira et t'as qu'à tourner la soupe dans l'chaudron pour te réchauffer.

Ce que la soubrette se dépêcha de faire, car le maître dragon de la cuisine venait de parler !

Soudain, par-dessus les voix et ondes acoustiques des instruments, une tonalité beaucoup plus aiguë, inconnue, presque plaintive, se fit entendre à la fois au-dehors et en dedans du château. Sans compter ces lancinants battements,

---

10   *Clàrsach : La harpe celtique en gaélique écossais.*
11   *Viendez : Impératif du verbe venir, rendu célèbre par l'imitateur Thierry Le Luron.*

sortes de « boum-boum » continus qui provoquaient des vibrations autour d'Odette et de ses aides de camp, et ce, des murs en pierres de taille jusqu'aux pots, couteaux, cuillères en bois, qui tressautaient allégrement sur les tables.

— Corne de bouc ! siffla Odette entre ses dents alors que les chants et musiques dans la cour se faisaient silences, au profit du son strident qui semblait les envelopper tous. V'là ti pas autre chose !

— Dette ! s'effraya Cal en l'appelant par le diminutif qu'il lui avait donné tout minot avant de sauter sur un hanap qui tanguait dangereusement vers le vide. C'est un tremblement de terre ?

— *Naye !* le contredit gentiment la cuisinière en fronçant les sourcils avant de crier à ses marmitons : Tous dehors ! Oust, oust, plus vite que ça !

Cal fut le premier à déguerpir sur ses longues jambes dégingandées, talonné de près par les servantes qui poussaient des petits couinements apeurés, et d'Odette qui courait aussi rapidement que lui permettait un surcroît de poids assez conséquent.

— Du calme ! criait Logan MacKlare dans la cour, en faisant de grands signes de la main pour essayer d'apaiser le peuple affolé tandis que les tonalités aiguës prenaient encore plus d'ampleur pour se muer en une étrange musique, terrible pour les oreilles, et pourtant quelque peu mélodieuse, voire même poignante. Tout va bien, c'est le son d'une guitare électrique que vous entendez là, avec un accompagnement de basses ! Ce n'est pas un tremblement de terre, le château ne s'écroulera pas, restez tous tranquilles je vous en prie... Vous ! Les druides ! Rangez vos bâtons, le temps de la guerre n'est pas venu !

La propre voix du beau-fils du laird fut brusquement perdue sous les accords plaintifs qu'émettait l'instrument de musique. Les gens du futur aimaient peut-être, pour la plupart, ce genre de blues rock, mais ceux du Moyen Âge n'étaient de toute évidence pas préparés pour ce grand saut musical dans le temps.

— Qui fait ce tapage ? vociféra Iain en se bouchant les oreilles de ses mains tout en avançant droit sur Logan.

— Cameron... l'informa Logan.

— *Ciod* ? s'enquit Iain en fronçant ses noirs sourcils.

Logan fit un signe du menton vers ses oreilles et Iain haussa les épaules avant de pousser un « Ohhh » sonore et de baisser les bras.

— Que disais-tu, *mac* ?

— Je disais que c'est Cameron qui joue de la guitare et...

— *Gui-ta-re* ? prononça laborieusement Iain.

— Venez Iain, allons retrouver votre petit-fils ! Il vous sera plus facile de voir de visu ce qu'est cet instrument de musique que de moi, vous l'expliquer !

Dix minutes plus tard, les deux hommes jouaient des coudes dans le couloir à quelques mètres de la chambre de Cameron. Le son y était encore plus fort que dans la cour et Logan sut tout de suite quelle partition suivait son ami : *Parisienne walkways* de Gary Moore. L'un des plus beaux, des plus bouleversants morceaux de guitare qui seraient inventés dans le futur.

Ce n'était pas la première fois que Logan entendait Cameron jouer, il excellait dans ce domaine, ne faisant qu'un avec son instrument... Et ici, en 1416, le son paraissait être sublimé par l'étrangeté de la situation.

D'ailleurs... d'où viennent l'électricité et la guitare ? se demanda in petto le jeune homme en arrivant enfin à se faire une place dans l'encadrement de la porte.

— *Wouah, wouah, wouah ! !*

Et d'où provenaient ces jappements haut perchés de chien ?

— *Och, naye...* marmonna Logan en fermant très fort les paupières tandis que quelque chose essayait de s'accrocher aux plis du kilt qu'il avait rapidement endossé à son retour du futur. Et pourtant, si... soupira-t-il encore en rouvrant les yeux pour regarder d'un air narquois le compagnon de Cameron. Enfin, l'animal à quatre pattes qu'il avait eu en l'an 2014... et qu'il avait, apparemment, réussi à faire rapatrier dans le passé !

— *Dé tha seo* (Qu'est-ce que c'est) ? commenta Iain qui venait de saisir par la peau du cou la petite bête gesticulante au poil épais et gris noir.

Celui-ci le contemplait en retour de ses deux grands iris sombres comme ceux d'un nounours et la langue rose pendante.

— Iain... je vous présente Tikitt, le cairn terrier de Sa Majesté Cameron ! lui répondit pompeusement Logan en souriant malicieusement.

— *Sin... aon chù* (Ça, un chien) ? se moqua Iain en faisant une grimace féroce à Tikitt qui retroussa les babines sur des canines pointues tout en grondant sourdement.

Tiens ? Le son de la guitare s'était tu... mais depuis combien de temps ?

Logan et Iain levèrent les yeux pour rencontrer des prunelles bleues de glace braquées sur eux et leur propriétaire ne semblait pas content du tout...

— Pose mon chien, Iain... ordonna Cameron d'un ton sec.

— *Wouah ! Grrrr... Wouah, wouah ! !* ajouta hargneusement la petite peluche de quatre kilos qui se balançait encore au bout de la forte poigne de Iain.

— Le dicton paraît être correct... susurra celui-ci avec un sourire jusqu'aux oreilles. On dit bien : tel maître tel chien ? Quoique, pour la taille, il y aurait grandement à revoir, néanmoins, pour le comportement, j'admets qu'il existe certaines similitudes...

— Iain... gronda Cameron en avançant d'un pas.

— Tout doux *mac* ! plaisanta son grand-père en posant le cairn terrier au sol sans lui lâcher l'encolure alors que ses minuscules pattes griffaient les dalles de pierre pour essayer de se rapprocher de lui, dans le but évident de croquer à belles dents les mollets de son tortionnaire.

— *Glic* (Sage) ! ordonna Cameron en claquant des doigts.

Tikitt obéit à l'instant en s'asseyant aux pieds de son maître pour ensuite le regarder de ses yeux brillants d'amour, sa petite langue rose derechef pendante et se balançant au rythme de ses rapides halètements.

— Pourrais-tu nous raconter ce qu'il se passe... *à nouveau...* ici ? s'enquit soudain la voix rauque de Darren qui venait de pousser Logan et Iain de ses mains puissantes, pour se tenir en face de son fils... et de son cairn terrier.

— J'ai testé mes nouveaux pouvoirs, soupira Cameron, las de devoir encore s'expliquer. Il se trouve qu'il m'est possible de faire apparaître tous les objets qui m'étaient chers dans le futur. Ma guitare électrique, tout l'accompagnement, et mon... chien. Il n'a que deux ans tu comprends *athair* ? Je ne pouvais pas l'abandonner aussi jeune ? !

Darren fit oui de la tête avant de la secouer furieusement pour dire non.

— Tu te moques de moi ? s'écria-t-il.

— Et comment alimentes-tu tout cet appareillage ? intervint Logan pour étouffer dans l'œuf toute chamaillerie, mais également par grande curiosité.

— Ohhh... ça ? fit Cameron avec un geste vague du poignet. Juste quelques panneaux solaires sur toutes les toitures de la forteresse et le tour est joué !

— Et... le... tour... est joué, répéta Darren en bafouillant, une rougeur suspecte lui montant à la gorge et ses yeux bleu nuit semblant se charger d'étincelles.

— Vraiment... des broutilles, badina encore Cameron en croisant tour à tour les regards furieux de son père, interloqués de Iain, et... amusés de Logan.

Au moins pouvait-il compter sur son alter ego et beau-frère ! Il avait un allié dans la place !

— *Wouah, wouah !*

Ah naye ! Deux..., songea malicieusement Cameron en se penchant souplement pour saisir son cairn terrier et le prendre dans ses bras avant de partir d'un rire insouciant sous les léchouilles chatouilleuses du petit chien.

— Ahhh... quand Cameron n'en fait qu'à sa tête... lança Logan en se mettant à glousser doucement sans finir sa phrase, car les proches de son ami comprirent à l'évidence ce qu'il sous-entendait.

Preuve en était de la consternation qui s'afficha sur les visages de Darren et de Iain, ainsi que dans leurs longs, *très longs*, soupirs de résignation.

Chapitre 6

Elenwë

L'étrange musique avait eu le don de la sortir de son inhabituelle léthargie.

Elenwë flottait depuis un moment entre inconscience et réalité, et n'avait rien perdu de l'échange de propos entre la grande guérisseuse du clan et une autre femme répondant au nom d'Eileen.

— Qu'a-t-elle sur la peau ? avait demandé une douce voix qui avait percé le voile de torpeur qui entourait son esprit.

— Je me pose la même question que toi, Eileen, avait marmonné Aigneas. On dirait des tatouages faits d'or. Elle a dû souffrir le martyre quand on lui a inséré ce métal précieux dans la chair, car pour ce faire, il devait être porté à une très haute température. Pauvre petite, soupira encore la guérisseuse tout en suivant les symboles du bout des doigts.

— Regarde, Aigneas ! Là, sur l'épaule, on dirait un triskell, et ici... de la poitrine au nombril, du lierre et ses feuilles ! Les autres ne ressemblent à rien, il semblerait que l'or a tout simplement sillonné sa peau sans recherche aucune.

— *Aye*, et les tracés vont jusqu'aux mollets ! Mais qui a bien pu lui faire endurer ça ? s'était encore indignée Aigneas en passant un linge humide et chaud sur le corps de la déesse.

De la douleur ? Subir ?

Non, rien de tout cela, avait songé Elenwë, en pleine

phase d'éveil.

Ces tatouages n'étaient autres que les empreintes des larmes que les Dieux avaient versées sur elle, en fines ridules d'or. La marque de leur profonde souffrance aux pieds de leur enfant morte en ce qui concernait le monde des Sidhes, mais réincarnée pour celui des hommes.

L'or – avant l'Élévation de leur race supérieure – circulait dans leurs veines et dans leur liquide lacrymal. C'était une de leurs grandes particularités en sus d'une beauté exceptionnelle des corps et d'une connaissance infinie de l'esprit.

C'est à ce moment-là que les chants avaient interrompu les pensées d'Elenwë, ainsi que le dialogue entre Aigneas et Eileen.

L'une d'elles alla ouvrir les vantaux de la fenêtre pour mieux entendre la suprématie de la mélodie.

— Ce sont nos druides et nos *bana-bhuidseach*, ainsi que les gens du clan qui chantent pour la princesse ! s'était extasiée Eileen tandis qu'Aigneas recouvrait sa patiente de draps de lin et de fourrures pour la maintenir au chaud.

L'instant suivant, elle mêlait sa voix de mezzo-soprano qui devait atteindre, par son timbre pur, les oreilles célestes si friandes de l'envoûtant don des vocalises.

Mais alors, par-dessus ces différentes tonalités auxquelles s'étaient joints les cornemuses, une harpe, des flûtes et des tambourins, l'on put percevoir le son puissant d'un instrument de musique qui avait beaucoup séduit Elenwë dans le futur, lors de ses allées et venues sur les courbes du temps : une guitare électrique.

Cela ressemblait à une sorte de luth, mais sans caisse de résonance, et une personne en cette demeure en jouait à la perfection ! Cette invention l'avait attirée tout comme l'aurait fait un flûtiste en face d'un cobra royal.

C'est ce qui lui avait fait ouvrir les yeux, se redresser dans son lit, pour ensuite basculer ses fines jambes bien modelées sur le côté et se tenir debout en faisant face à deux femmes, bouche bée, qui la regardaient comme si elles apercevaient un spectre.

Quelque part... elles n'avaient pas tout à fait tort, car Elenwë revenait de très loin et son arrivée sur le monde des hommes était effectivement une résurrection.

— Princesse ? murmura Aigneas dans un souffle ténu, soudainement intimidée en face de cette fille légitime des Dieux.

Les mélopées magiques de Cameron avaient eu le don de remettre de l'ordre dans l'esprit d'Elenwë. Elle savait maintenant à quoi correspondaient toutes les sensations qu'elle ressentait, et ainsi, les nommer une à une.

Son corps évoluait enfin !

Cependant, Elenwë découvrit qu'il y avait une énorme différence entre « être une entité » et se retrouver dans la peau d'une humaine ! Les mouvements de ses bras et de ses jambes paraissaient se faire au ralenti, sans compter que toute la pesanteur de la terre semblait s'être focalisée sur elle, pour lui donner l'impression d'être lourde comme du plomb.

Où est passée ma faculté à me déplacer aussi légèrement que le plus ténu des souffles d'une brise ? se demanda intérieurement la jeune femme.

— Princesse ? répéta Aigneas un peu plus fortement en faisant un pas vers elle, alors qu'Eileen restait en retrait, très intimidée.

— Elenwë... vous pouvez, désormais... me nommer ainsi, répondit l'intéressée, en cherchant à bien aligner ses mots de sa voix riche à l'accent très prononcé et mélodieux.

— Elenwë... murmura Aigneas en posant ses mains sur son cœur et en penchant la tête en avant dans un salut révérencieux, qu'Eileen imita aussitôt.

— Vous semblez vous rétablir très vite, avança Aigneas en s'approchant un peu plus, tandis qu'Elenwë tendait l'oreille vers l'appel entêtant qu'émettait la guitare.

Malgré elle, ses pas la portèrent en direction de

l'imposante porte qui barrait l'accès au couloir. Elenwë fronça légèrement les sourcils et fit un signe de la main pour ordonner l'ouverture du lourd panneau. Rien ne bougea.

Elle réitéra son geste deux, trois fois, avant de se résoudre à en tirer une consternante conclusion : elle n'avait plus aucun pouvoir.

— Vous voulez sortir de cette pièce ? s'enquit gentiment Aigneas dans son dos.

Elenwë tourna la tête et la dévisagea de ses grands yeux améthyste à travers le voile soyeux de ses cheveux ébène, si longs qu'ils effleuraient les dalles du sol à chacun de ses mouvements et couvraient en grande partie sa nudité.

— Il faudrait peut-être vous vêtir, intervint Eileen qui s'était dépêchée de chercher une tunique et un bliaud bleu nuit dans le coffre au pied du lit, ainsi que des bas de laine.

La femme d'une quarantaine d'années, blonde aux prunelles noisette, un doux sourire sur son délicat visage, lui tendait les habits à la façon d'une offrande.

Elenwë pencha à nouveau la tête, ce qu'Eileen interpréta comme un geste d'incompréhension de sa part, avant de se mettre à rougir et à bafouiller piteusement :

— Ce sont des atours... parce que... enfin, Votre Majesté... vous êtes, totalement... euh... nue !

Elenwë haussa ses fins sourcils noirs et lissa ses interminables mèches d'un mouvement involontairement sensuel.

— Pourquoi vous camouflez-vous sous... ces amas de tissus ? s'étonna-t-elle, son regard glissant sur les silhouettes déliées des deux femmes engoncées dans leurs robe et toge. Vous devriez être fières de vos corps et les montrer !

Eileen en rougit d'autant plus, alors qu'Aigneas, après avoir été déconcertée un instant, se mettait à rire tout bas.

— Nous le sommes, prin... Elenwë ! se rattrapa-t-elle. C'est que chez nous, la coutume veut que nous soyons vêtus, et les frimas de l'hiver ne sont pas encore passés. Les habits nous protègent de la fraîcheur, tout en nous enjolivant. Ils ont un côté utile et, sans conteste, de pure forme. N'avez-vous pas froid ? questionna-t-elle derechef en prenant les atours des mains d'Eileen pour s'avancer, l'air de rien, vers la princesse.

— Non, le sang qui circule dans mes veines me réchauffe, ainsi que cette belle flambée dans l'âtre de la cheminée.

— Levez les bras, s'il vous plaît, Elenwë... fit Aigneas qui profita de l'étourdie docilité de la jeune femme pour lui enfiler la tunique blanche en un tournemain.

— J'étouffe ! s'affola Elenwë en commençant à se débattre légèrement alors qu'Aigneas cherchait à sortir sa tête au niveau du col.

— Je viens vous aider ! s'écria Eileen en tirant sur le bas du tissu, puis sur les manches pour les faire glisser jusqu'aux poignets.

Une seconde plus tard, le visage délicieusement empourpré d'Elenwë apparut. Elle les fusillait tour à tour de ses étranges iris.

— Je ne veux pas... être torturée de la sorte ! s'indigna-t-elle avant de pousser un petit cri perçant en s'avisant qu'Aigneas revenait à la charge avec le bliaud.

— Prête ? lança celle-ci en direction d'Eileen qui hocha la tête en un signe affirmatif.

Un autre moment plus tard, après quelques couinements, vociférations, griffures, et essoufflements, Aigneas et Eileen remportèrent leur bataille : Elenwë était enfin vêtue de pied en cap !

— On a oublié les cheveux... marmonna Eileen en voyant dépasser des touffes ébène de sous la traîne de la robe.

— *Och* ! grimaça simplement Aigneas en fermant les paupières deux secondes avant de marcher encore une fois sur la princesse qui s'était positionnée en mode défensif !

Décidément, pour une première rencontre, cela ne se passait pas sous les meilleurs augures !

Aigneas lança un vif coup d'œil sur Eileen qui haussa une épaule en retour : l'instant suivant, les deux femmes se jetaient à nouveau dans la mêlée... sauf que pour cette fois, elles tombèrent sur une ancienne déesse enragée qui leur fit proprement manger la poussière. C'est ainsi que commença la bataille des bouts de tissus.

Un peu plus en avant dans le couloir où les chambres attenantes donnaient du côté cour – et non des douves, comme celle de Cameron – furent perçus des cris de femmes qui, de toute évidence, se querellaient furieusement. Ce qui stoppa net les hommes de la famille Saint Clare dans leurs propres logorrhées sulfureuses.

Cameron riva vivement ses yeux en direction du corridor, tandis que son cairn terrier bondissait allégrement de ses bras et courait ventre à terre, tout en aboyant à tout va sur son passage, vers l'endroit où se situait la nouvelle discorde.

— *Och* ! C'est quoi encore ça ? ! s'impatienta Darren, la voix rauque, en passant nerveusement une main dans ses longues mèches noires aux reflets d'un bleu argenté. Ne pourrions-nous pas avoir de répit, ne serait-ce qu'un court moment, dans ce château ? !

Iain sourit, goguenard, en marchant dans les pas de Cameron qui avait suivi son chien, et d'un laird rendu irritable par l'accumulation d'événements plus grandioses et abracadabrantesques les uns que les autres.

— *Mac,* ne sois pas si revêche ! se moqua Iain. La nuit dernière, tu aurais vendu ton âme à un *Each Uisge*[12], pour que tout ce qui se déroule actuellement puisse être réalité ! *Och* ! s'exclama-t-il encore en se figeant sur place tout en écarquillant les yeux d'incrédulité. Ne me dis pas que tu as...

---

12 *Un Each Uisge : Cheval fantastique issu du folklore celte et gaélique, vivant dans la mer ou les lochs, et qui est réputé très dangereux. Il séduit les humains pour les pousser à les chevaucher et ensuite les noyer avant de les dévorer.*

Darren soupira d'agacement en faisant brièvement volte-face.

— Rassure-toi, Pa' ! marmonna-t-il en se remettant en marche. Je n'ai pas vendu mon âme, je ne suis pas *gòrach* (stupide) ! Bien que j'avoue que l'idée m'ait vaguement traversé l'esprit, admit-il malgré lui, tout en accélérant le pas pour ne point entendre les moqueries ou railleries de son grand-père.

Plus les deux hommes se rapprochaient des appartements alloués à Elenwë, plus les cris faisaient échos sur les murs en pierres de taille du couloir. Sans compter qu'à ceux-ci, venaient de s'ajouter la voix forte de Cameron et les grognements hargneux de son cairn terrier.

Le champ de bataille qui s'imprima sur les rétines de Darren et Iain les statufia, pour la deuxième fois de la matinée, sur le pas de la porte grande ouverte.

Aigneas et Eileen se disputaient au chien quelques malheureux bouts de tissus arrachés aux manches de leurs tuniques, bas de robe, et toges.

Elles étaient toutes deux essoufflées, avaient le visage empourpré, et tempêtaient à qui mieux mieux contre Tikitt qui grognait, joueur et remuant la queue, ses petits crocs blancs pointus plantés dans le textile qui émettait des crissements pitoyables avant de se déchirer.

— Mais lâche ça, espèce de gros rat ! hurlait Aigneas en essayant de récupérer un lambeau de son vêtement.

— Je m'occupe du *cù* (chien) et des femmes, fit Iain sans pouvoir masquer son hilarité. Toi, Darren, je te laisse le soin de porter assistance à ton Cameron et sa déesse !

— Comme si mon *mac* avait réellement besoin d'aide... grommela Darren entre ses dents avant de grimacer comme Eileen poussait un cri perçant, un morceau de sa manche partant en confettis sur le sol.

Dans un coin reculé de la chambre, Cameron s'était agenouillé devant Elenwë qui était recroquevillée sur elle-même contre le mur.

Frissonnante, les yeux perdus dans le vague, elle enserrait fortement ses genoux de ses bras et se berçait d'avant en arrière comme si elle était en état de choc.

Darren fronça les sourcils, mais s'abstint de tout commentaire en laissant son fils prendre les devants.

— *Mo maise* (Ma beauté)... chuchotait Cameron d'une voix rauque, posée. Que se passe-t-il ici séant ? Ma tante et Eileen n'ont pas daigné répondre à mes questions, elles préfèrent jouer avec mon chien... chercha-t-il à plaisanter en pointant le menton par-dessus son épaule, en direction de la bataille qui continuait de faire rage dans son dos.

Il ne put retenir son envie d'écarter du bout des doigts les mèches qui masquaient le visage d'Elenwë, mais se figea dans son mouvement devant le brusque recul de la jeune femme.

— *Sàmhach... air do shocair* (Calme... tout doux), chuchota-t-il encore pour l'apaiser.

— Je... commença-t-elle en s'arrêtant pour déglutir puis river son regard améthyste et lumineux sur lui. Je... me sens honteuse... et malade, car... je me suis métamorphosée en furie ! J'ai... attaqué ces pauvres humaines, alors qu'elles ne souhaitaient que m'aider... je le comprends maintenant. Je suis une créature perdue... très mauvaise !

Cameron cilla, alors que la voix d'Elenwë s'éteignait sur ses dernières paroles et qu'elle se trémoussait dans ses habits en haillons.

Mauvaise ? Elle ?

Il savait très bien ce qu'elle insinuait, lui-même s'était traité de démon dans les semaines qui avaient suivi son immortalité.

En tant qu'homme, ses émotions et sentiments avaient petit à petit déserté son âme et son esprit, le transformant en être de glace.

Cameron aurait pu réellement devenir un monstre s'il ne s'était pas autant raccroché à ses bons et chaleureux souvenirs. Un peu comme quand on songe à un endroit en particulier et que revient une odeur vivace qui n'existe désormais plus que dans les songes...

Elenwë subissait certainement le contrecoup de sa mutation, cependant, en sens contraire à lui :

— Vous étiez une déesse, libre de tout, émotionnellement comme physiquement, ce qui vous permettait d'évoluer sans aucune contrainte, émit doucement Cameron. Ce que vous avez connu est révolu, car, en tant qu'humaine, vous allez devoir vous accommoder à votre nouvel environnement. Analysez vos sentiments, canalisez vos actes, et ainsi, vous saurez comment réagir à l'approche de ceux qui désormais graviteront autour de vous. Tout sera différent, mais vous apprendrez en temps et en heure, et nous serons là pour vous épauler sur ce chemin qui vous est inconnu et semble tant vous terrifier. Et... *naye*, vous n'êtes en rien une créature perdue, ni mauvaise ! Me comprenez-vous ?

Elenwë secoua misérablement la tête de gauche à droite, tout en se mordillant les lèvres de ses dents d'un blanc nacré, geste anodin qui réveilla le fulgurant désir de Cameron.

Il aurait désiré mordre lui-même dans la pulpe rouge de cette bouche exquise !

— Je n'ai jamais blessé quelqu'un... cet acte me répugne, je me sens sale... J'ai absurdement cru qu'elles voulaient me torturer avec... les habits... Ils m'étouffent ! S'il vous plaît, retirez-les moi ! le supplia-t-elle dans un souffle déchirant, tout en tirant sur le large décolleté de sa robe et de sa tunique.

Cameron en eut la respiration coupée ! Il avait la désagréable impression que ses yeux étaient sortis de ses orbites, à l'instar du loup des cartoons de Tex Avery, quand dans son champ de mire étaient apparus les plus beaux seins qu'il n'ait jamais vus : ronds, fermes et pleins, couronnés tous deux d'un minuscule bourgeon rose et tendu.

Sa maîtrise de soi faillit l'abandonner et il se retint de

justesse de sauter sur ce corps qui l'aimantait plus que de raison, pour le renverser au sol et le posséder furieusement.

Le raclement de gorge de Darren, qui se tenait discrètement à quelques pas dans son dos, le fit revenir sur terre aussi sûrement que l'aurait fait une douche froide plus que salutaire.

Enfin presque ! Car la protubérance au niveau de son entrejambe se fit douloureuse et le décida à se redresser pour soulager la tension du cuir sur son membre. Il fallait qu'il s'éloigne !

— S'il vous plaît, ces habits m'étouffent ! Aidez-moi à les enlever, l'adjura à nouveau Elenwë en tendant une main tremblante vers lui.

Quelque chose dans le cœur de Cameron se fissura. La situation aurait pu être risible si cela avait concerné une tout autre femme l'implorant de la déshabiller.

Néanmoins, là, il s'agissait d'une ancienne déesse dont l'appel était sincère, déchirant, et qui semblait vraiment souffrir de se sentir engoncée sous le tissu.

Cameron jeta à nouveau un regard en direction de sa tante qui tirait sur un lambeau de toge, alors que Tikitt le lâchait subitement en jappant, Iain venant de le saisir par les poils du dos. La petite bête ne se laissa pas faire une seconde et sauta pour croquer le bas du kilt du Highlander qui dut le maintenir des deux mains au niveau de la ceinture pour ne pas se retrouver à moitié dénudé.

La scène aurait dû faire sourire Cameron, mais il était trop préoccupé, par deux questions en particulier : un, Aigneas aurait-elle lavé les habits dans une décoction spéciale et deux, celle-ci aurait-elle pu indisposer la princesse au contact de la peau ?

— S'il vous plaît...

Cameron ne pouvait pas s'en inquiéter plus avant. Le temps pressait ! Oui... mais, comment lui porter assistance ? Elenwë ne pouvait pas aller et venir dans le château comme une naturiste, il lui fallait se vêtir...

Il lui faudrait une seconde peau ! songea inopinément Cameron avant de s'exclamer à haute voix :

— *Aye !* C'est ça !

— Si tu dois agir, *mac*, fais-le vite, ou c'est moi qui interviendrai ! le prévint Darren qui s'était approché, inquiet lui aussi de la vulnérabilité qu'affichait la jeune femme.

— Regarde, *athair*...

Cameron claqua des doigts, et en un battement de cils, Elenwë fut vêtue de pied en cap de bottes, pantalon et bustier à fines bretelles très près du corps, confectionnés dans un magnifique cuir rouille.

L'ensemble l'habillait, il n'y avait rien à redire, mais l'exposait d'autant plus aux regards en valorisant et relevant les formes harmonieuses, sensuelles, de sa silhouette.

Darren toussota pour attirer l'attention de son fils et lui fit les gros yeux.

— Hum... Penses-tu que cet accoutrement soit réellement adéquat ? Ton imagination fertile ne t'aurait-elle pas joué des tours ? *Och !* s'exclama-t-il soudain, en tournant la tête vers le couloir. J'entends la douce et sulfureuse voix de ta *màthair*. Et qui va, *encore,* devoir tout lui expliquer ? Moi ! Je commencerai par le vol plané de Barabal, cela lui fera plaisir et te donnera du temps pour... essayer d'arranger la tenue de la princesse et peut-être calmer ta tante... N'oublie pas ta sorte de saucisse à quatre pattes ! lança-t-il par-dessus son épaule en quittant la pièce avec un geste vague vers le cairn terrier qui se balançait dans le vide, les crocs toujours plantés dans le bas du kilt de Iain.

Un lent soupir attira l'attention de Cameron sur Elenwë, qui, paupières fermées, semblait revenir une seconde fois à la vie.

Les yeux de Cameron se chargèrent instantanément de reflets ardents, alors que ses traits altiers arboraient clairement un désir sauvage.

Le cuir du bustier se tendait en crissant sur la poitrine de la jeune femme à chaque nouvelle et profonde inspiration alors que son visage affichait une félicité absolue. Lentement, elle battit des cils, ouvrit les paupières, et riva son regard améthyste sur lui en même temps que ses lèvres pulpeuses dessinaient un doux sourire languide. Cameron allait devenir fou !

Il songea soudain à l'histoire d'une autre déesse que les Celtes avaient prénommée Cliodhna, connue pour personnifier la beauté et l'amour. Elenwë pouvait très bien être Cliodhna, car personne, en fin de compte, n'était instruit du *Nom Véritable* des divinités.

Oui, mais si les deux femmes n'en faisaient qu'une, toujours d'après les légendes, Elenwë aurait dû être entourée par ses trois inséparables oiseaux, des grues ou des corneilles, se nourrissant exclusivement de pommes merveilleuses et dont les chants auraient le pouvoir de procurer le sommeil éternel, ou la guérison des malades.

Au loin toutes ces idées ! s'invectiva Cameron en serrant les poings, le cœur battant la chamade sous la furieuse pression du sang dans ses veines.

Il venait de commettre une grossière erreur en aidant la princesse des Sidhes à changer d'atours et avait l'impression d'avoir ouvert la boîte de Pandore !

S'il ne quittait pas cet endroit tout de suite, plus d'un membre de sa famille serait choqué en le voyant faire l'amour comme un damné à cette femme qui le torturait rien qu'en inhalant !

Voilà ! Elle venait de le refaire et le cuir se tendait à nouveau sur sa poitrine !

— Merci... soupira Elenwë en se redressant lentement pour se tenir debout, presque à le toucher. Je me sens... beaucoup mieux, ajouta-t-elle en posant innocemment ses doigts fins sur les biceps tendus de Cameron, qui en ressentit comme une fulgurante brûlure à travers le tissu de sa chemise et sursauta brusquement.

La réponse qui fusa fut le reflet de ses soudaines pensées :

— Pas moi ! scanda-t-il, avant de tourner les talons et de saisir Tikitt par la peau du cou.

Dans le mouvement, le chien entraîna le kilt de Iain, toujours accroché dans sa gueule, et disparut de la pièce avec son maître, tandis qu'Aigneas et Eileen se mettaient à glousser devant le postérieur du Highlander à moitié dénudé qui se dépêchait de trouver un drap pour se couvrir convenablement.

Loin de la vision enchanteresse d'Elenwë et du nouveau chahut joyeux qui résonnait dans son dos, Cameron réalisa, furieux, qu'il fuyait pour la énième fois de la matinée... Et se fit la promesse, que cela serait la dernière !

Chapitre 7

L'éveil à la vie

Pourquoi Cameron était-il parti si promptement ? Elenwë ne souhaitait que lui exprimer toute sa gratitude pour son soutien et son aide précieuse, alors qu'elle croyait suffoquer sous les habits.

Le cuir souple dont elle était désormais vêtue était supportable, mais ce n'était qu'un pis aller, comparé à la liberté que conférait la nudité.

Elenwë se souvenait avoir endossé un paréo, une fois, pour ne pas effaroucher Logan MacKlare, lors de leur première rencontre à la Cascade des Faës... Infâme tissu qu'elle s'était dépêchée de faire disparaître de retour sur les tertres enchantés. Cependant, tout cela datait d'avant sa renaissance.

Il lui sembla pourtant, que Cameron l'avait comprise ! Pour preuve : il avait trouvé les mots pour la rassurer et la guider sur sa nouvelle voie.

En peu de temps, il était apparu comme son unique pilier de stabilité dans le monde des humains et son départ précipité ne laissait pas de la déstabiliser derechef. On aurait dit qu'il la fuyait !

Mais, pourquoi ? Qu'avait-elle bien pu faire ou proférer pour qu'il soit aussi visiblement courroucé contre elle et qu'il s'en aille sans un regard en arrière ?

Elenwë se tenait bien droite contre le mur de la chambre et essayait de rassembler ses pensées éparses tout en se composant une allure paisible, état qu'elle était très loin de ressentir.

Elle avisa, avec un léger étonnement, le changement d'ambiance qui venait de s'opérer dans la pièce : les cris et la bataille des bouts de tissus avaient cédé la place à l'amusement, aux gloussements, et à un Iain vêtu, tel Jules César, dans un drap de lin qui masquait sa virilité et son postérieur.

— Riez, ô femmes de peu de foi ! clama-t-il bien fort de sa voix tonitruante, et ce, en adoptant une pause théâtrale qui lui conférait un air hautement comique malgré sa grande prestance et son charisme inné.

Aigneas et Eileen ne se firent pas prier et éclatèrent de rire en se tenant le ventre à deux mains.

Elenwë se surprit à sourire malgré elle et posa le bout de ses doigts sur ses lèvres qui s'étaient incurvées vers le haut. L'amusement était-il contagieux ? Était-ce une sorte de maladie fulgurante pour qu'elle-même en soit atteinte ?

Son délicat mouvement attira sur elle trois regards rieurs avant que les gloussements ne se transforment en soupirs enjoués, puis en mimiques gênées.

Lentement, Elenwë sentit son propre sourire s'effacer, alors qu'un sentiment au goût amer naissait en son être : le malaise. Elle n'avait pas sa place en ces lieux, parmi les Saint Clare et leur communauté, il fallait qu'elle parte...

Comme s'il avait lu dans ses pensées, Iain s'approcha de sa démarche féline et lui saisit les mains avec bienveillance :

— *Fàilte* (Bienvenue) princesse des Sidhes ! Nous sommes honorés par votre présence ! Vous faites dorénavant partie des nôtres et je parle au nom de mon petit-fils, aussi bien que pour moi-même, en vous annonçant que cette humble demeure est également la vôtre !

— Bienvenue ! reprirent de concert Eileen et Aigneas qui s'étaient rapprochées, un doux sourire convivial dessiné sur leurs lèvres.

Cet élan de sympathie toucha profondément Elenwë qui

sentit sa gorge se nouer alors que ses yeux se voilaient sous le coup d'un émoi intense.

— On fait la paix ? chercha à plaisanter Aigneas en faisant un clin d'œil mutin en direction d'Elenwë qui fronça les sourcils en penchant la tête sur le côté.

— Oui... répondit-elle enfin, tandis que le silence se prolongeait. Et pour me faire pardonner mon exécrable comportement, je veux bien essayer de vous enlever la poussière qui provoque votre clignement de l'œil !

Aigneas en resta pantoise un instant avant de glousser bruyamment en même temps qu'Eileen et Iain. Elenwë les dévisagea tous trois sans saisir le sens de leur hilarité. Sa proposition d'aide était donc si risible ? Ne la croyaient-ils plus capable, en tant qu'humaine, de soigner les malades ?

Son humeur s'assombrissait à nouveau, et l'affolement montait quand elle songeait, alarmée, au risque d'être dans l'incapacité de maîtriser ses actes malveillants. La panique la gagnait… Elle avait besoin de Cameron !

— Vous avez de l'humour ! scanda Iain, ses beaux yeux bleus pétillants d'intelligence. J'aime ça ! Les clignements de la paupière, dans ce contexte, sont signe de connivence. Il se trouvera peut-être un temps où Aigneas requerra la présence d'une exceptionnelle guérisseuse, et ce jour-là, ce sera vous qu'elle fera quérir, sans nul doute !

Elenwë s'entendit rire. L'explication à peine masquée de Iain avait fait mouche, de même que son compliment. Ainsi, il réussit à dissiper le malentendu qui avait pris jour dans son esprit grâce à quelques paroles bien placées et apaisa sa tension intérieure. Cameron n'était, après tout, pas aussi indispensable que ça !

— Ami... chuchota Elenwë à l'intention de Iain. Vous m'instruirez des subtilités innombrables de votre monde et, en contrepartie, je vous fais la promesse de ne plus agresser quiconque dans ce clan. Femmes... murmura-t-elle encore, en se tournant vers Eileen et Aigneas qui tiquèrent à cette dénomination. Acceptez toutes mes excuses. J'apprends vite et je serais honorée que vous aussi m'aidiez à ne point faire de faux pas. Si cela ne représente pas un fardeau pour vous, bien évidemment...

— Nous vous assisterons, répondit Eileen en rougissant. Nous pourrions d'ailleurs commencer par vous nourrir et vous abreuver.

— Plaît-il ? s'étonna Elenwë.

— Manger, boire... ajouta Aigneas en mimant avec les mains les deux actions.

— Je n'ai besoin de rien, merci ! les informa la princesse en souriant.

— *Och !* Votre esprit, peut-être pas, néanmoins votre estomac hurle son mécontentement ! s'amusa Iain en lui présentant son coude et en saisissant les doigts d'Elenwë pour les poser sur son avant-bras. À table, jeune femme, et séance tenante ! Laissez-vous guider par un preux Highlander !

Elenwë suivit l'impétueux Saint Clare vers le couloir, en essayant d'adopter ses longues foulées, les gloussements dans son dos l'informant que ses efforts n'étaient pas couronnés de succès.

— Je vous prie de croire, monsieur...

— Iain, pour vous servir !

— Iain, articula respectueusement Elenwë avant de reprendre : je n'ai en aucun cas le besoin de m'alimenter !

— Que si ! Si vous ne le faites pas, vous tomberez malade et vous mourrez !

Le ton sentencieux de Iain provoqua une grimace dubitative sur le visage de la princesse.

— Encore ? lança-t-elle en le regardant d'un air mutin par-dessous ses longs cils.

Iain riva sur elle son beau regard bleu, ses traits fiers et réguliers exprimant clairement qu'il ne savait pas si ce qu'elle disait était du lard ou du cochon.

L'éblouissant sourire d'Elenwë lui fit comprendre qu'elle venait, à n'en pas douter, d'émettre sa première plaisanterie et, passé l'instant de réflexion, il se mit à rire à gorge déployée.

— Quand je vous annonce que j'apprends vite... J'ai souvenir de m'être alimentée de fruits et de leurs jus lors de mes vingt périodes de lumière, avant mon Élévation.

— J'ai lu, dans quelque grimoire tenu par les Saint Clare, qu'effectivement, dans les premiers moments de la vie, les divinités se désaltéraient de tous ces mets juteux, lors de banquets féeriques, fit Iain d'un ton docte alors qu'il paradait dans son drap de lin, devant des gardes alignés dans le corridor, une déesse moulée de cuir pendue à son bras. Cependant, votre nouveau corps aura besoin de choses plus consistantes, plus riches ! Odette est une excellente cuisinière, d'ici peu, vous ne pourrez plus vous passer d'elle.

— Que me ferez-vous... hum... manger, en ce jour ? s'inquiéta Elenwë d'une toute petite voix.

Le regard amusé que porta Iain dans son dos, en direction d'Aigneas et d'Eileen qui s'étaient remises à rire sous cape, ne rassura en rien la jeune femme.

— Odette nous a préparé un succulent haggis ! l'informa Aigneas en pinçant les lèvres, les yeux rieurs.

Cela ne disait rien qui vaille à Elenwë !

— C'est très bon ! Je vous l'assure ! scanda encore Iain en la soutenant par le coude dans les escaliers en colimaçon, alors qu'elle ne regardait pas où elle mettait les pieds, trop occupée à essayer de déchiffrer, par-dessus son épaule, les messages muets que contenaient les prunelles malicieuses des deux amies.

— Je vous envie déjà, soupira profondément Eileen. Cela sera sans moi, car mes hommes m'attendent à la maison, ainsi que le ragoût de mouton qui mijote depuis quelques heures.

— Oh... J'avais complètement oublié, mais je suis moi aussi attendue par mon mari et mon fils ! s'exclama à son tour Aigneas, l'air faussement déçu. Nous allons donc vous laisser sous la tutelle de notre estimé Iain et nous hâter de rejoindre nos chaumières.

Toutes deux saluèrent Elenwë avant de la dépasser et de courir, plus que marcher, le long de l'imposant hall menant sur la cour extérieure du château.

Elenwë ne s'était pas rendu compte qu'ils étaient arrivés à ce niveau-là de la demeure. Déjà, de la grande salle, s'élevaient des éclats de voix et bruits divers, qui annonçaient la ripaille à laquelle elle avait si souvent assisté, cependant... en tant qu'invisible présence.

— Y allons-nous ? demanda gentiment Iain, en posant une main bienveillante sur ses doigts tremblants.

L'amusement avait fait place à la gentillesse attentionnée. Il s'inquiétait de savoir si elle avait la force d'affronter le premier repas familial.

— Oui, lui répondit-elle haut et fort, en redressant les épaules et en se tenant la tête droite.

— Tout se passera bien, je vous en fais la promesse, lui murmura Iain dans le creux de l'oreille, alors qu'ils franchissaient tous deux la haute alcôve séparant le hall de la salle d'apparat.

Le silence qui se fit à leur arrivée mit tout de suite Elenwë sur ses gardes.

Si Iain ne l'avait pas retenue d'une poigne ferme, elle aurait tout simplement fait demi-tour et serait allée se réfugier dans le seul endroit qui lui était familier : la Cascade des Faës.

Devant eux étaient attablés les Saint Clare, ainsi que le grand druide Larkin et la très reconnaissable Barabal.

Elenwë décida de focaliser son attention sur cette dernière, car de tout temps, elle avait toujours eu un faible pour la curieuse personnalité de cette étrange humaine.

Darren et Logan se levèrent de concert à leur approche, alors que Sophie-Élisa venait à leur rencontre avec un chaleureux sourire sur son joli visage.

— Elenwë... princesse des Sidhes. Je suis si heureuse

de vous retrouver dans de meilleures circonstances. J'étais très inquiète, et de vous voir debout, en pleine santé, me rassure grandement. Je tenais... à vous exprimer toute ma gratitude pour m'avoir arrachée aux griffes de la mort.

L'émotion de la jeune femme était perceptible, dans le son de sa voix, mais aussi dans toute son attitude. Elle était si belle, vêtue d'un bliaud terre de sienne, d'une tunique blanche à manches amples, son visage en forme de cœur encadré par ses longs cheveux acajou, lissés, et couronnés d'une fine tiare d'or.

Sophie-Élisa lui faisait face, sans savoir si elle pouvait approcher plus encore, et Elenwë opta pour se laisser porter par son instinct.

— Lisa, murmura-t-elle de sa riche voix en avançant pour rompre l'écart qui les séparait et en la tutoyant spontanément, comme lors de leurs rencontres à la Cascade des Faës, alors qu'elle se grimait sous les traits d'un élémentaire d'eau. Ton destin n'était pas celui décidé par mes pairs, les torts sont réparés, et il est devant toi dès à présent. Je t'ai vue grandir, mûrir, devenir la belle femme que tu es maintenant. Je suis heureuse d'avoir fait don de mon immortalité et que nous puissions nous retrouver en cet instant. Bien que... être transformée un jour en humaine ne m'ait jamais effleuré l'esprit, essaya-t-elle de plaisanter pour faire renaître la joie dans les yeux verts, anxieux, rivés aux siens.

Son geste fut couronné de succès, car Sophie-Élisa pouffa en tendant la main vers la sienne pour l'étreindre doucement.

— Venez Elenwë, nous vous avons prévu la place d'honneur, entre mon père et ma mère. Ils sont impatients de faire plus ample connaissance avec vous.

— Et moi donc ! s'exclama Elenwë à son propre étonnement.

Étrange comme la répartie pouvait naître aussi facilement !

Iain venait de s'attabler près de Diane, sa femme, qui le contemplait de la tête aux pieds en gloussant derrière ses doigts.

— Ne te serais-tu pas trompé d'époque, mon cher et tendre mari ? se moqua-t-elle en ramenant derrière son oreille une mèche blonde échappée de son beau chignon torsadé. De plus, porter une toge romaine !

— Il se trouve, ma mie, qu'une sorte de *cù* gigantesque, monstrueux, égal à un cerbère, m'a arraché mon kilt à la suite d'une sanglante bataille, badina Iain en faisant un clin d'œil à Elenwë, qui sourit en retour avant de rire. Et que je n'ai pas eu d'autre choix que de vêtir ma vertu du drap de lit de notre charmante invitée ! finit-il par clamer, la main sur le cœur.

Darren ricana en lançant un regard goguenard vers la grande cheminée.

— Ne serait-ce pas de ce terrifiant *cù*, dont tu parles ?

Tikitt, le petit cairn terrier de Cameron, était allongé de tout son long devant l'âtre et releva sa truffe de nounours du tas de tissus aux couleurs du clan, qu'il s'acharnait savamment à mettre en pièces.

Un instant après, il éternuait, se passait les pattes sur la truffe avant de japper joyeusement et de se remettre à grogner en croquant à plein crocs dans ce qui avait été un vénérable kilt.

Devant ce spectacle et la grimace de Iain, les Saint Clare éclatèrent de rire. Même Barabal caquetait dans son coin, postillonnant à tout va en s'esclaffant et buvant dans le même temps, alors qu'il lui manquait, au niveau de la denture, les deux incisives du haut.

Le voile d'appréhension qui obstruait l'esprit d'Elenwë se dissipa et elle se surprit à partager l'euphorie du moment comme un membre à part entière de cette famille extraordinaire.

Elle les connaissait tous et avait plus ou moins côtoyé leurs aïeux.

Si souvent elle s'était tenue en retrait et les avait vus se comporter à l'instar de maintenant, se demandant ce qui déclenchait leurs rires, leurs accolades amicales, et les baisers échangés en catimini. Aujourd'hui, elle aurait, enfin, les réponses à ses questions...

Les hommes étaient des êtres si particuliers et tellement attachants par leur singularité. Cette renaissance était un cadeau pour Elenwë et elle se promit de savourer tous les moments que sa vie terrestre lui offrirait.

— Venez vous asseoir princesse, lui enjoignit Sophie-Élisa qui se trouvait toujours à ses côtés. Vos atours vous siéent à ravir et me font penser à l'héroïne d'un film que Logan m'a fait visionner dans le futur... *Underworld* ! Voilà ! En... un peu plus décolleté... Enfin... hum... c'est très beau et vos tatouages sont tout aussi magnifiques ! Que représentent-ils ?

— Rien d'autre que les larmes de mes parents... répondit doucement Elenwë en baissant les paupières pour masquer le voile de tristesse qui embuait ses yeux à ce souvenir.

— Oh ! Pardonnez mon impétueuse curiosité... Il faudrait que je cesse de parler à tort et à travers, marmonna Sophie-Élisa d'un air gêné.

— N'en fais rien Lisa, c'est tout à ton honneur de t'intéresser aux personnes qui t'entourent. C'est le gage d'un grand cœur, la rasséréna gentiment la princesse.

Sophie-Élisa la remercia d'un vif sourire et l'entraîna à sa suite vers la tablée. Darren et Awena se levèrent pour l'accueillir aussi chaleureusement que l'avait fait leur fille et lui prodiguèrent, à leur tour, des remerciements sincères.

Elenwë en fut profondément touchée et dévisagea les convives un à un en se remémorant leurs noms, des fils de Iain et Diane – Gordon et Fillan – à Larkin et Barabal, sur qui elle riva longuement son regard améthyste.

— Je me souviens d'une fillette, pas plus haute que trois pommes, et pas si différente de celle qu'elle est devenue...

étant donné qu'il lui manquait plusieurs dents. Cette enfant se lamentait au bord d'un ruisseau parce qu'un vilain garçon se prénommant Larkin, lui avait volé son araignée fétiche. La meilleure qui fût, puisqu'elle tissait le plus beau fil gluant du monde. Ses pleurs étaient si déchirants, qu'ils m'ont appelée. Pour la consoler, je lui ai offert sans qu'elle le sache, le plus gros arachnide des tertres enchantés... La fillette et sa nouvelle amie furent inséparables, jusqu'au jour où l'araignée décida de repartir pour finir ses jours dans les branches les plus hautes des forêts des Sidhes...

— Zizeule ! s'écria Barabal, qui contemplait Elenwë avec les yeux les plus émus qu'il n'eût jamais été donné de lui voir.

Larkin sursauta à ses côtés en claquant de la langue d'un air exaspéré.

— Il me semblait que ton stupide aranéide se prénommait Bibeule !

— Zizeule ! *Aye* ! Za êtse ! se renfrogna Barabal en postillonnant copieusement sur Larkin tout en le fusillant de son regard noir.

— Tu sais ce qu'il te reste à faire, Larkin ! s'amusa Logan en entourant de son bras les épaules de sa femme. Offrir à notre précieuse Seanmhair un nouveau dentier !!

Barabal afficha un rictus de plaisir et papillonna de ses cils clairsemés pour amadouer le vieux grand druide. Celui-ci ne put que sourire en retour pour ensuite passer un linge propre sur son visage.

— Dès demain, cela sera chose faite, promit-il à la cantonade.

— M'est avis que cela sera fait bien avant ! s'égosilla Gordon qui se tenait en bout de table.

Il était le benjamin de Iain et Diane. Colosse athlétique, aux beaux traits fiers et nobles, avec des cheveux mi-longs châtain clair et les yeux mordorés de sa mère. Lui aussi avait hérité du charisme exceptionnel des Saint Clare, tout comme son frère aîné Fillan.

Tous se mirent à pouffer à la suite des paroles de Gordon. Il avait certainement raison, car le mouchoir de Larkin ne resterait pas propre très longtemps et lui servirait plus d'une fois avant la fin du repas. Surtout que Barabal affectionnait tout particulièrement le haggis et son succulent jus !

— Portons un toast à la princesse des Sidhes ! proposa Darren en levant haut son hanap. Nous ne la remercierons jamais assez pour l'aide inestimable qu'elle nous a apportée, pour Awena, pour notre Lisa, et pour toutes les occasions que nous ne connaissons pas. À son éveil à la vie !

— À son éveil à la vie ! répondirent de concert toutes les personnes présentes.

Émue, le cœur battant la chamade, Elenwë saisit le récipient qu'Awena lui tendait et imita son hôtesse en trempant ses lèvres dans le liquide ambré et mousseux du contenant.

Le goût fruité et à la fois amer qui explosa sur ses papilles lui fit ouvrir de grands yeux. Elle sentait la chaleur de la boisson courir le long de sa gorge, pour s'arrêter au creux de son ventre où, d'étonnement, elle posa une main.

— C'est la bière de bruyère du clan, lui apprit Awena. C'est un peu âcre au début, mais son arôme unique en fait un exceptionnel breuvage. Goûtez encore, vous verrez...

Elenwë porta à nouveau le hanap à sa bouche et ferma les paupières pour mieux savourer le liquide.

Elle reconnaissait le parfum de la bruyère, l'amertume due au brassage de diverses autres herbes qui faisaient la base du Gruit[13], telles que : le myrique (ou piment royal), l'achillée, et le lédon connu comme végétal de tourbière. Mais il y avait, en outre, la saveur plus subtile de la cannelle...

Toutes ces merveilleuses plantes qu'Elenwë, en tant que déesse, ne départageait que grâce à leurs effluves.

---

13 *La bière de Gruit était la bière d'Europe au Moyen Âge tout comme l'est actuellement la bière de houblon.*

Aujourd'hui, elle pouvait aussi les goûter !

Elle vivait là une extraordinaire expérience. Décidément, être humaine avait des avantages certains ! Elle sursauta soudain et riva ses prunelles sur Awena.

— Ne buvez pas ce nectar ! s'exclama-t-elle avec vigueur.

— Euh... non, j'avais prévu de porter un toast avec du lait ! grimaça la première dame du clan en rougissant et en lançant un regard interloqué vers la princesse, qui avait fait volte-face vers Sophie-Élisa pour lui prendre de justesse son breuvage des doigts.

— Toi non plus !

Lisa haussa ses fins sourcils roux et leva les mains en signe d'incompréhension.

— Les femmes enceintes ne doivent, en aucun cas, boire du myrique, c'est une plante qui a des effets abortifs ! expliqua vivement Elenwë, alors que des exclamations de surprise fusaient de toutes parts.

Awena s'approcha de sa fille en lui saisissant les épaules.

— Je... vais... être, mamie ? balbutia-t-elle avec beaucoup d'émotion.

— Je n'en sais rien ! s'exclama Sophie-Élisa au comble de l'ébahissement, en dardant ses yeux immenses sur la princesse alors que Logan l'entourait de ses bras et faisait de même que sa belle.

— Ahhh... Tu ne t'en doutais pas ? chuchota Elenwë en sentant qu'elle venait de commettre un impair.

Tout de même, il fallait bien mettre au courant cette future mère, pour qu'elle ne fasse aucun mal à son bébé en buvant une décoction à base de myrique ? !

— Nous non plus ! scandèrent Gordon et Fillan, le sourire jusqu'aux oreilles.

— Awena et Sophie-Élisa, grosses ? C'est une surprise qui fait son poids ! lança Iain en se redressant de toute sa taille et en ajustant sa toge sur son épaule.

— Jules Iain ! Je vous complimente pour ce subtil jeu de mots... marmonna Diane avec une grimace amusée. Et je félicite les futurs parents ! Quelle joie ! ajouta-t-elle tout ébranlée. Ce château s'éveillera très bientôt sous le rire de vos enfants ! C'est... merveilleux... Ce qui fera de moi... une arrière et une deux fois arrière-grand-mère ! ! pouffa-t-elle du haut de ses quarante ans passés. Je suis heureuse que les courbes du temps nous aient retenus si longtemps prisonniers, Iain et moi, nous rajeunissant assez, pour nous permettre de connaître nos descendants ! Oh oui... ce n'est que du bonheur !

— Aux futurs Saint Clare ! tonna Iain, un trémolo dans sa voix de baryton, alors qu'il portait un nouveau toast en direction de Darren, Awena, Sophie-Élisa et Logan.

— *Sláinte mhath* (Bonne santé) ! scandèrent hommes et femmes réunis, avant de boire leur bière de bruyère.

Elenwë les imita avec un peu de retard, éberluée de voir Logan saisir Sophie-Élisa à bout de bras et de la faire tournoyer dans les airs pour ensuite lui baiser la bouche tendrement, tout comme le faisait le laird Darren et Awena qui semblaient, eux aussi, ne plus pouvoir cesser leurs câlineries.

De quoi naissaient toutes ces démonstrations affectives ? À quoi ressemblait la sensation d'être embrassée ? Une multitude de questions germaient dans l'esprit de la princesse des Sidhes, qui ressentit plusieurs émotions à la suite les unes des autres : joie, envie, curiosité, et... tristesse.

Cette dernière, par regret de n'avoir jamais connu ces instants exceptionnels que vivaient les Âmes sœurs, à chaque étape précieuse de leur existence terrestre. Une douce main chaude se posa sur son épaule nue en la faisant sursauter.

— Que ce voile de mélancolie déserte vos si beaux yeux, Elenwë, murmura gentiment Diane. L'éveil à la vie commence à peine pour vous, et un jour, votre soif de connaissances sera totalement assouvie.

Avant qu'Elenwë ne puisse lui répondre, Diane alla embrasser les futurs parents pour ensuite se rasseoir aux côtés de Iain qui paradait, tel un coq, extrêmement fier de sa progéniture. Soudain, alors qu'elle-même s'asseyait, Elenwë prit conscience du fauteuil vide qui lui faisait face par-delà la grande table.

— Cameron... souffla-t-elle sans s'en rendre compte.

— Il nous rejoindra dès qu'il aura fait disparaître tous les miroirs qu'il a accrochés sur les toitures du château ! annonça Darren, d'un ton sans appel. Avec cette luisance infernale, les *sassenach* pourraient, sans nul doute, nous apercevoir de Londres !

— Des panneaux solaires, gloussa Awena en se penchant vers l'avant pour faire la grimace à son mari.

— Si tu veux ! Néanmoins, nous n'avons pas besoin de tous ces objets futuristes ! Il mangera quand tout sera rentré dans l'ordre !

— Mais enfin ! se moqua Diane tout en se servant dans le plat fumant qu'Odette lui tendait. Ce n'est plus un enfantelet ! Et nous ne craignons rien, puisque les Runes du pouvoir nous protègent grâce à leur magie. Quiconque, extérieur aux terres et nous rendant visite, ne se rendra compte de rien !

— *Aye*... grommela Darren, en amenant à sa bouche une bonne dose de haggis. Crois-tu que mes oncles resteront bien sagement ici, et n'iront pas manipuler toutes les nouveautés apportées par Cameron ? susurra-t-il en les pointant du bout de sa fourchette, le sourire en coin, et l'œil malicieux.

Diane fronça ses charmants sourcils et lança une brève œillade sévère sur ses deux grands garçons, connus pour leurs pitreries incessantes, leurs expériences catastrophiques d'alchimistes, et qui fanfaronnaient bruyamment en bout de table, tout en mimant la gestuelle d'un joueur de guitare électrique.

— Je subodore que le mal soit déjà fait ! Il faut absolument que Cameron se dépêche de tout faire disparaître ! s'écria Diane en pinçant les lèvres, alors que Jules Iain gloussait à ses côtés et lui retournait une mimique innocente sous son regard courroucé.

Elenwë qui s'amusait, elle aussi, de cet échange entre parents, porta lentement une fourchette de haggis à sa bouche et y goûta du bout des dents.

— Zon, za êtse ! crachota Barabal à son intention, alors que Larkin sortait d'un air irrité son mouchoir de la poche, pour la énième fois depuis le début du repas, avant de s'essuyer le visage.

Elenwë releva la tête de son assiette et chercha quelques instants à comprendre mentalement ce que la vieille *bana-bhuidseach* venait de lui dire.

— Ohhh... oui ! C'est, effectivement, très bon ! Mais... qu'est-ce donc ? demanda-t-elle intriguée par l'amoncellement de viande juteuse qu'elle avait réussi à avaler.

Tous partirent aux éclats alors que Gordon et Fillan scandaient à tue-tête : « Des dents ! Des dents ! » en frappant dans leurs mains et qu'Awena s'étouffait à moitié avec la soupe aux légumes qu'elle avait commandée à Odette.

— Chère princesse, gloussa Darren. Remerciez les Divinités, vos parents, que notre si estimée Barabal ne puisse pas vous donner la recette ! Le haggis se mange sans explications !

— Hourra pour Larkin ! ! clamèrent à nouveau, et d'une seule voix, les deux jeunes oncles du laird.

Agacé d'être sans cesse dérangé par les crachotements de la Seanmhair, le vieil homme avait récité une mélopée magique qui fit repousser les dents manquantes de Barabal.

— *Och* ! Ça être mieux ! coassa-t-elle en claquant plusieurs fois des mandibules. Moi vous dire, de quoi être fait le haggis ! annonça-t-elle encore, tout en faisant signe à

Elenwë d'approcher, en pliant et détendant son doigt osseux.

La princesse entendit Awena gémir tout près d'elle :

— Darren, je t'en supplie, envoie Barabal voler dans les airs comme Cameron l'a fait, je ne supporterai pas de l'écouter raconter la composition et la préparation du plat !

— *Mo chridhe* (Mon amour), si je le pouvais... je le ferais ! se lamenta faussement le laird, tandis que la Seanmhair commençait à narrer son histoire...

— Le haggis, de mouton est fait ! Avant tout, le saigner, on doit ! Couic ! fit-elle en mimant le geste d'égorger la bête... alors qu'Elenwë poussait son premier cri d'horreur et qu'Awena se levait de table, dans le but de quérir une poêle pour assommer Barabal.

Chapitre 8
Ce pour quoi, tu es né

— Je vous avais bien dit de faire taire Barabal ! vociférait Awena qui tenait son arme fétiche à la main – une immense poêle en fonte –, tout en marchant dans les pas de Darren, qui portait Elenwë vers sa chambre.

— *Aye* ! grommela le laird en soulevant son fardeau comme s'il s'agissait d'une plume. La prochaine fois, je t'écouterai !

— Il n'y aura plus de : prochaine fois ! Et tu sais que j'ai *toujours* raison quand cela concerne Barabal ! tempêta encore sa femme. La pauvre... mais regarde-la ! ! Elle est toute verte !

— *Aye*... c'est une couleur qui revient souvent chez les Saint Clare, depuis que je te connais... lança Darren par dessus son épaule, un sourire candide rehaussant le coin de ses lèvres.

— Vous pousser, vous devez ! caquetait la Seanmhair, à quelques pas derrière eux, Diane et Sophie-Élisa faisant rempart de leurs corps entre elle et Awena.

— Tu as assez fait de bêtises pour aujourd'hui ! s'écria cette dernière, sans se retourner.

— Fragile, son estomac, est ! Humpf ! Plus forte, vraie déesse, doit être !

— Un jour Barabal, je trouverai quelque chose qui t'écœurera tant, que j'obtiendrai enfin ma vengeance. Malheureusement... mon souhait se réalisera quand les poules auront des dents ! Car personne, en ce bas monde, ne peut rivaliser avec toi... grimaça Awena avec un air de dégoût.

— Bla, bla, bla... Toi et elle, petites choses, vous êtes !

— Barabal... tiens ta langue ! intervint sèchement Diane.

— Je crois que les ennuis arrivent... annonça Darren d'un ton sourd, avant que tous n'essayent de se déplacer un peu de derrière son imposante carrure, pour comprendre de quoi il parlait.

Droit devant, comme sorti de nulle part, Cameron marchait à leur rencontre, de sa souple démarche de félin, l'ombre du corridor puis la lumière tombant des fenêtres, jouant tour à tour de leurs nuances sur sa haute stature, au fur et à mesure qu'il se déplaçait.

Il s'était changé, portait un pantalon noir qui moulait ses cuisses musculeuses à chaque pas, des rangers en cuir de la même teinte aux pieds, et une tunique blanche sans manches qui laissait apparaître, par son col largement ouvert, son torse puissant et bien bâti.

Ses biceps vigoureux étaient ornés d'un brassard celtique en or et ses longs cheveux noirs et feu avaient été nattés au niveau des tempes.

Plus il avançait et plus son charisme ténébreux l'enveloppait en lui conférant la prestance d'un guerrier invincible et d'une beauté surhumaine. Des ondes de magnétisme phénoménales émanaient de lui.

— Est-ce bien mon fils ? souffla Awena, soudainement intimidée et quelque peu déroutée par la métamorphose spectaculaire de Cameron.

— *Aye*... avec presque six cents ans de plus, *mo chridhe*... marmonna Darren, qui prenait lui aussi pleinement conscience du changement incroyable, et irrévocable, qui s'était opéré dans la physionomie de son aîné.

Un couinement derrière eux, puis un bruit de cavalcade claudicante, les firent se retourner pour avoir juste le temps d'apercevoir Barabal, fuyant dans le corridor, comme si elle avait un démon aux trousses.

Quelle ne fut par leur surprise de la voir brusquement décoller du sol, pour faire un demi-tour parfait dans les airs, avant qu'elle ne passe en volant par-dessus leurs têtes, ses petits yeux noirs rivés sur eux exprimant un très grand mécontentement, et sa toge grise flottant à nouveau sur ses jambes osseuses aux bas de laine pendants.

Ce que personne ne remarqua, car tous, à ce stade de la scène, avaient détourné leur attention par peur d'y regarder de trop près !

— Viens par ici, Seanmhair... susurra Cameron à quelques pas du groupe familial.

— *Naye* ! vociféra Barabal, avant de plaquer ses mains sur la bouche pour protéger ses dents flambant neuves d'une éventuelle nouvelle chute.

— Qu'as-tu, une fois de plus, fait ? s'enquit Cameron d'une voix profonde, calme, en faisant le geste de tourner lentement son index et qu'elle se mette à faire de même, doucement, un peu à la façon d'une toupie, mais dans les airs.

— *Càil* (Rien) ! fit crânement Barabal en redressant le menton et en croisant les bras, en essayant de vriller la tête à contresens à chaque mouvement pour garder les yeux sur son persécuteur.

— On augmente la vitesse ? Un petit tour de manège supplémentaire ?

— Humpf ! Drôlet, ça être ! Encore !

— Cameron ! gronda Darren.

— Juste un instant *athair*, et je suis à toi, répondit l'intéressé en accélérant la rotation de son doigt, effet que la toupie Barabal imita de concert. Tu l'as bien entendue ? Elle trouve ça : *drôlet* !

Awena posa une main rassurante sur le coude de son mari et lui fit un léger clin d'œil de conspiratrice.

— Je crois que Barabal a besoin d'une leçon, laisse-le faire. Cela fait trop longtemps qu'elle nous nargue tous et que nous acceptons, parce que malgré tout, on l'aime. Mais il faut que cela cesse ! Même Iain ne veut plus la voir revenir dans sa forteresse ! Larkin la fuit, de manière à peine déguisée ! Et toi ? Tu comptes la garder auprès de nous, sans qu'elle change un tant soit peu son comportement ?

Darren soupira lentement et sourit franchement en avisant la Seanmhair que l'on apercevait de manière floue, avec la vitesse de rotation, et qui poussait des « Ohhh... » et des « Ouaahh » à tout va, les bras tendus devant elle, et la peau distendue de ses joues se gonflant et se plaquant sur son visage à chaque retournement de pression...

— Assez ri ! estima Cameron qui fit le signe de la poser au sol.

Une fois les pieds sur le plancher des vaches, Barabal tangua en faisant de courts pas chassés d'un côté, puis de l'autre, en se tenant la tête à deux mains.

Diane et Sophie-Élisa la saisirent par les coudes, avant qu'elle ne s'étale de toute sa longueur, et se mirent à gronder Cameron pour ce qu'elles nommèrent : des turpitudes d'enfant gâté !

Awena s'approcha elle aussi, un pincement au cœur pour les tourments que la petite mère venait de subir, mais ne put se retenir de pouffer derrière sa main en voyant les minuscules yeux noirs de Barabal, qui continuaient de tournoyer dans tous les sens, alors que sa peau d'ordinaire très pâle, avait viré au... vert.

Quelqu'un avait exaucé son souhait de vengeance, par l'intermédiaire de son fils. Enfin, la Seanmhair avait trouvé un adversaire de taille, et Awena comprenait, d'autant plus, sa tentative de fuite d'avant son tour dans les airs.

— *Athair*... Je vais m'occuper d'Elenwë, annonça Cameron en se postant en face de Darren.

L'instant d'après, lui et la princesse qui reposait dans les bras du laird, disparurent. Purement et simplement. Cela fut si rapide que tous en restèrent ébahis, interloqués. À part Barabal, qui continuait de suivre des yeux une nuée de moucherons inexistants.

— Où... sont-ils ? souffla Sophie-Élisa en se tournant et retournant sur place, fouillant du regard les ombres du corridor.

— Je n'en sais rien ! s'impatienta Darren en grognant. Par contre, il est un fait indiscutable : Cameron est devenu le plus puissant des mages que j'ai jamais connus ! Ce qu'il fait de ses pouvoirs est... incroyable ! Faire apparaître un *cù* et des objets du futur sans passer par le Cercle des Dieux, ni mélopée magique ! Sans compter qu'il est impossible de faire venir un humain ou un animal par ce procédé ! Il déplace les choses facilement et par simple geste de la main, et ce, sans se fatiguer le moins du monde ! Et maintenant... il disparaît... comme ça... ajouta-t-il en claquant des doigts.

— Darren... il est l'Enfant Unique... Celui que les divinités ont attendu de tout temps pour accomplir la plus grande quête qu'il soit... commenta Diane, en redressant Barabal qui s'affaissait pitoyablement sur ses jambes tremblotantes, alors qu'un large sourire niais s'affichait sur son visage.

— *Aye*, mais... quelle est donc cette quête qui a valu tant de douleurs aux nôtres ? marmonna Darren en prenant Awena tout contre lui et en la serrant fort dans ses bras.

Le bonheur de tous se retrouver allait-il partir en fumée ? Ne s'étaient-ils pas rapprochés les uns et les autres, justement, pour être encore une fois éloignés par le destin ?

L'inquiétude revenait, amère, et l'horizon des lendemains paraissait à nouveau s'assombrir.

— Hé, hé, hé... rit Barabal, alors qu'un filet de bave coulait sur son menton. Slurp...

Diane gloussa et passa une main devant les yeux de la Seanmhair.

— Maman, pouffa à son tour Sophie-Élisa. Je crois que notre grande *bana-bhuidseach* a le cerveau en bouillie. Tu sais ? Un peu comme les liquides qu'on mélange dans ces appareils du futur...

Awena sourit en retour et hocha la tête, puis riva son regard vert sur le visage de son magnifique guerrier highlander.

— Nous nous en sortirons, encore une fois, souffla-t-elle avec tendresse et fermeté. Occupons-nous de notre nouvelle malade, ajouta-t-elle avec une grimace amusée. Tu veux bien la porter dans l'autre chambre d'ami pour qu'on puisse l'aliter ?

— *Ciod* (Quoi) ? s'esclaffa Darren en haussant les sourcils. Tu clames ne pas être une faible femme depuis des années ! Alors, il est temps de me le prouver ! Je vous laisse le soin, mesdames, de conduire Barabal dans ses quartiers. Je resterai en arrière, au cas où vous ayez besoin d'aide... mais...

— Ça va ! Ça va ! On a compris ! Tu préfères porter les jolies filles plutôt que les mamies, pas la peine de tourner autour du pot ! se moqua Awena, soulagée par la diversion que provoquaient les taquineries. Néanmoins... tu as raison sur un énorme point : je ne suis pas une *faible* femme !

— *Tha gaol agam ort* (Je t'aime), murmura en retour Darren, le visage soudain plus grave et les yeux chargés de passion non dissimulée.

— Je t'aime, moi aussi, souffla Awena, troublée et rougissant de plaisir.

L'instant d'après, Darren emportait Barabal dans ses bras puissants, et se dirigeait vers la chambre d'ami sous les rires de Diane et Sophie-Élisa.

— Je croyais que tu nous laissais le soin de nous occuper d'elle ! ironisa Awena d'un air amusé, une main sur les hanches, l'autre tenant toujours le manche de la poêle, et marchant dans ses pas.

— Je pense au bébé, *mo chridhe*... Assure-toi simplement que Barabal ne bave pas sur ma tunique ! lança-t-il en grommelant par dessus son épaule tandis que les trois femmes riaient de bon cœur.

Elenwë se réveilla au son du rugissement d'une chute d'eau. Sur ses lèvres s'étaient déposées quelques gouttelettes cristallines et fraîches, qu'elle recueillit spontanément du bout de la langue.

Elle reconnut d'instinct, et sans ouvrir les paupières, l'endroit où elle se trouvait : la Cascade des Faës. La magie et le calme bienfaisant qui habitaient ce lieu sacré en étaient la signature incontestable. Mais, comment était-elle arrivée ici ? Elenwë ne se souvenait pas d'avoir quitté la grande salle du château pour se réfugier dans la clairière enchantée !

Par contre, elle se rappelait, avec un trop-plein de précisions, ce qui s'était passé avant qu'elle ne s'évanouisse ! Barabal l'avait rendue malade au fur et à mesure qu'elle narrait l'histoire du haggis.

Dans la foulée, les sons de la voix de ses hôtes s'étaient faits lointains, indistincts, sa vision était devenue floue, et son esprit avait basculé dans un cocon d'opacité bienvenu. Elenwë se jura de ne jamais plus manger ni d'écouter les anecdotes de Barabal ! Puis elle se mit à réfléchir frénétiquement pour se rappeler ses faits et gestes.

C'est alors qu'une chose incroyable se produisit : sous son dos, le sol se mut imperceptiblement puis se durcit, et du fond des entrailles de la Terre, surgit un grognement sourd, presque animal, qui parcourut ensuite son corps de ses ondes graves, la troublant plus que de mesure.

Ses sens s'éveillaient, et lui révélèrent un autre fait étrange : une main lui massait le ventre !

Le geste lent et circulaire des doigts autour de son nombril calmait les crampes qui résultaient de ses nausées... La caresse sur sa peau se fit plus douce, plus légère, presque sensuelle, alors qu'un souffle chaud passait sur son visage par intermittence.

— Allez-vous, enfin, ouvrir les paupières ? s'enquit la voix profonde et rauque de Cameron.

Elenwë poussa un petit cri de surprise et leva ses grands yeux vers le ciel. Néanmoins, à la place des branches hautes des arbres, ce furent des iris d'un bleu pur et rieurs qu'ils rencontrèrent.

Le regard de Cameron ! Et elle était à moitié allongée sur son corps alors que lui s'était adossé au large tronc d'un chêne vénérable !

La cambrure de son dos épousait la fermeté de son torse, alors que sa tête reposait en biais sur un de ses bras musclés.

Il était si viril, si beau, nonobstant cette fine cicatrice qui lui barrait la figure de part en part, ou peut-être grâce à elle, car celle-ci accentuait incontestablement son charme ténébreux.

Cameron se penchait sur elle, son visage encadré de ses longs cheveux noirs et feu, des nattes partant de ses tempes, qui se tenait à quelques battements de cils du sien.

Il la dévisageait, comme s'il cherchait à graver dans son esprit chaque expression, ou sentiment, qu'elle laisserait involontairement échapper.

Elenwë baissa son regard de ses hautes pommettes, sur son nez droit, pour le poser ensuite sur sa bouche tentatrice. Lentement, les lèvres charnues de Cameron s'incurvèrent aux coins, pour afficher un sourire à la fois malicieux et effronté.

— Est-ce que ce que vous voyez est à votre convenance ? murmura-t-il, taquin.

Elenwë se sentit rougir comme une jouvencelle et chercha à détourner les yeux, tandis que son cœur se mettait à battre stupidement la chamade. Que lui arrivait-il à celui-là ? Elle n'avait pourtant pas couru, ni fait d'efforts pour qu'il en soit ainsi ?

— Vous avez les plus beaux iris que je n'aie jamais vus, souffla soudainement Cameron, en rapprochant son visage. La pureté de ce mauve et les étincelles dorées qui l'avivent me font songer à une galaxie inconnue, où scintilleraient des étoiles de feu.

— Le bleu des vôtres me rappelle le ciel des tertres

enchantés, répondit-elle en retour, d'une voix enrouée, stupéfaite d'avoir spontanément prononcé ces mots.

Cameron sourit derechef, alors qu'une autre émotion s'affichait sur ses nobles traits. Quelque chose de profond, intense, qui fit frissonner la princesse de la tête aux pieds.

— Auriez-vous froid ? s'étonna Cameron d'un ton sibyllin.

— Non...

— Ahhh... dommage, car je connais un moyen qui vous aurait réchauffée tout entière.

— Il... ne fait jamais... froid, à la Cascade des Faës, bredouilla Elenwë en gesticulant lentement dans les bras de Cameron, cherchant ainsi à se mettre plus à l'aise, et provoquant le grognement de son vis-à-vis dans le même temps. Je... vous fais mal ? s'inquiéta-t-elle en essayant de reculer la tête.

— *Naye*, grommela Cameron en resserrant son étreinte autour d'elle dans un étau de douceur plus que de force. Mais arrêtez de bouger, juste un instant, souffla-t-il, en crispant les mâchoires.

— Laissez-moi me dégager, proposa-t-elle en accrochant les mains sur l'avant-bras qui ne la soutenait pas, tout en donnant un coup de hanche pour déplacer son corps.

— Par les Dieux ! s'étrangla-t-il à moitié. Cessez de vous trémousser !

Son visage s'était encore plus assombri et Elenwë fit une grimace d'excuse.

— Désolée... Je crois que je suis assise sur la poignée de votre claymore, cela risque de vous blesser !

— Ce n'est pas... mon arme, grommela Cameron en haussant les sourcils.

— Ah bon ? Et, de quoi s'agit-il ?

Devant le sourire canaille de Cameron, Elenwë s'empourpra un peu plus en comprenant sur quoi ses fesses rondes reposaient.

— Ohhh...

— Là, vous l'aurez cherché ! s'exclama-t-il, alors qu'elle essayait de s'esquiver doucement en sentant durcir la partie des plus viriles de son anatomie.

Il ne lui accorda pas même le temps d'un soupir et prit ses lèvres en un baiser sauvage, conquérant. Sous l'effet de la surprise, Elenwë avait écarquillé les yeux et ouvert la bouche, ce qui permit à Cameron de plonger profondément en elle, sa langue allant et venant, alors que son souffle se faisait précipité.

Ce contact inédit provoqua un tumulte de sensations physiques qui affola dans un premier temps la princesse, avant qu'elle ne ferme les paupières, et ne se laisse aller, grisée par cette union torride des plus profondes.

Elle geignit de frustration quand Cameron quitta ses lèvres pour descendre vers son menton, puis son cou, où il mordit doucement à l'endroit où battait follement sa jugulaire. Jamais, au grand jamais, Elenwë n'aurait pu imaginer à quel point la communion charnelle pouvait être aussi... bouleversante.

Tout son organisme répondait au centuple à chaque attouchement ou caresse et appelait, affamé, à en découvrir davantage.

— Tu es si belle... murmura Cameron, dans un souffle chaud, au creux de son oreille en la faisant frissonner et gémir plus encore.

Doucement, il inversa leurs positions pour se retrouver à moitié allongé sur elle, sa cuisse puissante reposant sur les fines jambes d'Elenwë, un bras sous sa nuque, alors que de sa main libre, il partait explorer son corps.

Ses doigts semblaient danser sur sa peau en feu. Ils étaient sur ses seins gonflés, sur son ventre, et glissaient insidieusement sur ses cuisses, pour remonter vers le foyer volcanique qu'était devenue cette partie intime qui échappait à la volonté d'Elenwë.

Là naissaient des pulsions et des spasmes, entre plaisir et douleur, d'un appel de la chair inassouvi. Quelque chose muait en elle, était sur le point d'éclore.

Une énergie sauvage, une envie irrépressible, la poussèrent à reprendre avec fièvre les lèvres de l'homme-dieu qui s'était reculé pour la contempler d'un air possessif. Cameron poussa un feulement de surprise et grogna sous la force d'un désir torride. Il avait allumé un incendie, et celui-ci paraissait dépasser son contrôle.

La douce Elenwë se transforma en une créature sensuelle et avide de tout connaître sur l'amour physique. Elle l'imitait et partait à la découverte de son corps athlétique, dont les muscles saillants se crispaient et se relâchaient sous le toucher de ses doigts fureteurs et curieux.

Cameron grommela et mugit. Son désir trop longtemps contenu, ses fantasmes avec celle qu'il tenait enfin sous son emprise, le rendirent fou. Sans s'en rendre compte, il déchira le bustier de cuir d'un geste impatient, pour ensuite aspirer goulûment dans sa bouche un téton rose fièrement dressé. Elenwë s'arc-bouta en passant les mains dans ses cheveux soyeux et l'approcha d'elle au plus près. Soupirs, gémissements...

La Cascade des Faës semblait reproduire les échos de leur tumulte passionnel, les portant crescendo, comme les battements continus d'un tambour qui aurait rythmé, de plus en plus vite, de plus en plus fort, l'union de leurs êtres.

Aucun n'était maître de l'autre, bien que Cameron se soit allongé de tout son long sur le corps fuselé d'Elenwë. Il se retenait des avant-bras pour ne pas l'écraser, collant la preuve de son désir au creux de sa féminité et ondulant pour recueillir sur les lèvres de la jeune femme, les souffles véhéments de sa passion.

Aucun d'eux n'entendit le bruit grondant qu'aurait émis un orage, ni ne vit la lumière cendrée qu'un éclair aurait pu produire à quelques mètres de leur position. Cameron et Elenwë étaient bien trop accaparés par la communion de leurs corps, qui telle une course effrénée, menait au but ultime de se posséder et de se donner.

Ils étaient à mille lieues de la Cascade... et des voix qui s'élevèrent soudainement près d'eux :

— Voyez, Bride... Notre fille bien aimée se porte comme un charme !

— Je vois, chantonna une femme en retour de ces paroles.

Elenwë poussa un petit cri étranglé en ouvrant de grands yeux, sa bouche toujours soudée à celle de Cameron dont les larges épaules s'étaient brusquement raidies.

Il l'embrassa encore profondément en dardant sa langue contre la sienne, avant de s'écarter et se pourlécher les lèvres à la manière d'un gros chat, pour ensuite tourner le visage vers les nouveaux arrivants.

— Père, mère ! s'exclama Elenwë. Conseil, ajouta-t-elle d'un ton plus neutre avec un hochement de la tête en guise de salut.

Étrange comme la jeune femme pouvait garder un air des plus normaux, alors que son bustier était déchiré, et que sa peau marquée par la rougeur de la passion, faisait ressortir les symboles d'or qui sillonnaient son corps.

— Il ne manquait plus qu'eux, marmonna Cameron en détaillant sévèrement les nouveaux arrivants. Je me doutais bien que vous ne m'oublieriez pas de sitôt...

Elenwë se trémoussa une ultime fois sous lui en cherchant à s'échapper pour faire face à ses parents, le Dieu Lug et la Déesse Bride, ainsi qu'au conseil, qui venaient de se matérialiser juste au-dessus du bassin de la cascade.

Ils formaient un groupe de cinq silhouettes éthérées, bleutées, aux traits indéfinissables, disposées en forme de V et qui semblaient pouvoir évoluer sur l'eau comme sur la terre ferme.

La plus grande carrure – celle de Lug – devant. Deux physionomies plus fluettes – dont l'une devait être Bride, la mère d'Elenwë – un peu en retrait et se tenant de part et d'autre du Dieu suprême. Et deux autres, plus imposantes – les membres du conseil –, qui terminaient la figure.

— *Mo maise* (Ma beauté), veux-tu que nous finissions ce que nous avons commencé devant ta famille ? souffla Cameron, en souriant effrontément tout en reportant une partie de son poids sur le corps d'Elenwë. Cela n'est pas pour me déranger, ce n'est pas comme s'ils étaient vraiment ici...

— Ils... sont... là ! réussit-elle à balbutier dans une respiration hachée.

— *Aye...* À ce que l'on dirait !

Cameron roula sur le côté dans un souple mouvement des hanches et soupira de contrariété, tandis qu'Elenwë s'asseyait bien sagement en croisant les genoux comme si elle allait faire du yoga et exposait impudiquement sa superbe poitrine dénudée à la vue des siens.

Elle aurait pu se couvrir de sa longue chevelure ! enragea une voix dans la tête de Cameron et il décida d'y remédier en claquant des doigts, le cuir déchiré se réajustant sur ses seins en un centième de seconde.

Elenwë poussa un petit cri étonné et fronça les sourcils en dardant ses prunelles, chargées de reproches, sur lui. D'accord, elle préférait être nue... Cameron n'avait rien contre, mais qu'elle le soit uniquement pour lui et pas devant les autres ! Elle était, désormais et à tout jamais, sienne !

Allongé de tout son long sur le dos, ses coudes reposant dans la mousse, il décida d'adopter une nonchalance qu'il était loin d'avoir. Il croisa les jambes et cueillit une pâquerette qu'il porta à sa bouche, faisant rouler la tige entre ses dents à la force joueuse de sa langue.

Geste qui attira l'attention gourmande d'Elenwë sur ses lèvres et lui déclencha un rire sourd, profond.

Mince ! Il aurait préféré grogner de frustration... Mais pas devant *eux* !

— Que faites-vous ici ? vociféra-t-il soudainement, plus ténébreux que jamais, en recrachant la petite fleur qui alla – sous son regard ahuri – s'enraciner bien sagement dans la terre, comme si de rien n'était.

— *Och...* !

— Que la magie de ces lieux puisse encore vous étonner est une bonne chose, fit Lug d'un ton égal.

— Que voulez-vous ? s'impatienta derechef Cameron, tout en connaissant la réponse et en l'appréhendant.

— Nous souhaitons, une dernière fois, demander à l'Élu s'il est prêt à accepter d'accomplir la quête, pour laquelle il est venu au monde.

— Je suis né par amour et non pour vous, gronda Cameron en cillant et serrant les poings d'une rage à peine contenue.

Elenwë claqua de la langue pour attirer son attention et secoua la tête comme pour le sermonner silencieusement.

— L'amour n'a pas de raison pour mes pairs ! Vous êtes, en ce qui les concerne, né pour la quête de l'Enfant Unique...

Ces paroles avaient beau être dites sur un ton calme, elles ne faisaient que raviver la colère de Cameron. Lui, les siens, n'étaient que des jouets pour ces êtres sans humanité aucune.

— Vous devriez savoir ce qu'il en est réellement, de ne pas avoir d'émotions pures, lui souffla doucement Elenwë. Lors de votre immortalité, elles se sont effacées... n'est-ce pas ?

Cameron fut contrarié d'admettre qu'elle avait tout à fait raison.

— *Aye*, et cela a presque réussi à me tuer l'âme, rétorqua-t-il en détournant les yeux. Venez-en au fait ! cracha-t-il hargneusement en direction des formes évanescentes, se redressant prestement et marchant souplement jusqu'à la bordure du bassin pour leur faire face.

— Acceptez-vous la quête qui vous est échue ? s'enquit Lug d'une voix forte, qui résonna étrangement dans ce lieu si paisible d'ordinaire.

— *Aye !* acquiesça Cameron, le visage auréolé des reflets bleutés qu'émettaient les silhouettes des divinités.

Bride sembla pousser un lent soupir de soulagement,

cependant, si ténu, que Cameron crut l'imaginer.
 — Qu'il en soit ainsi... homme-dieu, il est temps que tu découvres ce pour quoi, tu es né !

Chapitre 9

La quête de l'Enfant Unique

— Père ! Avant que vous ne lui expliquiez en quoi consiste sa quête, il faut absolument que je vous prévienne...
— *Och, naye !* bougonna Cameron, croisant les bras et fusillant des yeux Elenwë qui avait accouru pour se tenir, elle aussi, au bord du bassin. Qu'ils m'annoncent, d'abord, ce que je dois faire !

Elle haussa les épaules d'agacement, sans même un regard pour lui, et reprit :

— Père ! C'est important ! La quête de l'Élu pourrait en être contrecarrée !

— En premier lieu, ils me parlent ! On verra ce que tu as à raconter, ensuite ! s'entêta Cameron.

— Non ! Je ne comprends pas pourquoi il faudrait, après six siècles de bouderie, que l'on vous dise tout, et tout de suite, qui plus est ! s'impatienta Elenwë, en s'obstinant à le vouvoyer après ce qu'ils avaient partagé et en daignant enfin river ses beaux yeux sur lui, pour les détourner dans la foulée. Père, ce que nous craignions s'est produit !

— Oui, nous sommes au fait de cet imprévisible changement, lui répondit Lug. C'est aussi pourquoi l'Enfant Unique doit agir dès maintenant pour que nos mondes ne basculent pas dans le Néant. Bien qu'avec l'arrivée de la liche, seul le nôtre disparaîtrait, alors que celui des hommes deviendrait un sanctuaire de souffrance et de terreur, dominé par la magie noire et les monstres qu'elle a engendrés.

— Mais... de quoi parlez-vous ? ! gronda Cameron, un

long frisson glacial lui parcourant le dos, alors qu'un mauvais pressentiment le saisissait.

— De la liche ! répondirent en chœur Lug et Elenwë, le premier d'un ton paisible comme s'il parlait de la pluie et du beau temps, alors que la deuxième partait dans les aigus d'un affolement des plus humains.

Cameron ricana et les dévisagea tour à tour.

— Vous vous moquez de moi ? ! Une liche ? La seule que j'ai rencontrée était dans un jeu de rôle qui se pratique sur mon PC !

—... Oh... oui, votre ordinateur ! s'écria Elenwë, après avoir réfléchi à ses mots. Stupide homme que vous êtes ! Elle existe vraiment, elle prend des forces dans une grotte sombre, au pied des falaises du château de Dunnottar !

Cameron serra les dents un instant, vexé à la fois par les propos de la princesse qui le traitait quasiment de dadais, et par ce qu'il venait de comprendre :

— Le prêtre noir ! C'est de lui dont il s'agit ?

Le sang du guerrier pulsait furieusement dans ses veines au simple souvenir du Purificateur.

— Il est mort ! reprit rageusement Cameron en direction de Lug, comme pour s'en convaincre lui-même.

— Non... il est sur le point de... s'élever, à sa manière. Il était un puissant mage noir, descendant lui aussi d'une lignée d'hommes-dieux. Cette créature... est bien plus âgée que vous ne puissiez l'imaginer. En tant qu'homme, il restait en vie en absorbant les âmes de ses victimes, et quand il a compris qu'il était à l'agonie, il a entamé le processus de transformation qu'est l'Élévation. Il est presque parvenu à le faire, seulement, il n'est pas de notre race, et le sang humain qui coulait dans ses veines, ainsi que la noirceur de son être, l'ont conduit vers une tout autre finalisation : il s'est métamorphosé en une liche, un mage mort-vivant, le dieu de l'univers des damnés qui, après notre disparition, régnera sur votre monde. D'ici peu, il les commandera tous et votre quête deviendra très difficile à accomplir, voire...

impossible.

— Ces damnés, ce sont ces esprits maudits que vous avez faits prisonniers du sort de Séparation des âmes ? voulut savoir Cameron.

— Oui, mais pas seulement et ils seront libérés d'ici peu. Il existe d'autres êtres maléfiques... commença à lui expliquer Lug, avant d'être interrompu par Elenwë, de plus en plus agitée :

— Des vampires, des métamorphes, des goules, des dames blanches, et la liste est si longue que cela nous prendrait trop de temps pour vous les énoncer tous !

— Du calme... souffla Cameron, avec un geste apaisant des mains. Elenwë, tout cela fait partie des légendes écrites par des bardes. S'il y avait une once de vérité, ne crois-tu pas qu'en six siècles de vie, je les aurais, à un moment ou un autre, croisés sur ma route ?

— Cela s'est produit, Enfant Unique, intervint Lug en le déstabilisant. Au plus sombre des nuits sans lune, ces créatures vous ont appelé et vous ont supplié de basculer vers la noirceur de la magie. Vous les avez combattues avec bravoure...

— Je n'ai livré bataille avec aucun de ces monstres ! s'insurgea Cameron, en avançant d'un pas menaçant et s'arrêtant soudainement, comme il remarquait avoir les pieds dans l'eau. Les seuls damnés qui ont péri de ma main étaient des hommes, des guerriers du Moyen Âge à ceux, plus éloignés, qui se battaient pour soutenir les protagonistes des conflits mondiaux du futur !

Elenwë le dévisageait bouche bée, elle semblait étonnée et déçue par ses propos.

— Cameron Saint Clare, fils d'une lignée d'hommes-dieux... souffla-t-elle enfin, une rougeur couvrant ses hautes pommettes. Comment pouvez-vous affirmer que les légendes ne sont que du vent ? Vous aussi, appartenez à une prophétie ! Cela signifierait-il que vous n'existez pas ?

Pourquoi, en effet, s'acharner à ne pas admettre la

vérité ? se demanda Cameron, in petto.

Oui, Cameron les avait sentis, ces courants froids qui semblaient murmurer son nom, cette rage qui jaillissait dans son corps à chacun de leur appel et qui le poussait à vouloir commettre des actes nés de la noirceur absolue. Jamais il n'avait cédé, se raccrochant à ses souvenirs d'homme, de fils et de frère. Et à ce désir féroce de revoir, encore une fois, la déesse de la Cascade des Faës.

— Je peux faire disparaître cette liche ! annonça-t-il enfin, sans quitter des yeux le visage d'Elenwë, qui s'adoucit en même temps qu'elle soupirait de soulagement.

— Je viens avec vous ! clama-t-elle en basculant dans son dos ses longues mèches ébène et en carrant les épaules, telle une guerrière prête au combat.

— *Naye !* rugit Cameron, dont la négation avait semblé claquer dans l'air comme l'aurait fait un grondement orageux.

La princesse en resta coite un instant, avant de croiser les bras de colère.

— Non ? Mais il n'y a aucun refus possible de votre part, je décide de ma destinée !

— Vous n'êtes plus une déesse, *mo chridhe* (mon cœur)... susurra Cameron en la toisant de haut et en adoptant la même posture qu'elle. Une simple femme, ce que vous êtes, se fera manger toute crue par ce monstre !

Elenwë fronça imperceptiblement les sourcils de contrariété et afficha une mine boudeuse.

— Père... je sais que vous en avez le pouvoir, alors rendez-moi mon immortalité !

— *Naye !* ragea Cameron à ces mots, en faisant un pas vers elle et en lui saisissant les épaules de ses larges mains.

La grimace de douleur qui se dessina sur le visage de la princesse lui fit instantanément desserrer l'étau de sa prise. Elle n'allait certainement pas se transformer encore, au risque qu'il la voie disparaître de sa vie !

Elenwë était sa femme ! À lui ! Cameron en avait

décidé ainsi !

— Cela nous est impossible, murmura Lug, au grand soulagement de Cameron qui sentit son cœur battre plus vite et son souffle, bloqué, à nouveau circuler dans ses poumons.

— Ne dites pas de bêtises, père ! Vous êtes le Dieu suprême, il vous suffit de vouloir pour obtenir !

— Mon enfant, tu as fait don de ton nom, de ton immortalité... aucun retour en arrière n'est envisageable. Cependant, tu es loin d'être aussi vulnérable et inutile que tu l'imagines. Oui... je lis dans tes pensées, ajouta Lug devant l'étonnement de sa fille. Je vois que les effets commencent à se faire sentir, tu oublies peu à peu les capacités qui étaient tiennes, ton esprit humain ne pouvant contenir toutes les connaissances des déités. Tu as sur le corps l'essence de notre magie, lui apprit-il avec un geste de sa main fantomatique en direction de sa silhouette.

— Que... vos larmes ? bafouilla Elenwë.

— Oui, il te suffit de vouloir invoquer un sort, pour que les symboles s'éveillent, prennent le relais, et le réalisent. Néanmoins, il faudra les utiliser avec parcimonie, car dès qu'ils auront tous disparu, il ne te sera plus jamais possible de recourir aux charmes. C'est, en quelque sorte, notre cadeau pour ta renaissance. Par contre, ton corps évoluera dix fois plus vite que les humains, tu trouveras ta force en cet important détail.

— Elle n'en aura pas besoin ! martela Cameron, qui n'avait rien perdu des propos échangés entre le père et la fille. Elenwë restera sous la protection des miens, le temps que j'aille débusquer cette liche, que je la tue, et que j'accomplisse ma quête. D'ailleurs, il serait bienvenu de m'en dire un peu plus !

— Tout ce dont nous venons de parler est lié, homme-dieu ! Et tu ne pourras éradiquer la liche qu'en connaissant son nom véritable ! Cet être avait tout prévu, il a assassiné sa famille, les gens de son peuple, et tous ceux qui étaient au courant de son patronyme, car dès le début, le projet de l'Élévation était présent dans son esprit. Nous avons voulu remonter le temps pour parvenir sur les terres de son clan, et apprendre tout de lui. Cela semblait si facile... cependant, la liche a acquis assez de force pour verrouiller l'accès aux passages entourant cette funeste période.

— Ce qui signifie que rien ne peut détruire ce... roi-démon... maintenant qu'il nous est impossible de connaître son nom ? s'étonna Cameron, de plus en plus décontenancé par les révélations de Lug. Il doit bien y avoir un moyen ? Le feu ? Les armes ?

— Rien d'autre que son nom... confirma soudain la Déesse Bride.

Elenwë avait baissé la tête, son visage à moitié caché par ses cheveux, et donnait des petits coups du bout de sa botte dans des mottes de mousse. Cela n'avait rien de divin, mais ressemblait plus à une attitude de contrariété, là encore, tout humaine.

Et à nouveau, sous les yeux interloqués de Cameron, la mousse reprit sa place, comme si de rien n'était !

— Les souvenirs m'échappent en partie... grommela Elenwë en continuant son manège. Cependant, il me reste quelques fragments qui pourraient nous être utiles. En voyageant dans le temps, j'ai rencontré un druide d'une exceptionnelle puissance. Il m'a vue, sous mon apparence divine, alors que j'aurais dû lui être invisible. C'était un vieil homme d'une très grande sagesse et d'une connaissance... à peu de chose près... céleste. Lui, pourrait nous aider ? Il suffirait de retourner à son époque, avant... oh... j'ai oublié son nom et la période temporelle où je l'ai vu !

— Merzhin[14]... avança l'autre silhouette féminine et éthérée que personne n'avait présentée.

— Exactement ! s'écria Elenwë avec un beau sourire lumineux qui aurait fait tourner la tête de Cameron, s'il n'avait pas été tant ahuri par le nom prononcé.

— Merzhin ? Mais... il n'a jamais existé ! J'y suis allé,

---

14 *Merzhin : Nom de Merlin en breton.*

en Brocéliande, sur ses traces, pour que sa magie m'aide à voyager dans le temps... Il s'est avéré que tout ce bla-bla était du vent ! s'insurgea férocement Cameron.

— Non, il a bien vécu, révéla Lug. Et ce passage temporel nous est aussi, désormais, verrouillé par la liche. Néanmoins, c'est un point qui fait partie de votre quête. Vous trouverez vos réponses plus tard, car est arrivé le moment de vous la conter pour que vous connaissiez son but ultime : raviver les liens qui relient les mondes des Sidhes et des hommes. Peu à peu, les croyances se perdent ou sont détournées au profit de doctrines nées pour servir l'avarice des humains et leur goût destructeur, insatiable, du pouvoir. En aucun cas pour la paix des êtres et des esprits. Le déclin de la magie qui en découle affaiblit nos attaches. Les siècles qui passent amenuisent notre jumelage, le rendent précaire. Si le monde des Sidhes venait à disparaître, celui des hommes le suivrait au même instant dans le Néant. Néanmoins, avec la liche comme nouvelle ennemie, et si vous, Cameron Saint Clare, échouez, ne seront anéantis que les divinités et les tertres enchantés, alors que votre monde se transformera en un grand royaume des ténèbres et de souffrances éternelles. Il vous est encore possible, Enfant Unique, de vous battre pour que cela ne puisse se réaliser. Votre quête vous guidera vers les cinq principaux liens, reliés chacun à un élément spirituel, qui doivent coûte que coûte reprendre force, vitalité, et perdurer. Si l'un vient à s'effacer définitivement, tout sera fini. Voici...

Sur un signe de Lug, toutes les divinités présentes rompirent la forme de V pour s'avancer sur une ligne. Cameron sentit une sorte d'intense appréhension le saisir. Il allait connaître son destin, et au vu des révélations, il commençait sérieusement à se demander s'il serait à la hauteur de la tâche qui l'attendait. Lug prit la parole le premier :

— À la marche de la Terre, l'Élu devra consentir à honorer sa quête. L'acceptez-vous ?

— *Aye !* acquiesça fortement Cameron en serrant les poings.

Quelle ne fut pas sa surprise en voyant apparaître des mains de Lug, la plus somptueuse claymore qui ait jamais existé !

Sa lame longue et aiguisée semblait avoir été forgée dans un métal argenté inconnu, couverte sur toute sa surface de symboles celtiques, néanmoins trop anciens pour que Cameron puisse les déchiffrer. Son pommeau était fait d'or et de quartz multicolores à l'instar de la Pierre de Lïmbuée[15]. Le tout se mit doucement à scintiller et à refléter la lumière opalescente que les divinités émettaient.

— Voici l'arme de l'Élu, *Gradzounoul'* – l'Ardente dans notre langue – seul lui pourra la manier, seule elle pourra le protéger.

Cameron porta le poing serré sur son cœur, salua de la tête et prit l'épée divine que lui tendait Lug.

Le contact de ses doigts se refermant autour du pommeau déclencha une chaleur foudroyante, non douloureuse, qui électrisa ses muscles avant que des ondes d'énergie magnétique ne parcourent la totalité de son être.

D'ébahissement, il riva ses yeux sur Lug qui ne bougeait toujours pas, puis s'essaya au maniement de la claymore, la faisant virevolter par la souplesse de son poignet, fendant l'air de sifflements chantants, mortels.

Elenwë, qui s'était mise hors de portée, regardait ce fier Highlander ne faire plus qu'un avec l'épée céleste. Il était fabuleusement viril, souple dans ses mouvements malgré une stature toute en muscles et une taille impressionnante. Cameron paraissait danser au son de la musique tranchante de Gradzounoul'.

La première étape venait d'être franchie, l'Élu avait reconnu celle qui lui était destinée, et l'arme l'avait accepté

---

15 *Pierre de Lïmbuée : Quartz céleste renfermant une puissante magie. Elle est multicolore et sa surface est sillonnée de filaments d'or. Une fois utilisée, elle se transforme en un ordinaire quartz noir.*

comme unique maître.

— À la marche de l'Air, le gardien des éléments devra être réveillé ! annonça à son tour Bride en s'avançant d'un pas sur l'eau pour se tenir à la droite de Lug.

Un objet étrange apparut sur ses paumes tournées vers le ciel. Il ressemblait à une dague, mais était aussi transparent que du verre.

— Voici *Sneachda,* « Neige » dans la langue qui est vôtre. Elle est faite de glace et ne fondra qu'après que vous l'ayez utilisée pour réveiller le gardien.

Cameron attendit des explications complémentaires... qui ne vinrent pas, Bride faisant un pas en arrière après lui avoir remis la dague et reprenant sa place aux côtés de Lug.

Il ne put retenir un rire désabusé, ses yeux allant de l'arme presque invisible qu'il tenait d'une main, à Elenwë qui haussa les épaules en signe d'ignorance, pour finir par se river sur la silhouette de Bride.

— C'est une plaisanterie ? fit-il, narquois, avant que son visage ne s'assombrisse et que son sourire ne s'efface. Un : je ne sais pas où se trouve la marche de l'Air ! Deux : je dois utiliser de quelle manière ce... cette dague ? De plus, elle va fondre en moins de temps qu'il n'en faut pour dire ouf !

— *Sneachda*, consentit à l'informer Lug, a été conçue dans la glace d'un des plus hauts sommets neigeux des montagnes des Sidhes. Elle est indestructible tant qu'elle n'a pas accompli la tâche pour laquelle elle existe. Elle ne fondra pas, ne se brisera pas, et disparaîtra après l'usage que vous en ferez. Quant à la marche de l'Air, vous la trouverez bientôt.

— Bien sûr, grommela sarcastiquement Cameron. Je sortirai un super GPS céleste pour localiser ce lieu inconnu et je demanderai à la dague de quelle manière je l'utiliserai, car évidemment, elle parle, et me donnera son mode d'emploi !

Un rire clair et spontané vint cueillir son ironique plaidoyer, le charmant à tel point qu'il en oublia le puzzle désordonné et monumental qui se formait dans son esprit.

Elenwë, un peu sur sa droite, avait posé ses doigts fins sur sa bouche et secouait la tête, hilare.

— Vous êtes réellement unique, dans tous les sens du terme ! pouffa-t-elle. C'est délicieux de pouvoir saisir toutes les subtilités de vos paroles. Malheureusement pour vous, ma famille et le conseil n'y comprendront rien et prendront vos mots à la lettre.

Cameron esquissa une mimique charmeuse, ses yeux bleu azur étincelant d'un amusement non déguisé et fit la courbette devant la princesse avec l'espoir qu'elle laisse fuser à nouveau la riche et sensuelle mélodie de son rire.

— Ohhh... voici celle que votre peuple nomme Morrigan, souffla-t-elle en retrouvant son sérieux. Oui, il existe effectivement plusieurs déesses, l'informa-t-elle en le voyant froncer les sourcils. Elle et ma mère Bride, sont bien distinctes.

— À la marche du Feu, annonça Morrigan d'une voix très grave et pourtant féminine, la forge ancestrale sera ranimée !

Cameron fit la grimace en songeant que là encore il ne savait pas où se situait la marche du Feu, salua celle qui venait de parler, et tendit les mains pour saisir les nouvelles choses qui étaient apparues.

— Cela ressemble à... du basalte ? observa-t-il avec un léger étonnement. Que dois-je faire de ces quelques bouts de roches magmatiques refroidies ? *Naye !* Laissez-moi deviner, lança-t-il, fanfaron, je le comprendrai dès que je trouverai la marche du Feu !

— Oui... acquiesça simplement Morrigan en reculant d'un pas pour reprendre sa place. Ces pierres appartiennent au berceau des mondes. D'elles, naissent les prémices de toute vie.

— *Móran taing* (Merci beaucoup), j'en prendrai grand soin !

— À la marche de l'Eau, intervint un des deux colosses

éthérés en coupant la parole à Cameron, le Légendaire retrouvera sa place.

Diantre ! Le gaillard divin avait l'air pressé !

Cameron attendit qu'apparaisse un nouvel objet quelconque, mais dut se rendre à l'évidence : en plus d'être un dieu impatient, le fantôme qui se tenait devant lui était radin !

— Hum... fit Elenwë, en se raclant la gorge dans le but d'attirer son attention. Je vous présente Ogma et il semblerait qu'il n'ait rien à vous transmettre...

Cameron salua, un sourire effronté sur ses belles lèvres.

— Tant mieux, je n'ai plus de place dans mes poches pour y ranger le Légendaire, ironisa-t-il, pince-sans-rire.

Les divinités, suite à ses mots, donnèrent l'impression de se concerter du regard avant de reporter leur attention sur lui.

Apparemment, la réplique de Cameron les laissait quelque peu perplexes, si tant est qu'ils puissent éprouver cette émotion... Mais bien sûr que non...

— Le Légendaire est un homme, commenta Lug.

— Je m'en doutais, répondit Cameron du tac au tac. Et là aussi, je dois me débrouiller pour le trouver, ainsi que cette marche, sans indice, je l'ai bien compris. Tiens... voilà le dernier qui avance, marmonna-t-il en avisant la grande silhouette plus à droite faire un pas sur l'eau.

— Dagda, lui souffla Elenwë dans le creux de l'oreille en se haussant sur la pointe des pieds et en le faisant se pencher vers elle, avant de reprendre une attitude faussement sage auprès de lui.

— Au point de ralliement des marches, les âmes devront êtres libérées, pour que les mondes soient à nouveau jumelés, et les forces du mal annihilées.

Puis Dagda retourna, lui aussi, à sa place sur la ligne, sans ajouter un mot de plus ni transmettre un quelconque objet... Il y avait donc deux dieux radins !

Le silence allant s'éternisant, Cameron devina que tout

ce qui avait rapport à la quête venait de lui être révélé.

— C'est tout ? se moqua-t-il en s'esclaffant. Rien de plus ? Pas d'indices pour me guider dans ma tâche ? Remarquez, j'ai bien saisi que les marches sont des lieux, puisque celle de la Terre concerne le domaine des Saint Clare... Mais tout de même, le monde est vaste, et chercher les différents endroits s'avérera aussi futile que de trouver une aiguille dans une meule de foin !

— Elenwë vous aidera, argua Lug, toujours calmement. Et d'autres personnes vous accompagneront. Celles et ceux qui connaîtront les marches vous suivront sur le chemin de votre destinée.

Cameron claqua de la langue d'un air agacé.

— Vous insinuez que des gens de mon entourage savent où se situent ces lieux ?

— Sans nul doute, confirma Lug. Chaque détenteur d'une partie du secret deviendra votre compagnon.

— Qui sont ces personnes ? Mon *athair* ? Iain ? Qui ?

— Posez vos questions autour de vous, et d'ici peu... vous aurez vos réponses. Cependant, il est un fait indéniable : ma fille vous accompagnera.

Cameron serra les dents pour contenir les jurons qui ne demandaient qu'à fuser hors de sa gorge et riva ses yeux sur Elenwë, qui lui retournait un sourire ravi de chipie fière d'avoir eu gain de cause.

— Pas moyen de faire autrement ?

— Non, fit-elle en s'esclaffant devant son air déconfit de petit garçon à qui l'on aurait refusé une gâterie.

— La quête révélée, nous vous laissons accomplir votre rôle. Prenez garde, les damnés parcourent déjà les plaines qui ne sont pas protégées par les Runes du pouvoir. Adieu Élu... Adieu ma fille, souffla la voix de Lug.

Cameron les vit se dématérialiser en un centième de seconde et grimaça de plus belle en serrant rageusement les poings.

— Six siècles pour m'entendre raconter toutes ces

fadaises ? ! lança-t-il, hargneux. Et maintenant ? À qui vais-je poser toutes ces questions ? Et qui seront les miséreux qui n'auront d'autre choix que de m'accompagner ?

— Retournons au château pour l'apprendre, lui suggéra Elenwë, qui se dirigeait déjà vers le sentier menant à la forteresse, ses hanches semblant se balancer langoureusement sous ses yeux, comme pour le narguer un peu plus. M'est avis que vous n'êtes pas au bout de vos surprises, et oh... oui, n'oubliez pas vos cadeaux !

Cameron se mit à rire nerveusement. La dague fut vite logée dans sa botte libre – l'autre abritant son *skean dubh* de Highlander. Les poches de son pantalon moulant eurent du mal à accueillir les morceaux de roche de basalte, mais en forçant un peu, et en déchirant le cuir, elles arrivèrent à s'y tasser alors que Cameron jurait tous les gros mots de son vaste répertoire.

D'un geste impatient, il saisit le pommeau de Gradzounoul' plantée dans la terre, sentit son énergie magique affluer dans ses muscles, et marcha dans les pas de la petite peste qui ne l'avait pas attendu !

— Elenwë !

Seuls les piaillements des oiseaux qui s'envolèrent au son de sa voix brusque lui répondirent.

La princesse était déjà loin, courant pour vérifier les dires de son père Lug.

Effectivement... sa puissance physique était supérieure de plus de dix fois à celle d'un simple humain, pour preuve ?

Elle parcourut la distance qui la séparait de la clairière au château, en à peine trois secondes...

Ne restait plus qu'à patienter pour voir arriver Cameron... Le temps d'Elenwë allait lui sembler terriblement long !

Chapitre 10

Dans l'antre de la liche

Le sifflement erratique de son dernier souffle dérangea le silence glauque du berceau de sa métamorphose.

Enfin s'effaçaient les ultimes attaches qui reliaient la liche à une humanité qu'il abhorrait !

Les lambeaux de ses poumons en décomposition se détachèrent de sa cage thoracique pour chuter dans la boue, où ils émirent un son spongieux à son contact.

La liche en aurait souri de contentement, si le manque de peau et de muscles sur son faciès osseux le lui avait permis.

Chaque parcelle de l'humain qu'il avait été, et qui se désunissait de lui, apportait à son esprit de roi-démon un plaisir incommensurable, presque jouissif !

Quelle ironie du sort ! Éprouver un tel sentiment, alors que dans sa pitoyable vie de mage, il n'avait été qu'un être impuissant, son sexe restant flasque et inerte à tout désir...

La monstrueuse créature ricana, et le son horrible qu'elle réussit à produire ricocha contre les parois humides et glissantes de la grotte située sous les falaises de Dunnottar.

— Regarde-le, ce misérable membre qui t'a tant affecté... grinça la voix sifflante de la liche, née par la force de sa phénoménale magie. Le voilà ratatiné dans la boue, comme le reste du superflu, pourri pour de bon, puni pour la peine qu'il t'a fait vivre en tant qu'humain. Bientôt, les femelles te supplieront de les prendre et oui... oh oui, tu t'en empareras... et tu t'en nourriras...

Mais qu'il était stupide, il n'en avait plus besoin !

Son innombrable engeance le ferait à sa place et plus elle avilirait de vies, plus sa prépotence s'accroîtrait !

Ahhh... ses enfants..., songea-t-il en caressant du bout de ses longs ongles – telles des lames effilées – son menton, puis en les faisant coulisser l'un contre l'autre, comme il remarquait que des parcelles de chair s'y étaient raccrochées et qu'il cherchait à s'en séparer par ce mouvement.

Oui, il était désormais le père de toutes les créatures démoniaques de ce monde. Déjà, il les sentait impatientes de s'élancer à la conquête de leurs proies. Dans l'ombre, elles trépignaient dans un chahut rugissant et se dévoraient entre elles au summum de leur faim, au plus grand amusement de la liche.

Elles accompliraient de sombres miracles, comme celui de l'aider à éradiquer, une fois pour toutes, cette vermine céleste composée de pantins éthérés.

Dans les orbites vides et noires de la liche, deux points luisants apparurent, et au fur et à mesure que ses songes de gloire sanglants allaient croissants, la luminosité s'accentua pour former deux rayons à la rougeur incandescente.

Que ses parents auraient été fiers de lui... s'il ne les avait pas sauvagement assassinés dans leur sommeil. Il revoyait, avec délectation, les yeux qui s'ouvraient sur lui avec surprise et douleur alors qu'il portait le premier coup de poignard.

Ahhh... c'était le bon temps...

Ce qui fit naître une idée démoniaque dans son esprit machiavélique : ses proches allaient rejoindre son armée des ombres !

Il les sortirait de terre, puisque leurs corps n'avaient pas été incinérés, il les transformerait en simples goules et zombis, qui à leur tour, partiraient contaminer d'autres êtres vivants... Et ainsi de suite.

Il sourit de cruauté au bonheur de savoir que sa famille

serait à brève échéance réunie, elle qui clamait qu'il n'était qu'un bon à rien ! Bientôt... ils se prosterneraient tous à ses pieds... enfin, façon de parler, puisqu'il n'y avait plus que des os à cet endroit là... que la liche s'amusa à bouger pour en entendre le bruit claquant et creux qu'ils émettaient.

D'abord, il allait avancer ses troupes, comme des pions sur un vaste échiquier. Les *bean sith*[16] seraient les premières, elles épouvanteraient les humains de leurs hurlements funestes, feraient blanchir leurs cheveux et annonceraient la venue de la mort et finiraient leur œuvre en ajoutant l'élixir puissant de la terreur dans leur sang.

Arriveraient ensuite les vampires et les métamorphes, qui chasseraient en bande et qui se nourriraient de la liqueur vitale des terriens – rendue onctueuse par leur peur viscérale – et de leurs chairs altérées par le trop-plein d'adrénaline...

Quelques humains rejoindraient les rangs des damnés, les autres serviraient de garde-manger, vivants ou trépassés, le « faisandé » étant tout aussi bien apprécié.

Ahhh... La liche enviait presque ses enfants de pouvoir batifoler ainsi, en semant le chaos autour d'eux...

Marcherait dans leurs pas le reste des créatures démoniaques, des plus féroces, innombrables, aux tierces, insignifiantes, qui agissaient sans songer, parce que démunies de cervelle... Les premières deviendraient ses féodales, tandis que les autres rejoindraient la cohorte de son armée, prête à parcourir les terres et répandre la peste, le choléra, et toutes les maladies dites mortelles pour la race humaine.

En très peu de temps, naîtrait le monde des damnés et lui, la liche, en serait le dieu tout puissant !

Il soupira de contentement en écartant les os de ses bras et provoqua le craquement de sa nuque en basculant en

---

16 *Bean sith (gaélique écossais) : Être malfaisant, d'apparence féminine, peuplant nombre de légendes écossaises, irlandaises, voire bretonnes (les lavandières de la nuit) ou galloises. Elle est connue pour annoncer la mort par ses horribles hurlements appelés aussi : keening*

arrière son crâne encapuchonné dans les restes de sa cape moisie.

Le bonheur absolu de la cruauté... c'était ça !

Sauf...

Qu'il se trouvait un grain de sable pouvant s'immiscer dans les rouages de son succès : l'Enfant Unique !

De rage, la liche redressa la tête et fit claquer ses dents à la manière d'un requin sur sa proie.

— Cameron Saint Clare... grinça la voix d'outre-tombe, comme s'il parlait à un vis-à-vis. Quel dommage que tu aies refusé de regagner nos rangs ! Tss, tss... tu aurais été mon aîné, le prince Noir... Hummm... Mais rien n'est perdu, tu peux encore me rejoindre, car... j'ai un atout de taille dans mon jeu : la fille des Dieux ! cracha-t-il hargneusement. Oui... nos renaissances se sont effectuées en même temps, nos visions sont liées et je sais... ce qu'elle sait !

Le craquement des os qui suivit, alors que la liche se mettait à déambuler en rond dans son antre, aurait glacé sur place le plus intrépide et farouche guerrier qui ait jamais existé.

La fureur auréolait de rouge le squelette recouvert des haillons de sa cape sombre.

— Ces pantins fantomatiques ont ressuscité leur enfant... Ils croient donner plus de chance à L'Élu avec elle à ses côtés ! Nonnnnnnnnn... Elle sera la clef de ma réussite, celle qui fera abdiquer le Highlander à mon profit... Il deviendra mon fils et elle... une boulette de viande, que je jetterai à mes chiens enragés, pour qu'ils la grignotent ! Attendons de savoir où la quête doit les conduire... Ces succulents petits croquembouches... N'ayons point d'inquiétude, mes enfants maudits seront là pour les accueillir !

Un sinistre rire, qui n'avait rien à envier aux hurlements des *bean sith,* résonna indéfiniment dans la noirceur de la grotte, royaume de la liche et sanctuaire de son pouvoir macabre.

Le mal à l'état pur avançait en puissance sur l'échiquier du temps...

Chapitre II
Des surprises de taille

— Vous en avez mis du temps ! chantonna Elenwë dans un panache de buée, un grand sourire éclairant son visage en forme de cœur, ses joues empourprées par le froid, et ses yeux améthyste rivés sur la haute silhouette athlétique qui fonçait droit sur elle.

Cameron ne lui accorda aucune parole, à peine un regard hautain, et passa à ses côtés en la frôlant, sans s'arrêter, comme si peu lui faisait qu'elle l'eût patiemment attendu.

— En voilà des manières ! s'offusqua-t-elle en s'élançant pour le rattraper.

Le problème était qu'il ne s'était pas assez éloigné et qu'à la vitesse vertigineuse où Elenwë se déplaçait, le choc de leurs deux corps fut inévitable.

Avec la force du coup et au plus grand étonnement des guerriers highlanders qui passaient à peu de distance dans la cour intérieure du château, Cameron Saint Clare s'étala de tout son long sur la boue qui tapissait le sol et glissa à plat ventre sur quelques mètres... Elenwë, l'air dérouté, assise à califourchon sur ses reins et son interminable chevelure les drapant à l'arrière comme une traîne seigneuriale.

— Ohhh... souffla-t-elle, sans bouger de la place où elle avait atterri.

— Sa royale majesté daignerait-elle soulever son non moins royal fessier, pour que je puisse enfin me redresser ? marmonna Cameron d'un ton sourd, le visage à moitié tourné vers elle, entièrement badigeonné de terre brune. Ne restez pas plantés là, vous ! invectiva-t-il les guerriers qui s'étaient statufiés un instant lors de leur glissade et qui se gaussaient en se tapant sur les épaules. Allez me chercher Aonghas, Clyde et Ned, ainsi que leurs femmes et enfants ! Qu'ils me rejoignent tous dans la grande salle ! Et que ça saute ! hurla-t-il, en faisant déguerpir les hommes comme des chevaux effarouchés. Bande de donzelles, grogna-t-il encore, en donnant un coup de reins violent qui envoya voler Elenwë dans les airs et souriant dans la foulée en la regardant s'étaler à ses côtés dans la boue.

Elle se mit vivement à quatre pattes, puis à genoux, et se releva enfin en se frottant frénétiquement les mains sur ses cuisses gainées de cuir. Apparemment, la princesse ne supportait pas le contact gluant de la vase sur sa peau... rougie par le froid !

— Par les Dieux ! gronda Cameron en se mettant lui aussi debout et en la soulevant souplement pour l'entraîner dans l'étau de ses bras. Tu ne pouvais pas me dire que tu étais frigorifiée ?

Elenwë enroula d'instinct ses bras autour de son cou puissant et frissonna en sentant sa chaleur se communiquer à elle. C'était donc cette sorte de morsure piquante, qui s'emparait de la chair et du sang, que l'on nommait le froid ? Et voilà que ses dents se mettaient à jouer des castagnettes !

Les êtres humains étaient d'une fragilité incroyable !

— Elenwë ? s'enquit Cameron en posant son regard bleu, chargé d'inquiétude, sur elle.

— Je... ne savais... pas... que mon corps souffrait... du froid...

Cameron marmonna entre ses lèvres pincées et accéléra la cadence de ses pas. En peu de temps, ils arrivèrent dans la grande salle, où les servantes et commis se dépêchaient de mettre en place les tables et les bancs pour le repas du soir.

— *Och* ! Mais que font-ils tous ? Nous venons à peine de manger ! s'étonna-t-il tout en déposant son précieux fardeau dans un fauteuil capitonné près de l'imposante cheminée, où dansaient de bienveillantes flammes orangées.

— ... temps, marmonna Elenwë, qui tendait ses mains fines vers le foyer et frissonnait à chaque fois que les vagues de chaleur se communiquaient à ses membres.

— Que radotes-tu, femme ?

— Je... ne radote pas... Je disais, que le temps se déroule... plus vite ici, qu'à la Cascade des Faës ! Il en est de même, en tout lieu sacré...

— Ils sont là ! s'exclama la voix forte de Iain, tandis que toute la famille Saint Clare au grand complet faisait son entrée dans la salle.

Un peu en retrait, Barabal rasait les murs, dans l'espoir plus que vain de passer inaperçue. Quand ses prunelles croisèrent celles, sarcastiques, de Cameron, elle sembla se statufier et adopta la position d'un caméléon.

Oui, sauf que ce reptile se fondait dans le décor qui l'entourait en changeant de couleur... chose que la Seanmhair était incapable de faire.

— Où étiez-vous pendant tout ce temps ? Que vous est-il arrivé ? Mais regardez-vous ! Vous êtes couverts de boue ! s'inquiéta Awena en venant vers eux et en s'agenouillant devant Elenwë pour écarter ses longues mèches du visage. Oh, ma pauvre, vous êtes glacée ! Un bon grog et un bain chaud vous feront un bien fou !

— Non, cria presque la princesse en redressant la tête. Je ne veux rien boire... ni manger !

— Ne faites pas l'enfant, je vous promets que tout sera à votre convenance, la réprimanda gentiment Awena. Vous devez vous sustenter, sinon vous tomberez très malade !

— Mais...

— Tut, tut ! Je vais appeler Odette pour qu'elle vous prépare un breuvage chaud. Une bonne soupe ? Voilà ! C'est ce qu'il vous faut, tout le monde aime la soupe, continua-t-elle à marmonner en partant à la recherche de la cuisinière.

La grimace amusée de Darren n'échappa à personne.

Non, tout le monde n'aimait pas la soupe !

— *Mac*, peut-on connaître la raison de votre disparition et de votre si longue absence ? demanda-t-il tout de go en dardant ses yeux sombres sur son fils et en faisant quelques pas pour se poster à ses côtés.

— *Aye*, les divinités m'ont enfin fait part de ma quête. *Hey* ! s'époumona Cameron, deux secondes après, alors que tous se mettaient à parler de concert, sans qu'il puisse placer un mot de plus.

Cette famille était réellement incorrigible et insupportable !

— *Stad, sguiribh* (Stop, arrêtez) ! tonna-t-il en utilisant la magie pour faire résonner sa voix encore plus fortement sous les hautes voûtes de la salle. Et vous ? Est-ce que je vous demande si vous venez de sortir du lit ?

Cameron s'en était pris directement à Logan et Sophie-Élisa qui s'étaient tus, à quelques pas de lui. Pourquoi s'adresser à eux en particulier ? Sans doute parce que l'un avait sa tunique qui dépassait largement de son kilt mal ajusté et que l'autre avait passé sa robe à la va-vite et que ses longs cheveux acajou étaient hirsutes ? Ou, peut-être encore, à cause de leurs visages joliment empourprés de plaisir ?

Le sourire goguenard que Logan porta sur sa propre allure débraillée mit soudainement mal à l'aise Cameron, qui détourna son attention, en voyant venir vers eux les personnes qu'il avait faites quémander.

Aonghas se tenait en tête de file, suivi de près par les colosses Ned et Clyde, de leurs fils, ainsi que d'Eileen et Aigneas.

— Bien, maintenant que tout le monde est là... mais... où est Larkin ? observa Cameron, en s'interrompant et en cherchant le vieux grand druide du regard.

— *An seo* (Ici) ! clama la voix sèche du « perdu de vue » en se faisant un passage de derrière les hautes silhouettes de Darren et Iain.

— Je vous ai tous réunis dans cette pièce, dans le but

de... reprit Cameron en faisant les gros yeux au trio Darren-Larkin-Iain qui s'étaient mis à papoter à voix basse.

— On ne peut pas manger avant ? se moqua Gordon, le plus jeune fils de Iain.

— *Naye*... gronda Cameron d'un ton sourd, l'air de plus en plus sombre. Nous avons à parler, et cela ne peut rester en souffrance !

Quand tous se turent et que les messes basses cessèrent, Cameron commença à leur conter l'histoire de la liche. Comme il s'y attendait, tous demeurèrent perplexes suite à sa narration et lui posèrent les mêmes questions qu'il avait adressées aux Dieux, avant que les hommes ne saisissent leurs claymores pour partir tuer la créature démoniaque dans sa grotte. Là aussi, Cameron dut les calmer, en leur expliquant que seul son nom véritable prononcé à haute voix le détruirait.

La soirée allait être longue...

Quand arriva le passage concernant Merzhin, Cameron se pinça l'arête du nez de ses doigts et ferma fortement les paupières. Que n'aurait-il pas donné pour être à nouveau immortel et ne pas avoir une migraine carabinée ? !

— *Och ! Naye*... s'égosilla soudain Larkin, alors que tous argumentaient des avis différents dans une cacophonie digne d'un regroupement de perruches. Le Légendaire n'est pas trépassé, ce sont des sornettes !

Larkin avait bien prononcé le nom du *Légendaire* ?

Cameron en resta interdit et cligna plusieurs fois des yeux, ses doigts glissant pesamment de son visage, pour tomber le long de son corps, inertes.

Il devait avoir l'air d'un ahuri, car les uns et les autres se poussèrent du coude en le pointant du menton, et peu à peu, un nouveau silence se fit.

— Que se passe-t-il ? On dirait que tu viens de voir un fantôme ! commenta Darren en fronçant les sourcils.

— *Naye, athair*... Larkin ? Réponds à ma question : sais-tu où se trouve la marche de l'Eau ?

Le vieux grand druide grommela dans sa barbe en haussant les épaules, dodelina de la tête de droite à gauche, tout en faisant quelques gestes incompréhensibles des mains.

— Que marmonnes-tu ? s'impatienta Cameron en faisant quelques pas à sa rencontre.

— *Aye !* Bien sûr que je sais où se situe ce haut lieu de magie ! Il se trouve en Brocéliande dans le Royaume de France ! Qui ne le connaît pas ? C'est là que Viviane a emprisonné l'esprit du Légendaire, mais pas son corps ! Celui-ci erre sur terre, pauvre enveloppe charnelle, jusqu'au jour où sa conscience sera libérée et qu'ils ne formeront à nouveau plus qu'un !

— Le Légendaire... *est* Merzhin ? coupa Cameron, en s'avançant encore d'un pas, et en regardant de haut Larkin qui dut basculer la tête très en arrière pour lui faire face.

— *Aye !* Tout le monde le sait ! s'exclama Larkin, en réponse, et jetant un coup d'œil par-dessus son épaule pour avoir confirmation des personnes qui l'entouraient.

Sauf que tous firent non de la tête en le détaillant avec des yeux ronds...

Alors Larkin grimaça et riva à nouveau son attention sur Cameron qui sourit en coin.

— Nous connaissons maintenant l'un des heureux gagnants de notre tirage au sort ! susurra-t-il en posant ses larges mains sur les frêles épaules du vieil homme, dont la barbe blanche et longue, se mit à frissonner en suivant les tremblements de son menton.

— *Ciamar* (Comment) ? souffla Larkin, en pâlissant visiblement.

— L'Élu veut dire que vous l'accompagnerez sur le chemin de sa quête, le renseigna Elenwë de sa voix riche alors qu'elle s'était silencieusement approchée d'eux. Qui sait où se trouve la marche du Feu ? enchaîna-t-elle en souriant d'un air malicieux.

— Nous faisons tout de travers, nous devrions parler de la mission avant d'apprendre qui connaît les lieux sacrés, lui souffla Cameron du bout des lèvres.

— Pour l'instant, cela n'a pas d'importance, cherchons d'abord qui seront les personnes qui vous accompagneront, commenta Elenwë dans un chuchotement avant de sursauter au son des voix puissantes qui répondirent :

— Moi ! scandèrent en chœur Gordon et Fillan, les grands-oncles de Cameron qui ferma les yeux en songeant au danger dans lequel il allait les entraîner.

— C'est un lieu bizarre et perdu dans l'ouest des Highlands, leur apprit Fillan, le plus jeune des frères.

— Rejoignez-moi tous les deux, émit Cameron dans un souffle résigné, sans oser croiser les regards curieux et légèrement anxieux de Diane et Iain.

Qui allait être l'avant dernier compagnon de route de cette petite troupe qui se formait dans le plus grand chaos ? Une ou plusieurs personnes ?

— Qui connaît la marche de l'Air ? entonna encore Elenwë, Cameron priant pour que cela ne soit pas sa mère, ni sa sœur, et encore moins son arrière-grand-mère Diane... Ou qui que ce soit d'autre ici présent !

Il aurait aimé mener cette quête seul, pour ne mettre personne en danger.

— Sur une montagne, elle être ! caqueta l'inimitable voix de Barabal...

Naye ! Pas elle ! songea Cameron, à son plus grand désespoir.

— Et je sais où est le point de jonction des marches, l'Éther ! Indice que mes parents ont omis de vous préciser ! clama Elenwë en souriant de toutes ses dents blanches. Et comme je me doute que vous refuserez de m'emmener, je garderai le lieu secret, jusqu'au moment où il deviendra utile que vous le connaissiez ! Voici donc, réunis autour de l'Élu, les personnes qui l'aideront à accomplir sa tâche ! chantonna-t-elle encore, un éclair de triomphe passant sur ses iris mauves.

— *Mac !* appela Darren en direction de son fils, qui semblait être totalement dépassé par les événements.

Le pauvre dardait un regard désabusé sur chaque personne qui formerait désormais sa troupe.

Et quelle troupe !

— *Mac !* reprit Darren, un ton plus fort, jusqu'à ce que Cameron daigne river son attention sur lui. Tu ne peux te faire épauler par des vieillards et des jeunes guerriers qui, en ce qui concerne ces derniers, n'ont aucune expérience du combat réel. Sans compter... la princesse, qui dans l'état actuel des choses, risque d'être un handicap, plutôt qu'une aide !

Comme si Cameron ne le savait pas !

Celui-ci respira longuement en fermant un instant les paupières et s'obligea à répondre à son père.

— *Athair*, ces personnes font partie intégrante de la quête. Les Dieux ont bien spécifié, que ceux qui connaîtraient les marches devraient faire route à mes côtés.

— Pas moyen de faire autrement ?

— *Naye*... soupira encore Cameron.

— Apprends-nous en quoi elle consiste, intervint Iain en se mêlant à la discussion et dévisageant d'un air préoccupé ses deux fils qui chahutaient comme des garnements, à quelque distance de lui.

— Nous voulons tous le savoir ! s'impatienta Awena, Diane et Sophie-Élisa marchant dans ses pas.

Cameron approuva de la tête, et fit signe à toutes les personnes présentes de se rapprocher, avant de citer les différents points énoncés par les divinités.

— La quête a pour objectif de maintenir et fortifier la magie et les croyances qui relient le monde des Sidhes à celui des hommes. Sans cela, nous aurions tous été engloutis dans le Néant. Je parle au passé, car, maintenant, avec l'existence menaçante de la liche, la donne a changé ! Si elle parvenait à son but ultime, qui est de gouverner la Terre, seuls les tertres enchantés seraient dissous, tandis que nous serions livrés en pâture aux damnés, et que notre civilisation deviendrait le royaume des ténèbres.

— Nous aurions dû nous assurer que le Purificateur était bien mort ! gronda Darren alors que son fils se taisait pour chercher ses mots. Ce fut une grave erreur de notre part !

— Il était impossible de faire autrement, commenta Awena en croisant les bras sur sa poitrine. Le temps pressait, les Keith étaient presque sur nous... Et nous ne pouvions pas savoir que ce monstrueux personnage se métamorphoserait en... cette horrible créature. Raconte-nous l'histoire des marches, invita-t-elle Cameron à continuer, avec un geste de la main.

— Dans l'ordre cette fois-ci, observa Elenwë, l'air mutin, en venant se poster aux côtés du fils du laird.

Celui-ci la regarda de haut et hocha la tête en signe d'assentiment.

— En un : à la marche de la Terre, l'Élu devra consentir à honorer sa quête. Ce lieu sacré se trouve être nos terres Saint Clare et j'ai accepté d'accomplir mon devoir. En retour, Lug m'a offert Gradzounoul'...

Sous les yeux étonnés et curieux de ses proches, Cameron sortit d'un geste fluide la claymore enchantée de l'étui qu'il avait confectionné par magie et mis en bandoulière dans son dos.

La beauté de l'épée céleste du Highlander et le sifflement chantant de sa lame à chaque mouvement provoquèrent des exclamations de surprise et l'ébahissement des hommes du clan.

— Puis-je ? souffla révérencieusement Iain, en levant une main vers le pommeau étincelant de Gradzounoul'.

Cameron hocha la tête avant que Iain ne prenne l'arme et qu'Elenwë ne crie un « Non » retentissant.

À peine Iain eut-il la claymore dans sa paume refermée, qu'elle se transforma, dans sa totalité, en une espèce d'alliage de plomb, très sombre, et entraîna son détenteur au sol sous la force phénoménale de son poids.

D'instinct, Iain avait lâché le pommeau en tombant, sinon, ses doigts auraient été écrasés sous la masse.

Darren et Cameron l'aidèrent vivement à se relever, alors que Gradzounoul' recouvrait son somptueux aspect originel, sous le regard éberlué de tous.

— Elle n'appartient qu'à l'Élu, souffla Elenwë, en grimaçant, comme si elle désirait s'excuser de ne pas les avoir prévenus plus tôt.

Cameron grommela entre ses dents et rengaina la claymore dans son étui. L'instant d'après, il reprenait :

— En deux : à la marche de l'Air, le gardien des éléments devra être réveillé, grinça-t-il encore en se tournant vers Barabal qui connaissait l'endroit où se situait le lieu sacré et en se penchant pour sortir de sa botte la dague de glace. Voici le cadeau de Bride, la déesse et mère d'Elenwë. Elle se nomme *Sneachda* !

— Neige... souffla Aigneas, en contemplant d'un regard émerveillé le *skean dubh* transparent aux formes harmonieuses.

— D'après Bride, cette arme me permettra d'accomplir ma tâche. Elle est indestructible. Sais-tu comment je dois l'utiliser ? demanda Cameron à l'attention de la Seanmhair.

— *Naye* ! Moi, pas savoir ! caqueta-t-elle en plaçant une feuille à mâcher dans sa bouche. La marche de l'Air, ça par contre, moi connaître ! Dans le Royaume de France, lieu sacré, être ! Humpf ! Là où, Pyrénées, sont les montagnes ! !

— En France... encore... marmonna Darren en coulant un regard semi-amusé vers Awena, qui lui tira la langue en retour.

— Les Pyrénées, c'est vaste ! s'offusqua Cameron. Tu n'as pas un endroit précis à nous donner ?

— Au pied d'un cromlech, dort, le gardien ! coassa la Seanmhair en haussant les épaules et en se préparant à cracher par terre.

Cameron souffla par magie au moment où elle le fit, et

sourit de contentement lorsque l'immonde jet brunâtre vint s'étaler sur le visage stupéfait de Barabal.

Awena et les femmes du clan applaudirent de tout cœur, tandis que les hommes se mettaient à rire de concert et qu'Elenwë affichait une moue tristounette. Elle n'aimait pas que l'on se moque de la vieille dame.

Cependant, Cameron avait derechef marqué un point en ce qui concernait le domptage de l'ancienne grande *banabhuidseach* !

— Va te nettoyer, et reviens ici quand tu seras propre ! ordonna-t-il à la petite mère qui s'essuyait les joues sur la manche de sa toge grise et vociférait à voix basse.

— Nia, nia, nia... grommela-t-elle encore en claudiquant vers la sortie de la salle, son bâton magique martelant furieusement les dalles du sol.

— Je crois que vous ne perdez rien pour attendre, marmonna Elenwë. Elle n'est pas contente du tout !

— Princesse, susurra Cameron en se penchant sur son joli minois. Je ne me permettrais pas de faire ce que j'ai fait, si notre très agaçante, mais non moins aimée Barabal, apprenait la politesse et à ne pas cracher partout !

— Vous l'aimez ? s'étonna réellement Elenwë. Et... c'est ainsi que vous le lui montrez ?

— À ma manière... *aye*. Si elle m'était indifférente, elle n'aurait aucune existence à mes yeux et je ne daignerais même pas m'occuper de son cas !

La tristesse, puis la stupeur, qui s'étaient dessinées sur le visage d'Elenwë s'effacèrent pour laisser place à une moue absorbée de petite fille en train de réfléchir à un calcul difficile.

— En trois, reprit Cameron en lui faisant un clin d'œil. À la marche du Feu, la forge ancestrale sera ranimée. Cela vous concerne, Fillan et Gordon, puisque vous m'avez affirmé connaître ce lieu, n'est-ce pas ? Et voilà ce que la déesse Morrigan m'a donné : des morceaux de roches de basalte appartenant au berceau des mondes, prémices de toute vie. Sauriez-vous, à tout hasard, à quoi elles peuvent servir ?

Fillan et Gordon, ses grands-oncles âgés respectivement de vingt et vingt-deux ans, superbes spécimens du clan Saint Clare, se dévisagèrent un instant de leurs identiques regards mordorés avant de se retourner d'un même mouvement vers lui :

— *Aye !* Pour ta première question, confirma Fillan, un grand sourire candide éclairant son visage aux traits ciselés.

— *Naye !* Pour la deuxième, continua Gordon en haussant négligemment ses larges épaules.

— Pourriez-vous, intervint Iain, en les détaillant tous les deux, me dire comment et dans quelles conditions, vous avez été amenés à connaître cet endroit ?

— Gordon et moi avions à peine du poil au menton, quand nous vous avons accompagné pour une visite dans le clan des MacLeod, sur les terres de Creag Mairi, commença Fillan, attendant un assentiment de son père pour poursuivre son récit. Bien, nous nous sommes tant ennuyés que nous avons décidé de faire une petite balade, pour arriver en face d'une immense et touffue forêt. Une grande rivière, au dangereux courant, nous empêchait de nous y rendre directement, alors, nous avons envisagé d'emprunter le pont sur lequel passait l'unique chemin...

— *Aye !* confirma Fillan, en prenant impatiemment la parole. Mais ce que vous ne savez pas, c'est que ledit pont était barricadé d'une énorme grille en fer forgé, cadenassée, et rouillée de toute part. C'était comme si ce lieu n'avait pas été visité depuis belle heurette ! Donc, on a jugé bon d'utiliser la magie pour ouvrir la grille...

— Et rien ! l'interrompit Gordon, en faisant soupirer d'agacement son frère aîné. Tous les sorts que nous avons lancés sont revenus sur nous... Nous étions dans un état pitoyable de retour sur les terres Creag Mairi...

— Parce que vous n'y étiez pas ? Et où vous trouviez-vous, bande de garnements ? gronda Iain, comme si l'histoire remontait à hier. Quand je pense aux mensonges que vous m'avez servis ! Je me doutais bien qu'il n'y avait rien de vrai dans vos paroles farfelues...

— Iain... intervint Darren, laisse-les finir ! Où étiez-vous ?

— D'après la vieille dame qui est apparue de nulle part, répondit vivement Fillan, à la place de Gordon qui ouvrait déjà la bouche pour parler, nous nous trouvions à la marche du Feu !

Un long murmure courut sur les lèvres de tous et toutes, alors que Gordon et Fillan s'enorgueillissaient d'avoir provoqué un tel effet de surprise.

— Qui était cette femme ? Et où se situe le lieu ? demanda nerveusement Cameron, faisant surgir par magie une carte des Highlands dans ses mains, qu'il étala sur la première table à tréteaux venue.

Gordon s'avança, Fillan près de lui, et se pencha sur l'immense vélin aux fins dessins, tout en marmonnant :

— Elle ressemblait à une de nos *bana-bhuidseach*, ce qui nous a paru étrange, car les MacLeod sont connus pour être de bons chrétiens, tout comme les Keith. C'est ici que se trouve ce que la vieille femme a aussi nommé : les terres de Dôr Lùthien !

Le doigt de Gordon pointa la côte ouest des Highlands, longeant le *Loch Broom,* une bande de terre jouxtant Creag Mairi, domaine des MacLeod.

— C'est à peu de distance de la ville d'Ullapool, observa Cameron alors que ses proches fronçaient les sourcils d'incompréhension. *Aye*, autant pour moi, marmonna-t-il encore, cette cité n'existe pas dans notre époque, je crois qu'elle a été fondée dans les années 1788 par une société britannique de pêche au hareng.

— Ne me regarde pas comme ça Iain ! s'exclama Diane en levant les mains. D'accord, je suis née en 1793, cependant, c'est tout juste si j'ai entendu parler d'Ullapool ! Un port de pêcheurs ! Tu penses bien que ma famille faisant partie de la noblesse, ne se serait pas abaissée à en discuter et d'autant moins devant moi, alors, qu'au contraire, ces sujets m'intéressaient beaucoup !

Iain apaisa sa femme d'un doux baiser et lui fit la grimace, avant que tous deux ne rivent à nouveau les yeux sur la carte.

— Dôr Lùthien... murmura Darren, comme s'il se parlait à lui-même. Cela me dit quelque chose. Et vous, Elenwë ? N'auriez-vous pas des informations à nous transmettre ?

La princesse sourit mystérieusement en suivant d'un doigt le modelé des côtes du *Loch Broom* et releva la tête pour les dévisager un à un, avant de poser définitivement son regard troublant sur Cameron.

— Oui... Je peux vous dire que vous n'êtes pas au bout de vos surprises... et... c'est tout ! Ah ! Si... autre chose, l'ordre des marches est important, car à chaque étape se trouvera une aide précieuse pour poursuivre *notre* chemin, ajouta-t-elle en soulignant l'avant-dernier mot d'une inflexion grave de la voix.

Cameron n'en attendait pas moins d'elle ! Encore une astuce pour qu'il soit obligé de la prendre avec lui ! Cette déesse apprenait vite à se comporter comme une humaine, elle était décidément très futée !

— Bien, passons... lança-t-il à la cantonade, sans cesser de la dévisager. Nous arrivons ainsi à la quatrième marche, celle de l'Eau. Où, comme il nous l'est demandé, le Légendaire – Merzhin donc –, devra retrouver sa place, qui est en Brocéliande selon les affirmations de Larkin. Cela nous amène en conséquence, à voyager sur les courbes du temps.

— Non ! s'écria Elenwë. La liche nous y emprisonnerait ! Elle peut verrouiller les passages, mais en aucun cas se déplacer dans le temps ! Il faudra agir dans cette époque !

Des exclamations rageuses, à l'encontre de la funeste

créature, fusèrent du groupe rassemblé autour de la table, la voix du pauvre Larkin se perdant sous les autres, plus fortes, de Darren, Iain et ses fils.

— C'est fichu ! s'écria Awena. Merzhin, dont je croyais que c'était une légende, a vécu à l'époque des Pendragon aux alentours du Ve ou VIe siècle !

— *Och !* Vous n'avez rien compris ! s'époumona Larkin qui réussit à créer le silence autour de lui. Merzhin n'est pas mort ! Son esprit est prisonnier de l'endroit où Viviane l'a enfermé, mais son corps erre quelque part dans le monde depuis ! Il a l'apparence d'un vieillard simplet, ne parle pas, ne boit pas et ne mange pas !

— On dirait ta description, se moqua Gordon en se prenant une tape de Fillan sur le haut de son crâne. Sauf que toi... tu bois !

L'hilarité gagna l'assistance, au grand dam de Larkin qui essayait de poursuivre son histoire :

— Il peut être n'importe où dans cette époque ! C'est voué à l'échec !

— Patientez ! Il faut avancer étape par étape dans la quête, avant de commencer à baisser les bras, le sermonna gentiment Elenwë. Tout vient à point à qui sait attendre !

Cameron se racla la gorge pour ne par rire. Cela lui allait bien de chapitrer les autres. Elle qui courait plus vite que son ombre !

— Ce qui nous amène directement au numéro cinq ! Au point de ralliement des marches, les âmes devront être libérées, pour que les mondes soient à nouveau jumelés, et les forces du mal, annihilées. Qu'as-tu à dire, *mo maise* (ma beauté) ? fit Cameron, cajoleur, en direction d'Elenwë qui rougit sous l'intonation sensuelle de sa voix.

Elle baissa vivement la tête pour ne pas voir les regards curieux ou amusés, que les personnes qui l'entouraient venaient de poser sur elle.

Cameron avait l'art et la manière de la déconcerter, ce qu'elle n'arrivait pas encore à totalement contrôler.

— J'en dis que vous n'en saurez pas plus ce soir, ni demain ! Vous m'emmenez et je vous guiderai au moment final !

Têtue, elle redressa la tête en carrant les épaules, et soutint la force des yeux bleus.

Ce jeu-là aurait pu durer encore très longtemps, si Awena et Darren ne leur avaient pas enjoint de passer à table pour se restaurer.

À cette idée, Elenwë fit la grimace et se retrouva à bouder, quelques instants plus tard, devant un immense bol en terre cuite emplie d'une soupe aux légumes et mouillettes de pain.

De loin, alors que sa famille et ses amis parlaient de la quête ou essayaient de penser à autre chose en riant de plaisanteries diverses, Cameron s'amusait à faire tourner entre ses doigts son *skean dubh*, dont la pointe de la lame était fichée dans le bois de la table.

Assis de manière nonchalante, quelques mèches de ses cheveux dansant sur son visage, il dévisageait la princesse et épiait tous ses faits et gestes.

Cameron se surprit à attendre le moment où elle soupirerait, ou gémirait en amenant sa cuillère pleine vers sa bouche, quand ses lèvres s'ouvriraient et que sa langue pointerait... comme elle le faisait en ce moment même.

Un grondement sourd, le sien, le rappela à l'ordre, et il s'efforça à détourner les yeux vers son chien. Tikitt rognait un gros os à moelle en grognant et montrant les crocs à Fillan qui essayait, par jeu, de le lui prendre.

Rien à faire !

Son regard revint sur elle...

Son désir physique était au summum. Les trois femmes que son père lui avait promises n'y feraient rien.

C'est Elenwë qu'il voulait dans son lit ! Et... le plus tôt possible.

Chapitre 12

Nerfs mis à rude épreuve

Cela faisait plus de deux heures qu'Elenwë déambulait nerveusement dans sa chambre.

Ses souvenirs la ramenèrent dans la grande salle, bien avant ce moment, alors que tous mangeaient dans un chahut de tous les diables. Elle se vit, en flash, réussissant à finir sa soupe de mauvaise grâce, non parce qu'elle n'était pas bonne, mais parce que le fait d'avaler du liquide ou du solide l'avait indisposée plus que de mesure. Sans compter le regard lourd, ardent, que Cameron posait continuellement sur elle.

Bien que l'embarras fût tout différent, s'agissant de lui, elle aurait plutôt dut penser : trouble !

Quant au repas...

Un frisson de dégoût la parcourut tout entière au rappel de la sensation de sentir cette substance visqueuse, étrangère, entrer dans son corps. Elle en avait eu des sueurs froides et en tremblait encore après-coup !

Pourtant, elle s'était forcée, grimaçant à chaque lampée, et souriant de travers comme ses hôtes l'encourageaient à déglutir et persévérer, par des gestes ou des mimiques avenants.

Elenwë s'était alors fait la promesse de réussir à s'accoutumer rapidement à sa nouvelle vie, ne serait-ce que pour remercier le clan de tous les bons soins dont il l'avait entourée et de leur bienveillance chaleureuse.

Promesse qu'elle avait très vite remisée au placard, quand un besoin étrange, irrépressible, l'avait poussée à demander conseil à Awena.

La première dame avait compris avec célérité de quoi il retournait et l'avait conduite, sans un mot d'explication, dans une pièce réduite qu'elle avait nommée : les petits coins !

Elenwë en était restée totalement décontenancée !

Était-ce une sorte de boudoir où elles allaient pouvoir s'entretenir en toute discrétion ? L'endroit paraissait si... exigu, bizarre, meublé d'un grand fauteuil au siège troué...

— Je vais vous laisser à votre aise, ne vous inquiétez pas, je vous attendrai à quelques pas, avait gentiment murmuré Awena en faisant mine de tourner les talons pour sortir du petit réduit.

— Nous... ne parlerons pas ? s'était mise à bafouiller Elenwë en croisant soudainement, et spontanément, les jambes pour contenir... quoi ? Elle n'en savait trop rien...

Awena l'avait dévisagée d'un air surpris en ouvrant la bouche sans qu'un seul mot s'en échappe.

Jusqu'à ce qu'un éclat de vive compréhension ne parcourût son beau regard vert et que ses joues ne s'empourprent joliment.

— Euh... Par les Dieux ! Savez-vous ce que sont « les petits coins » ? Depuis votre réveil ce matin, n'avez-vous pas déjà rencontré ce besoin ?

— Non, s'était mise à gémir Elenwë, mais je suis certaine que je vais mourir si vous ne m'aidez pas ! La sensation est de plus en plus forte depuis que Cameron et moi sommes revenus de la Cascade des Faës et... j'ai l'impression que mon corps est sur le point de se dissoudre !

— Elenwë ! Baissez votre pantalon, et asseyez-vous tout de suite sur ce siège ! l'avait priée Awena, en faisant un pas vers elle.

— Pa... pardon ? avait-elle pitoyablement bafouillé en retour, tout en reculant, perdant l'équilibre, et tombant sur le meuble bizarroïde.

— Vous ne mourrez pas, petite sotte ! avait murmuré Awena avec un sourire rassurant. Le corps humain a des besoins très étranges parfois, dont on se passerait bien, mais qui restent indispensables. Comme celui de se... hum... soulager. Le fait que ce soit votre première journée dans la peau d'une humaine et que vous n'ayez presque pas bu ni mangé, a certainement retardé ce processus naturel. Alors, je vais sortir d'ici, vous suivrez mes conseils, et surtout vous devez vous détendre. Vous ne vous dissoudrez pas, c'est compris ? Ah ! avait-elle encore lancé par-dessus son épaule en quittant le lieu, vous trouverez du papier toilette dans l'encoche du mur, il vient du futur, et les toilettes disposent d'un système de chasse d'eau, en actionnant la chaîne... euh... je vous expliquerai plus tard...

La seconde d'après, Awena avait fermé la porte et Elenwë avait agi comme elle le lui avait recommandé... tout en serrant fortement les dents et les paupières.

Mourir ainsi... une nouvelle fois en si peu de temps... mais dans des conditions pareilles ? ! Que c'était humiliant !

En fin de compte, elle ne mourut pas... au sens propre, mais au sens figuré, elle l'aurait bien voulu !

Cette dernière expérience l'avait particulièrement... mortifiée.

D'instinct, elle avait utilisé le papier souple et douillet, s'en était débarrassé dans l'espace creux du siège, s'était rhabillée, avait tiré sur la chaîne aux fins maillons qui actionnait la chasse d'eau et était sortie des lieux, plus pâle que jamais, baissant piteusement la tête pour ne pas croiser le regard d'Awena.

— Ma douce... avait chuchoté celle-ci. Je n'ose pas imaginer les changements qui bouleversent votre existence en ce moment. Cependant, vous verrez, vous vous y ferez très vite et bientôt, tous ces petits désagréments ne seront plus que de mauvais souvenirs. Venez, j'ai demandé à ce que l'on vous prépare un bain dans vos appartements, et après, vous vous reposerez. Demain, nous aurons tout le temps de parler de toutes ces babioles qui pourraient derechef vous mettre mal à l'aise. Car, être une femme n'est pas chose aisée...

Sur ce, Awena l'avait devancée jusqu'à sa chambre, alors qu'elle, Elenwë, la suivait en silence, s'interrogeant sur ce que l'existence lui réservait encore comme lot de surprises.

Le bain avait été bénéfique, l'avait détendue, bien qu'elle eût préféré nager dans le bassin de la Cascade des Faës, libre de ses mouvements, plutôt que de patauger dans un énorme bac en bois tapissé d'un linge de lin et empli d'une eau savonneuse artificiellement parfumée.

Une autre étape difficile fut celle de se sécher les cheveux. Ses longues mèches ébène s'étaient emmêlées et formaient sur son dos et ses épaules un immense sac de nœuds. Là aussi, elle dut accepter le changement, et se laissa faire quand Awena lui proposa de les couper au niveau de sa taille.

Une sensation de légèreté l'avait tout de suite saisie. Loin d'être triste de la perte de cette masse jais, Elenwë avait gémi de contentement en se massant la nuque d'une main et avait remercié la dame du clan pour ce nouveau geste prévenant.

Puis elle s'était retrouvée seule... refusant d'enfiler cette maudite tunique de nuit, déambulant, le temps passant... et ce, jusqu'à maintenant.

Se reposer..., avaient été les derniers mots d'Awena.

Oui, mais comment ce faire ?

Elenwë soupira d'agacement et continua sa danse des cent pas, la caresse joueuse de ses mèches courtes sur ses reins ne la détendant plus du tout.

Quelque chose se préparait dans les ténèbres... Elle le sentait. Et les flammes mourantes dans l'âtre distribuaient chichement des lueurs orangées, créant de la sorte un jeu d'ombres et de lumières, prémices d'une sourde angoisse dont elle se serait bien passée.

Tous devaient sommeiller, car il était approximativement une heure du matin et au-dehors, la lune presque pleine baignait le paysage des Highlands de son voile argenté, donnant ainsi au décor une touche mystérieuse, propice à la magie blanche.

Alors, pourquoi dormir ?

C'était superflu, futile, et la perte de temps en était considérable !

Il fallait utiliser la force lunaire pour mener à bien la quête de l'Élu !

Cameron ne l'avait-il donc pas compris, voire ressenti ?

Elenwë frotta du poing ses yeux brûlants sur lesquels ses paupières, devenues lourdes, cherchaient à se fermer malgré sa féroce volonté.

Cette première journée dans la peau d'une humaine avait eu son lot de hauts et de bas.

Dormir...

Le mot lui semblait soudain envoûtant et répondant à son appel silencieux, Elenwë alla s'allonger sur les fourrures soyeuses du grand lit à baldaquin.

Elle n'eut pas le temps de dire « ouf », que le sommeil la happa pour l'entraîner à nouveau dans ce lieu glauque, empli de ténèbres et antre... de la liche !

Elle était là, horrible créature, la fixant de ses yeux luminescents de haine, tendant son doigt tout en os vers un endroit de la grotte. Le roi liche semblait presque sourire, d'une grimace macabre, les mandibules pendant de travers.

Elenwë suivit du regard la direction qu'il indiquait. Là, sur la paroi suintante d'immondices, une sorte de miroir apparut comme né d'une spirale de mercure.

Les images qu'il renvoya aux rétines d'Elenwë lui coupèrent instantanément le souffle, tandis que son cœur marquait un temps mort avant de battre à nouveau dans un chaos effréné.

Il faisait nuit et les damnés sortaient de leurs repaires

pour partir à la chasse au gibier : les hommes.

Zombis, goules, *bean sith*, métamorphes de tout genre, ou lycanthropes féroces... Tous sillonnaient les terres, en semant l'apocalypse sur leur passage.

Les flammes s'élevaient des maisons brûlées de villages inconnus, les monstres se nourrissaient sauvagement des corps étendus dans la boue et la poussière, et les *bean sith* hurlaient leurs effrayants cris de mort, en causant la souffrance la plus insupportable à quiconque les entendait, faisant blanchir les chevelures des hommes, femmes et... enfants, qui n'avaient pas péri sous la voracité frénétique de l'engeance du mal absolu.

Un ricanement couvrit les sons de cette scène atroce, ainsi que la respiration essoufflée, saccadée, d'une personne aux prises avec un très grand tourment.

C'était son souffle, comprit Elenwë, et ses larmes qui, comme pour la soulager de la vision de carnage, lui embuaient soudainement les yeux.

Tout cela n'était pas réel...

— Sssssssiiiiii... siffla la voix coupante, surnaturelle, de la liche. Mes petits ont... faim... Le monde est en train de changer, chantonna-t-il encore cruellement et chaque mot semblait être comme autant de coups de poignard dans le corps d'Elenwë.

— Vous êtes... une *abomination* ! se mit-elle à hurler, sentant la rage envahir son corps, l'appelant même de toutes ses forces. Je vous détruirai !

Le roi liche fit signe que non toujours avec son index aux métacarpes, phalanges, et ongles démesurés.

— Tu ne peux rien... tu n'es... plus rien ! Assiste à mon avènement. D'ici peu, tu seras le premier choix de mes féodaux, ils se régaleront de toi et je me délecterai par la pensée de chaque bouchée de chair qu'ils arracheront à ta carcasse...

Elenwë prit son élan et se jeta en avant, toutes griffes dehors, pour combattre à mains nues la liche.

Elle l'entendit encore ricaner... et chuta du haut lit à baldaquin, dans sa chambre, au château des Saint Clare, endroit qu'elle n'avait, apparemment, nullement quitté... sauf en songe.

La douleur dans son coude, due à une très mauvaise réception sur les dalles du sol, n'empêcha pas Elenwë de se redresser vaillamment et de courir avec la plus grande célérité, vers l'unique lieu où elle savait trouver de l'aide : les appartements de Cameron.

Il ne dormait pas, paraissait l'attendre, et la réceptionna dans ses bras puissants, à peine eut-elle franchi l'entrée de sa chambre.

Lui-même déambulait devant sa cheminée, uniquement vêtu d'un linge de bain qui lui enserrait les hanches, perdu dans ses pensées rageuses et essayant de toutes ses forces de refouler son désir dévorant pour la princesse.

Les trois femmes que son père lui avait promises, des coquettes du village qui avaient maintes fois fait son bonheur au lit ou ailleurs, étaient venues un peu plus tôt pour l'aider à prendre son bain... et plus.

Cameron aurait bien cédé aux appels langoureux et caresses sensuelles de ces voix et mains féminines, cependant, Elenwë l'obsédait par trop.

Son corps était resté inerte et l'agacement l'avait gagné, avant qu'il ne demande à ses compagnes de prendre congé. Ce qu'elles firent avec des soupirs frustrés et des mines boudeuses.

À nouveau seul, allongé dans son bain, Cameron avait fermé les paupières et avait laissé l'image de la princesse l'imprégner. Le désir avait fusé, foudroyant, et sans s'en rendre compte, il avait commencé à se caresser vigoureusement et se prodiguer les gestes qui auraient dû le soulager de cette passion torride qui lui fouaillait les entrailles.

Les prémices de la jouissance avaient afflué, le faisant

tressauter comme au contact de décharges électriques, tandis qu'il poussait des râles de plaisir entre ses dents serrées. Son souffle s'était fait saccadé, son torse cuivré et musculeux se soulevant au rythme de ses courtes, rapides, et poignantes respirations. Soudain, ses reins avaient été saisis de spasmes et son membre aux veines saillantes s'était encore plus durci alors que ses doigts allaient et venaient pour le porter au septième ciel...

Chose qui n'arriva pas !

Le corps en feu, Cameron continua sa vigoureuse caresse, l'eau dans la baignoire, entraînée par ses mouvements, formant des vaguelettes qui passèrent par-dessus les rebords en bois pour éclabousser le sol.

Cela tourna au supplice et aurait pu durer des heures... jusqu'à ce que son cœur lâche sous les pulsations effrénées de son sang bouillonnant. Car il s'avérait, sans conteste, que les divinités n'avaient pas levé toutes les punitions : la jouissance physique lui était encore refusée !

Le souffle court, haletant, son membre tendu et gonflé serré dans sa paume passive, Cameron avait émis un rugissement de bête blessée. L'immortalité lui avait permis de passer outre le fait qu'il ne pouvait jouir, mais... à nouveau humain, la non-finalité de l'acte le torturait au même point que des fers portés au rouge posés sur sa chair.

Il s'était redressé sur des jambes vacillantes, en pestant contre lui et surtout contre les Dieux, tout en ravalant sa terrible frustration et son courroux, le corps secoué de frissons nerveux alors que son sexe, fièrement dressé, semblait le narguer au bas de son ventre. Cameron s'était dépêché de le camoufler dans un geste de rage en ceinturant une serviette autour de ses hanches.

Ensuite... il avait marché en rond, essayant de recouvrer la paix de l'esprit à défaut de celle de son anatomie.

Et puis soudain, Cameron l'avait perçue, souffle d'air brûlant, tornade de chair et de sang, bien avant que la porte ne s'ouvre à la volée et que son corps, glorieusement nu et tremblant, ne s'abatte violemment contre le sien.

Elenwë semblait être en état de choc, ses bras bien galbés, telles des lianes, enserraient sa taille et son regard améthyste rivé sur son visage, d'habitude si vivant, ne reflétait plus que le néant d'un puits d'abîmes...

Qu'avait-il bien pu lui arriver ?

Elle paraissait aux abois, cherchait visiblement à parler sans pouvoir le faire, et n'émettait plus que des souffles erratiques, sifflants...

— Elenwë... *Mo maise*... murmura-t-il éperdu, en se penchant subitement sur elle et en lui capturant les lèvres dans un baiser fougueux.

Il voulait que la lumière revienne dans son âme, la réchauffer tout entière de sa présence. Quelle qu'ait pu être la cause de sa profonde détresse, Cameron n'avait plus qu'un objectif : la lui faire oublier.

Lentement, doucement, le corps d'Elenwë se détendit, ses formes se modelant à la perfection contre les siennes, et la passion rejaillit, plus torride que dans les fantasmes les plus fous de Cameron.

Toute retenue était illusoire, ce combat-là était définitivement perdu d'avance.

Dans un gémissement sourd, il approfondit son baiser et plongea sa langue à la recherche de la sienne. Elenwë lui répondit par une fougue déroutante qui lui incendia les veines et les reins.

S'il devait mourir d'amour, alors cela serait dans ses bras, et profondément enfoui dans son corps !

Sans aucun effort, Cameron la souleva contre son torse et, alors qu'elle enroulait ses longues jambes fuselées autour de sa taille étroite, posa ses grandes mains sous ses fesses pour la maintenir et lui faire comprendre en la plaquant contre son membre tendu, combien il avait désespérément besoin d'elle.

— Faites-moi l'amour... le supplia-t-elle dans un gémissement poignant alors que des larmes cristallines sillonnaient ses joues de porcelaine et que d'un geste de la main elle lui retirait sa serviette de bain.

Cameron ne put répondre que par un rugissement sourd et aspira l'élixir de sa peine, par le doux et impérieux effleurement de ses lèvres.

En quelques pas énergiques, il fut près du grand lit où il la déposa avant de s'allonger entre ses cuisses ouvertes, se tenant en appui sur ses mains au-dessus d'elle.

Il voulait la contempler, enregistrer dans sa mémoire chaque expression de son visage ciselé, l'éclat de ses yeux uniques, à nouveau si vivants, et la perfection de sa bouche qui dessinait une supplique muette, l'invitant à poursuivre ce qu'ils avaient entrepris.

— Belle, si belle... souffla-t-il, avant de basculer sur les coudes et d'accoler son corps aux muscles bandés sur le sien aux courbes envoûtantes.

Elenwë était menue, toute de grâce, les membres déliés, elle était la délicatesse personnifiée... et lui un roc à l'état brut. Tout les différenciait, et cependant... elle n'était faite que pour lui !

Gémissant, essayant par tous les moyens de retenir son besoin immédiat de possession, Cameron reconquit ses lèvres et plongea sa langue à la rencontre de celle d'Elenwë.

Là encore, elle l'étourdit en répondant voracement à son ballet incessant. Elle se mit à bouger sous lui, plaquant sa poitrine aux pointes érigées contre sa peau moite et tendue.

— Prenez-moi... comme vous en avez envie, souffla-t-elle en rivant ses yeux sur les siens, ses mains douces glissant de ses larges épaules pour se poser dans le creux de ses reins.

— Tu ne sais pas ce que tu me demandes, marmonna Cameron. Si j'accède à ton souhait, je te chevaucherai comme une bête et te ferai l'amour toute la nuit au risque de te briser sous mes assauts.

Rien que le fait d'imaginer être en elle le fit gémir comme un possédé.

Elle le caressait, ondulait sous lui, et n'y tenant plus, Cameron se mit à frotter son sexe le long de sa féminité moite et chaude, prête à l'accueillir.

Basculant légèrement au-dessus d'elle, il baissa le visage pour aspirer avidement un téton rose tendu vers lui. Elenwë en poussa un cri inarticulé et s'arc-bouta sous lui, sans qu'il cesse ses allées et venues sur son clitoris gonflé par la passion.

— Maintenant... gémit-elle dans une supplique inintelligible, la tête renversée en arrière et Cameron changeant de sein pour lui infliger le même traitement affolant.

Elle semblait savoir ce qu'elle requerrait. En des millénaires d'existence, Elenwë avait au moins dû connaître une fois l'acte charnel. Cette pensée assombrit l'esprit de Cameron qui écarta de son genou la cuisse de la jeune femme pour mieux s'insinuer au plus près de sa féminité.

Il voulait qu'elle soit à lui ! Entièrement et pleinement à lui ! Il allait la marquer de son corps et lui faire oublier tout ancien amant divin ou mortel.

Ivre d'un désir qui le poussait presque aux portes de la folie, Cameron positionna son sexe à l'orée de celui d'Elenwë. Elle était si petite qu'il eut peur de lui faire mal et hésita encore un instant.

— Venez...

Cédant à cette dernière supplique, il pesa de tout son poids et entra en elle de quelques centimètres.

Trop gros ! Il était trop imposant pour glisser dans son antre ardent et ses gémissements ressemblaient maintenant plus à des plaintes.

Mais trop tard !

Il en voulait plus.

— Accroche-toi aux draps et détends-toi, marmonna-t-il en serrant les dents tandis qu'Elenwë le dévisageait en haletant, sa poitrine dansant au rythme de son souffle tout en se mordant la lèvre inférieure.

Cameron se redressa sur un avant-bras et riva ses prunelles là où leurs corps commençaient à s'imbriquer. L'image de son sexe énorme, à peine inséré dans celui de sa compagne, déclencha en lui une envie sauvage de pousser.

Elenwë suivit son regard et agrandit les yeux à la vue de son membre.

Par les Dieux ! Ils n'y arriveraient jamais !

Cameron se mit à caresser son clitoris tout en bougeant légèrement du bassin sans s'immiscer plus en avant dans son fourreau moite.

La pression qu'il exerçait avec son sexe était... douloureuse et divine à la fois. Ses doigts déclenchèrent des ondes aiguës de chaleur dans son bas-ventre et Elenwë bascula à nouveau la tête en arrière, s'arc-boutant, et gémissant sans retenue de plaisir.

Ce qu'il lui faisait était... stupéfiant et tellement bon !

— *Aye*... comme ça... bouge... laisse-moi venir... scandait Cameron, sa voix rauque rendue méconnaissable par l'intensité du moment et en la caressant de plus en plus vite tout en pesant un peu plus fortement sur elle.

Petit à petit, malgré sa taille, il se forçait un passage en elle. À chaque à-coup, Elenwë se raccrochait aux draps en se mordant la lèvre pour ne pas crier tellement c'était bon et lancinant.

Elle avait besoin de ça, de se sentir vivante et aimée, et ne savait pas ce qui allait se dérouler par la suite, alors qu'apparemment, ils n'étaient qu'aux débuts de l'acte.

— Encore... lâcha-t-elle dans un halètement, sans comprendre que par cet ultime mot, elle galvanisait l'animal tapi en l'homme, celui qui voulait la posséder sauvagement, sans limite.

Cameron se pencha pour l'embrasser avidement et lui souffla en la dévisageant éperdument :

— Pardonne-moi...

L'instant d'après, il reculait sur le lit, se mettait debout entre ses cuisses, sans se désunir d'elle, agrippait ses fesses pour lui soulever le bassin et la mener à sa hauteur.

D'instinct, Elenwë enroula ses jambes autour de ses reins et face au regard sombre et ardent de Cameron, s'accrocha aux draps comme il le lui avait demandé, au moment même où il donnait un furieux coup de boutoir pour la pénétrer en une seule fois et jusqu'à la garde.

La douleur fusa dans tout le corps d'Elenwë tandis que Cameron poussait un rugissement inhumain en basculant la tête en arrière et en se figeant dans son mouvement.

Lentement, il riva ses yeux bleus où se lisait l'ébahissement le plus total dans les siens et ouvrit la bouche sans pouvoir émettre un son.

Après l'élancement fulgurant, Elenwë sentit monter en elle un irrépressible besoin de bouger, de partir à la rencontre de quelque chose qui, elle le savait, allait marquer un grand tournant dans sa nouvelle vie.

— Cameron, murmura-t-elle dans une supplique, ondulant du bassin tout contre lui.

— Tu... tu étais vierge ? ! s'exclama-t-il soudain. Après tous ces millénaires... personne ne t'a jamais touchée ? !

L'incrédulité perceptible sur son visage laissa la place à une sorte de fierté toute masculine et Cameron se retira doucement pour se rendre compte que du sang nappait la peau fine de son membre.

La preuve irréfutable de sa virginité !

Un instinct primitif l'incita à tendre les doigts vers le liquide rouge qu'il étala ensuite sur le travers de ses pectoraux. Par ce geste tribal, il la revendiquait comme sienne, devant les hommes et les Dieux.

Et puis tout bascula, pour les deux amants, dans un monde de frénésie dévorante où chacun prenait et donnait avec avidité.

Elenwë se mordit les lèvres au sang dans un futile espoir de retenir les cris qu'elle émettait à chaque poussée phénoménale de l'homme-dieu. Il l'amenait sur des sommets sensoriels qu'au grand jamais, elle n'aurait cru exister.

Son corps ne lui appartenait plus, des frissons nerveux le parcouraient entièrement, des ondes torrides partaient du secret de sa féminité pour remonter en vagues brûlantes vers son buste et son esprit. Elenwë sentait ses muscles intimes se contracter fiévreusement autour du membre de Cameron, cherchant à le retenir à chaque formidable coup de reins, à l'avaler, à ne faire plus qu'un avec lui. Un tourbillon naissait en elle, quelque chose qui lui coupait le souffle, l'électrisait au point de se cambrer encore et encore pour parvenir à atteindre ce qu'elle savait que l'on nommait jouissance ou petite mort !

Elle la voulait, en avait terriblement besoin !

Cameron était saisi de frénésie. Elenwë, aussi menue qu'elle l'était, l'appelait, l'aspirait, et en redemandait toujours plus, beaucoup plus !

La peau couverte d'une pellicule de transpiration, lâchant râle après râle, il allait et venait sauvagement en elle. Son sexe avait davantage durci et pris de l'ampleur à chaque mouvement dans son antre de lave, mille décharges électriques se communiquaient à tout son être. Il la savait aux portes de la félicité et accéléra encore la force de ses coups de boutoir tout en la maintenant férocement de ses mains.

Loin, loin... Aussi profondément que possible, là était le lieu où il voulait être !

Soudain, alors qu'Elenwë balançait la tête de droite à gauche sur les fourrures, son buste cambré, ses muscles intimes l'enserrant de contractions éperdues, annonciatrices d'un phénoménal orgasme, Cameron sentit quelque chose se transformer et croître en lui.

L'intensité de ses propres sensations alla crescendo, ses muscles se tétanisaient brusquement pour se relâcher tout aussi promptement, son cœur était sur le point de lâcher et son souffle se faisait rapide, erratique...

Du fond de sa poitrine, un long rugissement animal monta.

À l'instant où Elenwë se cambrait brutalement en tous sens sous la violence des spasmes incontrôlables de l'orgasme absolu, Cameron se sentit brûler sur place, comme s'il implosait... avant de jouir à son tour en puissants jets salvateurs, enfouis profondément dans le ventre chaud de sa compagne.

Il la détailla avec incrédulité, ne cessant d'aller et venir dans sa propre semence, la bouche ouverte sur un cri muet qui se transforma en gémissement sourd... foudroyé d'ivresse et enfin libéré de sa dernière sanction.

Et c'était elle, Elenwë, qui l'avait délivré !

Elle était sa femme, il l'avait marquée de son liquide séminal. Elle lui était destinée et ils étaient définitivement liés l'un à l'autre.

Sans se désunir d'elle, Cameron se rallongea sur son corps en se maintenant sur ses avant-bras. Il l'embrassa tendrement tandis qu'elle le regardait à travers le voile de la passion, son souffle toujours précipité lui caressant les joues.

Quelques instants plus tard, tous deux s'endormaient.

Leurs êtres rompus, apaisés, encore imbriqués l'un dans l'autre, et leurs esprits enfin affranchis de tout tourment.

Chapitre 13

Tel est mon désir !

Se réveiller au beau milieu de la nuit, dans les bras d'une femme, n'était plus arrivé à Cameron depuis... des centaines d'années.

Étant immortel et dénué de cœur, jamais il n'en avait ressenti l'envie et encore moins le besoin.

Mais, s'éveiller tout contre le corps chaud et doux d'Elenwë... maintenant qu'il était à nouveau humain, dans tous les sens du terme...

Ah !

Cela faisait partie d'un rêve, d'un songe de fou, qui miraculeusement se réalisait !

Elle était lovée dos à son torse, ses jambes fines prisonnières du poids d'une des siennes. Sa respiration lente et régulière disait à Cameron combien son sommeil était profond, et, il l'espérait, salvateur.

En faisant l'amour avec lui, elle l'avait libéré du dernier rempart qui l'empêchait d'être un homme à part entière. Cameron savait qu'il n'avait pas été tendre, avait pris sa virginité sans aucune cérémonie, aussi ardemment qu'un animal en rut. Cependant, et étrangement, il n'en éprouvait aucun remords.

Elle était sienne !

Et ce sentiment puissant réveilla en lui le besoin

impérieux, dévorant, de la toucher et de s'enfouir profondément dans la chaleur de son être.

Lentement, du bout des doigts, il dégagea quelques mèches douces de sa chevelure du creux de son cou et y posa les lèvres en une divine caresse.

Elenwë resta captive du sommeil, mais bougea contre son corps et son sexe érigé. Dans un grognement d'exaltation, Cameron changea de tactique et mordilla sa chair tendre, en laissant courir une main de son épaule à la cambrure de sa taille, pour ensuite remonter sur la courbe d'une hanche joliment arrondie.

Un soupir alangui s'échappa des lèvres entrouvertes d'Elenwë, tandis que ses paupières papillonnaient sur ses prunelles aux pupilles dilatées par un désir qui se réanimait.

Sensiblement, son souffle s'accéléra, alors que les doigts de Cameron s'aventuraient sur la partie secrète de sa féminité et s'activaient en lentes caresses de plaisir, qui déclenchèrent en elle des ondes ardentes de plus en plus insoutenables.

Un incendie renaissait dans le ventre de la jeune femme et se propageait dans son être en vagues dévastatrices, contre lesquelles elle ne pouvait pas lutter, ne *voulait* pas, aspirant à se laisser submerger.

Changeant sensiblement de position, Cameron glissa son genou entre ses cuisses sans cesser de la tourmenter du bout de ses doigts agiles et des effleurements de ses lèvres.

Elenwë oublia la torpeur du sommeil et son corps délicieusement courbatu, pour courber fiévreusement les reins à la rencontre de Cameron.

Elle désirait être prise, se sentir à nouveau emportée sur les cimes les plus hautes de la passion et connaître encore ce déchaînement de tous les sens que l'on nommait : orgasme.

— Aïe ! s'écria-t-elle soudain de douleur, alors que Cameron lui saisissait le coude pour le soulever, dans le but de poser sa main sur son ventre, et de la plaquer au plus près de lui.

Ce cri alerta le jeune homme, qui sembla se figer dans son dos.

L'instant d'après, il allumait par magie un brasier dans la cheminée, et se redressait pour élever délicatement la partie du bras blessé d'Elenwë, éclairé par les flammes vives du foyer.

— Par les Dieux ! souffla-t-il, troublé et inquiet, en contemplant l'énorme hématome qui cernait son coude. Est-ce... moi qui ai fait ça ? Je ne suis qu'une bête ! pesta-t-il entre ses dents, contre lui-même.

Elenwë sursauta à ces mots et se retourna dans ses bras pour plonger ses yeux dans les siens, assombris par une sorte de dégoût de soi.

— Non ! Ce n'est pas vous !

Elle secoua encore la tête et posa tendrement ses lèvres sur les siennes, cherchant par ce geste à effacer la douleur qui marquait ses nobles traits.

— Je me suis contusionnée en tombant du lit, dans ma chambre, avant de vous rejoindre, expliqua-t-elle en se reculant pour mieux le dévisager.

Cameron cilla et baissa les yeux sur son coude qu'il massa doucement en récitant une mélopée magique.

Bientôt, l'élancement causé par la blessure s'apaisa et disparut, tandis que l'hématome se résorbait pour laisser place à une peau exempte de toute meurtrissure.

— Merci... souffla Elenwë, très impressionnée. Vos charmes ont grandement évolué, vous avez le don de guérison !

Cameron sourit de dérision, avant de replonger son regard bleu dans le sien.

Dieux ! Que cet homme était beau !

Cette réflexion fit rejaillir la passion d'Elenwë qui tendit ses doigts fins pour caresser son torse musculeux. Le gémissement sourd de Cameron la galvanisa et elle se pencha pour embrasser un téton brun, comme il l'avait fait avec les siens, un peu plus tôt dans la nuit.

Cameron bascula sur le dos dans un lent soupir langoureux et l'attira au-dessus de lui dans son mouvement.

— Petite chipie... susurra-t-il avec un demi-sourire gourmand, en ronronnant comme un chat, sous ses légers attouchements. Pourquoi es-tu tombée ?

Cette question inattendue figea Elenwë dans ses caresses. Elle revit instantanément dans son esprit les scènes d'horreur que la liche lui avait montrées par le biais du miroir macabre.

Tout son corps se statufia à ce terrible souvenir, tandis que ses yeux reflétaient à nouveau la sourde terreur qui l'avait saisie quand sa conscience était retenue dans l'antre de l'infernale créature.

Cameron se redressa et la repoussa en position assise, en face de lui, pour mieux la dévisager.

— Que me caches-tu, *mo chridhe* (mon cœur) ? D'où vient cette peur qui te taraude ? Parle...

Ce dernier mot avait claqué comme un ordre et non comme une demande.

Comment lui annoncer qu'elle s'était retrouvée connectée à la liche durant son sommeil ? Elenwë ne le pouvait pas ! Il ne le comprendrait pas !

Le fait que la liche soit revenue à la vie en même temps qu'elle avait tissé un lien étrange entre eux, lors de leurs métamorphoses, et cette vérité ne pouvait être dite !

Cameron l'écarterait de la quête instantanément, alors qu'elle pressentait qu'il était primordial qu'elle l'accompagne. La raison de cette assurance lui échappait, comme nombre de ses souvenirs de déesse, néanmoins il fallait qu'elle s'en tienne à cette certitude et garde le silence.

— Elenwë !

Ce rappel rauque au présent la fit sursauter.

— J'ai fait... Comment nommez-vous cet état... ? Hum... Ah, oui ! Un cauchemar ! Il était si réel que je suis sûre qu'il reflétait la vérité.

Cameron la secoua sans brusquerie comme elle

s'arrêtait de parler pour se mordiller les lèvres du bout des dents, en une expression qui commençait à lui devenir coutumière, lorsque Elenwë réfléchissait intensément, ou était soucieuse.

— Je t'écoute !

— Il s'agit... des damnés, souffla-t-elle enfin, tout en baissant les yeux et en jouant distraitement des doigts avec les fourrures qui recouvraient le lit. Je les voyais attaquer des villages et tuer des gens de tout âge. Ils déferlaient sur eux avec une telle sauvagerie, que personne ne pouvait en réchapper. Partout, les maisons brûlaient et les cris de terreur étaient si intenses... que je me suis réveillée et suis tombée du lit. D'où cette blessure au coude et... ma venue dans... votre chambre.

Cameron la dévisagea longuement sans émettre un seul mot, puis se pencha et la prit dans le berceau de ses bras pour la serrer contre son torse où son cœur battait dans un rythme puissant, lent, et rassurant.

— Ce ne sont que de mauvais rêves. J'étais sujet à ce genre de visions autrefois. Les conditions actuelles sont propices à ce que l'esprit interprète nos peurs les plus profondes en images cauchemardesques.

— Ce ne sont pas des visions ! s'écria Elenwë en renversant la tête en arrière pour plonger son regard outré et chargé d'inquiétude dans le sien. Je suis certaine que c'est ce qui se passe en ce moment même, ou quand nous faisions l'amour, ou oui... maintenant, tandis que nous parlementons futilement. Il faut agir, et tout de suite ! Nous devons utiliser la force magique de la pleine lune et partir au combat !

Elenwë cherchait à se relever, impatiente et fébrile, prête à se lancer dans la bataille contre les créatures du mal.

Cameron fut parcouru d'un long frisson glacial, en l'imaginant se faire tuer par un monstre, sur une plaine ensanglantée.

Bon sang ! Elle n'était plus une divinité toute puissante, mais une simple humaine... mortelle !

— Tu n'iras nulle part ! gronda-t-il. Demain, nous nous unirons en une noce celtique et « *je* » partirai avec les compagnons que la quête m'a assignés, à la recherche des marches. Tu resteras sous la protection du clan...

— Jamais ! s'emporta Elenwë, étonnée de ressentir une telle souffrance face au rejet de Cameron. Non à l'union et non pour rester ici !

Avec la célérité qui était désormais sienne, elle réussit à se glisser hors de ses bras pour se tenir à bonne distance de lui, si belle, dans sa glorieuse nudité, si femme, dans la rage qui sourdait de tout son être.

Cameron ne chercha pas à la capturer, et croisa nonchalamment les bras derrière sa nuque. Adossé aux oreillers, son corps magnifiquement athlétique en rien caché aux yeux d'Elenwë, il se mit à sourire en coin, au plus grand agacement de la princesse des Sidhes... et à son plus grand trouble aussi, comme elle voyait son membre fièrement dressé, marque tangible du désir qu'il éprouvait pour elle.

Elenwë déglutit aussitôt. Ses idées étaient soudainement confuses, et ce fripon d'homme le savait, cela se lisait dans ses yeux brillants de convoitise et d'amusement non dissimulés.

— Tempête tant que tu le voudras, mais tu es mienne dans tous les sens du terme, cela ne fait aucun doute. Et tu le seras devant mon clan !

Cameron avait employé un ton calme et déplié son bras pour suivre de ses doigts la marque sanglante qui lui barrait les pectoraux, preuve s'il en fallait, de la perte de la virginité d'Elenwë.

Celle-ci s'empourpra au souvenir de la communion torride de leurs corps, mais s'entêta dans son refus.

— Non ! Une déesse ne s'unit pas ainsi !

— Tu n'en es plus une... lui remémora insidieusement Cameron en plissant les paupières.

Elenwë ressentit une sorte de vide l'envahir à ce rappel de la réalité. Effectivement, elle ne l'était plus...

— Peut-être, mais je reste indépendante de votre volonté !

— Bien sûr ! Ce qui ne change rien au fait que nous allons nous unir...

— Non ! Nous avons tellement plus urgent à faire, que de mener une cérémonie d'union ! Il faut partir...

— Guerroyer, *aye* ! C'est ce que nous sommes déjà en train de faire, *mo chridhe*, murmura Cameron en finissant sa phrase et sans cacher son plaisir dû à la joute verbale qui se déroulait entre eux.

— Homme-dieu impossible ! s'impatienta Elenwë, en levant les bras au ciel, ses seins tressautant à la suite de son geste, attirant le regard subitement ardent de Cameron. Ohhh... non, de cela non plus, il ne sera plus question, vous ne me toucherez plus ! ajouta-t-elle en secouant la tête tout en faisant inconsciemment danser sa chevelure ébène sur ses épaules et au bas de sa taille.

Cameron fronça les sourcils à ce mouvement.

— Qui t'a coupé les cheveux ? ! gronda-t-il en se redressant, toujours en position assise sur le lit, mais prêt à bondir à tout instant.

Elenwë en resta interdite.

— Je lui parle de monstres, de peuples massacrés ! Je lui dis non pour un mariage celtique et lui refuse dorénavant mon corps... et que répond ce Highlander en retour ? *Qui t'a coupé les cheveux...* ! Vous êtes... insupportable !

L'instant d'après, Elenwë disparaissait de la vue de Cameron, en courant et faisant claquer fortement la porte contre le mur de la chambre.

Il en resta ébahi !

Elle l'avait traité d'insupportable ? Ce n'est pas ce qu'elle disait lorsqu'ils faisaient follement l'amour !

Et, quoi ?

Il n'avait pas remarqué plus tôt que ses mèches avaient été coupées, trop occupé à assouvir des envies bien plus pressantes...

Que les femmes pouvaient être compliquées !

Sa femme...

Cameron en sourit de contentement, avant de faire la grimace, et de grommeler dans sa barbe.

Elle avait refusé de s'unir à lui devant le clan !

Il s'habilla lestement de son pantalon de cuir noir et passa rageusement la main dans ses longs cheveux.

Le jour n'était pas encore levé pour qu'il aille au pré s'entraîner au combat, alors... sur quoi défouler ses nerfs ?

Ah, oui... il n'y avait qu'une autre chose qui pouvait calmer son esprit. Tant pis pour le sommeil des membres de son clan, ils comprendraient !

Bon sang ! Elenwë ne perdait rien pour attendre !

Non, les Saint Clare et gens du clan ne comprirent pas le besoin que Cameron avait de jouer de la guitare électrique au beau milieu de la nuit, ni n'apprécièrent les hurlements que son chien poussa au rythme des accords aigus de l'instrument.

L'un était absorbé par la concentration qu'il se donnait pour interpréter un morceau extrêmement compliqué : *Eruption* de Eddie Van Halen. Alors que l'autre, le chien, revenu des cuisines d'Odette, était assis sur son postérieur et jappait à la mort pour suivre la musique de son maître.

Incroyable ce qu'un minuscule cairn terrier pouvait avoir comme force dans ses aboiements !

Ils formaient un duo de choc !

Que tous auraient aimé faire disparaître. Idée qui fut vivement débattue au moment du petit déjeuner, étrangement matinal, de la famille au grand complet.

— Plus d'nonos ! grondait Odette qui faisait le service, en montrant le doigt à Tikitt qui la suivait comme son ombre, sa langue rose pendante, et battant l'air de sa queue, dans l'attente d'une petite gâterie. Vilain ! L'a pas dormi l'Odette à cause de toi et du ouin ouin de ton maître !

— Comme nous tous, marmonna Iain, assis à la table

seigneuriale, tout en guettant les déplacements du chien d'un regard meurtrier.

Et il n'était pas le seul !

— *Naye*, pas de café ! gronda Darren, en soustrayant le bol fumant contenant la boisson favorite d'Awena.

— Si ! J'en ai besoin ! vociféra celle-ci, en cherchant à récupérer le récipient des mains de Darren. Rends-le-moi !

— *Naye* ! C'est toi qui as annoncé que ce n'était pas bon pour les femmes gr... enceintes ! se corrigea-t-il vivement, sous les yeux noirs d'Awena. Sophie-Élisa prend du lait chaud, *elle* !

— Pas moyen de faire autrement, marmonna l'intéressée en pinçant les lèvres, tandis que Logan la couvait d'un regard autoritaire et intransigeant.

— Les enfants... soupira Diane dans son coin, la tête entre ses mains, et les paupières fermées de lassitude. Cessez vos chamailleries, j'ai une de ces migraines !

C'est ce moment-là que choisit Elenwë pour faire son entrée dans la grande salle. Elle était habillée de son ensemble de cuir rouille très sexy et avait les cheveux encore humides d'un bain matinal.

Tous l'accueillirent par des regards unanimement amicaux, quand hommes et femmes remarquèrent les cernes mauves qui soulignaient ses magnifiques yeux.

La pauvre, elle aussi paraissait épuisée...

— Nous vous changerons de chambre ce soir, déclara Awena, après l'avoir chaleureusement saluée, comme toute la famille attablée. Cameron a beau être un adulte, son attitude reste intolérable ! Il faut excuser son comportement de sauvage. Je ne sais vraiment pas ce qui lui a pris de faire un raffut pareil, la nuit dernière !

Elenwë s'empourpra au souvenir de ce qui s'était passé entre Cameron et elle alla s'asseoir, sans piper mot, à la place que Iain lui désignait en souriant gentiment.

De tous, c'était lui qui avait l'air le plus vaillant. Même ses deux fils dodelinaient de la tête, prêts à s'effondrer dans leurs assiettes de gruau.

Un rapide coup d'œil sur son entourage apprit à Elenwë que Cameron n'avait pas encore daigné se montrer. Tant mieux ! Grand bien lui fasse !

Ses nerfs étaient à fleur de peau, la demande en mariage de Cameron lui avait fait battre le cœur et chambouler ses idées déjà mises à mal. Si lui ne pensait plus qu'à batifoler, il fallait bien qu'elle, Elenwë, garde les pieds sur terre ?

Sans songer un instant à son corps musculeux, à ses mains sur sa peau, à ses lèvres brûlantes dans son cou ou sur ses seins...

— Cameron ! s'exclama fortement Darren, en voyant approcher son fils, alors qu'un murmure courroucé circulait au sein des convives réunis.

Elenwë hoqueta bruyamment, attirant quelques regards étonnés sur sa personne, tandis que Cameron venait tranquillement s'asseoir à ses côtés, et non en bout de table comme à son habitude.

Il sentait bon le cuir, la chaleur, le musc, et autre chose qui échappa aux sens enfiévrés d'Elenwë, qui s'évertuait à poser les yeux partout, sauf sur lui.

Insidieusement, il frotta sa cuisse dure contre la sienne et se pencha en avant pour s'emparer d'un pain, tout en frôlant volontairement de son bras la poitrine de la princesse, qui retint son souffle sous le coup d'une décharge fulgurante de désir.

— As-tu passé une bonne nuit, *mo maise ?* susurra-t-il au creux de son oreille, pour ensuite mordre à belles dents dans le pain croustillant.

Sa question provoqua un tollé d'indignation autour de lui, que Cameron ignora royalement, trop occupé à jouer avec sa proie.

Il était le gros chat, et elle, la petite souris... Avec des griffes. Oui, il ne fallait pas qu'il oublie qu'elle savait se battre, chose qui n'était pas pour lui déplaire.

— Une saucisse ? reprit Cameron d'un ton mutin, en balançant ledit aliment sous les yeux d'Elenwë qui hoqueta derechef. C'est un grand jour qui commence ! clama-t-il ensuite, tout sourire, en se redressant et en promenant ses prunelles bleues sur les membres de sa famille.

— Je ne vois pas ce qui te met en joie ! marmonna Darren en fronçant les sourcils et en faisant passer le bol de café au bout de la table, loin des mains d'Awena qui cherchait à le récupérer.

— Aujourd'hui, nous allons célébrer mes noces ! continua Cameron, ignorant le cri étranglé d'Elenwë, et savourant le soudain silence qui plana sur l'assemblée.

Même Gordon et Fillan semblèrent revenir à la vie, en échappant de justesse à un masque d'avoine.

— Tu... tu veux te marier ? bafouilla Awena, qui ouvrait de grands yeux. Avec... qui ?

Elenwë ferma fortement les paupières et se sentit pâlir d'un coup.

Non, il n'allait pas le dire, il n'allait pas le faire...

— Elenwë ! annonça Cameron d'une voix profonde, en posant son regard sur l'intéressée.

Si... il avait osé et il l'avait fait !

Le désir reflua du corps de la princesse, au profit d'une sourde colère contre cet homme-dieu sans foi ni loi.

— Non... réussit-elle à prononcer dans un souffle, pour ensuite le dévisager.

Darren intervint en les jaugeant à tour de rôle :

— Tu ne peux t'unir à une femme sans qu'elle soit consentante, *mac* ! Et à première vue, Elenwë ne semble pas être en accord avec tes idées...

— Elle n'a plus le choix, puisqu'elle a partagé mon lit cette nuit, susurra Cameron en haussant les sourcils, ses yeux toujours plongés dans ceux, orageux, d'Elenwë.

Celle-ci sentit le feu lui monter aux joues, tandis que tous les regards convergeaient vers elle. Elle eut aussi la sensation de rapetisser sur place et dut se raccrocher des deux mains au bord de la table, pour ne pas perdre l'équilibre.

— Non ! ! réussit-elle à crier d'une voix forte.

— *Naye ? Och, aye !* Et en voici la preuve ! annonça Cameron en élargissant l'ouverture de sa chemise blanche pour montrer ses pectoraux saillants... barrés d'une ligne de sang séché. La marque de sa virginité ! reprit-il avec un sourire de conquérant. Nous nous marierons aujourd'hui ! Tel est mon désir !

Le monstre ! Il n'avait pas le droit de faire ça !

L'acte charnel n'obligeait en rien à l'union des êtres et d'ailleurs, dans le futur, nombre d'amants ne convolaient pas juste après avoir fait l'amour !

Elle n'avait jamais connu cette communion, et oui, elle était vierge... Mais cela ne donnait aucun droit à Cameron de la revendiquer comme sienne !

Il voulait, il prenait !

Et Elenwë ressentait comme une douleur au fond de son cœur. Elle aurait souhaité entendre autre chose, des mots que Darren et Awena avaient échangés si souvent... Des mots qu'elle devinait comme essentiels... et que Cameron n'avait pas prononcés à son égard.

De toute façon, il ne fallait pas que cette union ait lieu, car elle n'était pas son Âme sœur, et quelque part, étrangement, Elenwë pressentait que son passage en ce monde serait éphémère... Cameron ne devait, en aucun cas, se lier à elle !

La colère céda le pas sur une profonde tristesse, qui dut se lire sur ses traits, car Darren, qui les dévisageait en fronçant les sourcils, eut un éclair de vive compassion dans le regard.

— *Mac*, Elenwë et toi avez partagé un moment hors du temps. Néanmoins, je le répète, tu ne dois pas l'obliger à s'unir à toi, comme moi, en tant que laird, ne le peux. Son choix lui appartient !

Cameron se rembrunit à ces mots.

— Elle est humaine, *athair* ! Et... elle m'a libéré du dernier châtiment des Dieux... Si tu vois ce que je veux dire, avança-t-il encore, les coins de sa bouche se redressant sur un sourire entendu.

La donne venait de changer, l'attitude du laird aussi.

— Darren ? s'enquit Awena qui avait suivi la discussion silencieusement, tant elle était saisie par les nouveaux événements. Qu'insinue Cameron ? Que se passe-t-il ? Et quel était ce dernier châtiment des Dieux ?

— Elenwë, vous portez peut-être en vous un futur Saint Clare, trancha Darren en rivant ses yeux sur Elenwë et en ignorant volontairement l'intervention d'Awena. Ce qui rend légitime la demande de mon *mac*. Nous vous unirons donc dès aujourd'hui !

— Non ! cria à nouveau la jeune femme en se mettant debout sur ses jambes tremblantes. Je refuse, et si je portais le fruit de notre rencontre, je le saurais ! Il y a bien plus urgent à faire en ce moment que de discuter d'une chose qui ne se fera jamais, avez-vous oublié la quête ?

Awena ouvrit la bouche, mais Darren lui intima le silence d'un geste et Cameron en profita pour se lever lui aussi, dépliant sa haute stature pour faire face à Elenwë.

— La quête ne te concerne plus désormais, je te l'ai déjà dit. Tu resteras ici après notre union, sous la protection de ceux qui seront les membres de ta nouvelle famille.

Elenwë croisa les bras dans une posture de défi.

— Alors, vous allez droit à l'échec, car je suis la seule à connaître le ralliement des marches et jamais je ne vous révélerai ce lieu !

— Tu laisserais la liche détruire ce monde par ton attitude bornée ? gronda Cameron en se penchant au-dessus d'elle.

— Bornée ? Il ne manquait plus que ça ! Non, bien sûr que non. D'ailleurs, je viens d'avoir une idée lumineuse : je vais tous vous quitter et vous rejoindrai au moment propice. Je suis libre de mes mouvements et personne n'a le droit de décider pour moi !

Cameron changea légèrement d'attitude et parut réfléchir intensément durant quelques secondes. Ce qu'il annonça par la suite déstabilisa infiniment la princesse :

— Tu as raison. Perdre du temps à nous unir... De plus, nous n'avons rien en commun, n'est-ce pas ? Nous partirons donc tous dès demain matin. D'ailleurs, *athair !* lança-t-il en direction de son père, j'aurais besoin du plaid du clan !

Darren fronça fortement les sourcils et jeta un coup d'œil à Iain, qui en réponse, haussa les épaules en signe d'ignorance.

— *Athair...* Le *plaid* aux *couleurs* du clan ! insista Cameron sur certains mots, le regard intense.

Iain se mit soudainement à rire tout bas, tandis que Darren frappait du plat de la main le bois de la table, les traits de son noble visage affichant un grand soulagement et ses fossettes creusant des sillons d'amusement sur ses joues mal rasées.

Ils ont compris, enfin ! songea Cameron en rivant à nouveau son attention sur le petit bout de femme qui le dévisageait d'un air soupçonneux.

Une vieille tradition permettait à un Highlander de s'unir à une promise en passant la nuit, ensemble, sous le plaid du clan. Cette union était aussi valable que celle qui se pratiquait devant un druide et pouvait se renouveler après un an et un jour, si aucun enfant n'était né du couple dans ce laps de temps.

Il avait attendu Elenwë toute sa vie, il l'avait cherchée au travers d'autres femmes ayant une physionomie presque similaire. Cependant, elle était unique, et personne ne pouvait la remplacer. Alors maintenant qu'elle se tenait enfin devant lui, qu'il lui avait fait l'amour et rêvait de le refaire des centaines – des milliers – de fois, il était hors de question de la laisser disparaître...

Bon sang... ! Il l'aimait !

Depuis la première fois qu'il l'avait aperçue !

Cette révélation fut presque un choc et le fit frissonner. Chose qu'Elenwë remarqua, ses yeux améthyste exprimant lentement une certaine confusion des sens et un évident égarement.

Avait-elle ressenti le changement qui se produisait entre eux ? Avait-elle entendu les mots que Cameron retenait dans son cœur ?

— *Laird* ! hurla un garde, son cri provenant du couloir menant à la grande salle, coupant le contact magique qui venait de s'opérer entre Cameron et Elenwë.

L'instant d'après, le guerrier highlander apparaissait, soutenant de son bras musculeux le corps blessé d'un homme jeune... les cheveux blanchis d'effroi !

— Un messager, laird ! Il se présente au nom de Rory Sutherland[17] !

Darren avait déjà franchi la distance qui les séparait, Iain et Cameron marchant dans ses pas.

L'homme paraissait mourant. De longues marques sanglantes de griffures entamaient la chair de ses bras et de ses épaules, que ses habits en haillons ne pouvaient cacher. Son souffle était erratique et ses yeux presque vitreux n'auguraient rien de bon.

— Par les Dieux ! Peut-il parler ? s'enquit Iain, pendant que Darren portait le mourant, et le déposait sur un fauteuil près de la grande cheminée.

— Faites quérir les guérisseuses ! ordonna Awena qui venait de s'agenouiller devant le blessé et grimaçait à la vue insoutenable des effroyables plaies.

Iain l'auscultait déjà de son don, avant de secouer pitoyablement la tête en signe d'impuissance. De son côté, Cameron tentait de ressouder les chairs, sans y parvenir.

— Nous... avons... été... attaqués... souffla l'homme, le son de sa voix ressemblant à un murmure. Rory... notre laird... vous demande assistance...

— Qui a fait cela ? demanda doucement Darren en

---

17 *Rory Sutherland : voir Terrible Awena.*

posant une main de part et d'autre du messager.

Celui-ci fut brusquement secoué de soubresauts nerveux, qui obligèrent les Saint Clare à l'allonger au sol pour le maintenir.

Le visage du blessé exprimait maintenant une terreur sans fin.

— Des... des... monstres ! réussit-il à crier, galvanisé par le souffle de la peur.

Ses yeux se révulsèrent soudain, il hoqueta et mourut dans un ultime, et terrible, spasme du corps.

Un froid vicieux s'était insinué dans les veines de toute personne ayant assisté à la scène.

De son côté, Elenwë avait la preuve que ses songes n'en étaient pas et relevaient de la réalité.

La liche avait lâché ses fauves démoniaques...

L'heure était venue de partir la contrer !

Chapitre 14

Le monde change

— Nous devons incinérer le corps de ce pauvre malheureux ! commenta sombrement Darren, avant de s'adresser au guerrier qui attendait ses ordres. Préviens les hommes, que tous se tiennent prêts à partir, nous allons porter secours aux Sutherland !

L'effervescence gagna vite les rangs de la famille et des gens du clan.

Déjà, Awena, Diane et Sophie-Élisa se concertaient bruyamment pour savoir quelles armes seraient les plus adéquates à emporter pour le périple qui s'annonçait. Comme chacune proposait une idée, qui ne plaisait pas aux autres, Awena décida d'en référer à la personne qui avait la meilleure connaissance de leurs ennemis :

— Elenwë ! l'appela-t-elle en s'avançant vers la princesse. Dites-nous ce que nous rencontrerons sur notre chemin, et quelles armes en viendront à bout !

— Tu resteras ici ! gronda Darren en lui saisissant le coude sans brutalité. C'est bien trop dangereux pour des...

— Femmes ? C'est bien ça, que tu allais m'annoncer ? s'emporta Awena en le fusillant du regard. Déjà tout à l'heure, tu n'as pas laissé le choix à Elenwë de s'unir à notre fils, et tu m'as coupé la parole sans arrêt ! Suffit ! Nous venons avec vous ! s'obstina-t-elle en basculant la tête en arrière, pour le fixer droit dans les yeux.

— Ah oui ! Cette fois-ci, nous vous accompagnons ! intervint à son tour Diane, qui nattait fébrilement ses longs cheveux blonds.

— Nous savons nous battre, comme des hommes ! surenchérit Sophie-Élisa, traînant un tabouret dans son sillage vers le mur où étaient accrochées des haches, des dagues, et des claymores aux lames entretenues et tranchantes.

Elle était déjà campée sur son incongru piédestal, tendant la main vers un énorme fléau à trois chaînes qui se terminaient par des boules d'acier aux pointes aiguisées, quand Logan la saisit vivement par la taille, avant de la basculer sur son épaule et la maintenir par les cuisses.

— Pourquoi ne suis-je pas étonné que tu aies voulu prendre cette arme ? Tu es, toi aussi, un fléau ! s'emporta-t-il en grimaçant à chaque coup de poing que Sophie-Élisa lui infligeait dans le dos.

— *Stad* (Arrêtez) ! s'impatienta Darren en haussant la voix pour se faire entendre. Il y a, en cette demeure, deux femmes enceintes, peut-être trois, ajouta-t-il en rivant son regard sombre sur Elenwë qui baissa la tête et se mit à jouer distraitement du bout de sa botte sur le sol. Vous resterez ici ! Si ce n'est pas pour vous, faites-le pour les petits à venir ou par amour pour nous ! Comment croyez-vous que nous pourrons nous comporter sur le champ de bataille, si nos pensées doivent être tournées vers vous, et nos esprits rongés par l'inquiétude du danger que vous encourrez ? ! Il faudra des bras accueillants pour les hommes, femmes et enfants que nous vous enverrons. Des soins pour les blessés et des prières d'accompagnement pour les mourants ! Nous reviendrons en entier, si vous ne vous mettez pas dans nos jambes !

Le ton était dur, mais plein de bon sens, ce qui doucha les ardeurs des dames du clan. Tout juste si elles n'en ressentirent pas une légère pointe de honte à s'être conduites avec autant d'empressement...

— Je me suis toujours dit que si j'étais avec toi, partout, il ne pourrait jamais rien t'arriver. J'ai peur... chuchota Awena en se jetant dans les bras de Darren et en fermant férocement les paupières pour ne pas pleurer.

Darren soupira longuement en lui baisant le sommet de la tête, tout en la serrant tendrement contre son torse.

— Tu es dans mon cœur, *mo chridhe*, et cette force m'habite et me gardera en vie, pour que nous nous retrouvions... toujours. *Tha goal agam ort* (Je t'aime), souffla-t-il avant de l'embrasser passionnément.

Ces mots...

Elenwë sut instantanément que c'étaient ces mots, naissant d'un amour puissant et éternel, qu'elle aurait souhaités entendre de la bouche de Cameron.

Elle les comprenait, assimilait toute leur force, et tout ce qu'ils représentaient...

Elle les... ressentait !

Son cœur se mit à battre sourdement, son sang s'échauffa, et son regard se riva sur Cameron qui revenait après avoir porté le cadavre auprès des druides, pour qu'ils le préparent à l'incinération.

Il marchait de son pas félin, conquérant, son beau visage rendu sombre par les événements, et ses yeux... cherchèrent les siens, pour s'y accrocher et ne plus les quitter.

Elenwë en frissonna, et une pensée subite lui donna envie de courir pour se réfugier dans ses bras, à l'instar de Darren et Awena !

L'aimait-il ?

Lentement, les mains de Cameron s'écartèrent en une invite timide, et Elenwë poussa un léger souffle ému, avant de se précipiter tout contre lui.

— *Mo maise*... murmura-t-il en la berçant. Je souhaiterais que tu restes toi aussi, je désirerais te savoir à l'abri...

Elenwë frotta son visage contre la chaleur de sa peau, découverte par l'ample ouverture de sa chemise blanche, et aspira son odeur unique, comme une noyée chercherait l'air qui manquerait à ses poumons.

— Je ne le peux pas, je fais partie de ta quête... Je suis obligée de t'accompagner... jusqu'à la fin !

Le cœur de Cameron marqua un arrêt, pour battre derechef plus rapidement, au moment où Elenwë s'était mise à le tutoyer pour la toute première fois.

— Alors, puisqu'il en est ainsi, nous partirons... ensemble, chuchota Cameron, prenant son visage en coupe dans ses mains, pour ensuite se pencher, et l'embrasser à corps perdu.

Elenwë en eut le vertige et attendit... des mots qui ne vinrent pas...

Masquant sa tristesse, elle rompit le baiser et se tourna vers Darren, Iain et Logan, qui faisaient leurs adieux à leurs femmes, prêts à s'en aller vers l'inconnu d'un monde changeant.

— Préparez-vous à braver l'engeance du mal ! les informa-t-elle, en prenant une forte inspiration. Les monstres que vous affronterez n'ont ni conscience ni pitié. Employez tous les charmes en votre pouvoir. Le feu, la foudre, et le sort de la Lumière Vive, qui remplacera la puissance salvatrice des rayons solaires. Agissez le jour, tandis que ces créatures seront tapies dans leurs repaires, et protégez-vous la nuit, en utilisant des cercles sacrés que vos druides traceront autour de vous. Chantez et priez, cela les repoussera un temps. Quand la magie ne suffira pas, utilisez des armes aux lames d'argent, ou des projectiles du même métal précieux, et si vous croisez les *bean sith*, lancez un charme de surdité pour préserver, vos hommes et vous-mêmes, de leurs *Keening*[18] ! Le seul endroit où vous serez en sécurité se trouve ici, à la

---

18 *Keening* : Hurlement effroyable de la bean sith, annonçant la mort prochaine. On dit aussi que ce cri fait blanchir les cheveux de terreur à toute personne qui l'entendrait.

marche de la Terre, les Runes du Pouvoir la protègent et créent une puissante barrière divine, infranchissable pour ces monstres.

— Nous ferons donc de nos plaines un sanctuaire pour nos amis et peuples en danger, observa Darren, très attentif à tout ce qu'Elenwë lui apprenait. Et notre forgeron fabriquera le plus de projectiles d'argent possible, avec les objets qui se trouvent dans nos coffres.

— Le risque est grand que ce que nous sommes réellement soit révélé au monde entier ! intervint Iain avec inquiétude.

— Nous n'avons plus le choix, répartit Darren d'une voix sombre. Le temps est venu pour les hommes de mettre de côté leurs croyances respectives, et les guerres qui en découlent ! Il en va de la survie de tous !

Un long silence se fit à ces mots. Les hommes-dieux allaient se révéler à la face du monde et le danger futur serait que les autres hommes, par peur ou par stupidité, se retournent contre eux, et cherchent à les exterminer.

— Le *Leabhar an ùine*[19] ? s'enquit soudain Elenwë.

— Il n'y a plus de souci à se faire, répondit Darren avec un sourire rassurant. La nuit qui a suivi les noces de Logan et Lisa, Iain et moi avons conçu une crypte hermétiquement close par la magie, sous la chaumière d'Aonghas. Plus aucune onde du temps ou aura d'un sorcier, ne touchera le grimoire.

— Bien, approuva Elenwë avec un hochement de tête. La quête des Veilleurs en sera préservée. Cependant, Aonghas ne doit plus entrer dans cette crypte, jusqu'à ce que tout revienne à la normale. Le grimoire risquerait d'aspirer ses pensées, et nous nous retrouverions avec de plus amples problèmes sur les bras ! Dites à L'Aîné qu'il parte chercher ceux et celles qui formeront la lignée des MacKlare et qu'il les mette à l'abri sur vos terres.

— *Aye*, je vais l'en informer. Et pour ce qui est du

---

19 *Leabhar an ùine* : Grimoire magique des Veilleurs *(voir* Terrible Awena *et* Sophie-Élisa*).*

grimoire, j'en étais venu à la même conclusion que vous et j'ai fait prévenir Aonghas, dès votre arrivée parmi nous, pour qu'il n'aille plus à son contact. Il est temps pour nous de prendre la route, si nous voulons parvenir sur les terres Sutherland avant le coucher du soleil. Le chemin sera long.

— Attendez ! le retint Elenwë en levant une main, tandis que Darren tournait déjà les talons pour prendre congé.

Il revint sur ses pas pour lui faire face et haussa les sourcils d'étonnement. Elenwë avança de deux pas et ferma les yeux de concentration.

Le tatouage en forme de triskell d'or sur sa peau se mit à scintiller et vibrer. Elenwë tendit la main pour la poser à même le torse musculeux de Darren, qui ressentit une vive chaleur parcourir son corps. Les lignes du symbole se déformèrent pour suivre un chemin allant de l'épaule dénudée de la princesse, puis sillonner sur son bras, et finir sur la chair de Darren, où elles parurent être absorbées par son être. Au même moment, le laird poussa un puissant râle rauque et ferma les paupières en basculant la tête en arrière.

Iain, qui s'inquiétait du phénomène, à l'instar de sa famille, fit mine de s'avancer pour couper l'étrange lien qui se tissait sous ses yeux, entre son petit-fils et Elenwë. Mais Cameron l'intercepta en lui saisissant le bras, et lui fit un signe silencieux de la main, pour le prévenir de laisser le processus aller jusqu'à son terme.

L'instant d'après, le contact enchanté était rompu, et Darren dévisageait Elenwë d'un air à la fois ahuri et respectueux, qui éveilla la curiosité générale.

— Que s'est-il passé ? aboya presque Iain, tant il était impatient de connaître la réponse.

— Un miracle... murmura Darren en se mettant à sourire. Elenwë vient de me faire cadeau de la magie qui nous téléportera sur les terres de notre choix, en un clignement d'œil. Il suffit pour cela de se tenir près d'un cromlech ou d'une pierre levée, pour circuler d'un endroit à un autre... De la même manière que nous avons voyagé sur les terres Dunnottar, il y a quelques jours, pour secourir nos druides !

— Mais... la liche ne pourra-t-elle pas vous emprisonner dans ces... passages ? intervint Awena, son visage plus pâle que jamais.

— Non, la rassura Elenwë. Ce ne sont que des routes célestes et nullement des transferts temporaux. Le seul risque possible serait de ne pas parvenir au bon endroit, ou de ne pas partir du tout. Car certains hommes, non croyants, ont déplacé quelques pierres levées servant de téléporteurs, dans le but de faire des enclos à leur bétail, ou pour les tailler et construire des chaumières.

— Si je comprends bien, il y a de fortes chances que nous arrivions dans un pré, cerné par des moutons ou des vaches, intervint Logan avec une touche d'humour.

— Oui, cela se pourrait, confirma Elenwë en souriant, amusée à la pensée d'une escouade de Highlanders apparaissant au beau milieu de ces animaux.

— Nous partons, coupa alors Darren, qui faisait déjà volte-face pour s'éloigner.

— Encore une chose, ajouta Elenwë, rivant son regard sur les visages à nouveau attentifs et tendus. Remplissez un maximum d'outres de l'eau de la Cascade des Faës, elle est magique, céleste, et brûlera les chairs putrides des zombis et goules, aussi sûrement que de l'acide sulfurique sur n'importe quel objet ou être vivant.

— *Tapadh leat* (Merci à toi), princesse des Sidhes, murmura Darren, en rebroussant chemin pour lui faire face, et se courbant dans un salut digne d'un roi. Tu nous as si souvent épaulés dans les combats qui étaient nôtres, que nous ne te remercierons jamais assez. Bonne route à vous tous aussi et... *mo caileag* (ma fille), reviens entière, avec mon *mac* et ses compagnons. Nous nous retrouverons bientôt, sous de meilleurs auspices !

L'instant d'après, il disparaissait de sa vue, tout comme

Iain et Logan, que leurs femmes s'étaient dépêchées d'accompagner pour les aider à préparer leur départ.

Darren l'avait appelé sa *fille* !

Elenwë en eut l'esprit retourné et des picotements sur tout le corps.

Ainsi, elle aussi était devenue un membre à part entière de ce clan, qui l'avait toujours fascinée.

— Viens, *mo maise*... Il est également temps pour nous de nous mettre en route, lui chuchota Cameron dans le creux de l'oreille, en la faisant sursauter et battre le cœur un peu plus vite encore.

— Oui... Allons-y, lui répondit-elle dans un souffle ému.

En moins de deux heures, une centaine de fiers guerriers highlanders du clan, chevauchant leurs destriers, et une cinquantaine de druides à pied – dont Clyde et Ned faisaient partie –, passèrent par petits groupes dans le Cercle des Dieux, et disparurent vers leur objectif commun : les terres Sutherland.

Les hommes d'armes s'étaient tous peint le corps de la teinture bleue du combat, simplement vêtus de leurs kilts et hautes bottes noires, la claymore attachée dans leur dos et leurs longs cheveux nattés aux tempes.

Darren, phénoménal de puissance, ses muscles roulant sous sa peau indigo, accompagna tous les cortèges, et vint rassurer les siens, en leur apprenant que le chemin magique les menait à quelques lieues de la forteresse de Rory.

Tous emportèrent des outres emplies de l'eau céleste de la Cascade des Faës, des provisions pour tenir un siège, et se munirent des armes et projectiles que le forgeron avait plongés dans de l'argent en fusion, pour pallier le manque de temps, priant les Dieux pour que cela suffise à éradiquer les monstres qui sortiraient, à n'en pas douter, de leurs repaires à la nuit tombée.

Tout avait été étudié, dans le sens où chacun savait que

le retour ne se ferait pas avant plusieurs jours, et que des combats feraient rage entre-temps, au cours desquels, plusieurs des leurs pouvaient perdre la vie.

En fin de matinée, alors que le dernier groupe venait de disparaître sur un signe d'adieu de Darren, un soudain silence déroutant se fit aux alentours du château et du village, faisant frissonner d'appréhension les familles qui s'étaient séparées de leurs pères, frères et fils.

Combien rentreraient sains et saufs à la maison ?

Cette question hantait les esprits, et pour ne plus y songer, tous se remirent au travail, comme si de rien n'était, tandis que les trois dames du clan s'activaient à répertorier la quantité de vivres et de potions pour accueillir les rescapés.

Dans le même temps, une autre troupe se préparait au départ, dans la cour intérieure du château, plus calmement, enfin... presque.

Car la Seanmhair poussait de hauts cris et tempêtait en frappant le sol de son bâton de sorcière, pas contente du tout qu'on lui interdise d'emmener son cher « Bob dit l'âne ».

— Trop vieille, pour marcher, je suis ! Me porter, Bob doit ! Humpf !

— Nous irons à pied ! Et ma décision reste irrévocable ! trancha Cameron pour la énième fois, la petite mère le suivant comme son ombre, dans l'espoir de le faire changer d'avis.

— Trop de choses à emporter, on a ! Bob, sur son dos, les emmènera !

— *Naye* !

— Pour ta princesse, ne pas la fatiguer, alors ?

— *Naye* !

Un long cri éraillé d'agonie suivit ce dernier refus.

Avec un grand soupir d'exaspération, Cameron se retourna pour jauger des yeux Barabal, qui sautait sur place en se tenant la cheville, et grimaçant à qui mieux mieux de douleur.

— Cassée elle est ! ! Pourris, mes os, sont !

pleurnichait-elle en gémissant à fendre l'âme.

— Comme si je ne le savais pas, marmonna Cameron en secouant la tête. Barabal ?

La douceur subite de sa voix donna espoir à la vieille femme qui cessa son manège, et le regarda avec un vif optimisme, tandis qu'un sourire enfantin se dessinant sur ses lèvres parcheminées.

— *Naye !* aboya Cameron, en penchant le torse pour être à la hauteur de son visage.

Toute trace d'espérance s'effaça des traits de Barabal, au profit d'une moue dépitée, les nombreuses rides de son faciès accentuant son air renfrogné.

— Nous sommes fin prêts ! clama Gordon, suivi de Fillan, en les rejoignant et en passant leurs regards de Cameron à la Seanmhair, comme s'ils assistaient à un match de tennis.

— Toujours l'histoire de l'âne ? s'enquit Fillan, ses yeux mordorés pétillant d'humour, tandis que ses lèvres charnues se retroussaient en un sourire mutin.

L'air sombre de Cameron répondit bien mieux que des mots.

— Bien, vous avez respecté mes consignes ! les félicita-t-il en inspectant leurs mises.

Les deux Highlanders étaient vêtus de braies, bottes, chemises et capes à large capuche, le tout de couleur noire. Tous deux avaient fière allure, leurs longs cheveux châtain clair semblant resplendir, plus que d'ordinaire, sous les rayons du soleil.

Ce qui fit ciller Cameron.

— Allez chercher du charbon et frottez-vous la tignasse avec. Il faut se fondre dans le décor ! Toi aussi Barabal ! la houspilla-t-il, alors qu'elle continuait à bouder dans son coin. Toge, cape, et cheveux sombres ! Oust ! Je veux partir dès que le soleil atteindra son zénith !

Larkin, tout de noir vêtu, arriva à ce moment-là en direction du pont-levis. Il tenait de ses mains, aux phalanges blanchies, une corde qui passait sur son épaule, et au bout de laquelle se trouvait un gigantesque sac de jute, plein à craquer d'objets... bruyants.

À chacun de ses pas, le sac rebondissait sur les bosses du sol inégal, et produisait un son infernal de casseroles et autres ustensiles s'entrechoquant.

Cameron en resta bouche bée !

Étaient-ils tous devenus fous ? Voulaient-ils se faire tuer dès les premières heures de la quête ?

— *Naye !* Pas de bric-à-brac !

Larkin s'arrêta et leva le menton caché sous sa longue barbe... noire. Là, au moins, il avait suivi les consignes !

— Ce n'est qu'un minuscule chaudron, une louche ou deux, quelques petites babioles pour la cuisine et les potions ! se plaignit-il avant de se remettre à tracter son énorme paquetage, le son atroce des « babioles » se répercutant à nouveau contre les murailles qui encerclaient la cour intérieure.

— Laisse ce sac, Larkin ! Tout ce dont nous aurons besoin, je nous le procurerai par la magie. Nous voyagerons léger ! Vêtements, couvertures, armes, eau et barres protéinées en guise de nourriture ! Et c'est tout ! Compris ?

Le sifflement admiratif de Gordon dans le dos de Cameron lui fit faire volte-face. Apparut devant son regard avide, une sirène, ou sorte de chimère fantasmagorique, réincarnée en une somptueuse femme : Elenwë.

Elle s'était habillée des nouveaux atours qu'il avait demandés à Sophie-Élisa de lui transmettre. Ensemble haut et pantalon de cuir noir, bottes sombres, et la cape de soie magique dans le même ton, qu'il avait élaborée spécialement pour elle. Le tissu restait léger à porter, comme un souffle sur la peau, cependant, Cameron avait invoqué un sort qui faisait que son propriétaire était à la fois protégé du froid et de la chaleur.

Un geste attentionné pour que la princesse soit à l'abri dans un cocon douillet qui ne l'incommoderait pas.

Elenwë avait réuni ses cheveux ébène en arrière, en une lourde natte lui tombant jusqu'aux reins. Son magnifique visage, ainsi dégagé, lui donnait un air de fausse fragilité, accentué par la pureté de la couleur mauve de ses yeux.

Elle était... époustouflante !

— Bob, venir avec moi, il peut ? caqueta comme dans un rêve, la voix éraillée de Barabal.

Oui, un rêve... Cameron se trouvait au beau milieu des tertres enchantés.

— *Aye*... souffla-t-il, la conscience ramollie par la vision féerique qui ondulait sensuellement des hanches en marchant dans sa direction.

— Si Barabal peut emmener son stupide âne, alors moi aussi je prends mon sac ! vociféra Larkin, irrité de voir son amie et ennemie de toute une vie, avoir gain de cause auprès de Cameron.

Celui-ci revint à la réalité, et le petit épisode qui venait de se dérouler, alors qu'il semblait lobotomisé, lui sauta à l'esprit.

— Bons Dieux, *naye* ! hurla-t-il en fusillant du regard Larkin et en ramenant dans les airs la Seanmhair, qui profita qu'elle passait au-dessus du vieux grand druide pour lui tirer la langue.

— Nia, nia, nia... Stupide, tu es ! Dans la poche, je l'avais ! baragouina-t-elle, en se rendant soudain compte que son vol ne se terminait pas, et que Cameron la dirigeait droit vers la mare aux cochons.

Le temps qu'elle dise « ouf » et il la laissait choir dans l'eau boueuse, rendue sombre par les excréments et l'argile noire de la terre.

— Voilà ! susurra Cameron, un grand sourire vengeur fleurissant sur ses lèvres. Il me semble que tout le monde est prêt ! Oh, Larkin... as-tu encore une objection à émettre ?

Le vieil homme riva vivement ses yeux sur Barabal qui se redressait, glissait, pour ensuite retomber dans la fange, et déglutit péniblement avant de minauder :

— *Naye*, tout va bien ! Nous n'avons pas du tout besoin de ce sac ! Nous pouvons partir...

— Pour nous, c'est bon aussi ! intervint Fillan en se mordant les lèvres pour ne pas rire, alors que Barabal s'approchait d'eux, en claudiquant, méconnaissable sous la couche de saletés brunes, les mains tendues en avant, doigts écartés, en une parfaite imitation d'un zombi.

— Cameron, s'il te plaît ! plaida Elenwë, en se postant en face de lui pour capter son attention. Elle va attraper froid ! Ne la laisse pas comme ça !

La Seanmhair n'était plus qu'à trois mètres de lui.

— Tu as raison, *mo maise*... estima-t-il, avant de se pencher pour lui embrasser le bout du nez, et de claquer dans ses doigts.

Il y eut un étrange bruit de craquement, identique à celui d'une coquille d'œuf qu'un poussin percerait de la pointe de son bec, suivi d'un chœur de rires, ceux de Larkin, Fillan et Gordon.

Même Elenwë pouffa et plaça sa main devant la bouche pour essayer de se contenir. Cependant, rien n'y fit, la seconde d'après, elle riait aux éclats en émettant un son riche, tout en se tenant le ventre.

Cameron, amusé par l'attitude de son entourage, ivre de la joie d'Elenwë, jeta un regard par-dessus son épaule, et ouvrit de grands yeux ébahis, avant de céder à l'hilarité générale.

La Seanmhair, dont seules les prunelles furibondes restaient animées, était figée dans une gangue épaisse de glaise et d'excréments solidifiés. À certains endroits, la couche paraissait se craqueler, et émettait les bruits étranges que Cameron avait perçus, juste après avoir accordé le souhait d'Elenwë.

— Ahhh... on ne peut pas... voyager, avec elle... ainsi ? pouffa Larkin en s'essuyant les yeux. De plus... elle n'exhale... pas la rose, du tout !

— Pas le temps de prendre un bain, commenta

Cameron en recouvrant son souffle. Tu as de la chance Barabal, tout d'un coup, je me sens d'excellente humeur !

Et Cameron prit conscience de la profonde véracité de ces mots. Cela faisait des siècles qu'il n'avait pas ri d'aussi bon cœur.

Par les Dieux, les temps étaient sombres, cependant il riait... et c'était là un baume suprême.

Il claqua à nouveau dans les doigts, et la Seanmhair se retrouva à l'identique de tous, affublée de vêtements enténébrés, tout comme sa chevelure blanche était dissimulée par une sorte de teinture jais.

— Allons faire nos adieux aux nôtres, proposa soudain Cameron, ces mots calmant les esprits hilares, et rendant le sérieux à chaque membre de la troupe.

— *Aye*, acquiescèrent dans un bel ensemble Larkin, Fillan et Gordon.

Après de chaudes embrassades avec Awena, Diane et Sophie-Élisa, tous partirent vers le Cercle des Dieux, où Cameron utiliserait ses propres pouvoirs pour les faire voyager grâce aux chemins célestes, vers la deuxième marche : celle de l'Air. À la rencontre du Gardien des éléments.

Il avait hâte de faire la connaissance de ce mage, qu'il subodorait être très puissant. Mais pourquoi n'avait-il jamais entendu parler de lui, lors de ses innombrables recherches, durant les longs siècles où il avait été immortel ?

— Tu es certaine de savoir où se situe la marche de l'Air ? demanda-t-il en direction de Barabal, toujours grincheuse, et qui affichait une moue revêche.

— Dans les Pyrénées, moi, te dire ! lui confirma-t-elle, après un moment de silence boudeur.

— Ces montagnes sont vastes ! observa-t-il, un brin soucieux.

— De cromlechs, pas beaucoup, il y en a !

— Pour cela, vous vous trompez Seanmhair, intervint Elenwë. Et je ne peux vous aider, car mes souvenirs allant s'effaçant, je ne pourrais situer l'endroit exact du lieu sacré.

Cameron se rembrunit en plongeant son regard sombre dans le sien.

— Et pour ce qui est du ralliement des marches ? voulut-il savoir.

— Oh, celui-là, impossible de l'oublier ! lui répondit Elenwë, avec un sourire rassurant.

— Espérons-le, marmonna-t-il entre ses dents alors qu'ils arrivaient au Cercle, pour ensuite se tourner vers le bas de la colline, et faire un signe d'au revoir aux trois femmes Saint Clare.

Dieux, qu'il détestait les séparations !

Pourvu que son père, Iain et Logan, reviennent sains et saufs de leur périple.

À lui, Cameron, de les aider dans leur tâche, en menant sa quête rapidement à bien et en éradiquant la liche.

Tous se regroupèrent dans le Cercle, les quelques biens et armes dont ils s'étaient munis solidement attachés sur leurs dos ou en travers de leurs torses.

— À toi de jouer Barabal, pense à l'endroit où se trouve la marche ! Je nous y transporte dès que tu me donnes le feu vert.

— Vert, pas être le feu ! Flammes, rouges ou orange, elles sont !

— Barabal... la marche de l'Air !

— *Aye*, où elle est, je sais...

La vieille *bana-bhuidseach* n'eut pas le temps de finir sa phrase, que déjà, ils disparaissaient à la vue de tous.

Du bas de la colline, Awena écrasa une larme qui sillonnait sa joue de ses doigts tremblants et chuchota dans le vent :

— Que mon amour pour vous tous, vous protège...

Chapitre 15

Le Gardien des éléments

Cela faisait des heures et des heures que Barabal les baladait dans les montagnes des Pyrénées. Le soleil déclinait déjà à l'horizon et le froid mordant sur les pics enneigés mettait à mal les corps courbatus de fatigue et d'agacement.

— Tu sais... tu sais... *Rud sam bith* (N'importe quoi) ! Tu n'as jamais su réellement où se situait la marche de l'Air ! grondait Cameron à l'intention de la Seanmhair en tournant en rond autour d'un menhir faisant partie d'un immense cercle de pierres levées qui s'avérait, encore, ne pas être le bon !

Au moins celui-ci avait le mérite de ne pas être bâti juste au bord d'un précipice, dans lequel ils avaient failli tous chuter !

Anecdote qu'il aurait fallu retranscrire dans un carnet de voyage.

Car tout avait commencé par leur première arrivée dans un lieu recouvert d'à peu près deux mètres de neige, les figeant tous dans leurs mouvements, et les asphyxiant presque instantanément.

Chose qui n'avait pas empêché la Seanmhair de marmonner :

— *Naye...* pas ici, être !

Cameron lui avait demandé de réfléchir à un autre

endroit, sa voix portant à peine sous l'épaisseur glacée, et les avait téléportés ailleurs.

Flash...

Ils échouèrent sur le versant glissant et dangereusement pentu d'une montagne, perdirent l'équilibre, et se mirent à déraper sur leurs postérieurs à une vitesse de plus en plus vertigineuse.

— *Nayyyyyeeeee... pas bon, naayyyyeeee pllluuuussss...* avait hurlé Barabal.

Flash...

Ils avaient par la suite durement atterri en plein milieu d'un troupeau d'isards[20], qui broutaient le peu d'herbe que la neige n'avait pas emprisonnée, non loin d'un unique et gigantesque menhir qui ressemblait plus à la Tour de Pise, qu'à une pierre sacrée, tant il était branlant et menaçait de s'écrouler.

Le groupe d'animaux, apeuré par leur incongrue apparition, s'était mis à galoper dans tous les sens d'affolement, au risque de les piétiner à mort.

Cameron s'était tout de suite jeté sur Elenwë, pour faire de son corps un rempart sûr, son cœur tambourinant sous l'effet de la peur de la savoir blessée, ou pire...

Déjà, les isards mâles se regroupaient un peu plus loin, sifflant des narines, et raclant le sol de leurs sabots, dans l'intention évidente de les charger pour permettre aux femelles et aux petits de se mettre à l'abri.

— *BARABAL !* s'était époumoné Cameron en se redressant et en se saisissant de Gradzounoul' pour parer à la première charge, tandis que Gordon et Fillan adoptaient la même attitude que lui, et se positionnaient à sa droite et à sa gauche, dagues et épées au poing.

— Pas ici ! avait répondu l'intéressée en haussant les épaules. *Aye*, moi savoir, réfléchir, je dois !

— Et vite ! avait grondé Cameron en position de

---

20 *Isard* : Nom donné, dans les Pyrénées, à l'antilope chamois, dit vulgairement chamois.

combat, les avant-bras légèrement fléchis sur le côté et la lame de sa claymore magique tranchant l'air en émettant une sorte de chant funeste.

— A y'est ! s'était mise à coasser la Seanmhair, tandis que les premiers mâles, fous furieux, se trouvaient à quelques pas d'eux et que le sol résonnait de leur tonitruante course.

Flash...

C'est là qu'ils se retrouvèrent tous au bord du précipice. Un versant de montagne tellement haut, que l'oxygène en était raréfié, et qu'il devenait impossible de voir la terre ferme au fond de l'abîme, où les nuages formaient comme un tapis de brume.

Cameron rengaina vivement Gradzounoul' et réussit à saisir la cape de Larkin, qui battait des bras au-dessus du vide et allait chuter sans son aide secourable.

Il y avait bel et bien quelques imposants menhirs sur cet à-pic rocheux, cependant c'était à se demander ce qui avait pris aux Dieux de les disposer en un endroit aussi improbable, et dangereux, que celui-ci.

— Cela fait des siècles et des siècles que ces pierres ont été placées là, s'était mise à expliquer Elenwë, comme si elle avait lu dans les pensées de Cameron, tandis qu'elle se plaquait contre une roche – à l'instar de tous – la pointe de ses bottes à quelques centimètres du gouffre. Les montagnes se sont déplacées, d'autres se sont divisées, en créant de grandes séparations entre elles.

— Ne... bougez... plus, avait lentement articulé Cameron, le cœur au bord des lèvres en voyant le corps gracile d'Elenwë dodeliner vers le vide et sa respiration s'échapper en rapides panaches de buée. Vous êtes victimes de l'attraction de la terre, levez tous la tête et regardez le ciel ! Barabal...

— *Aye*, bon c'est...

Flash...

Re coucou les isards !

Flash...
Heureusement que l'eau du lac artificiel était gelée !
Flash...
Re submersion sous deux mètres de neige.
— Seanmhair ! Je vais te tuer ! s'était mis à hurler Cameron, avalant et recrachant de la poudreuse, avant de déclencher une monumentale avalanche par la puissance de sa voix, qui avait tous failli les emporter.
Flash...
Retour au temps présent, aux corps perclus de froid et de fatigue et aux esprits aussi vides que des puits sans fond.
Déjà, le soleil couchant, où se profilaient les noires montagnes des Pyrénées, embrasait le ciel à l'ouest, et Cameron se savait à bout de ses forces vitales.
Déplacer six personnes, par la volonté de sa magie sur les chemins célestes, et devoir affronter autant de situations incongrues, ne lui avaient pas permis de s'octroyer un moment de répit pour se ressourcer.
Il était éreinté !
Comme tout le monde.
— Est-ce qu'on monte le camp ? intervint Gordon, les lèvres bleuies à cause de la température extrêmement basse, et les sourcils blanchis par le givre.
Cameron fit un tour sur lui-même pour embrasser du regard le haut plateau où ils se situaient. Le cromlech qui les avait accueillis était l'un des plus imposants qu'il n'ait jamais vus. Cependant, il n'y avait toujours pas de cabane ou de demeure quelconque, au sein de laquelle il pensait rencontrer le Gardien des éléments.
Bon sang ! Il avait été stupide de faire confiance à Barabal, et encore plus stupide d'avoir surestimé ses forces.
Le plateau était aride, assez bas pour que la neige soit éparse, et désert de tous branchages qui auraient pu leur procurer la base d'un feu, et la chaleur dont leurs corps avaient besoin.
Allez, des situations qui semblaient désespérées,

Cameron en avait connues plus qu'à son tour. Le tout était de se secouer avant qu'il ne fasse nuit noire. Déjà, les ombres s'allongeaient, préparant les montagnes au sommeil, et la température baissant d'autant plus.

— Je vais faire apparaître du bois, annonça Cameron en s'approchant d'Elenwë, qui malgré sa cape enchantée, frissonnait violemment de froid. À vous de prendre le relais pour allumer le feu, lança-t-il en direction du reste du groupe.

Fillan hocha vivement la tête et souffla un panache de buée dans ses mains, qu'il frotta vigoureusement.

— Vous... êtes à bout... de force, réussit à murmurer Elenwë en claquant des dents.

— Comme nous tous, *mo maise*, susurra-t-il en lui souriant gentiment et en se débarrassant de son lourd manteau fourré, avant de le poser sur ses épaules.

La princesse voulut le lui rendre en protestant qu'il en avait tout autant besoin qu'elle, mais Cameron l'en empêcha.

— Je n'ai pas froid pour le moment, garde ce poids sur toi, juste le temps que nous préparions un feu.

— Merci, céda-t-elle dans un souffle, pour ensuite s'enrouler dans les tissus et cuirs emplis de la chaleur et de l'odeur grisante de Cameron.

Puisant encore dans ses forces, il matérialisa quelques stères de belles bûches sèches, que Larkin, Gordon et Fillan se dépêchèrent d'assembler au centre du cromlech. Quant à Barabal, elle fit naître des flammes sur une de ses paumes et souffla dessus, à la manière d'un cracheur de feu, en direction du tas de bois. L'instant suivant, une bonne flambée salvatrice faisait crépiter les branchages, distillant des centaines d'étincelles dans les airs, et diffusait à la ronde sa chaleur bienfaisante.

— Cameron ! Viens voir par ici ! l'interpella Fillan, se tenant un peu à l'écart et qui suivait une sorte de dessin qui ressortait sur le sol rocheux.

Larkin les rejoignit, trop curieux pour rester près du

feu, et fit quelques pas le long du tracé.

— Intéressant ! s'exclama-t-il soudain, avant de réciter une mélopée magique.

Les lignes qui se perdaient dans la noirceur de la nuit se mirent à scintiller d'une lueur argentée, pour révéler au final, un gigantesque triskell.

Les trois spirales du symbole s'entrecroisaient en leur jonction pour former une base triangulaire, qui elle-même était placée à l'exact centre du cromlech. Ce qui éveilla encore plus la curiosité des trois hommes.

— C'est le signe des éléments, murmura Elenwë, qui s'était approchée d'eux sans faire de bruit.

La jeune femme ne frissonnait plus, au grand soulagement de Cameron, qui la prit tout de même contre lui pour lui frotter doucement les bras, et lui transmettre un peu plus de chaleur.

En son for intérieur, il admit que ce geste sibyllin lui permettait de la toucher, comme il mourait d'envie de le faire... depuis la nuit passée.

— Ce symbole n'est pas là pour rien, continua-t-elle en renversant sa tête, protégée par une ample capuche noire, en arrière, et en croisant le beau regard de Cameron que les flammes du bûcher voisin animaient de feux follets ardents.

— Nous serions donc au bon endroit ? s'enquit-il en fronçant les sourcils, avant de redresser le menton et de regarder autour de lui. Si la marche de l'Air est bien ce lieu... où se trouve le Gardien ? Nulle demeure dans les environs, ni de cabane, et aucune présence humaine ou animale...

— Il m'est impossible de te répondre, soupira Elenwë. Cela fait des heures que je me concentre pour me souvenir de quelque chose, et tout ce qui me vient à l'esprit, c'est une immense lueur opalescente. De la neige ? Des nuages ? Ou un lac de glace ? À force de chercher, j'en ai des élancements dans la tête... Pourtant, je sais que je ne suis pas loin...

Des grondements sourds coupèrent court à leur

discussion et les mirent tous sur leurs gardes.

Déjà, près du feu, la Seanmhair et Gordon se tenaient dos à dos, l'une élevant son bâton de mage, son quartz blanc vibrant de filaments bleus, tandis que l'autre brandissait sa claymore et sa dague.

Le beau visage de Gordon, figé dans une moue concentrée, se tourna un instant vers eux :

— Je crois que nous avons de la compagnie, marmonna-t-il entre ses dents, alors que tous faisaient cercle avec lui et Barabal, face à l'extérieur du cromlech.

Des ombres se mouvaient rapidement, là où la lueur des flammes se mourait. Des chuchotis, puis des rires sinistres résonnèrent tout autour du groupe.

— On se déplace vers la jonction du triskell pour ne pas être gênés par le feu, doucement, et sans rompre notre formation, leur ordonna Cameron d'un ton sourd, ses muscles tendus et roulant sous sa peau, prêt au combat.

Cependant, la fébrilité de son poignet lui réapprit ô combien il était à bout de forces. Serrant les dents, il affermit sa prise autour du pommeau de Gradzounoul'.

Elenwë sentit comme un goût acide remonter le long de sa gorge. La peur lui contractait l'estomac, qu'elle avait pourtant vide pour n'avoir pratiquement rien mangé de la journée. Ce dont d'un côté, elle se félicitait, car il était clair... qu'elle aurait vomi à l'instant.

Ses yeux fouillaient la nuit, cherchaient à savoir quelles créatures monstrueuses, la liche avait pu envoyer à leurs trousses.

Les déplacements étaient vicieux. À n'en pas douter, plusieurs êtres maléfiques rôdaient là. Assez intelligents pour que les uns fassent diversion, tandis que les autres restaient à l'affût de la moindre faiblesse de tactique du groupe.

Si seulement Elenwë avait pu utiliser les larmes de ses pairs qui sillonnaient son corps, la magie phénoménale contenue dans les lignes aurait permis d'éradiquer, d'un seul coup, toute l'engeance maudite qui les narguait.

Oui, si seulement... Cependant, une voix dans son esprit lui ordonnait de ne pas le faire, parce que ce n'était pas le moment ! Mais le moment de quoi ?

Le mouvement de faiblesse tant attendu vint de Cameron. Le poids de la claymore céleste, pourtant plus légère qu'une arme humaine, lui faisant légèrement baisser le bras et son visage crispé par l'effort, montraient à Elenwë, combien cette formidable force de la nature était sur le point de s'écrouler.

Cependant, il se refusait de céder et restait vaillant, en digne fils des Dieux. Ce qu'il avait plus que prouvé, en utilisant ses extraordinaires pouvoirs pour les transporter en ce lieu sacré.

Un nouveau et vif mouvement se fit en face de Cameron.

La monstruosité qui s'élança hors de l'obscurité sépulcrale n'était autre qu'une goule ! Femme vampire, aux yeux rougis par le sang dont elle s'était certainement nourrie récemment, la gueule déformée et démesurément ouverte sur des crocs aiguisés. Elle avait les ongles griffus, repliés telles des serres d'aigle, et s'apprêtait visiblement à se jeter sur Cameron, dont les réflexes se faisaient au ralenti.

— Gardez la formation ! hurla Gordon, tandis que d'identiques créatures apparaissaient de toute part.

Dans le même temps, le jeune Highlander plongea en avant pour glisser sous l'abomination qui convoitait Cameron, et d'un mouvement rapide du poignet, lui trancha la tête. Il roula ensuite sur lui-même pour échapper aux attaques mortelles d'une autre goule et se redressa d'une pirouette souple pour rejoindre ses compagnons d'armes.

Jamais ils n'y arriveront ! songea Elenwë avec un affolement croissant.

Cependant, il fallait protéger l'Élu coûte que coûte ! La vision du corps de Cameron, mort sous les assauts de ces créatures déchaînées, déclencha une sourde rage qu'elle laissa grandir et fuser dans ses veines.

Elenwë se lança alors dans un combat étourdissant de célérité, en sortant de ses bottes deux *skean dubh* – cadeaux d'Awena – dont les tranchants avaient été immergés dans de l'argent liquide. Elle se déplaçait à la vitesse du vent et attaquait, esquivait, et frappait adroitement pour cisailler les gorges d'un seul mouvement de lames croisées. Les goules, mortellement touchées, se reculaient en hurlant, portant leurs mains griffues à leur cou d'où s'écoulait un liquide noirâtre et se désintégraient, la seconde suivante, en volutes de poussière incandescente.

Barabal fut comme galvanisée par la vision de la princesse qui se baissait, sautait, pirouettait agilement et fendait l'air de ses dagues meurtrières. Puis elle se mit à rire de son horrible coassement, tout en sautillant sur place. L'instant d'après, des projectiles luminescents fusaient de son quartz, dont elle s'amusa à bombarder allégrement les créatures. Certaines s'embrasèrent instantanément, s'enflammant comme des torches, d'autres s'enfuirent dans la nuit pour aller s'écrouler plus loin, le feu de la magie blanche dévorant leurs corps.

Le combat fit rage, encore et encore, hommes et femmes adoptant chacun à leur tour le rôle de défenseur ou d'attaquant. Après un moment interminable, il s'avéra pourtant clair pour eux tous, qu'ils n'auraient pas le dessus : ils s'épuisaient rapidement, alors que les vampires femelles se présentaient toujours plus nombreuses.

Pour une qui mourait, trois autres prenaient le relais.

Cameron s'effondra soudain au sol, distrayant involontairement Elenwë.

La princesse, terriblement inquiète, fit volte-face vers lui alors qu'elle était engagée dans une lutte effrénée avec une goule. La créature sentit sa chance venir et ricana en ouvrant encore plus la gueule sur ses longs crocs.

De cette manière, elle allait décapiter Elenwë en une seule morsure !

Cameron galvanisa ce qui lui restait de forces et dégaina la dague divine de sa botte, dans le but de la lancer sur la monstruosité qui menaçait sa bien-aimée. Cependant, et à sa plus grande horreur, le *skean dubh* de glace lui échappa des doigts en lui entaillant profondément la paume et en faisant couler abondamment son sang sur le triangle du triskell tracé à même le sol.

Les goules – y compris celle qui avait pris la princesse dans sa mire – furent attirées par l'odeur du précieux liquide organique et se mirent à siffler et cracher entre leurs dents, tout en resserrant les rangs, prêtes à se jeter sur le groupe pour la curée finale !

Elenwë se plaça devant Cameron pour le protéger, mais il la repoussa de ses mains vers Gordon et Fillan, à l'abri derrière leurs hautes carrures.

Ces créatures voulaient de la chair fraîche ?

Alors qu'elles viennent !

Il lutterait jusqu'à son dernier souffle pour sauver Elenwë !

Brusquement, la terre gronda et vibra sous leurs pieds. Quelque chose de nouveau était en train de se dérouler. Quelque chose qui apeura les goules qui exprimèrent leur mécontentement en sifflant et crachant entre leurs crocs, tout en reculant petit à petit dans les ténèbres.

— Cameron ! *Sneachda* ! s'écria Fillan en pointant le doigt vers le sol, tandis que certaines femelles vampires qui résistaient à la peur, trop affamées pour fuir, tenaient tête à la Seanmhair.

Celle-ci ricanait de plus belle et continuait de les transformer en torches ardentes.

Cameron suivit du regard le geste de Fillan, et aperçut effectivement *Sneachda*, brisée en trois morceaux qui se mettaient à fondre doucement, l'eau de la glace se mélangeant à son sang pour s'infiltrer dans le triangle du gigantesque symbole.

Une soudaine et cuisante brûlure, au niveau de la

marque de naissance qu'il portait sur la nuque, le fit grimacer et serrer les dents de douleur. Cameron avait l'impression qu'on lui apposait un fer chauffé à blanc sur la peau. Cependant, alors que la sensation de brûlure allait s'effaçant, une incroyable énergie gagna toutes les cellules nerveuses de son corps, pour électriser ensuite ses muscles et lui rendre tout son potentiel de redoutable guerrier highlander.

Que se passait-il ?

— Un séisme ! hurla Larkin, en faisant signe à tout le monde de se reculer du centre du cromlech, dont les menhirs oscillaient dangereusement, tandis que le sol semblait se fissurer là où étaient dessinées les lignes du triskell.

Les goules s'étaient évanouies dans l'obscurité, mais restaient présentes, preuve en était des cris agressifs et rageurs qu'elles poussaient.

La terre gronda encore plus et le plateau rocheux se fendilla en suivant les dessins du symbole, avant que des fissures ne se forment et s'écartent, pour donner naissance à un gouffre dans un bruit infernal de roches et de pierres s'entrechoquant.

Cameron s'était abrité à l'écart, tenant fermement Elenwë dans ses bras et la protégeant de sa haute stature, tout en gardant l'équilibre sur ses jambes solides.

Le grondement sourd, tout comme le tremblement de terre, cessa brusquement pour faire place à un silence de plomb. Hommes, femmes, et goules semblaient retenir chacun leur souffle.

L'instant paraissait irréel, suspendu dans le temps... brisé net par un terrifiant rugissement, montant du précipice, et faisant écho contre les parois rocheuses.

— Par les Dieux ! marmonna Cameron, quelle engeance du mal allons-nous encore devoir affronter ? !

Un second, et tout aussi puissant rugissement, leur perça presque les tympans. À n'en pas douter, la chose qui remontait des profondeurs de la terre se rapprochait à une vitesse stupéfiante.

Bientôt, une éblouissante clarté opalescente parut jaillir du gouffre, obligeant Cameron et ses compagnons à se protéger les yeux de leurs mains.

— Oui ! Je sais enfin qui est le Gardien des éléments ! s'écria soudain Elenwë, bravant la lueur aveuglante et se dégageant de l'étreinte protectrice de Cameron.

— Elenwë ! Petite folle ! Reviens ici ! cria celui-ci en cherchant à lui saisir le poignet pour lui faire rebrousser chemin, tandis qu'elle s'approchait des crevasses luminescentes.

Elle se mit à rire et leva les bras haut vers le ciel, au moment même où la gigantesque créature immaculée faisait son apparition dans un violent battement d'ailes et rugissait puissamment vers les cieux.

— Un dragon blanc ! hurla Elenwë sans cesser de rire, la tête renversée en arrière pour ne pas perdre une miette de la splendide scène qui se déroulait au dessus d'elle.

La créature légendaire montait en spirales, toujours plus élevées, telle une comète argentée, ses puissants cris résonnant sur le haut plateau et les montagnes des Pyrénées.

Le Gardien des éléments tenait à faire savoir au monde entier qu'il s'était enfin réveillé !

— Un dragon... bafouilla Cameron. Je pensais... que le Gardien était... un homme ! Qu'allons-nous pouvoir faire de cette... bête ? De plus, il n'a pas l'air de se soucier de nous ! pesta-t-il tandis que la lueur du dragon se fondait dans le tapis étoilé de la voûte céleste.

La nuit...

Plus de feu ! Il avait disparu, englouti dans le gouffre !

— On se remet dos à dos ! ordonna Cameron en fouillant l'obscurité de ses yeux et en percevant les souffles des déplacements rapides des goules.

Elles ricanaient à nouveau...

Car elles savaient... que l'issue du combat pencherait en leur faveur !

— Maudite bestiole ! cracha Cameron à l'encontre du

dragon. Il aurait tout de même pu nous remercier de l'avoir réveillé et nous filer un coup de main !

L'instant suivant, Larkin et Barabal puisaient dans leur magie et réanimaient la lueur du quartz imbriqué dans leurs bâtons de mage.

— Pas bonne idée être ! hoqueta la Seanmhair, qui se trouva nez à nez avec l'horrible faciès d'une goule.

Barabal se mit à hurler en ouvrant grand la bouche... vite imitée par la vampire dont la gueule s'écarta encore plus que pour la vieille femme, comme pour la narguer.

Et le combat reprit !

Chapitre 16

De la réalité sont nées les légendes, même les plus sombres

Il était évident pour Cameron, qu'un lien magique s'était tissé entre lui et le dragon blanc, au moment de son réveil.

Instant précis qui coïncidait avec la douleur sur sa nuque et l'afflux, dans son corps et son âme, d'une phénoménale montée d'énergie... celle que le Gardien lui avait insufflée.

Oui, mais celui-ci, avait *foutu le camp* !

Maudite bestiole à écailles !

C'est ainsi qu'il remerciait Cameron de l'avoir libéré de son sommeil éternel ? En les abandonnant tous à une mort certaine ?

Ah ! Qu'elle était belle la quête des Dieux !

Cameron laissa la sourde colère qu'il éprouvait à leur encontre s'emparer de lui et ouvrit les portes symboliques du tréfonds de son être pour que l'aura noire, qu'il haïssait tout autant, s'écoule dans ses veines et l'enveloppe de son linceul aussi mordant que le froid polaire.

Toutes les émotions humaines étaient ainsi annihilées : l'amour, la joie, la compassion, l'empathie... Plus rien n'existait.

Restait uniquement la graine de la rage pour quiconque

s'interposerait entre lui et sa quête. C'est ainsi que son courroux se reporta sur les goules, qu'il décida d'éradiquer méthodiquement.

Maniant Gradzounoul' avec une dextérité sauvage, il sema le chaos au sein de l'armée des femelles vampires, tandis que celles-ci étaient déstabilisées de se voir attaquées par un être qu'elles percevaient soudainement comme un alter ego.

Cameron se déplaça avec une célérité féroce, alliant la ruse à ses compétences en arts martiaux. À chacun de ses mouvements souples et précis, des volutes de cendres ardentes tourbillonnaient autour de son corps athlétique, restes des monstres qu'il avait mis en pièces au son du chant meurtrier de la claymore divine.

Il était le prince des ténèbres, parfaite machine à tuer, n'accordant aucune clémence aux créatures qui semblaient gémir et l'appeler avant de partir en fumée.

De leur côté, et malgré l'efficacité de leurs attaques, Elenwë, Larkin, Barabal, Gordon et Fillan se retrouvèrent promptement cernés, et presque submergés par les vagues toujours plus impressionnantes des goules affamées.

— Cameron !

Le cri déchirant et désespéré d'Elenwë traversa les remparts de glace qui s'étaient érigés autour de sa conscience et de son cœur.

L'aura noire se dissipa brusquement, ce qui permit à Cameron de recouvrer ses sensations humaines et lui donna l'occasion de faire un rapide point sur la situation qui s'avérait catastrophique !

Il était séparé de ses compagnons par une marée de goules qui se mouvaient comme des vers grouillant sur une charogne.

Jamais il n'arriverait à secourir sa bien-aimée, ni ses amis !

D'autant plus que les vampires le considéraient à nouveau comme une cible et se jetaient sur lui avec acharnement.

— Elenwë ! hurla-t-il à corps perdu, alors que la princesse disparaissait de sa vue et qu'il se lançait dans les derniers instants d'un combat joué d'avance, dans l'espoir insensé de la rejoindre.

L'atmosphère changea de manière perceptible, un courant magnétique sembla parcourir le haut plateau qui s'illumina petit à petit d'une lueur opalescente, allant grandissante.

Les goules se mirent à cracher en se tortillant dans tous les sens, tandis que quelques-unes se tassaient sur elles-mêmes, comme pour se protéger de la lumière – quasi solaire – qui les inondait de ses rayons destructeurs.

D'autres vampires, les plus anciennes et aguerries, cherchèrent à s'enfuir pour rejoindre le manteau salvateur de la nuit qui malgré tous leurs efforts, paraissait s'échapper sous leurs pieds fourchus en cédant à la caresse nitescence.

Un formidable rugissement résonna sur les montagnes des Pyrénées.

Le dragon blanc était de retour et plongeait sur les monstres en ouvrant grande sa redoutable gueule aux immenses dents pointues.

La bête de légende, toujours dans les airs, bomba le torse et cracha des flammes qui dévalèrent les pentes, à l'instar d'une nuée ardente[21], engloutissant et annihilant des centaines de goules, celles que la puissante luminosité de ses écailles n'avait pas déjà transformées en cendres.

Tandis que l'impressionnante créature ailée pourchassait de son souffle meurtrier les derniers essaims de monstres, Cameron s'élança en direction de ses compagnons qui se fondaient dans la pénombre et faisaient cercle autour d'une silhouette inanimée, couchée sur le sol rocheux.

Elenwë ! Il s'agissait d'elle !

Larkin, agenouillé à ses côtés, lui palpait délicatement

---

21 *Nuée ardente : Nuage brûlant de gaz à haute pression qui s'échappe d'un volcan en éruption.*

les membres, essayant de ne pas toucher la longue coupure qui lui déchirait la chair du bras gauche.

Il redressa vivement la tête à l'arrivée de Cameron, et le rassura d'un geste de la main.

— Doucement Cameron, elle ne s'est qu'évanouie. La douleur a eu raison de sa volonté et il semblerait qu'elle ne souffre que de cette vilaine blessure.

La trace d'une profonde griffure d'où le sang s'écoulait en sillons carmin.

— Je vais prendre soin d'elle, murmura Cameron, la gorge serrée et le cœur battant à un rythme sourd.

Elenwë émit une plainte ténue sans sortir de sa torpeur, tandis que Cameron lui saisissait délicatement le coude et survolait l'entaille de sa main droite. Au fur et à mesure que la magie opérait, les chairs se ressoudaient et le sang se volatilisait. Quelques instants plus tard, la peau de la princesse recouvrait sa douceur de pêche et son éclat ivoire.

Elle poussa un léger soupir, comme au sortir du sommeil, ce qui éveilla de manière incongrue le violent désir que Cameron éprouvait pour elle.

— Cameron, souffla-t-elle, ses paupières papillonnant avant que ses magnifiques yeux améthyste ne se posent sur son visage inquiet. Nous... nous sommes encore... en vie ?

— *Aye, mo maise,* chuchota-t-il de sa voix rauque enrouée par l'émotion, pour ensuite céder au besoin de la toucher et de la serrer dans ses bras.

Elle était vivante et un doux effluve sucré émanait de sa peau échauffée par le combat.

N'en pouvant plus, Cameron prit possession de ses lèvres pulpeuses en un baiser passionné dans lequel il insufflait tous les mots d'amour qu'il rêvait de lui dire.

Il allait et venait dans l'antre chaud et envoûtant de sa bouche, la langue de la jeune femme lui répondant aussi avidement. Tous deux gémissaient en cherchant à plaquer leurs corps au plus près l'un de l'autre. Le temps, l'instant, l'endroit... tout cela n'avait plus aucune importance.

— Hummm... hummm... fit Larkin en se raclant la gorge et en leur tournant le dos.

La luminosité qui émanait du dragon blanc découpait sa silhouette en ombre chinoise. Tout comme celles, plus magistrales, de Gordon et Fillan.

Mais... où était la Seanmhair ?

Un peu plus loin et assez proche du Gardien qui grattait le sol de ses gigantesques griffes.

— Petit, petit... l'appelait-elle en avançant la main vers lui et en frottant ses doigts, comme si elle interpellait un chat.

Cependant, dans ce cas-là, il ne s'agissait pas d'un minuscule félin mignon, mais d'un gigantesque reptile au corps imposant et étrangement harmonieux.

Le dragon avait replié ses ailes contre ses flancs écailleux et tendait son cou dans la direction de Barabal. Il avait les yeux d'un brun orangé, lumineux, qui reflétaient une grande vivacité et une non négligeable intelligence.

À force de gratter le sol de ses pattes, de nombreuses volutes de poussière – souvenirs des goules – tourbillonnaient dans les airs autour d'eux, tels des étendards de brume grise.

— Beau dragon, tu es ! Gentille bébête ! coassait Barabal qui se rapprochait encore, nullement effrayée par la somptueuse créature.

De toute manière, qui pouvait bien faire peur à la Seanmhair... à part peut-être Cameron ?

Larkin hoqueta de terreur en la voyant si proche du dragon. Bien que celui-ci soit le Gardien des éléments, il n'en restait pas moins que personne ne pouvait présager de ses réactions !

Soudain, les immenses nasaux du reptile se contractèrent spasmodiquement et il redressa la tête brusquement pour ensuite la secouer dans tous les sens.

Quelque chose semblait gêner sa respiration.

La poussière ! comprirent simultanément les

compagnons de la Seanmhair.

— Attention ! hurla Larkin, tandis que Cameron se redressait souplement et s'élançait pour porter secours à la petite mère, inconsciente du danger qu'elle encourait.

Le précipice – demeure du Gardien – qu'il fallait contourner, empêcha Cameron d'atteindre Barabal dans les temps.

Déjà, le dragon donnait de sérieux signes d'irritation et secouait derechef sa tête en grognant de mécontentement, ses naseaux se contractant plus fortement.

L'instant suivant, il s'immobilisait en face de Barabal et... éternuait !

Au grand soulagement de tous, aucune flamme ne fut expulsée, seulement... de la morve, dont la petite mère fut copieusement recouverte, de la tête aux pieds.

Cameron, qui l'avait presque rejointe, se figea sur place en poussant un profond soupir d'agacement, la peur cédant le pas sur la colère au vu des risques insensés qu'avait pris la Seanmhair. Puis, comme ses compagnons derrière lui, il se mit à rire tout bas, avant de se gausser ouvertement.

Vraiment, Barabal n'en manquait pas une, et revenait sur ses pas en grommelant à qui mieux mieux.

— Vilain dragon, tu es ! Humpf ! vociférait-elle en utilisant ses doigts à l'instar d'essuie-glaces, pour libérer ses yeux de la morve gluante et épaisse qui les recouvrait.

Le Gardien parut dépité, gémit profondément et tendit son museau carré vers la Seanmhair pour la pousser gentiment dans le dos.

Cela devait être un geste amical, il ne s'en avéra pas moins que la pauvre, après un vol plané, alla s'aplatir au sol pour ensuite glisser dans la poussière, laissant dans son sillage une gigantesque trace qui s'apparentait à celle de la limace.

Cameron s'approcha d'elle, lui proposant galamment la main pour l'aider à se relever.

L'étonnement se peignit sur les traits burinés du visage

de la Seanmhair qui accepta son soutien et se massa le dos une fois debout sur ses jambes.

Elle fut d'autant plus ébahie, lorsque Cameron utilisa la magie pour lui faire une toilette complète et la vêtir d'atours sombres, propres et secs.

— Me... merci... bafouilla-t-elle, au comble de la surprise.

— Tu me remercieras vraiment, le jour où tu éviteras les ennuis. Tu m'as fait très peur, marmonna Cameron, l'air sombre, comme pour contredire ses mots de sympathie.

Puis il pivota sur lui-même et alla à la rencontre du Gardien qui affichait une attitude toute penaude.

Elenwë, fourbue mais indemne, le rattrapa et essaya de calquer ses pas sur ses grandes foulées.

Cameron ne masquait pas son ébahissement en s'approchant de la créature qu'il avait, de tout temps, cru faire partie des épopées fantastiques.

— Les dragons ne viennent pas des légendes, commenta tout bas Elenwë, légèrement essoufflée par sa course, comme si elle avait lu dans ses pensées. Mais de la réalité, base de tous les contes. Leur existence a été occultée au fil des siècles et a été narrée par les bardes pour que leur souvenir subsiste. Antan, vivaient sur la Terre des centaines de dragons, ainsi que d'autres êtres exceptionnels. Les premiers hommes les ont côtoyés en paix, avant que leur attitude change à leur égard. L'avidité les a poussés à pourchasser ces animaux divins, pour l'or, pour la gloire, pour pouvoir se placer au même niveau que les Dieux. Les divinités, mes pairs, ont proposé à toutes ces nobles créatures de rejoindre les tertres enchantés pour les soustraire à la cruauté des hommes, et tous ont accepté. Seul le Gardien devait rester, car de sa présence en ce monde, dépendent la course et la stabilité des éléments. Toutefois, j'avais oublié à quel point notre dragon était jeune, ce n'est encore qu'un bébé ! s'écria Elenwë, avec une pointe d'amusement dans la voix.

Cameron la saisit par les épaules pour lui faire face et plongea son regard étonné dans le sien.

— Tu te moques de moi ? Lui ? Un bébé ?

Elenwë hocha la tête en un signe affirmatif, tout en se retenant de rire, et mordilla sa lèvre inférieure.

En Cameron, le désir, et une intempestive vague d'hilarité se mélangeaient, créant un doux élixir euphorique.

— Viens, *mo chridhe* ! Allons parlementer avec... le Gardien, chuchota-t-il en lui lançant un clin d'œil malicieux, puis en se penchant sur sa bouche qu'il effleura de la sienne en une sensuelle et suave caresse.

Elenwë pouffa en mettant fin au baiser, derechef amusée.

— Parler avec le dragon ? Oh, Cameron ! Mais, ces créatures ne s'expriment pas comme nous !

Cameron se redressa de toute sa hauteur, et fronça les sourcils.

— Bien sûr que si ! Tous les dragons discutent dans les films ! En tout cas, les gentils !

Le grondement qu'émit la créature, juste au-dessus de leurs têtes, en les faisant sursauter, n'avait rien à voir avec un mot.

On aurait dit qu'il... ruminait ! Comme une vache !

— Est-il au moins intelligent ? murmura Cameron du coin des lèvres, sans quitter la bête ailée des yeux.

Celle-ci se figea soudain et avança brusquement la tête, avant de l'orienter de manière à ce que son gros œil rond et orangé fixe Cameron d'un air irrité.

— Je crois que tu as ta réponse, chantonna Elenwë en caressant le museau aux écailles blanches du reptile, qui se mit à ronronner comme un chat. Il est intelligent et sacrément susceptible, normal pour un dragonneau !

Cameron soupira d'abattement.

Voilà qu'il allait devoir compter avec un nouveau membre au caractère belliqueux ! Il y avait déjà Larkin, Barabal... et Elenwë par moments !

Heureusement que ses grands-oncles Gordon et Fillan étaient d'une autre trempe, plus posés, plus réfléchis...
BOUM !

Et dire que Cameron venait mentalement de les encenser ces deux-là !

Le temps que lui et Elenwë « parlementent » avec le Gardien dans le but de lier connaissance, ces lascars n'avaient rien trouvé de mieux à faire, pour allumer un nouveau feu, que d'utiliser un produit de leur concoction.

Du genre qui se rapprochait le plus de la poudre à canon !

Dorénavant, il n'y avait plus un précipice en lieu et place de leur campement, mais deux !

Ah, non... Plus de trous dans le sol non plus, le Dragon venant de souffler un énorme panache de givre pour les obstruer, créant ainsi une immense patinoire, fabuleusement illuminée par ses écailles opalescentes.

Dans une touche d'humour – ou de dérision – qui convenait bien mal à la situation, Cameron songea que la Lune allait être envieuse de voir la Terre sertie d'un si bel éclat !

Et voilà qu'il se sentait l'âme d'un poète... et que ses compagnons, apparemment exempts de toute blessure, chahutaient sur la glace à l'instar de grands gamins, Barabal, toute guillerette, suivie de Larkin brinquebalant sur ses jambes, en tête de file.

— C'est amusant ! s'exclama Elenwë en applaudissant dans ses mains, aussi enthousiasmée qu'une petite fille devant la vitrine d'un confiseur.

L'instant d'après, elle s'élançait à la vitesse qui lui était dorénavant coutumière et dérapait tout le long du sol gelé, emportée par son empressement, en riant aux éclats et criant de joie tout en conservant les bras à l'horizontale de son corps pour garder l'équilibre !

Se tenant en retrait, à la limite des ombres nocturnes et

de la lumière du dragon, Cameron les contemplait d'un air dubitatif. Ils semblaient tous avoir oublié le froid, la faim, et la fatigue d'avoir mené un si long combat contre l'engeance du mal. Ils s'amusaient comme des enfants, Gordon et Fillan paradant en tournant autour d'Elenwë, pour ensuite lui prendre la main, chacun de leur côté, et l'entraîner pour quelques pas de glisse dansants. Même le Gardien cherchait à jouer, assis sur la glace, son imposant museau posé sur le plateau givré, et grondant pour encourager Barabal qui essayait de le pousser dans la descente pour le faire glisser. Ce qu'elle réussit au moment où Larkin dérapa, perdit l'équilibre, et s'écrasa sur elle.

Le dragon prit de la vitesse sur la pente, redressa la tête en rugissant... de joie ? Et, alors que les limites de la piste s'approchaient de lui, il décolla dans un majestueux déploiement d'ailes, tout de force et d'agilité, prenant rapidement de la hauteur, tandis que son interminable queue surmontée de triangles blancs oscillait de droite à gauche pour guider ses mouvements !

Le spectacle était tout simplement... ahurissant !

D'autant plus quand le dragonneau cracha de longs souffles de flammes dans le firmament étoilé et que ceux-ci retombèrent ensuite sur le plateau, à l'instar d'un magnifique feu d'artifice.

Elenwë applaudissait à nouveau, son visage sublimé par le plaisir, Gordon et Fillan fanfaronnant comme des paons à ses côtés, dans le but évident d'attirer son attention sur eux.

Le grand sourire qui s'était involontairement dessiné sur les lèvres de Cameron, s'effaça pour faire apparaître sa ténébreuse beauté.

Bon sang ! Il était jaloux ! Ses yeux bleus en scintillaient presque dans la pénombre.

Et il en avait le droit ! Elenwë était sienne !

Il était fou amoureux d'elle, voulait le hurler à la terre entière ! Mais quelle serait sa réaction ? Comprendrait-elle les mots qu'il se languissait de susurrer dans le creux de son oreille ? Et si elle le repoussait, malgré ce qu'il y avait déjà eu entre eux, Cameron savait qu'il en mourrait !

Le jour viendrait, où il pourrait lui dire « *tha goal agam ort* »...

Oui, un jour...

Mais avant, il avait deux hommes fiers et séducteurs, à écarter du chemin de sa femme.

Il s'approcha d'eux de la démarche d'un conquérant, faillit s'écrouler sur la glace au premier pas, retrouva son équilibre avec toute la dignité que pouvait avoir un guerrier highlander ombrageux, et fonça droit sur ses grands-oncles qui affichaient de sibyllins sourires narquois.

— Je crois que votre chevalier servant est de retour, annonça Gordon, son beau visage exprimant clairement son hilarité et ses yeux mordorés se portant d'Elenwë qui semblait fascinée par Cameron, à celui-ci, qui paraissait prêt à la hisser sur son épaule et l'emporter dans sa tanière.

— Regroupons le plus de branchages possible, marmonna Cameron, sans quitter du regard la jeune femme. Il faut faire une bonne flambée pour la nuit et nous reposer avant de prendre la route aux premières aurores pour la marche du Feu.

— Cela ne va pas être aisé, le bois est soit tombé dans le gouffre quand le dragon a fait son apparition, soit il est enseveli sous la glace, observa Fillan, l'air las et passant une main dans ses longs cheveux assombris par une couche de charbon.

Ce qui ramena Cameron à la réalité. Après un rapide coup d'œil sur les visages tournés vers lui, auréolés par la clarté du Gardien qui volait allégrement au-dessus d'eux, il comprit que tous avaient à nouveau besoin de se réchauffer et étaient à bout de forces.

Il leur fallait de la chaleur et un bon repas.

Pour le premier, il fit apparaître trois sortes de housses rondes, en réserva une pour lui, et distribua les deux autres à

Gordon et Larkin.

Devant leurs mines étonnées, il ouvrit la sienne en faisant coulisser la fermeture Éclair, sortit un assemblage circulaire du fourreau et le jeta dans les airs à un mètre de lui.

Libérée de sa gangue de tissu, une tente assez grande pour deux personnes se déploya toute seule par un système ingénieux d'arceaux malléables.

— Dans le futur, on appellera ça : des tentes instantanées. Je les ai juste un peu modifiées pour qu'il fasse indéfiniment chaud à l'intérieur. Vous y trouverez aussi deux couchages.

— Moi faire ! coassa Barabal en s'emparant de la housse que Larkin avait entre les doigts.

L'instant d'après, elle reproduisait les gestes de Cameron, à une différence près : elle ne jeta pas la tente dans les airs pour qu'elle se déploie librement et la garda dans ses mains.

Ainsi retenu, l'assemblage sauta au visage de la Seanmhair, à l'instar d'un coussin gonflable de sécurité qui de surprise, l'envoya à nouveau faire un vol plané dans les airs, en mode arrière.

— Décidément, tu es indécrottable ! vociféra Larkin dans un langage cru qui ne lui était pas coutumier, en se penchant pour attraper la tente qui glissait sur le sol gelé et en ignorant la paume tendue de Barabal qui quémandait de l'aide pour se relever. Toi, toi ! Toujours toi !

Cameron se racla la gorge, attendit d'avoir l'attention du vieux grand druide et lui annonça la triste nouvelle, d'une voix où perçait une note d'amusement :

— Elle et toi, vous partagerez cet abri, l'autre est destiné à Fillan et Gordon, et le troisième est pour Elenwë et moi.

En percevant ces mots, la jeune femme s'empourpra, et ce, malgré le froid qui avait saisi ses membres et qui engourdissait lentement son corps.

Les grands-oncles de Cameron se dévisagèrent d'un air entendu, souriant de complaisance, et montèrent facilement leur propre tente avant de s'y engouffrer et de pousser des grognements de contentement.

— C'est royal ! s'exclama Fillan, la voix étouffée par le tissu.

— Quoi manger, nous allons ? grommela Barabal en donnant un coup de pied dans le postérieur de Larkin, alors que celui-ci se mettait à quatre pattes pour franchir le seuil de son abri.

Une panoplie de jurons lui fut retournée tandis qu'elle faisait la grimace et marmonnait :

— Nia nia nia !

Cameron alla chercher son sac à dos, miraculeusement intact après tous les événements écoulés, fouilla dans une poche intérieure et sortit quelques barres protéinées, qui firent encore plus grimacer la Seanmhair.

— De viande, je veux ! Pas du bois, mâcher je peux ! tempêta-t-elle comme un vilain garnement.

Deux claques, aye ! songea hargneusement Cameron, les nerfs soudain à fleur de peau.

— Je peux ? s'enquit doucement Elenwë, en montrant du doigt une des barres que Cameron tenait dans sa main.

Il hocha la tête, impressionné par la demande de la jeune femme, et d'autant plus quand il la vit croquer dedans en fermant les paupières de contentement, comme si elle savourait un mets des plus succulents.

Cameron resta bouche bée devant son geste, elle qui détestait manger !

Même la Seanmhair en fut déroutée et se jeta sur une barre comme un chien sur son os, avant de s'emparer de toutes les autres, profitant du fait que Cameron était distrait par Elenwë.

— C'est quoi ça ? s'écria Fillan de l'intérieur de sa tente qui était illuminée puis plongée dans le noir à intervalles réguliers.

— Une torche de secours, soupira Cameron.

Voilà que les gamineries recommençaient.

— Il faut tracer un cercle de protection autour du camp, reprit-il d'un ton plus ferme. Les goules peuvent revenir d'un moment à l'autre et notre dragonneau est encore en train de prendre la poudre d'escampette ! De plus, je veux deux personnes de garde toute la nuit ! Nous partirons aux premières lueurs du soleil. Enfin, s'il est toujours possible de le faire, étant donné que les menhirs sont figés sous la glace !

— Leur énergie traverse les éléments, le rassura Elenwë en posant une main sur son bras, contact qui les fit frissonner tous les deux, à la suite d'une onde fulgurante de chaleur qui eut le don d'éveiller dans leurs esprits des images des plus torrides.

Gordon les rejoignit à ce moment-là avec la torche électrique, dont il bombarda la Seanmhair de ses rayons laiteux.

— Qu'est-ce que tu manges ? s'enquit-il, très intéressé, en s'approchant d'elle.

— Rien, pas bon, du bois ! marmonna-t-elle en montrant les dents, la bouche pleine de la dernière barre protéinée.

— Ah ? Heureusement alors que Fillan a eu l'idée ingénieuse de nous ramener du pain et de la saucisse fumée, lança-t-il d'une voix doucereuse en proposant à Cameron et Elenwë une sorte de sandwich très odorant.

La Seanmhair en avala de travers !

— Moi veux ! couina-t-elle en tendant la main.

— J'en ai plus ! s'esclaffa Fillan en engloutissant un énorme bout de pain et de saucisse et en mâchant le tout, les joues distendues par les aliments, devant Barabal qui le fusillait de ses petits yeux noirs.

— Faim, j'ai ! ! se mit-elle à pleurnicher pour ensuite roter bruyamment.

— Cela m'étonnerait, intervint Cameron avec un

sourire narquois. Tu as avalé ce qu'il faut pour bétonner ton estomac pendant deux jours et te constiper à vie !

— Moi pas comprendre ce que tu dis ! Dormir, je vais !

Et de se faufiler dans la tente sous les regards amusés de Fillan, Cameron et Elenwë.

— OK... Il ne reste plus que nous trois pour veiller à la sécurité du camp, marmonna Cameron en reprenant son sérieux. Elenwë, *mo chridhe*, va te reposer. Je te rejoindrai quand ce sera le tour de garde de Larkin et Gordon.

Fillan les dévisagea tour à tour. Il était clair comme de l'eau de roche que ces deux-là auraient préféré aller se coucher ensemble. Mais il se dit aussi, avec une pointe de malice, qu'un peu d'abstinence ne les aiderait que mieux à se jeter dans les bras l'un de l'autre pour se déclarer leur flamme !

Avec de la chance, une union serait célébrée plus tôt que prévu, et l'idée d'avoir une déesse dans la famille ne déplaisait en rien à Fillan.

— Barabal ! Ôte ton bas monstrueusement puant de mon nez ! tempêta Larkin de son abri, interrompant les songes romantiques du jeune homme et provoquant ses éclats de rire et ceux de Cameron et d'Elenwë.

— Bien, je vous laisse, fit celle-ci en bâillant et en posant un objet dans la paume de Cameron.

Interloqué, il découvrit la barre protéinée qu'elle avait fait semblant de manger.

— Je pensais juste donner envie à Barabal, minauda-t-elle dans un beau sourire.

— C'est réussi, mais te voilà le ventre vide ! la gourmanda Cameron, son fier visage affichant un air soucieux.

— Mais, non, j'ai apprécié le pain et la saucisse. Tout ce que mon être demande maintenant, c'est un peu de repos, le rassura-t-elle avant de faire un signe de main et de prendre congé.

Petite chanceuse qu'elle était, car le corps de Cameron

grondait d'une tout autre faim, qu'il n'assouvirait certainement pas cette nuit.

Le soupir de bien-être qu'elle poussa une fois dans la tente lui incendia derechef les reins, et le fit rugir sourdement de dépit.

Fillan rit doucement.

— Demain est un autre jour, Cam. Vous vous retrouverez sous de meilleurs auspices.

— *Aye*, grommela l'intéressé avant de tracer un cercle de protection magique autour de leur campement, de faire naître un feu et de s'asseoir sur le plaid qui aurait dû l'unir à Elenwë.

Bien au chaud sous le tissu de l'abri, la princesse ne perdit pas un mot de leur conversation.

Son cœur battait furieusement, son corps était échauffé d'une passion inassouvie, tandis que son esprit retenait ses cris de frustration. Oui, elle aurait souhaité connaître à nouveau la félicité dans les bras du guerrier highlander et oui, elle savait que la situation n'était pas favorable pour réaliser ce vœu.

Alors qu'elle se couchait et que son être s'apaisait enfin, avide de repos avant tout, elle perçut quelques bribes de la discussion entre Cameron et Fillan qui lui glacèrent le sang :

—... étrange que ces monstres nous aient retrouvés aussi facilement... marmonnait Fillan.

— *Aye*, je me suis fait la même réflexion. À peine sommes-nous parvenus à la marche de l'Air que les goules nous tombaient dessus ! C'est comme si elles avaient su où nous trouver !

— Cette... liche doit avoir un pouvoir très puissant qui lui permet de nous pister à travers les chemins célestes, avança sombrement Fillan.

— *Aye*... marmonna simplement Cameron, sceptique.

Elenwë y avait songé elle aussi, mais subodorait que la réponse était autre que le pouvoir phénoménal de la liche et ce à quoi elle songeait lui faisait froid dans le dos.

Était-ce elle le fil conducteur ? Après tout, l'hideuse monstruosité l'avait déjà contactée par le biais de ses rêves... ou cauchemars.

— Regardeeee... et admire mon œuvre, susurrait une voix sifflante aux oreilles d'Elenwë.

Obéissant malgré elle à l'ordre impérieux, la jeune femme ouvrit les paupières sur un immense champ de bataille, devant une imposante forteresse.

Des guerriers highlanders combattaient farouchement des loups-garous, des vampires, des goules et d'autres créatures dont les noms échappaient à l'esprit d'Elenwë.

L'affrontement était inégal, les monstres surpassant en nombre les troupes d'hommes qui cédaient petit à petit du terrain.

Là, sur la ligne de front, un magnifique Highlander chevauchant à cru son destrier, le corps musculeux teinté de bleu et de sang, son visage aux traits fiers crispé par la tension et ses longs cheveux noirs volant dans le vent, hurla brusquement à ses soldats de battre en retraite derrière les remparts.

Ses hommes tombaient comme des mouches tout autour de lui, assaillis par la cruauté infernale des damnés. Et ni la magie ni les armes et projectiles recouverts du précieux métal argenté, n'en venaient à bout.

— Darren ! Mets-toi à l'abri ! s'époumona soudain Iain, perdu dans la masse des combattants qui se retranchaient dans la cour intérieure du château des Sutherland.

L'instant d'après, l'extraordinaire fils des Dieux se retrouvait cerné de toute part et poussait son féroce cri de guerre du clan Saint Clare pour ensuite faire tourbillonner sa claymore et galoper dans la masse ennemie.

La scène devint floue aux yeux d'Elenwë alors que la voix sifflante semblait exploser dans son esprit :

— Je ferai de lui un damné ! Il sera le plus puissant de

mes féodaux !

Il parlait de Darren !

Son rire sinistre alla crescendo dans la tête de la princesse, qui se mit à hurler d'épouvante avant que la voix anxieuse de Cameron ne perce le voile de sa terreur.

— Elenwë, *mo maise*, tout va bien ! Réveille-toi ! Tu es en sécurité et le jour vient de se lever ! Elenwë !

Elle revint à elle brusquement, dans ses puissants bras, bercée contre son large torse et le corps frissonnant d'un froid oppressant.

Non, tout n'allait pas bien !

La liche l'avait atteinte en plein cœur !

Darren...

Non, cet invincible Highlander ne pouvait pas être tombé entre les griffes du Dieu des damnés ! C'était impossible !

« *Les rêves ne sont pas l'image de la réalité... seules les légendes le sont, et la vôtre est en train de s'écrire dans le temps* », souffla soudain une autre voix dans son esprit tourmenté.

— Père ? gémit-elle, ses cordes vocales enrouées par le désespoir.

— *Naye*, c'est moi, Cameron !

Oui, c'était bien lui, le visage altier marqué par l'inquiétude.

— Tu as fait un cauchemar, mais maintenant c'est fini. Viens ma belle, partons en quête de la marche du Feu ! Tu me raconteras ce qui t'a autant terrifiée en chemin.

Après un baiser fougueux, qui eut le don de lui réchauffer un peu l'âme, Cameron sortit de l'abri pour rejoindre les autres compagnons qui d'après le bruit, s'attelaient tous au départ.

— Oh, Cameron... si tu savais...

Son murmure étranglé resta suspendu dans les airs un instant, tandis qu'il lui apparaissait clairement à l'esprit le fait qu'il ne fallait en rien, détourner Cameron de sa quête.

Ce qui signifiait qu'Elenwë devait garder pour elle ce qu'elle avait vu en rêve.

« *Oui* », souffla encore la voix de Lug.

Courageusement, rassérénée par la présence invisible et divine, elle se redressa et alla rejoindre la troupe, sous les rayons rosés et rougeoyants d'un soleil levant.

Chapitre 17

La marche du Feu

Gordon et Fillan étaient installés autour d'un bon feu, sur lequel rôtissait une sorte de quartier de viande à la chair croustillante, d'où émanaient des effluves succulents qui eurent le don d'éveiller l'appétit d'Elenwë.

Larkin et Barabal paraissaient se chamailler à quelques pas du dragonneau endormi, devant lequel trônait une montagne d'os, de cornes, et de sabots, vestiges d'un gargantuesque repas composé – à n'en pas douter – d'isards.

La voix de Cameron, tout près d'elle, la fit sursauter et se retourner pour lui faire face.

Dieux, même après des heures sans sommeil, il était toujours aussi superbement beau et charismatique ! Car il était clair qu'il ne s'était pas reposé et avait monté la garde toute la nuit, au vu des cernes qui soulignaient ses magnifiques yeux aux longs cils noirs.

— Si tu veux faire ta toilette, j'ai dressé un abri un peu plus loin, tu y trouveras de l'eau chaude et tout ce dont tu auras besoin pour tes ablutions.

Il la dévisageait intensément, ce qui mit mal à l'aise Elenwë. Pouvait-il lire en elle et voir les sombres visions que la liche lui avait transmises ?

Oh Dieux ! Que Lug ait raison, que ses cauchemars ne soient que le fruit mensonger du monstrueux mage mort-vivant et que Darren soit sain et sauf !

Cameron s'approcha encore plus d'elle pour la prendre dans le berceau de ses bras.

Elle avait soudain envie, *besoin*, de plus que ça. Qu'il l'emporte sous la tente, qu'il la couvre du poids de son corps, qu'il soit profondément en elle et lui fasse l'amour. Elenwë aspirait à ce qu'il lui murmure les mots qui étaient gravés dans son esprit et qui faisaient furieusement pulser le sang dans son cœur à chaque fois qu'elle les frôlait par la pensée.

Les mots précieux qui unissaient les âmes et les êtres...

Son désir dut se lire dans ses yeux, ou se remarquer par la soudaine rapidité de sa respiration, sa poitrine se soulevant au rythme de ses souffles ténus, car Cameron resserra son étreinte avec un gémissement rauque et se pencha pour caresser ses lèvres du bout de la langue.

— Elenwë, gronda-t-il, en la poussant des hanches vers l'abri, leurs pas se fondant dans une danse lente, et leurs corps se frôlant fiévreusement.

— *Och !* Venez manger tant que c'est chaud ! leur enjoignit brusquement Gordon la bouche pleine, sans tourner la tête dans leur direction, mais en lançant un regard entendu à son frère.

Fillan sourit brièvement et hocha du menton, pour ensuite se lever et jeter les restes de son repas dans les braises rougeoyantes.

— Cameron, je croyais, selon tes mots, que nous traînions comme des limaces ! À mon tour de t'annoncer que les bagatelles pourront attendre de trouver un autre moment, disons, plus propice...

Cameron rugit sourdement en les fusillant des yeux, tandis qu'Elenwë, les joues empourprées, s'échappait de son étreinte pour se réfugier dans l'abri conçu pour les ablutions.

— Vous ne perdez rien pour attendre, gronda Cameron à ses grands-oncles.

Fillan haussa les épaules et lui lança un clin d'œil.

— Il faut appâter le poisson, si tu veux l'accrocher à ton

hameçon...

Cameron fronça les sourcils en croisant les bras, faisant rouler ses muscles puissants sous sa peau.

Gordon sourit, narquois.

— Pour qu'il te tombe tout cuit dans les mains ! acheva-t-il d'insinuer à la place de son frère, avec un regard entendu vers l'abri où avait disparu Elenwë.

Inexplicablement, Cameron rit en secouant la tête, ses longs cheveux noirs et feu encadrant son fier visage lui caressant les épaules et les reins au travers de sa chemise noire.

— Petits futés ! lança-t-il. Comme si je n'y avais pas pensé ! On plie bagages ! aboya-t-il soudain, en faisant grimacer les deux Highlanders qui pouffèrent ensuite et se mirent à siffler joyeusement en ramassant leurs paquetages.

L'attitude de Larkin et Barabal attira l'attention de Cameron qui fut près d'eux en quelques foulées rapides, à écouter leurs palabres houleux.

— Dragon, venir avec nous, il doit ! coassait la Seanmhair, en s'accrochant à une minuscule partie du cou du dragonneau, et essayant de le secouer pour le réveiller.

C'était tout aussi futile que de vouloir faire bouger une montagne.

— Et comment ? *Och !* Tu le porteras sur ton dos ? vociférait Larkin, la barbe et les cheveux emmêlés.

— *Gòrach bodach* (Stupide vieillard) ! Lui, sur son dos, me prendre ! postillonna encore Barabal, forçant Larkin à saisir son mouchoir pour s'essuyer le visage.

— Nous ne l'emmenons pas, trancha Cameron, son regard sombre passant de l'un à l'autre.

Ce fut comme s'il n'était pas là. Les deux amis-ennemis continuèrent leur querelle sans lui accorder une seconde d'attention.

— Il nous suivra, intervint la voix riche d'Elenwë, la fatigue faisant ressortir son accent chantant.

Elle s'était approchée silencieusement et finissait de se

natter les cheveux, affriolante en diable dans sa tenue de cuir, sa silhouette sensuelle nullement dissimulée sous la cape de soie.

— La marque sur ta peau sera le fil conducteur, reprit-elle en pointant le doigt sur la nuque de Cameron. Peu importe où tu seras, il te rejoindra. De plus, le Gardien ne peut voyager dans les chemins du temps, son énergie risquerait de les endommager.

— Nous en avons donc fini avec cette chamaillerie, grommela Cameron en se tournant vers Larkin et Barabal. Nous nous déplacerons *tous* comme hier, en espérant que Fillan et Gordon soient plus doués que toi, Seanmhair, et que l'on arrive tout de suite à bon port.

— Nia, nia, nia ! Jamais venir ici, je suis ! Eux, terres de Dôr Lùthien, connaître !

Cameron soupira d'agacement, il était trop épuisé pour jouer à ce jeu-là avec la vieille femme.

Pivotant sur lui-même, il plaça possessivement sa main dans le creux des reins d'Elenwë et la dirigea en direction du campement.

— Nous partons ! ordonna-t-il aux deux têtes de mules qui recommençaient à se quereller.

Elenwë lui lança un regard amusé, auquel il ne put résister. L'instant suivant, il se penchait pour l'embrasser, emplissant sa bouche au goût fruité de sa langue, à la manière d'un conquérant.

— Partir, nous devons ! Humpf ! caqueta la Seanmhair en les dépassant, l'air royalement pincé.

Elenwë pouffa tout contre les lèvres de Cameron, son souffle chaud le faisant frissonner et serrer les dents.

Dieux ! Qu'il avait envie d'elle !

Elle tendit doucement les doigts et effleura la longue et fine cicatrice qui lui barrait le visage.

— Pourquoi ?

— Pourquoi, quoi ? s'enquit Cameron en se raidissant sensiblement.

— Tu as le don de régénération en toi. Alors, pourquoi ne pas avoir fait disparaître cette marque ?

— Elle te dégoûte ?

Elenwë ouvrit de grands yeux étonnés, avant de secouer la tête en affichant un tendre sourire.

— Non, aucunement, je te trouve très beau ainsi, mais...

— Un souvenir, souffla Cameron en se penchant sur elle, son cœur réchauffé et rasséréné par les mots de la princesse.

— D'abord, reprit-il, pour ne jamais oublier Logan que je prenais pour un ennemi. Ensuite, après l'avoir apprécié à sa juste valeur et comprenant qu'il était bien l'Âme sœur de Lisa, pour me rappeler qu'un jour... j'avais été mortel !

Elenwë fronça ses fins sourcils en renversant légèrement la tête sur le côté. Il avait eu besoin d'un signe pour le rattacher à l'humanité ?

— As-tu omis, *mo maise*, que ta famille m'a châtié en me rendant immortel durant presque six siècles ?

Ainsi, Cameron se trompait sur son attitude et pensait qu'elle le trouvait peut-être ridicule, alors qu'elle n'était qu'étonnée par son geste touchant.

Il s'était raidi, le visage dur, et une énergie magnétique, encore plus froide que le vent qui soufflait sur le haut plateau, tourbillonna autour du couple.

— As-tu omis, *fils des Dieux*, que moi aussi j'ai été punie de vous avoir aidés, clan Saint Clare, et que... *ma famille*, comme tu dis, m'a enfermée dans une bulle du temps jusqu'à ce que le désespoir de Logan ne la brise et me libère ?

Elenwë paraissait furieuse, et elle l'était réellement ! Elle en avait assez de payer le prix de l'animosité latente qu'éprouvait Cameron pour les siens.

Elle se tenait devant la haute et athlétique stature de Cameron, petite et gracile, les poings fermés comme prêts à frapper.

De quel droit lui parlait-il ainsi ?

Elle n'était en rien fautive du châtiment de ses pairs à son encontre ! Cet homme était impossible !

Cette femme est impossible ! songeait hargneusement Cameron au même moment, tandis qu'Elenwë lui tournait le dos et rejoignait leurs compagnons qui se gaussaient de Barabal, bataillant avec la tente pour la replier... sans pouvoir y parvenir.

— Je suis allé trop loin, marmonna Cameron pour lui. Elle n'est pour rien dans la mésentente qui fait rage entre les divinités et moi.

Un formidable grondement derrière lui le fit brusquement se retourner, pour se retrouver les yeux rivés sur un unique œil orangé à l'énorme pupille noire.

Le dragonneau venait de se réveiller et semblait acquiescer à son monologue.

Il ouvrit encore sa grande gueule et grommela en direction de Cameron qui recula d'un bond, en se pinçant le nez et secouant la tête.

— *Och ! Mo beag* (Mon petit) ! s'exclama-t-il en tapotant le museau écailleux du Gardien. Il serait peut-être temps que tu te brosses les dents ! Tu vas tous nous faire tomber comme des mouches !

— Cam ! Nous sommes prêts ! le héla de loin Fillan entre deux rires. Enfin... ajouta-t-il, quand Barabal aura fini de mettre en pièces ta tente !

Effectivement, des amas de tissus jonchaient le sol gelé, vestiges de feue « la tente instantanée », et la Seanmhair se débattait maintenant avec les arceaux récalcitrants qui se tendaient et se détendaient pour venir lui fouetter le nez !

D'un coup de son bâton magique et de quelques boules de feu, elle acheva l'ensemble.

— Mieux, comme ça, être ! tempêta-t-elle en sautillant sur les cendres.

— Dormir à la belle étoile... tu devras ! répartit Cameron en passant à ses côtés, tout en imitant comiquement la façon de parler de Barabal. Ton fessier décharné, sur la glace gèlera !

— Quoi, lui raconter ? s'enquit la vieille femme, la bouche de travers et les yeux écarquillés. Rien compris, j'ai ! Humpf !

— Exactement ce que l'on se dit quand tu déblatères et postillonnes à tout va, susurra Larkin d'un ton sournois, pour ensuite marcher dans les pas de Cameron et le rejoindre au pied d'un immense menhir.

Elenwë, Fillan, et Gordon y étaient déjà rassemblés, la princesse tournant le dos à Cameron, les épaules raidies et la tête droite. Il était clair qu'elle lui tenait la dragée haute.

— Excuse-moi, murmura Cameron en serrant les dents, tandis que ses grands-oncles le dévisageaient d'un air goguenard.

Elenwë sembla se détendre et obliqua de moitié le visage dans sa direction.

— C'est bon, marmonna-t-elle en adoptant la même intonation que Cameron.

— *Gu math* (Bien) ! grommela-t-il en retour. À vous de jouer, dit-il en pivotant vers Fillan et Gordon. Pas d'erreurs et amenez-nous à la marche du Feu.

— *Aye !* acquiescèrent les deux fiers Highlanders, tandis que Barabal et Larkin couraient vers eux pour les rejoindre.

L'instant d'après, tous – hormis le dragonneau – disparaissaient du haut plateau situé quelque part dans les Pyrénées, rendant le silence à ce lieu qui caressait le ciel de ses pics neigeux.

Ils réapparurent à la lisière d'une grande rivière, surmontée d'un monumental pont en arche de pierres, dont les deux extrémités jouxtaient des rives qui s'élargissaient pour former une sorte de lac aux eaux vertes et agitées de forts courants.

Barabal et Larkin arrivèrent avec un temps de retard, pris dans leur course et filant droit vers les eaux sinueuses.

Ils furent heureusement rattrapés de justesse par Fillan et Gordon qui les tinrent par un bout de leurs toges sombres.

— *Och !* glapit Barabal en battant des bras et en faisant un pas en arrière. Pas nager, je peux !

— On va le savoir, maugréa Larkin, en ajustant ses habits d'un air pincé. Et cette fois-ci, je ne t'aurais pas sortie de là, au risque que tu me noies dans la foulée !

Il se tut soudain et engloba du regard le magistral décor qui les entourait.

En face de lui, vers l'ouest, par-delà la rivière, apparaissait une forêt ancestrale et dense, plus impressionnante que celle qui encerclait le château des Saint Clare. La cime des arbres était tellement élevée, qu'elle en masquait presque le ciel matinal.

Pivotant sur lui-même en direction de l'est, Larkin découvrit des collines verdoyantes, où les fleurs de la fin de la période sombre commençaient à parsemer l'herbe grasse, en l'égaillant de leurs vives couleurs.

— Il n'y a pas de cromlech ! observa vivement Cameron, claymore au poing, prêt à affronter tout ennemi qui se cacherait dans le coin, même si l'endroit était baigné de soleil et ressemblait plus aux tertres enchantés. Êtes-vous certains que nous sommes à la marche du Feu ?

Gordon et Fillan hochèrent la tête et désignèrent du doigt le monumental pont en arche. Il semblait aussi vétuste que la nature qui les entourait.

En son juste milieu, une imposante grille forgée était enchâssée entre deux impressionnants piliers gris de type rocheux. Les barreaux – sortes de hautes lances de métal aux extrémités acérées – étaient liés par de lourdes chaînes qui devaient interdire à quiconque de s'introduire sur les terres inconnues, et d'après l'état des maillons rouillés par le temps, il y avait fort à penser que personne ne s'était aventuré par ici depuis des lustres.

— Voici les six pierres levées, murmura révérencieusement Elenwë, en indiquant les pierres qui tenaient lieu de bases de construction au pont en arche.

Deux sur chaque bord des rives, ce qui faisait quatre, astucieusement dissimulées dans l'édification et les deux dernières en son milieu : celles qui soutenaient la lourde grille forgée !

— Un cromlech masqué aux regards et de forme rectangulaire ! souffla Cameron, très impressionné par l'ingéniosité qu'avaient eue les architectes à cacher l'alignement. Où sommes-nous ? s'enquit-il en direction d'Elenwë.

Elle était à l'instar d'eux tous, ébahie par tout ce qui s'offrait à sa vue. Il y avait simplement quelques étincelles inexplicables et lumineuses qui rehaussaient l'éclat de ses yeux améthyste.

— Ici se trouve la porte vers les Terres de Dôr Lùthien, souffla-t-elle en s'approchant du pont et en posant un pied botté sur la première dalle. Cet endroit, je le connais sans le connaître réellement. Il m'a toujours été impossible d'y accéder... Un des tout premiers Dieux, bien avant la naissance de mon père Lug, a voulu édifier en ces lieux sa propre lignée d'hommes-dieux. Il était puissant, tellement plus que nous tous réunis, et beaucoup pensent qu'*Il* est le créateur de toute chose... voire des divinités...

Un long murmure courut sur les lèvres de ses compagnons. Même Barabal était tout ouïe !

— Ce Dieu a façonné des *Runes du Pouvoir* aux charmes invulnérables, de telle manière que nul de ses pairs, y compris moi, et nul humain, ne puisse s'engager outre ses protections. Nous ne savons pas ce qu'il y a, au-delà de ce pont... Et nous voyons ses Terres, car le contexte le veut, sinon...

— Elles vous seraient dissimulées ! termina une voix calme au timbre indéniablement féminin dans leur dos.

Tous pivotèrent comme un seul homme, brandissant armes et bâtons enchantés, prêts à batailler comme la nuit passée !

Cependant, chacun se figea sur place d'étonnement, quand ils se rendirent compte qu'ils menaçaient de leur arsenal une petite vieille femme, aux cheveux neigeux et au sourire avenant.

Il y avait comme une clarté qui rayonnait de l'intérieur de son être et son aura envoyait des ondes douces et rassurantes.

À ce moment-là, une silhouette scintillante dans le ciel bleu sans nuages, suivie d'un puissant vrombissement d'ailes, leur indiqua que le dragonneau les avait trouvés et rejoints.

À peine se fut-il posé au sol, les ailes plaquées sur ses flancs, qu'il courbait son immense cou écailleux, puis inclinait la tête devant la vieille femme pour la saluer, tandis qu'elle en faisait autant de son côté.

— Bienvenue Gardien ! Bienvenue à tous ! Cela fait longtemps que nous vous attendions... murmura-t-elle en passant devant Cameron, pour plonger son regard vert dans le sien. *Si longtemps...* répéta-t-elle. Mais celui-ci a fait son œuvre et du fier et vindicatif jeune homme de jadis, il a sculpté un guerrier prodigieux !

Cameron cilla, déconcerté par les mots de la femme.

— Il ne s'est pas passé une éternité, les Dieux viennent de me contacter...

— *À nouveau*, insista l'apparition avec un doux sourire. Il vous aura fallu presque six siècles pour accepter votre destin ! Je le sais, j'ai vécu tout ce temps à vous attendre et à suivre les méandres des chemins que vous avez empruntés.

— Qui êtes-vous ? marmonna Cameron, sans se départir de son air sombre.

— Vi, on me nomme ainsi.

— Humaine ou non ? s'enquit encore Cameron.

— C'est la *bana-bhuidseach* que nous avons rencontrée en ce même lieu, il y a de cela une dizaine d'années ! observa Fillan en faisant un pas en avant.

— Et elle n'a pas changé d'un iota ! enchaîna Gordon

en se plaçant à la gauche de son frère, Cameron sur sa droite.

— Humaine, répondit Vi sans se départir de son sourire, et fille de la lignée de sorcières de notre Dieu, que l'on nomme Tulkas. Et non, je ne change pas ! Je suis figée dans le temps, telle que vous me voyez, m'avez vue, et me verrez encore. Du moins, pour un temps... Quels beaux hommes vous êtes devenus, continua-t-elle en détaillant les grands-oncles de Cameron. Si bien bâtis, si puissants, vous n'avez plus rien des deux chenapans qui ont voulu forcer les protections de la grille et qui se sont brûlé les ailes !

— Pas tant que cela, minauda Fillan, le torse bombé, charmé par les compliments de Vi.

Celle-ci fit encore quelques pas, salua gentiment Larkin et Barabal sans ouvrir la bouche, et se figea devant Elenwë, qu'elle détailla avec une évidente émotion.

Vi baissa respectueusement la tête, avant de se redresser et de saisir les fines mains d'Elenwë dans les siennes.

— Princesse des Sidhes, murmura-t-elle. C'est un honneur pour moi et pour les terres de Dôr Lùthien, de vous accueillir. Vous avez tant fait pour moi...

Cameron croisa le regard étonné et troublé d'Elenwë, lui lançant un signe silencieux et interrogateur, en retour duquel elle répondit par la négative.

Non, elle ne savait pas ce que voulait dire Vi, ni ne la reconnaissait.

— Cela n'est point grave, *Femme Étoile*...

Elenwë sursauta fortement, les yeux écarquillés.

— Com... comment m'avez-vous appelée ? bafouilla-t-elle.

— Je vous ai désignée par les noms que me soufflent les éléments. C'est sous ce pseudonyme que mon peuple vous connaît. Vous aussi avez dû faire de gros sacrifices, votre amour pour les hommes était si puissant !

— Am... amour ? balbutia encore Elenwë.

— Oui, bien sûr ! C'est ce qui retenait votre conscience auprès de nous, ce qui vous poussait à nous protéger, comme vous l'avez fait avec moi. Immortelle, vous ne vous en doutiez pas, mais maintenant... ce mot « amour » prendra tout son sens.

Vi caressait un médaillon iridescent, fait d'une pierre précieuse inconnue, enchâssée dans de l'or, et le tout soutenu par une fine chaîne du même alliage doré. À son doigt, une bague identique réfléchissait la luminosité des rayons du soleil.

La vieille femme entraîna Elenwë à l'écart, levant la main pour intimer à ses compagnons de ne pas les suivre.

Elle reprit dans un chuchotement :

— Certains souvenirs s'effacent et je fais partie de ceux-là, d'autres restent tenaces, ils seront là pour vous guider sur le chemin. Un jour, vous m'avez aidée, aujourd'hui, c'est à mon tour de le faire. Derrière la beauté de vos yeux uniques, se tapissent des ombres qui nous épient !

Elenwë pâlit d'un coup et dut se mordre les joues au sang pour ne pas montrer sa frayeur.

— Reprenez ce cadeau, murmura à nouveau Vi en se défaisant de la chaîne pour la lui passer autour du cou. Il m'a préservée du temps jusqu'à présent, et vous protégera de vos ennemis en occultant votre vision. Le lien maudit sera coupé, plus personne ne pourra vous toucher dans le sanctuaire de vos pensées.

La chaleur émise par la pierre pénétra à l'intérieur de son être et Elenwë ferma les yeux de bonheur. Ce qu'elle éprouvait à son contact était très étrange, c'était comme ressentir la joie de retrouver un vieil ami ou une partie de soi-même.

Un doux chant, semblant parvenir de la pierre, titilla ses oreilles, et éveilla l'image d'une magnifique femme en danger, pleurant devant un corps inerte, sa longue chevelure châtain couvrant le visage de l'homme qu'elle berçait. La femme leva la tête et ses yeux d'un vert profond, emplis d'une tristesse incommensurable, se posèrent sur Elenwë... et la vision s'effaça.

Les mêmes yeux que Vi.

Pourtant, la femme n'était pas celle qui se tenait en face d'elle.

— Venez ! héla Vi à la cantonade. Le chemin est long et le temps presse !

Tous s'engagèrent sur le pont vers la haute grille forgée, que Vi ouvrit par magie, sans réciter de mélopée, d'un simple geste de la main.

Barabal en hoqueta de surprise.

La puissance de cette *bana-bhuidseach* était incroyable !

Les chaînes rouillées disparurent et les battants de la grille cédèrent le passage dans un strident bruit de grincements plaintifs.

Ils allaient pénétrer sur les terres façonnées par Tulkas – de son patronyme humain – le Dieu de toute la création.

Chapitre 18

Une rencontre inattendue

Ils venaient tous de franchir les grilles – Vi, Cameron, Elenwë en tête, Larkin et Barabal fermant la marche – quand le grincement strident du métal rouillé, pivotant sur ses gonds, les fit tous se retourner.

Sous leurs yeux, les chaînes usées réapparurent et cadenassèrent l'entrée qui reprit son aspect antique. Même les empreintes de leurs pas dans la terre brune qui maculait par intermittence les dalles grises du pont, s'estompèrent comme par enchantement.

Barabal s'amusa beaucoup !

Elle marcha en rond, de plus en plus vite, et ricana de voir ses traces s'effacer dans la foulée. Son jeu consista à essayer de les rattraper, avant qu'elles ne disparaissent.

Résultat des courses ?

Zéro pointé pour Barabal qui fut récompensée, pour sa fabuleuse idée, d'un monumental tournis et d'une démarche d'ivrogne !

— C'est étonnant de constater que certaines personnes restent indéfiniment des enfants, chantonna Vi, sans aucune once de mépris ou de moquerie dans la voix, mais avec un réel intérêt chaleureux envers la Seanmhair.

— Si vous la voulez, nous vous la laissons, grommela Cameron, sans pouvoir cacher son amusement vis-à-vis de

Barabal.

— Allons, voyons ! Vous seriez si malheureux de ne plus l'avoir à vos côtés ! lui rétorqua Vi en faisant danser son index loin sous le nez de Cameron, tant elle était petite.

Et en son for intérieur, il savait qu'elle avait raison ! La Seanmhair était un membre à part entière de sa famille, et Cameron aurait donné sa vie pour elle aussi.

— Regardez ! s'écria brusquement Larkin en pointant son bâton de mage vers la forêt, infranchissable barrière naturelle qui se dressait droit devant eux.

Dans l'ombre presque opaque des sous-bois, une masse se mit en mouvement, sortant des fourrés pour, petit à petit, apparaître à la lumière du jour.

— Des loups ! Des centaines de loups ! gronda Fillan en saisissant sa claymore.

Effectivement, ils étaient partout, formidable concentration animalière aux mille yeux luisants et aux crocs blancs saillants.

Les mammifères paraissaient attendre, les guettant sans plus faire un seul déplacement, et de chaque côté du pont surgirent deux autres canidés, plus imposants, plus impressionnants... Un mâle à la fourrure noire et soyeuse et une femelle au pelage neigeux immaculé.

— Voici nos enfants, nos gardiens. Leurs Alphas sont venus vous saluer, Fils des Dieux, annonça Vi en tournant son visage vers Cameron. *Dorcha* et *Geal* nous escorteront jusqu'à la demeure du clan.

— Noir et Blanc, ces Alphas portent bien leurs noms, murmura Cameron alors que tous faisaient disparaître leurs armes et se détendaient.

Soudain, les canidés se mirent à grogner, leurs babines se retroussant sur leurs crocs, et leurs yeux luirent d'autant plus. Les corps massifs et musclés se tendaient dans une attitude d'attaque imminente.

Vi fit volte-face vers les collines, par-delà la limite du pont en arche où ils se tenaient tous. Son visage pâlit et le sourire qui ne l'avait pas quittée depuis qu'ils avaient tous lié connaissance, s'effaça pour laisser place à une sourde inquiétude.

Cameron et Elenwë qui avaient suivi son mouvement, tandis que les autres formaient une ligne de défense pour parer l'attaque des loups, restèrent tous deux figés par la vision qui s'offrit à eux, tandis que leur sang semblait se glacer dans leurs veines.

Le corps immense du dragon qui se tenait encore sur la rive opposée, ressortait par son opalescence sur le fond de plus en plus obscur d'une masse de nuages noirs. Ceux-ci se déployaient tels des panaches de cendres expulsées d'un volcan en éruption et assombrissaient les collines verdoyantes, en faisant rempart aux rayons du soleil.

— Vole Gardien ! cria Vi pour se faire entendre dans les bourrasques naissantes. Va directement à la forge, le chemin t'est ouvert !

— Que se passe-t-il ? demanda Cameron, sa voix rauque couvrant à peine les mugissements de la tempête et les hurlements hargneux des loups.

— C'est le dieu des damnés, son pouvoir a augmenté et il obscurcit le ciel de son souffle maudit ! répondit précipitamment Vi. Bientôt, la nuit régnera sur le monde, et la clarté du jour s'éteindra pour toujours ! Ses monstres pourront évoluer sur la terre, sans plus aucune barrière pour les retenir ! Il faut faire vite, nous devons aller à la forge et y rejoindre le dragon ! Highlanders ! reprit-elle en direction des grands-oncles de Cameron, ce ne sont pas les loups qu'il faut mettre en joue, ils sont nos alliés ! Rangez vos armes et partons !

— *Och !* En avant... où ça ? ! coassa la Seanmhair, ses petits yeux noirs rivés sur la masse mouvante des canidés.

Vi les dépassa tous, et indiqua un point derrière Dorcha et Geal.

— Là !

À l'endroit qu'elle désignait, une partie des bois

disparut pour laisser place à un long chemin qui s'enfonçait dans l'ombre faite de milliers de branchages.

— Un mirage ! La voie était dissimulée à notre vue ! La puissance de ces terres est décidément incroyable ! s'exclama Cameron en saisissant la main tremblante d'Elenwë et en s'avançant d'un pas décidé vers le passage et les loups. N'aie pas peur, *mo maise*, murmura-t-il soucieusement en la dévisageant avec tendresse. Les Runes du Pouvoir nous protégeront et nous permettront de mener notre quête à bien.

Dieux ! Si seulement il avait su !

Elenwë n'avait pas peur ! Elle était anéantie et s'en voulait d'avoir conduit, encore une fois, le roi liche tout droit vers eux ! Le cadeau de Vi arrivait trop tard, car le démon était instruit de leurs moindres faits et gestes... grâce à elle !

Il avait lu dans ses pensées et connaissait leurs futures destinations.

Elle serait la cause de leur perte à tous !

Cameron perçut sa tension intérieure et s'arrêta de marcher pour la prendre dans ses bras. Il se pencha, ses yeux bleus plongeant en elle comme pour toucher son âme.

— Tout ira bien, murmura-t-il, en effleurant ses lèvres d'une douce caresse. Nous avons accompli plus de la moitié de la quête, la fin est proche et elle sera heureuse !

Oui ! Elle voulait tant y croire ! Elle avait foi en lui... Mais ce serait sans elle, car elle le mènerait droit à l'échec.

Il y avait une solution !

Il fallait qu'elle parte et s'arrange pour retrouver Cameron au ralliement des marches. Elle renseignerait Barabal, qu'elle savait de confiance, et lui indiquerait l'endroit exact où se situait la dernière marche. La petite mère ne la trahirait pas, c'était une certitude qui galvanisa son nouvel objectif : les mettre tous à l'abri du roi liche, en conduisant celui-ci sur une fausse piste.

En divisant leur groupe, elle déstabiliserait le monstre qui ne pourrait pas lire dans son esprit grâce au médaillon et l'obligerait ainsi à la prendre en chasse, le détournant assez longtemps de Cameron pour que celui-ci puisse prendre de l'avance sans être inquiété.

Elle serait l'appât qui donnerait le temps à L'Élu d'accomplir sa quête. Pour que *la fin soit heureuse*, comme il venait de le lui murmurer.

Une caresse douce et chaude sur sa main attira son attention, la louve Alpha, Geal, frotta sa truffe humide sur sa peau.

Elle jappa et tourna sa gracieuse tête blanche, aux prunelles d'un gris très clair, en direction du chemin.

— Oui ma belle, murmura Elenwë, passant les doigts dans la soyeuse fourrure immaculée. Allons-y, ajouta-t-elle d'une voix plus posée en rivant son regard sur Cameron.

Trompé par la nouvelle énergie qui ressortait de son être, croyant que la peur de la jeune femme s'était évanouie, Cameron sourit et se détendit. Puis, ne pouvant s'empêcher de la toucher à nouveau, il l'embrassa fougueusement, sa langue allant et venant dans la tiédeur de sa bouche, son corps se plaquant avec force contre la douceur chaude et accueillante du sien.

Cameron aurait aimé faire disparaître tous les événements qui se bousculaient autour d'eux, l'allonger sur la mousse au pied des arbres et la faire sienne encore et encore, durant l'éternité. La preuve de son désir se dressait entre eux et Elenwë répondit avec ardeur, frottant langoureusement son ventre souple à sa rencontre, le poussant à rugir sourdement.

Le gémissement ténu de Geal, suivi d'un jappement qui se finit sur un long son aigu, les ramenèrent au moment présent.

D'un côté du pont, les nuages avaient réussi à créer la nuit, de l'autre, l'énergie colossale des Runes de Tulkas leur faisaient barrage, permettant ainsi aux rayons du soleil d'illuminer les terres de Dôr Lùthien et le chemin qui les conduirait à son clan.

Cameron serra les dents, lança un dernier regard vers le monde des ténèbres, puis saisit la petite main d'Elenwë entre ses doigts et l'entraîna de ses souples foulées en direction du passage que ses compagnons avaient emprunté, sans les attendre.

Geal hurla à la mort vers la noirceur, jappa une nouvelle fois, et courut rejoindre le couple, tandis que son incroyable meute – composée de plusieurs centaines de loups gris – s'attroupait le long de la rive côté lumière, et reprenait son rôle de protection.

Cela faisait presque une heure qu'ils marchaient d'un bon pas le long du sentier, étrangement et uniquement constitué de sable blanc, comme celui que l'on rencontrait au bord de la mer.

L'odeur forte et envoûtante de l'humus flottait tout autour d'eux et haut dans les arbres, une flopée d'oiseaux piaillaient joyeusement, comme pour les saluer.

— Mal aux pieds, j'ai ! geint la Seanmhair pour la énième fois.

Ah, non ! Tout le monde n'avançait pas allégrement sur le chemin...

— Sur le dos du dragon, aller, j'aurais pu !

— *Dùin do bheul* (Tais-toi) ! gronda Larkin, excédé par ses jérémiades. Admire le paysage, gonfle tes poumons de cette odeur unique que nous offre la nature, profite du répit que nous donnent ces terres, fais n'importe quoi ! *Ach, dùin do bheul* (Mais, tais-toi) ! répéta-t-il plus fortement, avant de soupirer longuement.

Un peu plus en avant, Fillan et Gordon parlementaient avec Vi, essayant de lui soustraire des informations sur le clan, sans que celle-ci ne leur donne un seul indice. Elle tenait à leur faire une surprise, ce qui n'était pas au goût des deux Highlanders qui estimaient en avoir eu plus qu'à leur tour !

Quant à Cameron et Elenwë, ils avaient dépassé tout le

monde, la main dans la main, tous deux pressés d'atteindre l'endroit que Vi nommait : la forge.

Le premier pour passer à l'étape suivante et la seconde pour trouver le moment propice de parler avec Barabal et leur fausser compagnie.

Elle avait déjà décidé qu'elle rejoindrait les troupes de Darren, sur les terres des Sutherland, en espérant que celui-ci n'eût pas été blessé ou tué par les monstrueuses créatures de la liche.

— Quelle est cette pierre que Vi t'a remise ? demanda inopinément Cameron en sortant de son long silence, ses yeux bleus caressant l'objet précieux niché dans le creux de ses seins.

Ainsi, c'était à cela qu'il songeait ! Il était intrigué et curieux de savoir ce que Vi lui avait appris et pourquoi elle lui avait transmis son talisman.

Cependant, elle ne pouvait rien lui révéler.

Elle décida de biaiser, voire de fabuler.

— Elle s'inquiétait pour moi. Vi pense qu'en tant qu'humaine, je ne suis pas protégée contre ce quoi nous luttons. Cette pierre est censée faire bouclier au mal.

Voilà, je n'ai pas vraiment menti ! se rasséréna-t-elle en fixant son regard sur Dorcha et Geal qui les précédaient.

— C'est... un beau présent, murmura Cameron.

Elenwë sentait la chaleur de ses yeux posés sur elle.

Comme elle aurait aimé plonger dans le bleu soutenu de ses prunelles, si semblable au ciel des tertres enchantés. Chez elle...

Non, cela... c'était avant !

Plus jamais elle n'y retournerait et quelque part, elle n'en ressentait aucune tristesse.

La pression des doigts autour des siens s'intensifia et elle tourna la tête pour le dévisager. Cet homme qu'elle avait épié tant de temps en cachette, quand il se baigner dans la Cascade des Faës, tandis que son splendide corps évoluait puissamment à chaque mouvement de la nage dans le bassin... Il l'avait envoûtée, attirée, alors même qu'elle était déesse, censée ne rien ressentir !

Une bouffée de chaleur lui chamboula les sens, en se remémorant sa sculpturale nudité au moment où il sortait de l'eau, à la force de ses bras robustes, et que des centaines de gouttelettes glissaient sur lui en caresses humides et sensuelles.

Elenwë comprenait maintenant qu'elle avait envié, sans le savoir, ces nombreuses sphères liquides qui avaient sillonné sa peau bronzée, ses muscles tendus, son imposant membre, et plus bas, ses cuisses bien découplées... La jeune femme aurait voulu les remplacer par le bout de ses doigts, tandis que la déesse en avait effleuré l'idée avant de s'en retourner dans le monde des Sidhes... et de tout oublier.

— Continue de me dévisager ainsi, gronda Cameron. Et je t'allonge sur le sentier pour te posséder !

Il avait le souffle court, son visage s'était assombri de passion, et Elenwë se rendit compte qu'elle était dans le même état que lui. Ses fantasmes avaient réveillé le brasier de la fièvre charnelle et ardente qui sommeillait entre eux...

Cameron rugit sourdement, prêt à mettre sa menace à exécution.

Et quand bien même, pourquoi ne pas le pousser à le faire ? Elenwë était sans complexes, extravertie, et après avoir goûté à une nuit d'amour dans ses bras, sous son corps, lui en elle, si fort, si loin... Elle était prête à recommencer tout de suite !

— Nous arrivons ! chantonna Vi en les dépassant et en souriant malicieusement. S'il vous est possible de contenir vos ardeurs, le château des MacTulkien abrite des chambres somptueuses, avec de grands et larges lits... Capables d'accueillir des géants et des couples ! ajouta-t-elle d'un air mutin.

Gordon et Fillan pouffèrent en les doublant à leur tour, se permettant de leur lancer des clins d'œil égrillards qui firent grogner Cameron derechef.

— Mourir, je vais... trop loin c'est... geigna la Seanmhair en traînant les pieds et en les dépassant à son tour à la vitesse d'une tortue.

— *Och !* Dommage ! Car j'ai cru entendre qu'il y aurait du haggis au repas, tu n'as pas faim après toute cette marche ? susurra sournoisement Larkin, avant de reprendre sa route et que Barabal ne se mette à courir, peu gracieusement, et le doubler pour ensuite se diriger vers l'immense forteresse bâtie à flanc de montagne, droit devant elle.

— Voici les terres de Dôr Lùthien, leur annonça fièrement Vi en faisant un ample geste de la main pour englober le fastueux paysage qui s'offrait à leurs yeux médusés.

Même Cameron et Elenwë se détachèrent l'un de l'autre, totalement subjugués par la magnificence des lieux.

De vertes collines semblaient surgir des pieds de la dense forêt qu'ils venaient de quitter, pour se perdre dans un immense lac, lui-même relié à un vaste bras de mer appelé *Loch Broom*.

On se serait cru à la période de lumière, tant la température était élevée et la nature en avance sur son temps. Des fleurs, des herbes, et des arbres fruitiers aux fruits développés, avaient l'air de pousser selon leur bon vouloir. Et loin de créer une impression de désordre, tout se mélangeait avec harmonie pour le plus grand plaisir des yeux.

Étaient visibles, à perte de vue, des maisonnettes blanches aux toits de chaume couleur paille, reliées les unes aux autres par d'identiques sentiers sablonneux clairs comme celui qu'ils venaient d'emprunter. Plus loin, sur les rives du lac, avait été édifié un port foisonnant d'activité aux pontons duquel étaient amarrés trois gigantesques voiliers à cinq mâts. Et un peu plus sur la droite, comme accrochée aux flancs d'une imposante montagne inconnue de tous, et ne figurant sur aucune carte, était bâtie une forteresse aux murs lumineux, si majestueuse, si impressionnante, que Cameron en resta bouche bée.

— C'est donc ainsi que Tulkas a façonné son sanctuaire... murmura Elenwë, fascinée, ses yeux semblant refléter la beauté des lieux par des éclats iridescents. La demeure du laird MacTulkien est toute de quartz blanc ! C'est... incroyable. Je peux ressentir la forte énergie de la magie contenue dans la silice cristallisée.

— Tulkas désirait cet endroit à l'image du monde des Sidhes, sinon plus éblouissant encore, commenta Vi d'un air rêveur. Nous vivons en totale autarcie et la population est si dense que nous ne craignons aucune consanguinité. Tous ici sont les descendants des premiers hommes et le laird est un Enfant des Dieux, tout comme vous, Cameron.

— Pourquoi n'ai-je jamais entendu parler de vous et ni de votre peuple ? s'étonna-t-il en rivant son regard sur elle.

— À cause d'un pacte que Tulkas aurait passé avec la toute première dame du clan : Lùthien. Elle était sa bien-aimée. Il stipule qu'aucun homme, femme, ou enfant, ne doit jamais sortir de ces terres, sous peine de voir ses protections s'effondrer. Deux personnes l'ont enfreint et, toujours aux dires de cet accord, ce serait de leur faute si la forge ancestrale se meurt, murmura tristement Vi avec un soupçon d'agacement dans la tonalité de sa voix, vite masqué.

— Vous avez l'air d'en douter, observa Cameron.

— Ce que j'en pense n'a aucune importance pour le moment. Vous vous ferez vos propres opinions, concernant le pacte, bien assez tôt !

Vi se tut et lança un rapide regard en direction d'Elenwë, trop occupée à admirer le paysage pour le remarquer.

Après un léger silence, elle reprit sa discussion :

— Le clan compte sur vous pour réparer les erreurs de ces deux personnes, car il était dit qu'un Élu se présenterait, ranimerait la magie de la forge, et restaurerait l'alliance rompue. Vous, Cameron... à la marche du Feu.

— Qui étaient ces deux personnes ? s'enquit-il, très intéressé, à l'instar d'Elenwë qui venait de se tourner vers eux et attendait la réponse de Vi.

— Il s'agissait d'un grand mage que vous appelez le Légendaire et... de son Âme sœur...

— Merzhin ? s'écria Larkin, dans un coassement qui ressemblait étrangement à celui qu'émettait d'habitude Barabal.

— Merzhin, Merlin, Myrdhin, ou Merlinus... et encore, je n'ai pas retenu tous les noms que le monde des hommes lui a donnés. Ils ont tous deux été répudiés par le clan et le laird de l'époque, et ne devaient en aucun cas revenir ici, murmura tristement Vi. Vous êtes attendus, reprit-elle soudainement, le corps agité d'une incongrue nervosité. Le laird actuel vous a localisés dans le miroir de la Fontaine de Vision. Je dois vous laisser ! Continuez tout droit, il est déjà en marche vers vous. N'ayez crainte, nous nous retrouverons au moment voulu et... ne parlez pas de moi !

Vi s'éloigna rapidement en direction des premières chaumières dressées au bas de la colline d'où ils se tenaient et Dorcha et Geal l'imitèrent en repartant vers la futaie dense derrière eux.

— Étrange... s'enquit Cameron.

— Il faut faire comme elle le souhaite, répartit brusquement Elenwë. Je ne sais pas pourquoi, mais son aide doit passer inaperçue ! Faites-moi confiance, insista-t-elle encore, alors que tous la dévisageaient avec des mines incertaines. Cameron, s'il te plaît !

Il la sonda longuement, cherchant à comprendre pourquoi la demande de Vi était si importante et pourquoi Elenwë la soutenait aussi fermement.

Suite à un profond soupir, il acquiesça. Après tout, Vi les avait aidés à pénétrer sur les terres de Dôr Luthien et n'avait aucune once de noirceur en elle... il l'aurait senti.

— Barabal, pas de bourdes ! gronda-t-il en se tournant vers elle. Tu ne connais pas et n'as jamais vu Vi !

— Qui elle est, pas savoir ! Humpf ! Rencontrée, jamais je n'ai !

— Tu me rassures, marmonna Cameron, l'intonation de sa voix contredisant ses propos.

Le bruit de nombreux sabots de chevaux faisant résonner le sol attira leur attention sur un immense groupe de cavaliers higlanders, dont le laird en tête, reconnaissable à sa prestance et au torque d'or autour de son cou.

Tous ces hommes étaient grands, musclés, virils... Si beaux, que cela en était presque inconcevable ! Aucune imperfection ne gâchait les traits de leurs visages, la soie de leurs cheveux longs, ou leurs corps athlétiques.

Une montagne de testostérone avançait droit sur eux !

— Hummmpppfff.... soupira amoureusement la Seanmhair en papillonnant des cils.

— Barabal ! Un peu de tenue ! gronda Larkin, de toute évidence jaloux.

Le regard de Cameron allait et venait d'Elenwë aux hommes qui se rapprochaient rapidement.

Rien, aucune émotion ne transparaissait sur son visage en forme de coeur et quand elle pivota vers lui pour lui sourire, ses magnifiques iris s'illuminant à sa vue, Cameron sentit l'aiguillon de sa propre jalousie déserter son corps et ses pensées.

Il apparaissait que lui seul existait à ses yeux !

Et il sourit comme un nigaud bienheureux, faisant s'esclaffer la jeune femme... pour son plus grand plaisir.

— Élu ! Il était temps que tu viennes ! Tes compagnons et toi pourrez vous restaurer et vous reposer aujourd'hui ! Mais demain, nous attendons de toi que tu ranimes la forge !

Le laird avait parlé d'une voix de baryton, le visage froid et hautain, son charisme quelque peu affecté par son côté pédant et précieux, ce qui fit sourire mielleusement Cameron.

— Mais certainement, laird... ?

Son vis-à-vis, perché sur sa neigeuse monture, haussa

les sourcils avant de les froncer. Il ne semblait pas apprécier d'être repris devant ses guerriers.

— Seaumas MacTulkien ! Et tu as beau être l'Enfant Unique, nous ne t'accueillons que pour la forge. Une fois l'acte accompli... tu trouveras le chemin de la sortie !

Il se mit à ricaner, imité par ses hommes.

Cameron s'approcha de lui avec une telle célérité, que le blondinet Seaumas au kilt beige cousu de fils d'or et aux bottes brunes, ne put le voir. Il ne sut toujours pas ce qui lui arrivait, tandis qu'il faisait un vol plané pour s'étaler sur le sable blanc du sentier.

Cameron lui avait saisi le pied et l'avait propulsé dans les airs en le désarçonnant de sa monture.

Les hommes cessèrent de rire, et brandirent de longues épées qui ne ressemblaient en rien à des claymores.

En quelques mouvements fluides, Cameron retourna le laird sur le ventre, lui faisant manger la poussière, et se tint assis sur ses reins, une main maintenant son bras solidement dans le dos en une prise extrêmement douloureuse et appuya son coude sur la colonne vertébrale.

— Rangez vos baguettes chinoises les gars, gronda sourdement Cameron en faisant un petit signe de la tête à Fillan, Gordon et... Elenwë, pour qu'ils rengainent leurs propres épées et dagues. Si vous ne le faites pas, reprit-il d'un ton qui n'augurait rien de bon, je vous livre votre laird en poupée de chiffon désarticulée ! Mais avant, je lui aurai arraché la langue, rasé le crâne et coupé les bijoux de famille pour en faire des grelots... Qu'en dites-vous ?

— Ils n'en diront rien... souffla Seaumas d'une voix hachée, manquant de suffoquer avec le poids de Cameron sur son dos et sa cage thoracique écrasée sur la terre dure. C'est bon ! C'est bien lui ! Seul l'Élu pouvait m'avoir par surprise ! Corne de bouc, fils des Dieux, je ne t'ai pas vu agir et pourtant je me tenais sur le qui-vive ! Tu peux être fier de toi, car tu es le premier à me faire manger la poussière !

Cameron n'en croyait pas ses oreilles ! Le laird de Dôr

Lùthien venait de lui parler avec beaucoup de déférence et le félicitait de l'avoir... ratatiné au sol ?

— C'est une blague ? gronda-t-il en appuyant son coude un peu plus fort et en faisant grogner de douleur Seaumas.

— *Naye* ! Juste un petit test ! répondit celui-ci après avoir repris son souffle, pour ensuite se mettre à rire. *Fàilte, mo charaid* (Bienvenue, mon ami) ! Laisse-moi me relever et allons faire la fête autour d'une bonne pinte de bière !

Cameron se redressa et aida le laird à en faire de même. Cependant, il restait sur ses gardes, prêt à lui sauter dessus au moindre faux mouvement.

Seaumas leva la main et fit rouler son épaule aux muscles saillants mis à mal par la prise de l'Élu.

— Tu as une force hors du commun, lança-t-il avec un grand sourire avenant, le rendant sympathique, bien loin de l'image qu'il avait donnée de lui peu de temps auparavant. Dommage que ton passage ici soit de courte durée ! J'aurais eu besoin d'un bon maître d'armes pour remuer le popotin de mes hommes !

L'éclat de rire général et tonitruant de ses guerriers dérida Cameron et fit pétiller ses yeux d'amusement.

On venait de lui jouer un drôle de tour !

— Allons boire cette bière, proposa-t-il avec un hochement de tête.

L'instant d'après, on leur avançait des montures.

Seaumas voulut aider Elenwë à se mettre en selle, mais Cameron l'en empêcha en le bousculant d'une formidable chiquenaude.

— Ahhh... Chasse gardée ! s'exclama Seaumas en souriant jusqu'aux oreilles et en levant les mains d'un air amusé.

— *Aye* ! marmonna Cameron, avant de sauter souplement sur le dos de son cheval et de le maintenir par les rênes à la hauteur de celui d'Elenwë.

Ils partirent au pas, puis au petit trot, et finirent de franchir les remparts de la forteresse dans un tonitruant triple galop et hurlements de joie.

Ou presque... car...

— Pas si vite ! M'attendre, vous devez ! s'égosillait la Seanmhair loin derrière eux, tandis que son canasson s'arrêtait pour brouter de l'herbe, ou avançait dans la direction opposée à celle qu'elle lui indiquait.

— Bob à moi, mieux élevé, il est ! Humpf ! cracha-t-elle, en donnant des talons dans les flancs du cheval qui hennit furieusement, se cabra, et la désarçonna.

Provoquant le fou-rire de tous ceux qui n'en avaient pas perdu une miette.

Chapitre 19

La forge ancestrale

Elenwë avait envie de hurler ! Les hommes étaient décidément insupportables ! Il suffisait qu'on leur parle de faire la fête, ou de boire une bière – si ce n'était pas de l'*uisge-beatha*[22] – pour qu'ils oublient que le monde pouvait s'effondrer !

Minute papillon !

IL EST EN TRAIN DE S'EFFONDRER ! tonitrua sa voix intérieurement.

Cela se passait au présent ! Pas demain, pas dans dix, vingt, ou cent ans, mais *maintenant !* !

Tous semblaient comme déconnectés de la réalité ! Peut-être à cause du faste de l'endroit tout aussi lumineux que la forteresse l'était de l'extérieur. Car les murs de soutien étaient également édifiés dans du quartz blanc qui réfléchissait au centuple l'éclairage d'une unique bougie.

Au moins faisaient-ils des économies de cire et de mèches !

La grande salle révélait, de façon ostentatoire, l'immense richesse du clan. Tout ici paraissait être conçu pour en faire étalage. Le moindre meuble en bois vénérable était incrusté d'or et de pierres précieuses, et les dalles du sol n'étaient rien de moins que du lapis-lazuli ! Ces roches

---

22 *Uisge-beatha : Eau de vie.*

métamorphiques, retaillées en centaines de plaques carrées, et au pigment d'un bleu outremer, avaient au moins l'avantage d'absorber le trop-plein de luminosité qui sans leur présence, aurait endommagé les yeux aussi sûrement que les rayons du soleil.

— Venez donc goûter à notre spécialité, nous fabriquons notre *uisge-beatha* avec des cerises noires macérées dans du sucre de betterave ! C'est fort, mais c'est bon ! la héla Seaumas, en lui faisant un signe de la main pour se joindre à lui et à ses compagnons, debout autour d'une immense table.

Le laird s'ébrouait comme un chien fou à chaque verre qu'il buvait !

C'est le combientième ? se demanda hargneusement Elenwë – revenue de sa contemplation du décor – et qui préférait se tenir à l'écart du groupe, les bras croisés, et la mine rageuse.

— Le temps presse ! s'exclama-t-elle, au comble de l'énervement.

Sans compter qu'elle voyait Barabal ingurgiter l'alcool comme si c'était du petit lait ! Comment allait-elle pouvoir lui transmettre les renseignements, quant à la marche du ralliement, si celle-ci n'était pas en état de l'écouter ?

Elenwë savait que cet élixir étrange changeait les hommes, ramollissait leurs esprits, et faisait ressortir le pire ou le meilleur de ce qu'ils étaient vraiment.

Et Cameron qui lui souriait malicieusement, le mufle, ses yeux bleus la déshabillant du regard, comme s'il se gaussait de son impatience !

— Jolie femme ! lança Seaumas en direction de Cameron. Avec du caractère, tout pour me plaire !

Elenwë jubila de voir le sourire de Cameron s'effacer et crut l'entendre feuler doucement de là où elle se trouvait.

Sa jalousie était si évidente, que ce fut à son tour d'exhiber une mine réjouie.

— Ma femme, gronda-t-il sourdement.

— Unis ? s'enquit Seaumas.
— Tout comme !
— Alors pas vraiment...
— Si !
— *Naye !* le taquina encore Seaumas.

L'un représentait la lumière avec ses longs cheveux blonds et son visage jovial, l'autre... les ténèbres, avec sa sombre aura magnétique.

Cameron allait le réduire en bouillie, s'il continuait de le titiller !

À ce moment-là, la voix éraillée de Barabal fit sursauter tout le monde, comme elle se mettait à chanter quelques couplets de chansons paillardes en gaélique écossais.

Elenwë en fit instantanément la traduction dans sa tête et s'empourpra joliment dès qu'elle en comprit le sens :

—... baisse ton kilt que... j'écosse ton petit pois... *Hic !* MacTavich... n'a qu'un poil... à son cul... *Hic !*[23]

Un tollé de rires et de sifflements masqua le propre hoquet choqué d'Elenwë ! Maintenant qu'elle était humaine, les mots avaient des images... et celles qui lui étaient apparues à l'esprit, alors que la Seanmhair chantait, l'avaient profondément troublée. Parce que ce n'était pas MacTavich qu'elle voyait... mais Cameron ! Sauf que lui, avait plus de poils... à... son... Non, elle ne pouvait pas se le dire !

Ses yeux se rivèrent aux siens. Cameron affichait une moue amusée, ses iris pétillaient d'étincelles joyeuses, et ses lèvres sensuelles dessinaient un sourire des plus gourmand !

Dieux ! Sait-il à quoi j'ai songé ? s'écria-t-elle intérieurement, tandis que le rire rauque de Cameron venait lui chatouiller les oreilles et que la voix éraillée de Barabal entonnait d'autres couplets grivois, pour le plus grand plaisir du clan MacTulkien.

Les hommes frappaient leurs pintes et hanaps sur le bois de la table pour accompagner le chant gras de la

---

23 *Veuillez, sincèrement, excuser Barabal, hum... hum...*

Seanmhair, et à chaque fois qu'elle faisait « *hic !* », tous répondaient par un « *Slàinte* ! » (Santé)tonitruant !

Elenwë décida qu'il fallait agir et s'avança à pas décidés en direction de Cameron, qui ne la quittait pas des yeux, tandis que Seaumas le rejoignait aussi.

— *Och !* Tes femmes, jeunes et âgées, ont du tempérament ! s'esclaffa celui-ci en buvant le reste d'eau-de-vie contenue dans son godet d'or et en tapant sur l'épaule de Cameron. Mais... où est l'autre vieille *bana-bhuidseach* qui vous accompagnait ? Je ne l'ai pas vue tout à l'heure, ni maintenant, pourtant je suis certain d'avoir aperçu trois silhouettes féminines dans la Fontaine de Vision !

Cameron et Elenwë affichèrent un air ébahi, qu'ils dissimulèrent au plus vite, avant que Seaumas, légèrement éméché, ne le remarque.

Il ne savait pas qui était Vi ?

— Viiiiiiiii.... êtrrrrrrrrreeeeeeeee... fredonna la Seanmhair, qui avait de fines oreilles quand elle le voulait, au grand dam de ceux qui avaient promis de garder le silence.

Larkin sauta sur l'occasion pour la bâillonner et chanta à tue-tête :

— Viieennss joli canasssooon... Viii... Viiiieeennnssss... jouer avec mon bâtonnnnnn ![24]

Seaumas se mit à rire à nouveau, imité par ses hommes, et Cameron saisit le moment de diversion pour changer de sujet.

— Conduis-nous à la forge, Seaumas ! Nous festoierons plus tard !

— Si tel est ton désir, Fils des Dieux, commenta le laird en le saluant. Le repos après notre objectif commun ! Je n'en attendais pas moins de toi !

Au soulagement d'Elenwë, il ne fit plus allusion à Vi, et les guida vers l'intérieur de la forteresse.

Tous le suivirent, sauf ses guerriers, car seuls le

---

24 *Veuillez, à son tour, excusez Larkin !*

seigneur des lieux, ses forgerons, et ses hôtes, pouvaient fouler de leurs pas l'endroit sacré.

Larkin se débattait, un peu en retrait, pour faire avancer la Seanmhair qui continuait de chanter des propos rendus heureusement incohérents par la main du grand druide posée sur sa bouche.

— Pourquoi nous conduis-tu vers l'intérieur du château ? demanda Cameron, tandis qu'ils arrivaient devant une immense porte à double battant, incrustée des mêmes riches ornements que partout ailleurs.

Seaumas se retourna pour lui faire face et esquissa un sourire mystérieux. Il paraissait être à nouveau tout à fait maître de lui et c'était à se demander s'il avait réellement ingurgité de l'alcool.

La seconde d'après, il poussait de toutes ses forces sur les deux imposantes portes qui s'ouvrirent sur une gigantesque grotte illuminée de centaines de torches.

Plus aucun quartz lumineux ici ! Tout n'était que roche noire veinée d'or et de filons de pierres précieuses.

Elenwë mit un moment à adapter sa vue à la presque obscurité de l'endroit, malgré l'éclairage.

— Venez, leur enjoignit le laird en reprenant sa route. Le château est bâti à flanc de montagne, pour protéger la forge de toute indiscrétion. On se demande bien pourquoi ! ricana-t-il tristement, comme s'il se parlait à lui même. Nous sommes coupés du monde à cause du pacte, comme le monde est coupé de nous grâce aux Runes du Pouvoir !

— Qu'une divinité vous empêche de sortir de vos terres, par le biais d'un tel acte, ne m'étonne pas, grommela Cameron.

— Moi si ! s'exclama Elenwë, outrée. Les Enfants des Dieux devaient pouvoir voyager, transmettre la croyance, pour qu'elle ne se perde jamais ! Ce clan, ainsi que le tien Cameron, a été conçu à partir des dernières lignées d'hommes-dieux ! Tulkas n'avait aucun intérêt à vous retenir captifs !

— Captif, prisonnier, assujetti... Tant de termes qui signifient la même chose et qui me hantent depuis ma naissance, marmonna Seaumas, dont le beau visage venait de s'assombrir. Vous avez l'air d'avoir de grandes connaissances, quant à la volonté des Dieux ! ajouta-t-il en lançant un vif regard sur Elenwë.

— Je suis princesse des Sidhes ! Fille légitime de Lug et de Bride ! scanda-t-elle avec fierté, alors que Cameron lui faisait non de la tête.

Pourquoi devait-elle garder ce fait sous silence ? Elle était peut-être – sûrement – humaine, mais elle n'avait pas honte de ses origines, bien au contraire !

Seaumas pivota brusquement vers elle et la dévisagea de toute sa hauteur, qui était à peu de choses près, identique à celle de Cameron.

— Toi, femme ? Une déesse ? Prouve-le ! susurra-t-il en baissant les paupières de moitié, dans une attitude mi-moqueuse, mi-suspicieuse.

— Je ne le peux pas, souffla Elenwë qui savait que la magie ne répondrait pas à son appel, sauf si elle utilisait les symboles d'or qui sillonnaient sa peau.

Un éclat de déception voila les yeux de Seaumas, rapidement masqué par une moue ironique.

— Je m'en doutais ! fit-il d'un ton cynique en se détournant d'elle.

— Attendez ! Regardez !

Cameron gronda sourdement et voulut retenir Elenwë qui lui échappa en s'élançant à la vitesse de l'éclair, pour revenir se poster devant le laird, enlever sa cape sombre, et défaire le haut du bustier qui dissimulait une partie du dernier cadeau de sa famille.

— Ce sont les larmes des Dieux ! Elles marquent mon corps et me donnent leur puissance !

— Elenwë ! rugit Cameron, en lui passant de force la cape sur les épaules et en la plaquant contre lui, son dos et ses reins épousant la dureté de ses muscles tendus.

Cameron enrageait à son tour ! Ne comprenait-elle pas qu'elle pouvait provoquer la convoitise de ce laird étranger ? Personne ne connaissait ses réelles intentions ! Sans compter qu'elle lui avait dévoilé ses seins ! Comme ça ! D'accord, c'étaient les tatouages qu'elle souhaitait montrer, n'empêche que Seaumas s'était rincé l'œil, et en était encore bouche bée !

Les regards des deux Highlanders s'accrochèrent, et Seaumas se mit à rire narquoisement.

— Je sais... c'est ta femme... ou presque ! Mais si tu ne veux pas que je te la prenne, convaincs-la de garder ses « *deux belles larmes* » bien au chaud dans son... très moulant bustier ! Étrange compagnie que tu as là, à part tes deux guerriers, jeta-t-il en désignant Fillan et Gordon qui se tenaient un peu en retrait et qui faisaient semblant de n'avoir rien vu. Un grand druide qui chante aussi faux que ta *banabhuidseach*, ta femme qui ne l'est pas vraiment...

— Bientôt ! gronda Cameron.

—... et la troisième femme qui se volatilise...

— La forge ! coupa à nouveau Cameron d'un air menaçant.

— *Aye !* En route !

Cinq minutes plus tard, après avoir emprunté d'autres grottes, plus petites, qui se scindaient de la principale, ils arrivèrent tous dans une sorte de crypte à la chaleur moite et étouffante.

Se trouvaient là deux forgerons aux corps musculeux, vêtus d'un simple kilt et de bottes hautes, la peau recouverte d'une fine pellicule de sueur, et leurs longs cheveux cendrés dansant au rythme du mouvement de leurs bras. Ils étaient en train de marteler du métal rougi maintenu sur d'immenses enclumes. Leurs phénoménales physionomies se découpaient en ombres chinoises sur un grand foyer flamboyant comme de la lave en fusion.

Cameron, Elenwë, et leurs compagnons venaient d'arriver à la forge ancestrale ! L'avant-dernière étape qui marquerait la fin de la quête de l'Élu.

Les deux impressionnants forgerons, des magiciens eux aussi, cessèrent leurs travaux en plongeant le métal chauffé à blanc dans une énorme vasque rocheuse contenant de l'eau. Celle-ci siffla son mécontentement lorsque la chaleur fit buller sa surface.

— Je vous présente Alasdair et Coinneach, nos derniers guerriers du feu et détenteurs du savoir de la forge.

Les deux grands hommes saluèrent Cameron en inclinant la tête et en posant le poing sur leurs pectoraux, à l'endroit où se situait le cœur.

Cameron fit de même et les scruta intensément. Il eut un imperceptible sursaut effaré en constatant que leurs iris étaient rouges !

Ces colosses étaient affligés d'albinisme ! Terme qu'il n'aurait jamais connu, s'il n'avait pas vécu des siècles dans la peau d'un immortel pour atteindre le futur, et l'avancée de la médecine.

— Nous sentons votre étonnement, dit celui qui se nommait Alasdair. Nous sommes différents de vous, et ce, depuis notre naissance. Nous grandissons et passons notre temps dans ces grottes obscures, loin de la lumière du jour que nous ne supportons plus. Nos aïeux nous ont transmis le savoir de la forge divine. Antan, dans cet endroit sacré, nous étions plus d'une centaine, et maintenant... Coinneach et moi sommes les derniers guerriers du feu.

— Quelle en est la cause ? s'enquit Cameron.

— La forge se meurt, reprit Alasdair. Les plus aguerris d'entre nous ont donné leur force vitale, jusqu'au trépas, pour la maintenir.

Elenwë poussa un petit cri étranglé. Ces hommes s'étaient sacrifiés !

Inutilement, car elle savait que leur magie n'avait rien stoppé du tout : la forge s'éteignait parce que le clan MacTulkien croyait en un Dieu – Tulkas – qui n'était plus depuis des millénaires !

Tulkas avait créé le Chant après son Élévation et était devenu le berceau qui accueillerait les âmes des défunts ! Il n'était plus à l'écoute du peuple qu'il avait vu naître, il n'était plus qu'une voix, une note puissante qui guidait toutes les autres dans le cosmos !

Si le clan ne croyait qu'en lui, et non à tout ce qui faisait le monde des Sidhes, alors oui, il était normal que la forge s'éteigne et que la magie disparaisse des terres et des Runes du Pouvoir.

D'ailleurs, c'est ce qui s'était produit dans la courbe du temps d'Awena, avant qu'elle ne devienne la Promise, car les liens ne reposaient plus que sur le clan Saint Clare !

Tout ça à cause d'un pacte !

Il fallait qu'elle en ait le cœur net ! Et quelque chose lui disait que cela serait plus tôt qu'elle ne l'espérait.

— Seaumas, avez-vous une trace du concordat établi avec Tulkas ? demanda-t-elle en plongeant son regard dans le sien, et en ignorant le haussement de sourcils interloqué de Cameron.

Tous les magiciens et enfants des Dieux savaient qu'il n'y avait aucun écrit, que tout se transmettait oralement, à une exception près, la prophétie de la Promise, cependant calligraphiée dans un gaélique très ancien !

La réponse spontanée de Seaumas lui causa un trémolo au niveau du cœur ! Son sang pulsait beaucoup plus vite tout d'un coup !

— Évidemment ! Voyez-vous la voûte qui forme l'entrée de la crypte et les inscriptions runiques gravées avec de l'or ? C'est la graphie de notre Dieu ! Le pacte !

Elenwë mordilla sa lèvre inférieur, contenant à grand-peine son excitation, et leva la tête vers l'endroit que lui désignait le laird. Il y avait effectivement des symboles, mais qui n'avaient rien à voir avec la calligraphie céleste, mortelle pour les humains ! Ce pour quoi tout le savoir était transmis par les légendes et le sang des magiciens.

— Cela n'est pas un texte divin ! D'après vous, que rapportent ces runes ?

Seaumas était de plus en plus nerveux, à l'instar des forgerons qui se concentraient sur les signes, sans en comprendre le sens.

— Il y est stipulé que nul homme, femme, ou enfant, ne doit quitter les terres sacrées créées par Tulkas, notre Dieu unique. Que ses descendants ne manqueront de rien tant que le pacte ne sera pas rompu ! Et que si l'un de nous venait à l'enfreindre, la magie s'éteindrait et la forge mourrait, nous emportant dans les ténèbres avec elle. Nos âmes erreraient avec celles des damnés et nous ne pourrions jamais rejoindre le lieu de paix éternel promis par Tulkas ! C'est d'ailleurs ce qui est en train de se produire, malgré tous nos efforts, et le sacrifice de nos guerriers du feu. Deux des nôtres ont rompu le pacte et la forge se meurt ! Combien de temps avons-nous encore devant nous ? Nul ne le sait, et votre arrivée était attendue, depuis longtemps, par la prophétie de l'Enfant des Dieux, l'Élu !

— Ce n'est pas ce qui est écrit là ! lâcha Elenwë d'une voix posée en rivant son regard améthyste sur le laird. Ce que vous prenez tous pour un pacte, est la plainte d'une femme nommée Lùthien ! Elle maudit le jour où Tulkas l'a aimée, puis abandonnée ! Elle jure de garder auprès d'elle les membres de son peuple et toute sa descendance née de l'enfant qu'elle porte, pour que plus jamais personne ne la quitte !

Un silence de mort suivit ses dernières paroles.

Cameron la dévisageait fixement, réfléchissant à l'évidence que ces mots impliquaient : le clan avait été berné par une femme depuis le début !

Alors que Seaumas, de son côté, affichait tour à tour la défiance la plus totale, l'incrédulité, la colère, l'espoir, et pour finir, la rage.

— *Naye !* Mensonges ! aboya-t-il enfin, en serrant les poings et en s'approchant lentement d'Elenwë, à l'instar d'un lion prêt à sauter sur sa proie.

Cameron s'élança devant elle pour lui faire un rempart de son corps, saisit le pommeau de Gradzounoul' d'une main sûre, et fixa son regard sombre sur le laird et ses deux guerriers du feu.

Ces derniers qui avaient suivi le mouvement de Seaumas, se figèrent sur place en découvrant l'arme divine.

— Elle chante ! s'exclama Coinneach, ses yeux rouges rivés sur la lame étincelante. La claymore ! Elle est bénie par...

— Les Dieux, ma famille, murmura Elenwë d'une intonation douce, en penchant la tête de côté pour apercevoir le laird et les forgerons, dissimulés par la haute carrure de Cameron. Je ne vous mens pas, ajouta-t-elle dans un souffle ému.

— Ce qu'elle dit est la vérité ! confirma la voix de Vi, sa petite silhouette apparaissant dans l'ombre de la grotte qui menait à la crypte. Vous avez devant vous la princesse des Sidhes, morte pour les hommes et revenue à la vie par le souhait de l'Élu !

Seaumas afficha une seconde d'ébahissement quant aux immenses pouvoirs de Cameron et parut anéanti l'instant suivant.

Il réussit à demander d'un ton rauque, légèrement cassé par l'émotion :

— Et vous ? Qui êtes-vous, vieille femme ?

— Je suis l'Âme sœur de Merzhin, répondit-elle, une ombre de tristesse passant sur ses traits usés par le temps.

— Encore un mensonge ! gronda Seaumas. Merzhin a été banni du clan avec sa bien-aimée, il y a de cela plus de mille ans ! Je suis au fait de toute l'histoire ! Vous ne pouvez pas être ce que vous prétendez, puisque ces deux sorciers étaient des mortels !

— Nous avons survécu, grâce à la princesse des Sidhes... Connue des légendes MacTulkien comme « *Femme Étoile* », murmura Vi en faisant quelques pas vers

Elenwë, tandis que le laird et les forgerons la dévisageaient intensément.

Elenwë ne s'en souvenait pas !

Par contre, certains passages poignants revenaient à sa mémoire, comme celui-ci : l'image d'une magnifique femme, aux longs cheveux châtains et aux yeux d'un vert profond, pleurant sur le corps d'un homme allongé au sol.

Mais oui ! Les mêmes yeux que Vi ! Comment avait-elle pu en douter ?

Son nom claqua dans son esprit comme un déchirant cri silencieux :

— Viviane ! s'écria Elenwë, troublée par la vision qui s'effaçait derechef, masquée par des voiles obscurs.

— Oui, c'est comme cela que l'on m'appelait il y a de cela des siècles, et de m'entendre à nouveau nommée ainsi, me procure une profonde émotion. Quelques souvenirs vous reviennent, princesse, et j'en suis heureuse ! Vous nous avez aidés, Merzhin et moi, si souvent... Même après que Morgause, en Brocéliande, eut réussi à emprisonner l'esprit de Merzhin dans un charme terrifiant, vous êtes encore accourue à notre secours. Vous m'avez insufflé la force nécessaire qui me permettrait d'attendre le jour où un Élu viendrait délivrer Merzhin et où nos corps, nos âmes, seraient enfin réunis.

— Êtes-vous immortelle ? voulut savoir Cameron, qui essayait de faire coïncider ses idées dans son crâne, à l'instar d'un gigantesque puzzle.

Viviane secoua la tête doucement et montra la bague qu'elle avait au doigt.

— Non, je vis grâce à la magie de mon clan, celle de la forge, et des Runes du pouvoir. Cet anneau, cadeau de la princesse des Sidhes, l'absorbe et la diffuse ensuite à tout mon corps. Il me confère la force de conserver une forme autre que la mienne, tout comme Merzhin. Au début, nous transformions nos apparences pour nous protéger de nos ennemis, puis avec le temps, j'ai gardé cet aspect... Être dans la peau d'une femme âgée me permet d'être plus sereine avec la vie. Dans le corps d'un ancien, on acquiert la sagesse et... la patience.

Plus personne ne parlait, tous semblaient accrochés aux lèvres de Viviane, comme des enfants devant une conteuse.

— Cet anneau me relie à Merzhin, à son enveloppe charnelle tout du moins. C'est ce qui lui permet d'exister en attendant sa délivrance, malgré la distance qui nous sépare. Pour que cela soit possible, Elenwë a pris une goutte de son sang et l'a mise dans le cœur de la pierre qui ressemble à un joyau. Ainsi, nous sommes liés par la magie céleste.

— Comment se fait-il que nous ne vous ayons jamais vue ? observa Seaumas, qui affichait toujours une certaine réserve, mais plus du tout de colère.

Il semblait, bien au contraire, avide de tout savoir.

— Le médaillon, souffla Viviane en désignant de l'index la parure autour du cou d'Elenwë.

Celle-ci le caressa doucement du bout de ses doigts, essayant elle aussi de percer les ombres qui dissimulaient ses souvenirs.

— Un autre cadeau de la *Femme Étoile*. Il m'a permis de me rendre invisible à mon peuple jusqu'à la venue de l'Élu. Ce pendentif protège le porteur de ses craintes les plus profondes et agit également comme un bouclier contre le mal. J'avais peur de mon clan, que quelqu'un cherche une nouvelle fois à m'assassiner, alors, je me suis protégée en disparaissant de votre vue. Je devais vivre pour que Merzhin le reste aussi !

— Peur de vous montrer à nous ? Vous assassiner ? s'offusqua Seaumas. Mais pourquoi ? Vous étiez les seuls à savoir que le pacte était faux, vous nous auriez permis de nous libérer de cette prison dorée, d'aller à la rencontre des Saint Clare et du monde !

Au fur et à mesure que le laird parlait, la rage revenait. Celle née de tant de sacrifices... Tout ça à cause de la douleur d'une femme délaissée : Lùthien !

— Je ne pouvais pas ! Nous ne nous sommes pas enfuis, Merzhin et moi, il y a de cela mille ans, enfin, pas à cause de ce que l'on vous a fait croire ! Oui, nous avions réussi à déchiffrer les runes de Lùthien, et oui, nous avons voulu en parler au laird de l'époque ! Dans un premier temps, il ne nous a pas accordé foi, cependant il savait que Merzhin était un grand druide avec de fabuleux pouvoirs ! Ensuite, quand la véracité de nos propos s'est fait jour dans son esprit, comme pour vous actuellement, ce laird nous a enjoint au secret, le « *temps de réfléchir, pour annoncer la nouvelle au clan* », qu'il disait ! Il nous a envoyé des assassins ! Sans l'aide d'un druide qui avait tout entendu, ami de ma famille, Merzhin et moi aurions trépassé, et la vérité sur le pacte avec nous ! Il avait si peur du changement, de perdre le contrôle du peuple, qu'il a préféré le silence et notre mort ! Alors oui, nous nous sommes enfuis, le plus loin possible... Seulement, nous avions vécu dans l'harmonie en ces lieux, et nous avons voulu prodiguer la bonne parole et la magie blanche. Cependant, partout où nous passions, il fallait repartir, nous cacher sous d'autres identités, car ce qu'il y avait de meilleur en nous était vu comme de l'hérésie ! Merzhin et moi avons fini par nous trouver dans le Royaume de France. Là, pour la première fois, nous avons dû faire face à la magie noire et à Morgause...

— Les légendes parlent de Morgane et de vous Viviane, intervint Larkin avec respect et méfiance. Elles disent que vous avez trahi Merzhin...

— Morgane était douce et aimante ! Il s'agissait bien de Morgause, qui s'est arrangée pour que l'on parle le moins possible d'elle ! Les récits naissent de la réalité, mais se transforment avec le temps. Non, je n'ai pas trahi mon amour, je l'ai laissé croire, et j'ai confié Merzhin à des hommes de valeur, pour qu'ils le protègent durant mon absence. Seulement, leurs descendants se cachent, et avec eux, est Merzhin. Seul l'Élu me conduira à lui, uniquement lui le libérera !

— *Och* ! Mais qu'est-ce que je fais dans cette histoire, alors ? s'écria Larkin en faisant les yeux noirs à Cameron. *Mac*, tu n'avais pas besoin de moi pour ta quête, je ne te suis d'aucune utilité ! J'aurais été bien mieux à combattre avec ton *athair*, plutôt que de pouponner Barabal !

Cameron allait lui répondre vertement, quand Viviane reprit la parole en posant une main douce sur l'épaule du vieil homme :

— Vous savez qui protège Merzhin ! Moi non ! Je ne connais que l'endroit exact où est prisonnier son esprit ! Nous avons besoin de vous !

— Bougonner, souvent, il fait ! coassa Barabal en se donnant de grands airs, ses petits yeux brillants des restes des vapeurs d'alcool.

— Si je comprends bien... commenta soudain Seaumas, en se mettant à tourner en rond et marchant d'un pas nerveux, nous ne sommes pas, et n'avons jamais été prisonniers des terres de Dôr Lùthien !

— C'est exact, confirma Viviane.

— On peut aller et venir à notre guise ?

— Oui ! En buvant l'élixir du Souvenir pour ceux qui ne sont pas de la lignée des Dieux, ou pour les non-magiciens. De plus, en mille ans, j'ai insufflé l'idée dans l'esprit des gens que Tulkas n'était pas une divinité unique et qu'il en existait beaucoup d'autres. J'ai également fait circuler des légendes et prophéties. Celle de la *Femme Étoile*, de la Promise, et de l'Élu. Notre peuple, Seaumas, ne vivra pas un changement brutal, au contraire, car sans le savoir, il l'attend et est prêt. Tout comme vous, n'est-ce pas ?

Le jeune laird hocha doucement la tête. Tous ses espoirs, ses rêves, étaient en train de se concrétiser. Cependant, il était encore trop ébranlé par toutes les révélations qu'il ne pouvait pas, réellement, en prendre conscience.

Une question essentielle fusa dans son esprit, avant qu'il ne l'énonce à voix haute !

— *Och !* Pourquoi la forge ancestrale se meurt ?

Là, ce fut au tour d'Elenwë de lui expliquer le raisonnement qu'elle avait eu un peu plus tôt avant que Seaumas ne reprenne la parole.

— Si mon clan suit les pas des Saint Clare, que nous nous rallions aux Dieux, le lieu sacré se réanimera-t-il ? s'enquit encore Seaumas.

Elenwë réfléchit un instant et secoua négativement la tête.

— Non. Néanmoins, nous sommes présents pour y remédier, nous sommes à la marche du Feu, et l'Élu...

— Va souffler dessus de toutes ses forces pour que les flammes rejaillissent ! se moqua Cameron, narquois, en prenant part à la conversation. Bon, maintenant que nous commençons à y voir un peu plus clair, quelqu'un pourrait-il me dire ce que je dois faire ?

Ah ben ! Ils n'étaient pas sortis de l'auberge !

Chapitre 20
La force des éléments

Pour quelle raison tous le dévisageaient-ils ainsi ? Cameron était assez fier de son trait d'humour bien placé. Il s'imaginait, à l'instar du loup des *Trois petits cochons*, soufflant puissamment sur les braises de la forge et que celle-ci...

— *Och !* s'exclama soudainement Larkin, comme si une lumière surgissait brusquement dans son esprit. Pourquoi dites-vous que cet endroit se meurt ? La magie de vos terres est inouïe et votre lieu sacré rougeoie de tous ses feux !

Cameron s'était fait la même remarque un peu plus tôt, cependant, l'arrivée de Viviane l'avait empêché d'émettre sa propre opinion sur ce sujet épineux.

Tout portait à croire que l'immense domaine de Dôr Lùthien ne manquait pas de pouvoirs et qu'ils étaient bien loin des portes du cataclysme annoncé.

La chaleur dans la crypte en était la preuve, s'il en fallait une, de la bonne « santé » du lieu sacré. L'atmosphère était étouffante et dépassait celle de la cuisine du château Saint Clare, quand Odette était dans ses meilleurs jours et allumait tous les foyers de son royaume culinaire, pour ensuite mitonner des plats qui rassasieraient une armée entière d'Highlanders alouvis[25] !

De la sueur coulait sur les tempes de Cameron, sur ses pommettes hautes et son menton carré. Sans compter le tissu noir de sa chemise qui collait à ses pectoraux et épousait désagréablement son corps comme une deuxième peau.

Il n'était pas le seul à souffrir de la chaleur. De son côté, Elenwë s'était débarrassée de sa cape et éventait d'une main son visage joliment empourpré, tandis que de l'autre, elle relevait sa longue chevelure nattée au-dessus de son cou gracile.

Tous ses gestes n'étaient que sensualité, sa peau humidifiée reflétait le rougeoiement de la forge et décuplait son parfum ensorcelant : un effluve que l'on aurait retrouvé au sein d'une orangeraie, où pousserait aussi du lilas blanc, les deux arômes fusionnant parfaitement avec la fragrance unique d'Elenwë.

Cameron fixait de son regard avide une goutte de cet élixir qui glissait lentement de la base de son cou et descendait, en le narguant, vers le sillon entre ses seins ronds.

Il aurait voulu la cueillir de sa langue, dévêtir Elenwë d'un claquement de doigts, et s'abreuver à sa bouche sans que jamais sa soif ne soit assouvie !

Un désir sauvage embrasa ses sens et prit ses reins d'assaut, avant que des décharges électriques ne parcourent sa colonne vertébrale et ne le poussent à rugir sourdement.

Elenwë se figea dans son mouvement et riva son beau regard au sien. Ce qu'elle y lut la fit déglutir lentement et ses joues rougirent encore plus, même si cela paraissait inconcevable, tandis que sa respiration se faisait rapide, hachée.

Elle le voulait aussi et les ondes torrides qui circulaient entre eux en étaient presque palpables !

Cette constatation rendit fou Cameron qui fit un pas vers elle et l'aurait emportée sur son épaule si la voix de

---

25 *Alouvi (vieux) : Personne affamée, miséreuse.*

Viviane n'avait pas brisé le silence de l'instant :

— L'aspect visuel des terres reste le même, les pouvoirs également, jusqu'au moment fatidique où les dernières braises s'éteindront. Alors... tout cessera...

— Tout de même ! la contra Fillan. Elle est plus imposante que les deux forges des Saint Clare réunies ! Celle du château de Darren et celle de la forteresse de Iain, mon *athair* !

Coinneach, les bras croisés sur son large torse, ricana doucement et secoua la tête en contemplant ses pieds bottés.

— Ce que vous apercevez n'est qu'une infime partie de ce que l'endroit sacré fut ! Antan, le feu de Tulkas occupait toute la superficie de cette gigantesque crypte... Hum... *Och* ! De Tulkas ou des autres Dieux, marmonna-t-il en se reprenant.

— De Tulkas, intervint doucement Viviane. Vous ne vous trompez pas, Coinneach. Néanmoins, c'est un lien qui concerne toutes les divinités et les hommes-dieux.

— J'ose à peine imaginer à quoi ressemblait cet endroit, grommela à son tour Gordon, ses cheveux châtains collés sur son crâne par la sueur. En ce moment, il émane d'elle assez de chaleur pour nous griller tous comme des saucisses !

— Vous n'êtes pas habitués à cette température, intervint Alasdair. Et si vous devez agir, faites-le maintenant, où vous mourrez ! Seuls les guerriers du feu sont immunisés contre la touffeur des lieux !

Un grondement sourd les fit tous tressaillir et chacun chercha du regard à localiser l'endroit d'où provenait ce bruit qui allait en s'amplifiant.

— Non, vous ne le serez plus pour très longtemps, commenta Viviane en s'approchant des forgerons, la mine soudain triste. Je n'ai pu secourir vos parents, l'existence de Merzhin en dépendait. Oui, je sais ce que vous vous dites : qu'est-ce qu'une vie comparée à des centaines d'autres ? Cependant, il est le seul homme qui pourra tous vous aider, car il est le dernier à être instruit du nom véritable du Dieu des damnés !

Cameron cilla en se souvenant de ce détail important : la liche ne pourrait être détruite qu'en citant son nom à haute voix. Celui qui détenait cette information capitale était le Légendaire... qui n'était rien de moins que Merzhin !

Viviane avait vécu tous ces siècles, déchirée entre la survie d'un homme et la vision de plusieurs autres qui mouraient inutilement pour préserver un lieu sacré.

Cameron constata avec amertume, combien leurs existences avaient été similaires. Lui aussi avait voulu sauver les siens, avait échoué, et lui aussi avait dû faire des sacrifices pour retrouver Sophie-Élisa dans le futur... et tout recommencer.

Vi et lui avaient enfin le moyen de soulager, sinon d'effacer, les souffrances passées.

Lui en accomplissant sa quête jusqu'au bout, et Viviane ? Quel était son but dans l'immédiat ?

— D'ici peu, reprit-elle, le Gardien des éléments arrivera jusqu'à nous. Le son et les vibrations que vous percevez viennent de lui. Il créera un puits qui reliera le haut de la montagne à la forge et construira de son souffle le nouveau berceau de celle-ci. Elle sera enfouie en profondeur, formera un noyau ardent et sera le joyau d'une sorte de clairière inondée par les rayons du soleil. Les éléments doivent se retrouver en cet endroit, et quand tous ces points seront alignés, L'Élu ranimera les braises.

— Nous mourrons ! La lumière nous tuera aussi sûrement que si nous nous jetions dans le brasier de la forge ! s'exclama Coinneach en la dévisageant de ses yeux rouges apeurés, pour ensuite adopter une attitude plus fière et entendue. Si tel est le prix à payer pour que le miracle se produise, alors... nous sommes prêts ! ajouta-t-il en lançant un regard vers Alasdair qui opina en retour.

— Non ! s'écria Viviane. Vous allez vivre et reformer la lignée des guerriers du feu ! Sauf que... vous serez légèrement différents !

L'instant d'après, avec une vivacité incroyable, elle apposait chacune de ses mains sur les torses des deux puissants albinos et récitait une mélopée gutturale tout en fermant les paupières.

La chevelure grisée des deux hommes s'illumina comme un clair de lune, ondoya doucement, changea de couleur, pour que petit à petit les reflets cendrés laissent place à un brun roux soutenu. Leur peau, étrangement pâle, prit la nuance du bronze, et alors que Viviane se taisait, le regard des forgerons s'embrasa et la teinte rouge de leurs iris fut remplacée par un marron ambré, pailleté d'étincelles d'or.

— Vous étiez les enfants de l'ombre, à présent... vous êtes réellement devenus des guerriers du feu, souffla faiblement Viviane qui avait puisé dans ses forces vitales pour accomplir ces prodiges. Vous possédez désormais la capacité de manier les flammes à mains nues et de façonner toutes les matières minières, précieuses ou non, de votre choix. Je vous ai enfin rendu la puissance magique des vôtres, celle qui vous revient de droit !

Coinneach et Alasdair irradiaient littéralement de l'intérieur depuis leur spectaculaire métamorphose et se dévisagèrent intensément, comme deux jumeaux, cherchant à trouver une différence dans leurs similaires physionomies. Troublés, mais heureux d'être délivrés de l'albinisme qui les affligeait depuis leur naissance, les deux hommes pivotèrent vers Viviane et la saluèrent très cérémonieusement. Salut qu'elle leur retourna avec chaleur et le cœur plus léger d'avoir enfin pu être utile à cette lignée de forgerons-magiciens exceptionnelle.

Les vibrations et grondements autour d'eux s'intensifièrent et Cameron émit un petit rire rauque incongru.

Elenwë pinça les lèvres et lui fit les yeux noirs, lui intimant silencieusement de respecter la solennité du moment.

Mais rien n'y fit, Cameron souriait effrontément et se gaussait de plus belle, avant de s'exclamer :

— C'est le dragonneau ! Nous nous sommes tous trompés ! Il parle bel et bien, mais... dans mon crâne ! Et, à quelques mots près, il m'enjoint de : *bouger mes fesses* !

Alors que tous le dévisageaient, les uns amusés et indulgents, les autres en se demandant s'il n'était pas devenu fou, Cameron se mit à hocher de la tête comme si quelqu'un parlementait à son oreille et retrouva instantanément son sérieux.

— Je suis au fait de ce que je dois faire, reprit-il sombrement, son fier visage affichant une forte détermination. Les forgerons resteront avec moi et tous les autres devront sortir de la crypte. Ce qui va se produire ici est extrêmement dangereux !

— *Och !* Rester, je veux ! piailla Barabal, qui avait su se faire oublier de tous, on ne sait comment, et qui rechignait encore une fois au moment où elle aurait dû suivre ces conseils avisés.

— Tu pars avec les autres, rétorqua Cameron d'un ton qui ne souffrait aucun contrordre. C'est ça, ou tu meurs dès que le souffle du Gardien arrivera en cet endroit, ajouta-t-il en serrant les mâchoires.

Barabal hoqueta en écarquillant les yeux et se laissa tirer en arrière par Larkin qui se dirigeait vers la sortie de la crypte.

Seaumas intervint à ce moment-là :

— Il y a un promontoire taillé dans la roche, juste au-dessus de la forge, et nous pouvons y accéder rapidement par un escalier dissimulé dans la paroi du couloir qui jouxte cette alcôve. Cet escarpement est protégé par la magie et nous servait à garder le contact avec les guerriers du feu quand la chaleur ne nous permettait pas de les approcher. Ainsi, nous pourrions assister à tout ce qui va se produire ici, en toute sécurité. Nous accordez-vous ce privilège, Élu ?

— *Aye*, acquiesça Cameron après un silence de

réflexion. Mais dépêchez-vous !

Tous s'engagèrent dans les pas de Seaumas, à part Elenwë qui vint vers lui se haussa sur la pointe des pieds et lui tendit ses lèvres.

Cameron enlaça sa taille et la porta à sa hauteur, mêlant son souffle au sien avant de l'embrasser passionnément.

Ce geste spontané l'ébranlait plus que de mesure, sa petite princesse lui transmettait par la douce caresse de sa bouche et le ballet tendre de sa langue, toute la marque de son attachement pour lui.

Pouvait-il espérer que l'amour soit à l'origine de tout ça ?

Il la reposa au sol en la faisant glisser le long de son corps et s'écarta très difficilement d'elle.

— Va... souffla-t-il en la poussant comme à regret vers la sortie. *Mo chridhe* (Mon cœur)... murmura-t-il encore, tandis que sa silhouette disparaissait dans l'ombre des lieux et qu'il serrait les poings.

Tha goal agam ort, lui dit-il intérieurement, certain que d'ici peu, ces mots franchiraient le rempart de ses lèvres et qu'Elenwë les lui retournerait.

— *Tha e ùine* (Il est temps) ! observa Coinneach qui, à l'instar d'Alasdair, débordait d'une vive et grisante impatience, alors que la montagne tout entière résonnait de l'arrivée imminente du Dragon.

— Préparons-nous ! Nous devons nous débarrasser de tous nos vêtements, car seuls nos corps dénudés seront reconnus et acceptés par les éléments, tout le reste brûlera en risquant de nous mutiler !

L'instant d'après, les trois hommes à la sculpturale corpulence, prodigieusement virils sans leurs atours, se tenaient en face de la crypte et étaient prêts à agir dès que le moment ultime se présenterait.

Dans ses deux poings serrés, Cameron avait fait apparaître les morceaux de roches magmatiques que lui avait données Morrigan.

Oui... il savait ce qu'il devait faire et trépignait presque autant que les deux guerriers du feu qui l'épaulaient. L'adrénaline fusait dans son corps, électrisant ses nerfs et ses muscles !

Dans un moment, une magie des plus surpuissantes allait opérer en ces lieux, et il serait aux premières loges pour y assister.

Le coeur d'Elenwë palpitait encore furieusement du fait de ce dernier baiser échangé, alors qu'elle s'engageait dans l'étroit et sombre escalier escarpé conduisant au promontoire.

Elle réalisait avec stupeur que le corps pouvait agir indépendamment de l'esprit et venait d'en avoir la preuve en se jetant spontanément dans les bras de Cameron !

Sa surprise avait été à la hauteur de celle qu'elle avait lue dans ses yeux bleus, tandis qu'il refermait ses bras robustes autour d'elle et l'attirait tout contre lui.

Tendresse...

La nouveauté de ce mot, cajolant son subconscient, l'avait tout aussi saisie que son geste.

Elenwë s'était attendue à un baiser torride, sauvage, et cependant, celui qui les avait liés ressemblait plus à une lente et suave caresse des sens d'une douceur de cocon.

Leurs souffles brûlants s'étaient mêlés, leurs lèvres s'effleurant presque timidement avant de se souder et que leurs langues se titillent, se goûtent, s'enlacent et se cherchent, en une intime et délicieuse joute passionnelle.

Elenwë serait restée là, les pieds dansant dans le vide, ses seins palpitants plaqués contre les pectoraux de Cameron, ses mains agrippées à ses longues mèches étonnement soyeuses, et son corps tremblant autant que le sien, si Cameron ne l'avait pas libérée en la déposant au sol, pour ensuite se désunir d'elle.

Elle aurait voulu que cette connexion soit éternelle, que de séparation il n'y ait plus jamais et être liée à cet homme unique qui avait ravi son être... et son âme.

Viviane lui avait ouvert les yeux en lui révélant que c'était l'amour qui l'avait retenue auprès de l'humanité et qu'elle découvrirait bientôt toute la signification de ce mot... Elle avait raison.

Maintenant, l'Elenwë de chair et de sang réalisait qu'elle aimait éperdument Cameron, et ce, depuis des siècles !

Le lui dire, comme elle mourait soudainement de le faire, était pourtant impossible.

D'une part, parce qu'elle avait peur que ce qu'elle ressentait ne soit pas partagé. Elle n'était pas bête ! Les hommes pouvaient très bien désirer une femme, la posséder, sans qu'il y ait une once d'amour dans leur cœur.

D'autre part... parce que s'il éprouvait la même inclination qu'elle, Cameron deviendrait son Âme sœur et serait lié à elle de toute éternité.

Leur futur était bien trop obscur pour permettre à cette communion des âmes de se produire. Il fallait accomplir la quête, éradiquer la liche, et ensuite... laisser parler le cœur à l'aube d'un avenir merveilleux. À l'instar de ce que partageaient Darren et Awena...

Oui... Merveilleux...

— Agrippez-vous à ce que vous pourrez ! hurla soudain Seaumas, tandis qu'Elenwë terminait de gravir les dernières marches inégales et glissantes menant au promontoire qui offrait une vue imprenable sur toute la crypte.

Elle perdit l'équilibre sur le sol qui semblait se dérober sous ses pieds et aurait chuté si Gordon ne l'avait pas rattrapée de justesse pour la plaquer ensuite contre la paroi rocheuse. Il fit rempart de son corps, tandis que divers débris graveleux leur tombaient sur la tête.

Dans le même temps, la montagne paraissait souffrir, gémir, et émettre de sinistres grondements qui résonnaient en écho des vrombissements annonçant l'arrivée du Gardien.

Tout allait s'écrouler !

Puis brusquement, alors que le vacarme devenait insoutenable et que tous toussaient, les poumons saturés de particules poussiéreuses, le silence revint et le monde sembla se figer sur place. Chacun se dévisageait avec une similaire expression attentive et anxieuse, dans l'expectative d'une nouvelle secousse, plus terrible que les précédentes.

Gordon relâcha précautionneuse Elenwë avec des gestes hésitants et prudents. Du sang coulait d'une fine coupure sur son noble front, tandis que Larkin, Barabal, Viviane et Seaumas paraissaient indemnes.

— Laissez-moi vous soigner, proposa Elenwë en tendant les doigts vers le visage de Gordon.

Il secoua la tête et lui sourit gentiment.

— *Naye*, ce n'est rien du tout. Allons plutôt nous rendre compte de ce qu'il se passe en bas.

Elenwë acquiesça et le suivit alors qu'il pivotait vers leurs compagnons.

— Regardez ! s'écria Larkin en s'approchant du bord du promontoire et en s'écrasant le nez sur le bouclier magique invisible, à l'instar d'une indétectable vitre de verre.

De l'autre côté du rempart inapparent, une sorte d'épaisse fumée, d'un blanc photogène, tournoyait en furieuses volutes bien trop denses pour permettre aux yeux de les percer.

Les rétines furent mises à mal un instant, le passage entre l'obscurité et la lumière s'étant fait trop brusquement. Cependant, petit à petit, tous s'y habituèrent en maintenant leur souffle dans l'espoir d'apercevoir autre chose que cet amas mouvant et cotonneux.

— C'est de la vapeur, gronda Fillan entre ses dents. Cameron et les forgerons sont en danger ! Ils ne pourront jamais supporter cette température !

— Attendez ! s'exclama Viviane en faisant un geste pour retenir les grands-oncles de Cameron qui se dirigeant vers les escaliers, dans le but évident d'aller lui porter secours. L'Élu et les guerriers du feu ne craignent rien, vous oui ! ajouta-t-elle précipitamment. Faites-moi confiance, si vous quittez ce promontoire maintenant, c'est vous qui mourrez avant d'avoir pu rejoindre la crypte et dans d'atroces souffrances qui plus est !

L'indécision se lisait sur les traits des visages si ressemblants de Gordon et Fillan. Ils hésitaient visiblement entre leur instinct qui les poussait à agir et celui d'accorder foi à la demande de Viviane.

Seaumas mit fin à leur réticence en attirant leur attention vers la masse de vapeur.

— Elle a l'air de se dissiper ! Voyez, on commence à distinguer des... *Och !* Ils sont là, et vivants ! s'écria-t-il en écarquillant les yeux et en désignant l'entrée de la crypte, un peu plus bas sur leur droite.

Elenwë qui se tenait déjà au bord du promontoire fouilla des prunelles les dernières volutes de vapeur et retint sa respiration en voyant se dessiner par intermittence les contours de l'athlétique silhouette de Cameron.

— Par les Dieux ! lança Fillan.

La jeune femme s'exclama la même chose intérieurement et but du regard l'homme qu'elle aimait en secret.

Lui et les deux guerriers du feu se trouvaient sous l'alcôve de l'entrée, leurs longs cheveux sans attache flottant dans le souffle des éléments et leurs corps à la superbe musculature étaient sublimés par leur totale nudité.

Elenwë n'avait soudainement plus qu'une envie, incongrue, mais tellement viscérale : celle de se dévêtir et de courir à la rencontre de Cameron !

Il communiait avec les éléments !

Et elle voulait le faire avec lui !

— Ne... bougez... pas, lui chuchota Viviane en saisissant gentiment son coude pour la faire revenir sur terre. Je sais que l'appel est puissant, surtout pour vous, ancienne déesse qui en percevez toutes les subtilités. Mais vous êtes humaine dorénavant, et la prodigieuse magie qui se déroule dans la crypte vous tuerait en aussi peu de temps qu'il le faudrait !

Oui... Viviane avait mille fois raison, l'esprit d'Elenwë le reconnaissait, mais son corps... Il luttait en frissonnant nerveusement contre cette attraction quasi charnelle, voluptueuse...

L'appel ancestral des Dieux, avant l'Élévation, qui attirait les hommes ou femmes destinés à créer les lignées métissées.

L'appel des éléments, son souffle aussi...

Le Gardien l'avait utilisé pour percer un puits du haut de la montagne jusqu'à la crypte, en désagrégeant la roche et la transformant en infimes particules. Le dragon blanc était le seul détenteur de ce pouvoir, pas les bleus, ni les verts, mais lui... l'être conçu pour accueillir la pureté et la sagesse de la magie céleste.

Elenwë lutta de toutes ses forces pour détourner ses yeux de Cameron qui se tenait pieds et bras écartés, ses muscles roulant sous sa peau humidifiée par une fine pellicule de sueur, et ses paupières fermées, comme s'il était en transe, attendant le moment qui lui serait dévolu pour agir.

Elle chercha le Gardien à l'opposé de l'endroit où se situait Cameron, le voyant apparaître lui aussi par intermittence, son opalescence et la vapeur formant de temps en temps un écran d'un vif éclat, empêchant la jeune femme de jauger correctement sa considérable taille. Oui, il était bien là, assis sur une sorte de rive qui entourait un grand trou où était enchâssé le noyau rougeoyant de la forge. Une chute d'eau dévalait les parois en à-pic de l'énorme cheminée de lumière qui montait vers le ciel et c'est de cette eau qui rencontrait les braises ardentes que s'élevaient des masses de buée.

Les éléments cherchaient à se dompter mutuellement : l'Air en s'engouffrant dans le puits propulsait l'Eau vers la Terre, où le Feu les accueillait dans des sifflements rageurs et l'Éther, aussi nommé Quintessence, souverain des éléments, maintenait l'ordre absolu pour que toutes ces forces communient et fusionnent parfaitement.

Elenwë avait le souffle court, ressentait l'attractive et phénoménale magie, tandis que son cœur palpitait furieusement et qu'un désir torride embrasait tous ses sens. Là, devant ses yeux qui paraissaient scintiller de lueurs argentées, un infime monde sacré était en train de naître et bientôt, grâce à l'intervention de Cameron, sa puissance deviendrait infrangible[26].

Ce moment arriva quand le Gardien rugit longuement en basculant la tête en arrière.

La vapeur fut emportée par l'Air, créant de mini tornades ascendantes et remontant le long du puits. L'Eau fut accueillie par la Terre qui forma pour elle une petite rivière circulant de manière cylindrique, sorte d'anneau entourant le noyau rougeoyant de la forge.

Un deuxième rugissement résonna puissamment dans la crypte et le dragon souffla ensuite un panache de feu vers les braises sifflantes. L'élément Feu s'éleva à lécher les hauteurs de l'endroit sacré et les corps de Cameron, Alasdair et Coinneach prirent la couleur du cuivre en réverbérant la phénoménale lueur des flammes.

Tous trois s'avancèrent à pas de félins, sûrs d'eux, et le visage sombre.

Cameron bougea soudain les bras dans une sorte de lent mime, à l'instar d'un mouvement de taï chi, et poursuivit sa route vers la rivière-anneau. Alors qu'il allait poser le pied à la surface de l'eau, une arche en roche grise et de bonne largeur surgit de nulle part et le réceptionna pour lui permettre d'accéder au milieu incandescent de la forge.

Alasdair et Coinneach avançaient à ses côtés, en écartant par de dissemblables mouvements les flammes monstrueuses qui essayaient de les effleurer ou les happer.

C'était un spectacle à la fois magnifique et terrifiant.

---

26 *Infrangible : Qui ne peut être brisé, rompu.*

Trois hommes, l'un descendant des Dieux, les deux autres de sorciers, bravant et domptant les éléments comme ils l'auraient fait avec un cheval sauvage.

Cameron s'arrêta au juste milieu de l'arche de pierre qui jouxtait à présent les deux rives opposées du sanctuaire, tandis qu'Alasdair et Coinneach se tenaient de part et d'autre de lui et faisaient face aux rideaux orangés et brûlants.

Lentement, Cameron bascula la tête en arrière, ferma les paupières et écarta ses bras aux veines saillantes. Ses cheveux se mouvaient autour de son visage et dans son dos, comme des voiles arrachés à la nuit.

Dans chacune de ses mains, tandis que ses doigts s'ouvraient, apparurent les roches magmatiques des tertres enchantés et dans le même mouvement, les flammes réagirent plus agressivement, cherchant à s'enrouler autour de sa taille, de ses jambes et de son torse. Le feu ne lui causait aucune blessure ni brûlure et grondait son mécontentement envers cet être qu'il considérait comme insignifiant et pourtant porteur de tant de pouvoirs.

Au moment où Cameron lâcha les roches dans le brasier, les deux forgerons écartèrent les flammes de leur propre souffle et créèrent un bouclier en forme de sphère, les englobant, eux et l'Élu, pour les protéger de la suite des évènements.

— Tous à terre ! hoqueta Viviane qui s'allongea précipitamment sur le sol rocailleux du promontoire.

Les autres n'eurent qu'un centième de seconde pour réaliser ce qu'elle avait dit et pour se jeter par terre également. Fillan plaqua d'office Elenwë sous lui, après l'avoir arrachée à une sorte de transe, car celle-ci n'avait eu aucune réaction au cri d'alarme de Viviane et paraissait envoûtée par ce qui se déroulait plus bas. Ses mains caressaient le bouclier invisible comme s'il s'agissait du corps d'un homme... On se demandait bien qui !

— Que... souffla-t-elle en battant des cils, ses prunelles illuminées se rivant au regard mordoré de Fillan.

Elle n'eut pas le temps d'en dire plus, qu'une gigantesque déflagration retentit autour d'eux, faisant à nouveau gronder férocement les entrailles de la Terre et transformant le promontoire à l'image du pont d'un navire malmené par la houle lors d'une violente tempête.

— Crétins, eux sont ! coassa Barabal, les mains sur la tête pour se protéger des nouveaux éboulis qui tombaient sur eux. Nous ensevelir ils vont !

— Barabal... vociféra Larkin, *dùin do bheul* (tais-toi) !

— Nia nia nia ! Humpf !

C'est à peine s'ils se rendirent compte que les bruits et oscillations du sol avaient cessé et que le lieu baignait dans une douce lueur, telle celle d'un lever ou coucher de soleil.

Elenwë fut la plus rapide à se mettre sur pieds et se colla à nouveau au bouclier invisible qui avait merveilleusement officié sans céder.

La crypte était méconnaissable ! De forme ovale et d'une incroyable superficie, elle était à la fois éclairée par la lumière du jour tombant du puits et celle du gigantesque noyau magmatique qui avait remplacé le précédent, nettement plus petit. Celui-ci était encore cerné d'une fine rivière en forme d'anneau, alimentée par les eaux chutant bruyamment des parois sombres.

Cependant... nulle présence de Cameron et des guerriers du feu ! Des flammes hautes et vives, apparaissait une partie de l'arche en pierre, mais aucune âme qui vive à l'horizon.

Le Dragon joua à souffler sur quelques flammèches volantes, rugit derechef puissamment, et prit son essor vers le puits dans de grands battements d'ailes. Son rôle, en ces lieux, était accompli et il retournait batifoler dans les cieux... ou semer la terreur parmi les innombrables troupeaux de moutons qui paissaient dans les prés des MacTulkien.

— Cameron... gémit Elenwë à haute voix, indifférente à ce que les autres penseraient à la voir se lamenter ainsi.

Elle avait peur, cependant celle-ci était différente, dans

le sens où ce n'était pas la liche qui la lui conférait, mais la perte de celui qu'elle aimait !

— Là... chuchota Viviane en tendant le doigt vers les flammes.

Marchant tranquillement, Cameron et ses deux compagnons semblèrent surgir du brasier pour apparaître au niveau de la rive qui menait à l'alcôve de sortie.

Si proche d'elle et si loin encore...

Elenwë pivota vers Viviane avec une question muette dans les yeux, que celle-ci comprit très bien avant de sourire en retour.

— Oui... vous pouvez le rejoindre, mais pas dans la crypte, car la chaleur vous réduirait en cendres immédiatement. Attendez-le dans la grotte...

Viviane avait à peine fini sa phrase, qu'Elenwë dévalait déjà les escaliers, au risque de se rompre le cou.

Plus rien n'avait d'importance que de le retrouver, qu'il la prenne dans ses bras et qu'il l'emporte n'importe où, pourvu que ce soit toujours avec lui !

Tout sembla se dérouler au ralenti, son arrivée alors qu'il se drapait dans un kilt surgi d'on ne sait où, et que leurs regards avides se trouvaient pour s'ancrer l'un dans l'autre.

La fusion avec les éléments avait tanné sa peau et son visage, où ses yeux bleus ressortaient comme du vif-argent. Sans compter les étincelles d'un désir puissant, identique à celui qu'Elenwë éprouvait, qui l'illuminait plus encore.

En quelques pas il fut sur elle, la souleva et l'embrassa passionnément, tandis qu'elle enserrait sa taille étroite de ses longues jambes galbées et agrippait ses cheveux de ses doigts par peur d'être à nouveau séparée de lui.

— Les chambres... rugit sourdement Cameron en direction de Seaumas et en réussissant à s'arracher au baiser, pour ensuite feuler de plus belle comme la jeune femme lui mordillait la base du cou.

— *Och*... euh... bafouilla Seaumas en se massant la nuque, un peu déstabilisé par le comportement éhonté des deux amants.

— Laissez... je trouverai tout seul ! marmonna Cameron en s'éloignant à grands pas et en emportant son précieux fardeau de sa démarche féline.

— Que vous arrive-t-il ? questionna gentiment Viviane en posant une main douce et délicieusement fraîche sur le bras nu de Seaumas.

— Ma nuque... la marque de naissance est devenue très douloureuse.

— C'est la magie, murmura Viviane en hochant la tête et en souriant. Le lieu sacré a retrouvé ses pleins pouvoirs et cette marque est liée à lui et à votre aïeule Lùthien. Vos propres dons s'accroîtront, il faudra vous y habituer, laird MacTulkien !

—... Il n'y a pas que ça... marmonna Seaumas en détournant le regard, l'air soudainement penaud. J'ai un brusque besoin de... hum... compagnie...

Viviane éclata franchement de rire tandis que Gordon et Fillan grommelaient leur assentiment dans leur coin.

— C'est le souffle des éléments ! chantonna-t-elle. Il éveille et décuple tous les désirs charnels ! Ne m'étonnerait pas que dans quelques mois, vos terres se voient gratifiées par l'arrivée de nouveaux membres du clan !

Seaumas écarquilla les yeux et dépassa précipitamment la vieille femme.

— Il me faut une donzelle ! scanda-t-il en disparaissant dans l'ombre de la petite grotte.

— *Aye* ! Nous aussi ! clamèrent à leur tour Gordon et Fillan en marchant dans les pas du laird MacTulkien, rapidement imités par Alasdair et Coinneach qui venaient eux aussi d'apparaître, leurs corps sublimés par la communion des éléments et visiblement atteints du même syndrome charnel que tous les hommes des lieux.

Viviane rit de plus belle en se frappant les cuisses de ses mains.

— Heureusement que la vieillesse nous met à l'abri de

ce genre d'envies ! lança-t-elle joyeusement par dessus son épaule et en se retournant pour faire face à Larkin et Barabal, pour hoqueter brusquement de surprise.

La Seanmhair avait accroché ses bras osseux autour du cou d'un Larkin récalcitrant et qui essayait de se libérer d'elle par tous les moyens. Peine perdue, Barabal s'était transformée en sangsue !

— Doux Larkin, roucoulait-elle en avançant ses lèvres parcheminées et en imitant très bien les bâillements d'un poisson hors de l'eau. Belles galipettes, nous ferons, susurra-t-elle encore, tandis que Larkin réussissait à se dépêtrer de ce mauvais pas et partait en courant derrière Fillan et Gordon.

— Mais pas si vite ! ! hurlait-il, sa voix nasillarde résonnant en échos le long des parois de la grotte. Attendez-moi !

— Câlins, je veux ! s'égosilla la Seanmhair en se précipitant après lui.

— Enfin... soupira Viviane pour elle-même, il faut croire que toutes les personnes âgées ne sont pas immunisées contre le désir. Bon... Maintenant que tout est au mieux, que vais-je bien pouvoir faire ? Oui ! Je sais ! Préparer quelques potions pour les prochains jours... oui... en voilà une excellente idée, ajouta-t-elle en haussant les épaules et en se mettant en route.

Elle se sentait légère et pour la première fois depuis mille ans, son esprit se permettait tous les espoirs, dont le plus fou : celui de retrouver Merzhin, son Âme sœur !

Et quand ce moment arriverait, oui, elle laisserait cours à la passion qu'elle bridait au fond d'elle.

— Merzhin... mon amour... Nous serons très bientôt à nouveau réunis...

Chapitre 21

Têtes de bois !

Cameron avait communié avec les éléments, avait perçu leurs forces dans son esprit et son corps, dont le besoin charnel avait été violemment décuplé pour atteindre des sommets jamais égalés.

Elenwë ne l'aidait guère à garder une attitude respectable, alors que ses jambes lui enserraient la taille en spasmes musculaires intenses, que ses mains s'agrippaient à sa nuque, à ses épaules ou encore à ses cheveux, et que ses lèvres chaudes, avides, étaient partout à la fois.

Elle le mordillait à la base du cou, l'enfiévrant, le surexcitant d'autant plus, et soupirait langoureusement de contentement à chaque gémissement rauque qui sortait des profondeurs de son torse.

Cameron marchait à pas vifs dans le dédale de la forteresse de Dôr Lùthien, autant que pouvait le lui permettre son membre douloureusement dressé qui frottait contre l'intimité protégée par une fine peau de cuir de sa compagne. Des décharges électriques partaient de son sexe pour gagner la moindre particule de son corps, le mettant ainsi à la torture la plus sensuelle et grisante qui soit.

S'ils ne trouvaient pas une chambre au plus vite, il jurait aux bons Dieux de posséder Elenwë à la vue de tous !

Sa sourde prière – ou menace – fut entendue, quand en

poussant la porte d'une pièce au hasard, et ce, au détour d'un corridor, ils arrivèrent enfin dans des appartements où trônait un immense lit à baldaquin et rideaux de soie.

Encore ce faste redondant des MacTulkien ! songea inopinément Cameron en grimaçant intérieurement, avant de grogner à nouveau comme Elenwë l'enserrait plus fort de ses jambes graciles en basculant le bassin et en cambrant les reins pour frotter sa ronde poitrine sur ses muscles tendus.

— Vite... supplia-t-elle dans un souffle ténu tout contre sa bouche.

S'il avait été moins crispé par la torture qu'elle lui infligeait sciemment, ou inconsciemment, Cameron en aurait certainement ri !

— *Aye*, grommela-t-il en lui empoignant les fesses de ses mains et en la jetant brusquement sur le lit par la suite.

Au loin la douceur et les gestes tendres qu'il s'était promis de lui prodiguer après la sauvagerie de leur première nuit d'amour !

Il devait être écrit que leur désir de se posséder mutuellement ne devrait jamais céder de place à la délicatesse. Cameron la voulait comme un fou ! Et l'énergie de la fusion des éléments agissait comme le plus puissant des aphrodisiaques, galvanisant son urgence de la prendre.

Elenwë se tortillait sur le lit, ses propres mains caressant son corps échauffé, mis en valeur par le cuir noir qui se tendait sur ses hanches, ses cuisses fuselées, et sa poitrine aux pointes érigées. Cameron intercepta son regard enfiévré, nota ses iris améthyste qui étincelaient de désir et la dilatation de ses pupilles qui les transformaient en fins anneaux.

D'un mouvement leste et rapide, il se débarrassa de son plaid et la saisit sous les genoux pour l'avancer sur le doux matelas et se positionner entre ses jambes.

— Cameron, souffla-t-elle encore en redressant le bassin et en tendant la main vers son ventre aux abdominaux tendus et frémissants.

— *M'eudail* (Mon amour)... susurra-t-il tandis qu'elle écarquillait les yeux, la respiration soudain coupée en entendant les termes qu'il venait d'employer. Je te trouve un peu trop vêtue à mon goût, ajouta-t-il d'une voix rauque et basse, en faisant remonter ses mains de ses mollets à ses cuisses saisies d'inextinguibles frissons nerveux.

Il subtilisa ses atours d'un tour de passe-passe magique et retint à son tour son souffle.

Dieux ! Qu'elle était belle !

Il le savait pourtant, pour l'avoir déjà tenue dans ses bras et l'avoir aperçue de nombreuses fois dans toute sa magnificence dénudée.

La douceur de sa peau attira ses doigts, les envoûta pour les soumettre à une danse sensuelle qui la fit gémir de plaisir en basculant la tête en arrière et en se maintenant sur les coudes.

Dans cette position, Cameron pouvait se régaler tout son soûl de la vision de ses adorables seins ronds et fermes qui oscillaient comme pour le narguer à chaque mouvement, même minime, d'Elenwë. Puis ses yeux descendirent vers son ventre plat orné d'un nombril qui appelait sa langue et plus bas...

— *Och*... gémit-il à son tour.

Tombant à genoux devant elle, il écarta d'autant plus ses jambes fines et posa son regard avide sur le triangle noir en haut de ses cuisses, sous lequel se cachait l'antre de toutes les délices.

Cameron serra les dents et contracta ses doigts sur la peau d'albâtre de la jeune femme. L'instant d'après, il basculait le torse en avant et lui embrassait l'intérieur des cuisses pour remonter plus haut en laissant glisser sa langue vers ce qu'il convoitait ardemment.

Elenwë était en transe et sa respiration hachée se figea quand il posa ses lèvres au plus secret de sa féminité. Elle écarquilla les yeux d'étonnement avant de laisser tomber sa tête à nouveau en arrière et de savourer, le souffle court, le plaisir qui fusait de son intimité vers le creux de son ventre, en ondes de plus en plus intenses et délicieusement douloureuses d'intensité.

Pouvait-il vraiment faire ça ?

Oui... et il ne s'en privait pas !

Cameron mordillait, suçait, léchait, et aspirait le bourgeon de son clitoris comme un affamé se serait jeté sur un mets. Il la buvait et la faisait crier d'un plaisir toujours plus torride. Ses muscles secrets se contractaient sensiblement, appelaient une caresse de Cameron, qui ne venait pas...

— Ah... ! s'écria Elenwë avant de se mordre la lèvre et que ses coudes cèdent sous le coup de la surprise.

Il venait d'introduire deux doigts en elle, profondément, et la caressait de l'intérieur, affolant ses sens en plus des lancinants coups de langue sur son clitoris.

Elenwë était au supplice total, elle en voulait plus et se sentait emportée sur des vagues de plaisir toujours plus hautes, toujours plus violentes... Elle allait jouir et ne pouvait s'en empêcher ! Tout était trop fort, trop bon, et les doigts de Cameron qui se démenaient puissamment en elle pour la porter encore plus haut !

Elle se trémoussait sur les draps soyeux du lit, qui lui apportaient une douce fraîcheur bienvenue, alors que son corps était en feu et que ses hanches s'élançaient fougueusement à la rencontre de Cameron, de plus en plus vite, de plus en plus fort.

— Je veux que tu jouisses ! gronda-t-il d'une voix déformée par la passion. Je veux plonger en toi au moment où ton corps se contractera, où il résistera à mes assauts autant qu'il les appellera !

Ses paroles agirent comme un bouton déclencheur et Elenwë poussa de longs gémissements avant de crier son plaisir absolu.

Cameron n'attendait que ça, retira ses doigts en même temps qu'il se redressait, la poussait vers le milieu du lit, et s'allongeait sur elle en lui remontant la cuisse d'un bras possessif.

L'instant d'après, et sous cet angle propice à l'accueillir tout entier, il plongeait impétueusement en elle, de toute sa force, de toute sa longueur, cherchant à s'enfouir au plus profond de son ventre, tandis qu'Elenwë l'enserrait spasmodiquement et le faisait rugir de plaisir.

Il appuya encore fortement du bassin, cherchant à gagner quelques centimètres dans son antre brûlant et Elenwë en cria de délices, tant c'était électrisant de le sentir aussi puissamment fiché en elle. Il l'écartelait, lui faisait sentir sa force, et se retira doucement pour revenir l'envahir d'un phénoménal coup de reins qui la cloua au matelas et lui fit perdre son souffle.

— *Aye... aye...* comme ça... l'encourageait-il, ses yeux magnifiques luisant d'une passion torride et d'un désir à l'état brut.

Il ne faisait que commencer à prendre son dû et son corps aux muscles tendus montrait qu'il se retenait encore de lâcher le fauve tapi en lui.

— Plus... gémit Elenwë, ne sachant pas si son corps pourrait le supporter, mais en le désirant férocement.

La poussée suivante la fit monter d'un coup sur les draps, tandis que Cameron serrait les mâchoires et resserrait sa prise autour de sa cuisse et que de son autre main il la maintenait à la taille.

Implacable ! Ses coups de reins ne lui laissèrent aucun répit. En émettant un simple mot, elle lui avait donné carte blanche pour qu'il n'ait plus aucune retenue.

Elle le sentait loin dans son ventre, si dur, si imposant, d'une présence impressionnante, tandis que son regard électrique cherchait le sien et le retenait pour y lire toutes les émotions qu'elle ressentait.

— Tiens-toi à moi ! lui ordonna-t-il sourdement.

Il l'empala d'un coup, la faisant gémir bruyamment, l'aida à passer ses jambes autour de sa taille étroite et ses mains sur ses épaules.

Elle ne sut comment, mais l'instant suivant, il la plaquait contre le plateau du montant du lit donnant sur le mur, agenouillé entre ses jambes, ses mains accrochées au bois et l'embrassait avidement, sa langue allant et venant à la rencontre de la sienne.

Il était en elle, de toutes les façons possibles, la possédait comme un conquérant, et son corps puissant l'emprisonnant entre lui et le montant du lit. Puis il reprit ses déhanchements, son membre épais glissant furieusement dans son fourreau, électrisant ses muscles, les faisant se contracter de plus belle.

Elenwë allait mourir de plaisir et cherchait son souffle quand il la libéra du baiser torride pour lui mordre doucement l'épaule.

Coups de reins, gémissements, frottements des bustes et des peaux moites de passion sauvage, Elenwë ne s'en rendait plus compte. Elle criait son fulgurant orgasme, qui ne semblait pas finir, tandis que Cameron continuait de l'envahir à coups forcenés et redoublés.

Elle se serra contre lui, se tendit, fut secouée de violents soubresauts, et il gémit, rugit, avant de se tendre une dernière fois en elle, loin, si loin, qu'il en aurait presque pu toucher son cœur.

La jouissance phénoménale d'Elenwë l'amena aux portes de l'évanouissement, alors que Cameron se tendait en elle, la clouant de tout son poids contre le panneau malmené, et déversait sa semence en jets brûlants et continus.

Il feulait à la manière d'un tigre, son beau visage sublimé par l'amour basculant en arrière, et ses longs cheveux caressant les cuisses d'Elenwë.

Il fallut quelques secondes à tous deux pour reprendre leurs esprits et se chercher du regard.

Ce qu'Elenwë lut dans ses yeux fit battre furieusement son cœur.

Cameron la dévisageait amoureusement, le souffle

toujours haché de leurs ébats torrides, puis il se pencha doucement et l'embrassa avec une infinie tendresse. Baiser qu'elle lui rendit en y mettant tous les mots qu'elle taisait.

Ni l'un, ni l'autre ne parla et cédant à la fatigue, à l'apaisement des corps, ils s'allongèrent, étroitement enlacés, ramenant les draps mis à mal sur eux, pour ensuite plonger dans un sommeil réparateur.

Le temps passa, journée et début de nuit, où Cameron et Elenwë s'employèrent à se découvrir mutuellement.

Lui pouvait dessiner les yeux fermés, tous les symboles en or tatoués sur la peau de la jeune femme et elle, connaissait désormais tous les points sensibles et réceptifs de son superbe corps.

Ils alternaient entre un sommeil profond et un éveil immuablement suivi d'un désir jamais rassasié. Elenwë découvrit avec émerveillement, grâce à son sublime et exigeant amant, toutes les facettes et gammes voluptueuses de l'amour charnel qui allaient des enlacements torrides, sauvages, à la suavité subtile des mouvements lents et sensuels.

La faim et la soif ne se firent ressentir qu'après une dernière étreinte incendiaire, alors qu'ils étaient enfin apaisés et qu'ils contemplaient distraitement une belle flambée qui dansait joyeusement dans la cheminée. Cameron l'avait allumée, non pour la fraîcheur, car en ces lieux la température était aussi tempérée qu'à la Cascade des Faës, mais pour la diffuse lumière qu'elle dispensait en cette nuit bien avancée.

Le grognement intempestif du ventre de la jeune femme provoqua le rire silencieux de Cameron. La seconde suivante, un plateau contenant des grappes de raisin, du fromage, de la bière, et une belle miche de pain croustillante, se matérialisa sur ses genoux.

— Mange, *mo chridhe*... Tu n'as rien avalé depuis trop belle heurette !

Elenwë hocha la tête en souriant derrière ses longues mèches ébène, libérées de la natte qu'elle s'était soigneusement appliquée à faire avant leur départ des Pyrénées.

Sans un mot, rêveuse, elle mordilla dans la chair juteuse et croquante d'un grain, puis ferma les paupières de contentement quand le goût fruité, exquis, explosa sur ses papilles. Elle rouvrit tout aussi brusquement les yeux, en sentant la pointe de la langue de Cameron qui la léchait du menton jusqu'à la commissure de ses lèvres.

Impossible !

À ce simple geste d'une grande sensualité, un frisson de désir incandescent courut sur son dos. Après tout ce qu'ils avaient partagé, son corps fortement courbaturé par leurs ébats ne demandait qu'à recommencer !

— Plus tard, susurra Cameron d'un ton rauque et gourmand, comme s'il avait lu dans ses pensées.

Leurs regards s'accrochèrent, se fixèrent intensément, puis il lui fit un clin d'œil coquin et happa le grain de raisin qu'elle tenait entre ses doigts, les léchant et les mordillant au passage.

Une nouvelle décharge électrique ébranla Elenwë.

Le filou !

Il ne croyait pas un mot de ce qu'il venait de dire et cherchait visiblement à tester sa résistance ! Si elle cédait à l'appel envoûtant de son amant, ils feraient à nouveau l'amour, éperdument, longuement...

Elenwë gémit intérieurement à cette pensée et se retint de le faire ouvertement en serrant les dents.

Si elle voulait mettre son plan à exécution, alors le temps lui était compté, et l'amour devrait attendre un autre moment, un autre lieu... un horizon lumineux.

Sans la liche !

Du coup, Elenwë décida de poser enfin les questions qui lui brûlaient les lèvres quant à l'histoire de Cameron :

— Cameron... Est-ce que tu pourrais me dire ce qui

s'est passé dans ta vie, au cours de ces presque six siècles, alors que j'étais prisonnière par la volonté des miens ?

Il était en train de mâcher joyeusement un énorme morceau de fromage et déglutit péniblement à la suite de ces paroles, son beau visage s'assombrissant distinctement et ses yeux lumineux affichant soudainement un voile d'une grande tristesse.

Négligemment, il s'adossa à la pile d'oreillers duveteux qu'il avait ramassés au sol auparavant, remonta la jambe sous les couvertures et l'étrange plaid aux couleurs bleues, vertes, et entrelacées de fils rouges.

Après un long soupir, fuyant son regard, et passant nerveusement la main dans ses cheveux, Cameron desserra les dents pour commencer à répondre en se raclant la gorge :

— Je savais que ce moment viendrait, murmura-t-il d'un ton las. Tu connais ma méprise quant au sort que réservait ta famille à ma sœur. Néanmoins, j'ai vu rouge en croyant qu'ils avaient envoyé Logan pour l'emporter dans le futur. J'étais jeune, égoïste, et ne voulais, en aucun cas, être séparé des miens. Du coup, je n'ai pas saisi l'importance de mon destin et j'ai refusé d'accomplir ma mission.

Elenwë le laissa rassembler ses idées, les sourcils légèrement froncés, avide de connaître la suite de son histoire. Elle serra le poing dans le plaid chaud qui la recouvrait jusqu'au-dessus de la poitrine, pour se retenir de l'apaiser d'une douce caresse des doigts sur son torse à la puissante musculature.

— Ils m'ont puni en me vouant à l'immortalité et en me condamnant à l'incapacité de créer une descendance.

Elenwë ne put s'empêcher d'émettre un hoquet de surprise.

— Je ne comprends pas...

Cameron tourna lentement la tête vers elle et plongea son regard au plus profond de son âme.

— L'immortalité est longue quand on doit la vivre seul, et pour un homme, ne pas pouvoir engendrer une nouvelle génération, une famille, rajoute à la douleur de tout ce qui aurait pu être et qui n'adviendra jamais. Elenwë, ce que je veux dire, c'est que tous ces siècles, j'ai connu des compagnes... au lit, ou ailleurs, expliqua-t-il sans une once de plaisanterie, mais que jamais je n'ai pu... Comment trouver les termes adéquats...

— Essaye, le pressa-t-elle doucement.

Il rit sourdement en faisant la grimace.

— Je ne pouvais pas transmettre ma semence ! Impossible d'aller jusqu'au bout de la jouissance !

Elenwë s'empourpra joliment en réalisant ce que sous-entendaient ses mots.

— Pourtant, nous deux... enfin tu...

— Tu es l'unique femme avec qui j'ai redécouvert la passion totale, absolue.

— Cela est certainement dû au fait que tu ne sois plus immortel ? ! s'écria Elenwë, le cœur battant soudainement à tout rompre.

— *Naye...* susurra-t-il avec un nouveau sourire narquois. J'ai essayé, il n'y a pas si longtemps de cela, de me soulager du désir que j'éprouvais pour toi en me prodiguant des caresses et... rien. Il a fallu que l'on fasse l'amour pour la première fois, pour que je dépose dans ton ventre ma semence.

Les mots étaient crus sans réellement l'être et Elenwë fut d'autant plus troublée que c'était avec elle, et seulement elle, qu'il avait pu redevenir un homme à part entière.

Étaient-ils réellement liés ? Se pouvait-il qu'ils soient vraiment destinés l'un à l'autre ? Dieux..., songea-t-elle.

— Bref, reprit Cameron en détournant ses yeux et en coupant court aux pensées de la jeune femme, j'ai donc cru que ta famille m'avait puni. D'une certaine manière, c'est ce qu'ils ont fait, mais de l'autre, ils fomentaient de me voir remonter le temps pour rejoindre Sophie-Élisa dans le futur, qu'elle meure du fait que l'on soit réunis, et que je récupère ainsi mes pleins pouvoirs. Ensuite, je suis certain qu'ils m'auraient renvoyé dans le passé et qu'ils se leurraient à penser que je me comporterais comme un gentil toutou ! Mais tu es arrivée... et tout est à nouveau devenu possible, murmura-t-il dans un souffle tout en enlaçant ses doigts à ceux d'Elenwë.

— Je l'ai fait dès que le cri de désespoir de Logan a brisé ma prison... Je serais intervenue plus tôt, ma famille le savait, et m'en a empêchée. Dis-moi ce qui a transformé le beau jeune homme farouche que tu étais en un redoutable guerrier highlander d'humeur constamment massacrante ! essaya-t-elle de plaisanter en lui embrassant l'épaule.

Cameron leva un sourcil et sourit de travers en la poussant légèrement du coude.

— C'est ainsi que tu me vois ? *Aye*... je n'aime pas être contrarié par une certaine princesse qui a vite appris à ne pas garder sa langue dans sa bouche, badina-t-il avant de reprendre son sérieux. Quand je me suis réellement rendu compte de ce que j'étais devenu, ma *màthair* venait de mettre au monde une *caileag* (fille) et de l'apercevoir avec ce nouveau-né dans les bras, de la voir irradier de joie... je n'ai pas pu le supporter. C'était comme si d'un coup elle nous remplaçait, Lisa et moi, et qu'elle reportait tout son amour sur Eloïra. Alors, je suis parti vivre dans les bois avec la communauté druidique et n'ai plus posé les pieds au château. Ces gens m'ont appris la sagesse, à me contrôler, à diriger et exploiter ma magie en osmose avec les éléments. Le temps s'est écoulé ainsi, cependant, je revenais souvent aux abords de la forteresse et je restais des heures, tapi derrière les arbres ou les hautes herbes, à remplir mon esprit de la vision de ma toute petite sœur. Elle était vive, belle, toujours enjouée...

La voix de Cameron se brisa sur ce dernier mot et Elenwë retint sa respiration en même temps que des larmes venaient aveugler sa vue. Il parlait d'Eloïra au passé, comme s'il l'avait perdue brusquement et non à cause de la courbe du temps.

— Eloïra est morte l'année de ses six ans... souffla-t-il douloureusement, les traits de son noble visage se crispant sous le poids de sa tension intérieure. Une chute de cheval ! s'exclama-t-il dans une sorte de cri rageur. Les druides m'ont appris plus tard qu'elle avait faussé compagnie à mon *athair* et désirait lui montrer combien elle était devenue grande en galopant vers le Cercle sacré ! Je l'ai vue tomber et j'ai couru comme un fou pour lui venir en aide. J'ai tout essayé pour la sauver, néanmoins même ma magie n'a pu lui redonner un souffle de vie. Elle... avait la nuque brisée. De là... ont découlé les heures sombres. *Màthair* s'est enfermée avec le corps de ma sœur dans ses appartements et il a fallu, malgré son terrible chagrin, que mon *athair* défonce la porte et emporte Eloïra pour l'incinérer lors d'une cérémonie. J'entendrai jusqu'à ma propre mort, résonner dans ma tête les hurlements de *màthair*. Ils étaient... inhumains et me rongeaient le cœur par la souffrance qu'ils véhiculaient. Le temps passa à nouveau, et elle se laissa glisser dans une douce folie, son esprit semblait avoir disparu et elle marchait des heures et des heures sans plus sourire ni parler. *Màthair* était devenue le fantôme triste des terres Saint Clare. Après avoir tout mis en œuvre pour que la femme qu'il avait connue revienne à la raison, et sans y parvenir, mon *athair* s'est lui aussi enfoncé dans le sombre désespoir et s'est abruti dans l'alcool, encore et encore... Il avait conçu une petite trappe secrète dans son cabinet de travail pour dissimuler une outre à *uisge* (whisky) ! Ils sont morts dans la force de l'âge, tous les deux, à quelques mois près, brisés par le poids du chagrin. Par la suite, est arrivé le tour de mon arrière-grand-père. Iain a trépassé des causes d'un infarctus, comme je l'ai appris des années plus tard grâce à la médecine moderne. Il s'est surmené en s'efforçant de découvrir une mélopée magique qui aurait pu effacer le malheur qui s'était abattu sur la famille. Puis il y a eu Gordon et Fillan... dans une explosion de leur laboratoire, eux aussi en quête d'une solution pour changer et influencer le cours du temps. La seule que j'ai vue vieillir et mourir dans son sommeil fut Diane, mon arrière-grand-mère. Elle n'a jamais montré sa détresse, s'est dévouée corps et âme pour autrui, sans jamais ménager sa peine. Je passerai sur ce que sont devenus mes autres proches, Aigneas, mes cousins...

Elenwë hocha simplement la tête, souffrant intensément de tout ce qu'avait vécu Cameron, ainsi que les membres de son clan qu'elle aimait tant. Awena et Darren... Iain et Diane... Et cette petite fille, Eloïra, qu'elle n'avait jamais eu l'honneur de connaître du fait de son emprisonnement dans les tertres enchantés.

Soudain, la princesse ressentit pour la première fois une montée de rage envers les Dieux, ses parents, qui avaient laissé se produire ce cataclysme de peine monstrueuse.

— Comment as-tu survécu à tout ça... chuchota-t-elle comme pour elle même, une larme glissant sur sa joue ivoire, que vinrent cueillir les doigts tremblants de Cameron.

— Je ne pouvais pas faire autrement, expliqua-t-il toujours sombrement. Plus d'une fois, j'ai tenté de me donner la mort, *aye,* moi le Highlander invincible ! Par le feu, l'épée, la noyade et bien plus tard les balles et les explosifs... c'en était devenu un jeu ! À chaque génération, ou invention guerrière, je m'attelais à essayer sur moi toutes les nouveautés, commenta-t-il avec une légère ombre de sourire. Et puis il y avait mon clan ! J'ai pris la place de mon *athair* en tant que laird et quand les jeunes vieillissaient, prêts à comprendre ce qu'il était advenu de moi car ma physionomie ne changeait guère, j'effaçais quelques souvenirs de la mémoire collective et me faisais passer pour mon descendant... J'ai toujours agi ainsi, jusqu'à la naissance de Logan. Je l'ai vu grandir, devenir un homme juste, et je me suis lié d'amitié pour lui. Je savais à quel moment il partirait dans le passé, mais me suis trompé sur la date du retour avec Sophie-Élisa. Et puis... tu connais la suite.

— Oui, souffla Elenwë en se serrant tout contre lui et en posant la tête sur son torse chaud.

Son cœur battait sourdement dans sa poitrine, elle venait de lui faire revivre d'abominables souvenirs. Maintenant elle savait ce qui l'avait tant endurci, ce par quoi il était passé, et la force de caractère qu'il avait due conserver pour rester un homme bon et loyal envers les siens.

— Et toi... ? Tout ce temps à être prisonnière...

— Le temps n'est pas un désagrément quand on est une divinité. Il n'a aucune importance. Disons simplement que j'ai hiberné. Pas de sentiments douloureux comme les tiens, pas de rage envers les miens, cela s'est déroulé... c'est tout !

— Nous allons sauver le monde, ensuite, je ferai de même pour Eloïra ! s'enquit soudainement Cameron avec une volonté de fer et Elenwë voulait croire que tout cela puisse être possible. Nous rentrerons chez nous et quand nous y serons, continua-t-il, une note sibylline et incongrue dans la voix, nous annoncerons notre union à mon clan !

Elenwë eut l'impression qu'une chape de plomb s'abattait sur elle.

— *Quoi ?* couina-t-elle en se redressant et en écarquillant les yeux pour le dévisager.

Cameron souriait de toutes ses belles dents blanches, éclat qui ressortait sur sa peau tannée par la fusion des éléments, et ses prunelles reflétaient des étincelles malicieuses.

Il pointa du menton le plaid qui les recouvrait partiellement.

— Unis sous les couleurs du clan pour un an et un jour !

Elenwë n'en revenait pas ! Il avait fait ça ! Quand, comment ?

Peu importait, il avait osé les unir contre sa volonté !

— Tu ne peux pas décider tout seul de notre avenir ! explosa Elenwë en essayant de s'échapper de ses bras.

— Si, je le peux, et je l'ai fait ! rétorqua Cameron, tout fier de lui.

— Cela n'a aucune signification aux yeux des Dieux ! mentit-elle effrontément en retour. Cette coutume a pour origine une légende et...

— Et comme tu me l'as certifié hier encore : de la réalité naissent les légendes ! Donc, cette union est officielle, ma très chère *femme* !

— Maudite tête de bois ! gronda Elenwë en le frappant de ses petits poings, enfin, en essayant, pour le plus grand amusement de Cameron.

— *M'eudail* (Mon amour)... je ne pensais pas que tu en serais aussi heureuse !

Voilà ! Il venait à nouveau de lui dire « mon amour »... et de son côté, elle hurlait intérieurement son désespoir de ne pas lui avouer le sien ! Il fallait attendre, pour cela, la fin de la quête !

Elle sentait son avenir sombre, presque compté ! Une union sacrée ne pouvait se faire totalement sur des bases incertaines, et pour qu'elle le soit, les vœux devaient être échangés oralement. Elle allait donc se taire !

— Voilà que c'est toi qui fais ta tête de bois, s'amusa faussement Cameron.

— Écoute-moi bien : nous-ne-sommes-pas-unis ! rétorqua-t-elle d'un ton volontairement inflexible pour ériger une barrière entre eux et ne pas lui sauter dans les bras.

Le visage de Cameron se durcit et ses yeux lancèrent des éclairs qui atteignirent le cœur blessé d'Elenwë.

Pour éviter qu'il ne s'en aperçoive, elle décida de lui tourner le dos, et se coucha en chien de fusil.

— Boude autant que tu le souhaites, gronda Cameron en s'allongeant à ses côtés, trop près, trop présent. Sache que tu es à moi ! Et... tête de bois, toi-même !

C'est avec rancœur pour l'un et tristesse pour l'autre qu'ils furent happés dans un nouveau sommeil.

Elenwë se réveilla quelque temps plus tard, dans un sursaut, complètement déboussolée. Il lui avait semblait percevoir un murmure... Cependant, en se retournant, elle put se rendre compte à la lueur des flammes mourantes dans la cheminée que Cameron dormait profondément.

Lentement, doucement, elle se faufila hors du lit, grimaça un instant en portant son regard vers le maudit plaid et s'en saisit en guise de paréo.

Il fallait qu'elle intervienne maintenant !

Elle se dirigea sur la pointe des pieds vers la porte de la chambre, s'arrêta de temps en temps pour jeter un coup d'œil par-dessus son épaule pour s'assurer que Cameron continuait de sommeiller et leva la main pour actionner l'ouverture de la clenche.

— *M'eudail...* ?

Elenwë crispa les paupières et se retourna pour l'apercevoir, allongé sur le ventre, un drap masquant son corps à partir de ses reins et la tête légèrement redressée. Il la regardait comme s'il avait du mal à s'éveiller d'un songe.

Pour la deuxième fois depuis qu'elle était humaine, Elenwë décida d'utiliser une infime partie des pouvoirs contenus dans les larmes des Dieux.

Elle invoqua un sort d'endormissement et le lança sur Cameron. La seconde suivante, sa tête retombait sur l'oreiller et ses paupières se refermaient lentement.

— *Tha goal agam ort...* souffla-t-il tandis que le sommeil l'emportait loin d'elle.

Elenwë se mordit le poing après avoir émis un hoquet de stupeur.

Ça y est, il venait de lui dire les vrais mots... ceux dont elle rêvait.

Il dormait... Alors elle décida de laisser son cœur parler :

— Je t'aime... Cameron.

L'instant d'après, elle courait le long des couloirs, vers l'endroit où elle savait trouver Barabal.

Chapitre 22

Partout où tu iras... j'irai

Cameron ressentit une violente douleur à la tête. Pas de doute possible, il venait de se faire brutalement agresser !

— Elenwë... ? gronda-t-il en se débattant contre l'immense torpeur qui emprisonnait son esprit et son corps.

— Pas jolie princesse, je suis ! Humpf ! Debout, tu dois ! Elle, partie ! vociféra la voix de Barabal qui sembla se démultiplier et ricocher désagréablement dans son crâne meurtri.

Par les Dieux ! Il tenait une de ces gueules de bois !

Et... minute... Barabal ?

C'était elle qui l'avait frappé ? Elle venait de signer son arrêt de mort !

Cameron enrageait, essayait de se dépêtrer de la langueur qui l'immobilisait, et réalisa soudain ce qu'avait radoté la Seanmhair.

— Elenwë ? marmonna-t-il à nouveau en se redressant péniblement pour s'asseoir sur le lit et poser les pieds sur les dalles fraîches en lapis-lazuli de la chambre.

— *Och !* coassa Barabal. Pas assez fort, frappé j'ai ! Moi pas, princesse, être !

Il réussit à intercepter la seconde attaque de bâton d'un geste véloce et cligna des paupières pour jauger son adversaire.

— Que cherches-tu à faire, petite mère ? s'enquit-il sourdement. Et que veux-tu dire par : Elenwë est partie ? Elle dort tranquillement et...

Jetant un vif coup d'œil par-dessus son épaule, il réalisa, éberlué, que la Seanmhair ne mentait pas. Sa femme avait bel et bien pris la poudre d'escampette.

— Où est-elle ? demanda-t-il en réussissant à focaliser son attention sur la *bana-bhuidseach* qui paraissait se dédoubler et ricaner devant lui.

— Où, pas savoir, connaître ! Humpf ! Un parchemin à lire, me donner, elle a, et pfft ! De princesse, y'a plus !

— Depuis quand peux-tu déchiffrer les mots ? ! grommela Cameron en se tenant la tête à deux mains, ses longs cheveux sombres encadrant son visage crispé.

— Quand ? Jamais... inutile et dangereux, c'est ! Pas s'en douter, elle devait.

Cameron chercha dans ses pouvoirs le moyen de récupérer ses forces, réalisa avec étonnement qu'on lui avait jeté un sort d'endormissement, et le fit disparaître en un tournemain.

— Tourne-toi Barabal, je vais m'habiller !

— Pfff... plein de zizis, j'ai vus ! Toi bébé, pipi sur moi, tu as fait ! Alors... *Och* ! *Ceart-gu-leòr* (D'accord) ! céda-t-elle sous la menace du regard meurtrier de Cameron.

— Vers où est-elle partie ? l'interrogea-t-il à nouveau, alors qu'il s'était vêtu de pied en cap de ses rangers, pantalon en cuir noir et chemise sombre, et qu'il se dirigeait vivement vers la sortie de la pièce.

Un coup d'œil vers les fenêtres lui confirma qu'il faisait encore nuit, et que donc, Elenwë ne l'avait pas quitté depuis longtemps. Cependant, à la vitesse de ses déplacements, elle pouvait déjà se trouver à une distance considérable !

— Pas savoir, mission, dire elle a ! Et à moi, ralliement des marches, écrire !

— Donne-moi le parchemin... s'il te plaît, ajouta-t-il en grinçant des dents alors que Barabal affichait une moue boudeuse et faussement outrée.

— *Och* ! Bon *mac*, tu es ! Toi lire !

Il l'aurait bien voulu, mais les mots calligraphiés sur le parchemin que Barabal venait de lui confier provenaient d'une sorte de gaélique très ancien qui lui était tout à fait inconnu.

Un rugissement détona dans son crâne, le faisant derechef se courber en deux de douleur, et crisper les doigts sur sa tête qui semblait être sur le point d'exploser !

Après Barabal et son maudit bâton, voilà que le Gardien s'y mettait aussi !

— Je pars à sa recherche ! Le dragon attend pour m'escorter !

— Avec toi, venir je vais ! lança joyeusement Barabal en le suivant comme une ombre dans les couloirs du château des MacTulkien.

Mais comment faisait-elle pour trotter à la même vitesse que les longues foulées de Cameron ? Où était passée la limace Barabal ?

— *Naye !* décréta Cameron sans lui accorder plus d'attention, totalement focalisé sur son but : retrouver Elenwë. Porte le parchemin à Larkin ou Viviane, l'un des deux pourra certainement le déchiffrer. C'est une mission de la plus haute importance et je te la confie !

— Nia nia nia... Elle aussi, ça me dire ! Servir à rien, moi !

— Là... tu te trompes, Seanmhair ! Tu m'as réveillé, sinon j'étais parti pour un sommeil de cent ans, comme Cendrillon !

— Qui ça être ? Encore donzelle ? Toi, beaucoup aimer les femmes, bon laird tu feras ! Humpf ! caqueta Barabal d'un air prodigieusement ravi qui fit soupirer d'impatience Cameron.

— Pas le temps de te détromper, marmonna-t-il tandis qu'ils arrivaient dans la cour intérieure de la forteresse, éclairée par la luminescence laiteuse des écailles du dragon qui les attendait en soufflant des panaches de fumée.

Au loin, par-delà les bois dissimulés par la noirceur de la nuit, les loups se mirent à hurler à la mort. Des centaines de jappements aigus qui parurent n'en faire plus qu'un, plaintif, poignant.

Il se passait quelque chose à la frontière du domaine, et le sang de Cameron se glaça dans ses veines en songeant à Elenwë.

Son cœur se serra au souvenir de son rejet total quand il lui avait annoncé qu'ils étaient mari et femme. Bon sang ! Un lien tangible les unissait et il avait stupidement présumé qu'elle l'aimait !

Son corps le lui avait dit et ses yeux aussi, alors même qu'elle prononçait des mots qui tendaient à lui faire croire l'inverse !

Il allait la retrouver et ils mettraient une fois pour toutes les choses au point. Elle était à lui !

Comme lui était de tout temps à elle...

Le dragon cracha un autre panache de fumée, lui intimant intérieurement de se dépêcher.

Laissant Barabal caqueter derrière lui, Cameron s'élança tandis que le Gardien baissait la tête jusqu'au sol et il sauta agilement pour s'installer à califourchon sur son dos, juste au-dessus des ailes.

Cette partie du corps du reptile était lisse, à l'instar du cuir d'une selle, et Cameron serra les cuisses de part et d'autre de son colossal cou, pour ensuite affermir sa position en empoignant à deux mains sa crête écailleuse.

La puissance de l'envol lui coupa le souffle, Cameron sentait, plus qu'il ne voyait, la terre s'éloigner sous eux à une vitesse vertigineuse alors qu'un vent frais venait lui fouetter le visage et que les amples ailes du dragon claquaient dans l'air comme les voiles tendues d'un navire.

Le Gardien fit parvenir à son esprit toutes les images que son regard reptilien captait au sol. Il avait une bien meilleure acuité visuelle que les hommes et retransmettait le paysage aussi clairement que s'ils s'étaient retrouvés en plein jour. Sa vue était vive, aux tonalités intenses, et surtout panoramique.

Les frontières des terres de Dôr Lùthien d'avec celles de Creag Mari approchaient rapidement et là... tout en bas, petit point mouvant, Cameron réussit à localiser Elenwë qui venait de passer la grande grille forgée qui délimitait le milieu du pont en arche.

Elle s'était vêtue – preuve tangible que les habits ne l'insupportaient plus – de braies moulantes, de bottes hautes et d'une chemise blanche.

Rien de sombre ! songea avec irritation Cameron, qui avait pourtant ordonné que tous ses compagnons se camouflent d'atours opaques pour se fondre dans le décor et la nuit.

C'était comme si elle agitait un étendard lumineux sous le nez de ses ennemis qui auraient tôt fait de la localiser !

La colère de Cameron monta d'un cran quand il se rendit compte qu'Elenwë contournait la grille, en s'agrippant aux pierres de soubassement du pont en arche.

Comment se faisait-il que la magie de l'endroit ne l'ait pas repoussée vers l'intérieur du domaine sacré ? Était-il si facile de quitter les lieux ?

Dorcha et Geal, ainsi que leurs meutes, gémissaient leur frustration derrière la grille, incapables d'accompagner la princesse vers les terres plus obscures annihilées par le Dieu des ténèbres.

Ils sentaient le danger tapi dans l'obscurité poisseuse, leurs sens exacerbés avaient repéré leurs ennemis dès que la liche avait investi Creag Mari de sa vicieuse présence. Ils jappaient pour prévenir Elenwë et grognaient ensuite en montrant les crocs, dans le vain espoir de provoquer la fuite de l'engeance du mal.

À peine la jeune femme eut-elle parcouru une centaine de mètres, qu'elle fut cernée par une meute de lycanthropes monstrueux et de goules assoiffées de sang !

La princesse essaya d'orienter sa course pour trouver une faille et passer au travers de la masse ennemie, et se figea sur place quand elle se rendit compte que son projet n'avait aucune chance d'aboutir. Fièrement, elle se campa sur ses jambes et dégaina une épée pour mettre en joue les plus hardis de ses attaquants.

De là où il se tenait, Cameron était dans l'impossibilité de lui porter secours et le Gardien ne pouvait cracher des flammes au risque de la blesser mortellement.

Une idée jaillit dans l'esprit tourmenté de Cameron et il eut l'impression que le dragonneau applaudissait dans sa tête.

— Ne t'emballe pas gros bébé, marmonna Cameron en faisant apparaître une corde épaisse et élastique qui s'enroula et se noua autour du cou du dragon et de ses propres pieds. Tout va dépendre de toi ! Vole à la même hauteur, en passant au-dessus de la princesse et surtout, laisse-moi agir !

Le Gardien grommela, tourna sa grande tête pour poser son énorme œil orangé sur lui. Là encore, Cameron se serait bien pincé pour être sûr qu'il ne rêvait pas d'avoir vu le gigantesque reptile lui faire un clin d'œil !

Celui-ci prit de la hauteur, revint au-dessus des forêts de Dôr Lùthien et vola dans la direction où se trouvait Elenwë.

Elle se battait vaillamment, tournait sur elle-même, s'accroupissait et sautait pour éviter les morsures et mortelles griffures des lycanthropes. Cependant, il était certain, au nombre de ses ennemis, qu'elle ne sortirait pas indemne de ce combat.

Cameron s'agenouilla souplement sur le dos du dragon. Il n'avait le droit qu'à un essai et le savait pertinemment. La corde élastique ne devait pas être trop longue ni trop courte pour le projet qu'il avait à l'esprit.

Néanmoins, il devait réussir !

Quand le moment se présenta, il se redressa et bondit dans le vide, tête la première, jambes serrées, et bras écartés dans un somptueux saut de l'ange.

La pression due à la chute lui saisit tout de suite la gorge, comme si une main invisible cherchait à l'étrangler, néanmoins Cameron se concentra et orienta son vol plané par des mouvements du buste et des bras.

Le dragon restait à distance égale du sol, tenant le cap, et Cameron focalisa sa vision sur la chemise blanche d'Elenwë qui reflétait légèrement la luminosité du reptile. Celui-ci était bien trop haut au-dessus de la mêlée pour que les rayons émanant de sa puissante blancheur puissent pulvériser les goules en nuages de cendres et que les lycanthropes ne craignent en rien ses prodigieuses griffes ou dents aiguisées.

Un mâle, tout de fourrure grise, à la musculature impressionnante et semblant particulièrement rusé, avait réussi à déstabiliser Elenwë en lui arrachant son épée. Il rugissait devant elle, ses immenses crocs saillants, prêt à se jeter sur sa proie.

Au moment même où le monstre allait passer à l'action, Cameron arriva sur Elenwë, l'empoigna fermement sous les aisselles et l'entraîna dans les airs à sa suite, aidé par la formidable propulsion due au rebond de la corde élastique. Utilisant ses pouvoirs, il augmenta l'élan de retour pour les catapulter jusque sur le dos du dragon et les stabilisa tous deux en s'agrippant à ses écailles.

Elenwë, assise sur les cuisses de Cameron, le dévisageait comme si elle ne saisissait pas encore ce qui venait de se produire.

Heureux de savoir ses passagers à l'abri sur son corps, le Gardien rugit puissamment dans le ciel, prit à nouveau de la hauteur, et fit une brusque volte-face pour bifurquer vers l'endroit où se tenaient les monstres.

— *Naye, naye, naye !* hurla Cameron en comprenant ce que le reptile avait l'intention de faire.

Il enroula un bras autour de la taille fine d'Elenwë, serra fermement les cuisses de part et d'autre du cou du dragon et se cramponna du mieux qu'il put à ses écailles.

— Tiens-toi à moi ! ordonna-t-il à Elenwë, criant derechef pour se faire entendre alors que le vent, dû à la vitesse, vrombissait à leurs oreilles.

La jeune femme hocha la tête et l'instant suivant... le dragon plongeait en chute libre, à l'instar d'une phénoménale descente de montagnes russes pour foncer droit sur ses ennemis. Cameron serra les dents en éprouvant la sensation que son estomac remontait dans sa gorge, tandis qu'Elenwë hurlait pour évacuer le trop-plein de frayeur. Ils sentirent le reptile emplir son ample poitrine de tout l'oxygène contenu dans l'air, perçurent une infime déflagration au moment où il allait faire jaillir des panaches de flammes, et crurent tomber dans la fournaise d'un volcan quand il les cracha sur les goules et lycanthropes qui se transformèrent en rôtis peu ragoûtants en ce qui concernait les bestioles poilues et minables poussières grises pour les vampires.

Cameron et Elenwë durent supporter une dizaine de montées et descentes, suivies de voyages dans des souffles ardents, jusqu'à ce que le Gardien estime qu'il avait assez fait le ménage et décide de répondre affirmativement à l'injonction de Cameron qui était de tous rentrer au château de MacTulkien.

Cameron soupira longuement en serrant tendrement Elenwë dans ses bras. Elle aurait pu mourir, il aurait pu la perdre... Cependant, ils étaient à nouveau réunis. Leurs destins étaient liés, indéfectibles, c'était ainsi !

— Sache, *m'eudail*, que là où tu décideras d'aller, j'irai aussi ! Jamais plus nous ne serons séparés !

La tête posée sur son large torse, à l'endroit exact où battait sourdement son cœur, Elenwë acquiesça en silence et serra d'autant plus la taille étroite de celui qu'elle aimait plus que sa propre existence.

Elle avait essayé de s'enfuir, distraire la liche pour donner à Cameron le temps de finir sa quête, et elle réalisait combien sa démarche s'était avérée dangereuse et vouée à l'échec.

Oui, ils iraient jusqu'au bout ensemble, quoi qu'il doive se passer. Elle ne l'abandonnerait plus jamais !

Chapitre 23

Quelque part sur une branche

Le dragon se posa majestueusement dans la cour intérieure de la forteresse des MacTulkien.

Après avoir été bercés par le souffle du vent céleste et les rythmes des battements puissants des ailes du Gardien, Cameron et Elenwë furent accueillis par le chahut nerveux des voix du laird Seaumas et de ses Highlanders, harnachés de leurs arsenaux de combat, ainsi que de leurs armures et casques à la longue crinière blanche, le tout clinquant d'or et de pierreries !

Ils étaient à la limite du ridicule !

Cameron, consterné, en ferma les yeux et soupira de lassitude. Comment transformer des hommes coupés du monde en une force militaire prête à pourfendre les ennemis ?

Le pari semblait perdu d'avance !

La transition entre la beauté et le presque silence du ciel, avec cet apparat cacophonique, se faisait presque trop brutalement pour Cameron et Elenwë qui se séparèrent pour descendre du dos du reptile.

Cameron le premier pour saisir fermement la taille fine d'Elenwë et maintenir encore quelques instants son corps chaud contre le sien.

Ni l'un ni l'autre n'avaient envie de revenir au présent et désiraient ardemment se retrouver seuls, à des milliers de lieues de cette quête et de toutes les complications grandissantes qui allaient de pair avec elle.

Viviane accourut vers eux, le visage soucieux, et entoura les épaules frissonnantes d'Elenwë comme aurait pu le faire la plus attentive des mères.

La princesse ne s'était pas rendu compte des émotions vives qu'elle ressentait, à la suite du combat contre les monstres, mais aussi de son sauvetage inopiné grâce à Cameron. Sur le coup, elle n'avait pas eu le temps d'avoir peur, luttant avec fougue pour garder la vie et rejoindre Darren et ses alliés.

Mais maintenant, avec le recul... elle était en état de choc, car elle prenait pleinement conscience que son projet était voué à l'échec dès le début. Sotte qu'elle était !

— Venez, ma douce, souffla Viviane, compatissante. Vous devez vous reposer ! Mais, que vous est-il passé par l'esprit pour partir ainsi ? Nous avons eu si peur en vous voyant combattre ces monstrueuses créatures par le biais de la Fontaine de Vision.

Elenwë soupira d'abattement en baissant piteusement la tête, pour la redresser vivement quand Cameron, qui ne l'avait pas quittée un instant, prit soudainement la parole :

— Être ma femme t'insupporte-t-il tant, que tu aies souhaité te jeter dans la gueule du loup ?

Le ton qu'il employait se voulait léger, limite plaisantin, pourtant, Elenwë perçut la douleur au travers de ses mots et eut le temps d'apercevoir l'éclat d'une sourde tristesse jaillissant de son intense regard bleu.

— Non ! s'écria-t-elle spontanément, dans un émouvant souffle de sincérité.

L'heure n'était plus à la dissimulation. Elle l'aimait et souffrait d'autant plus de ne pas pouvoir le lui avouer oralement, tandis que lui avait laissé tomber les masques, et lui avait ouvert son cœur. Elle resterait à ses côtés jusqu'au bout et si les Dieux le voulaient, jusqu'à la fin de sa vie terrestre, pour qu'ensuite leurs âmes enlacées aillent retrouver le Chant pour une fusion éternelle.

— Ce n'est pas cela, reprit-elle l'air soudainement las. J'étais très contrariée, je l'avoue... et je n'arrive toujours pas à maîtriser mes émotions. J'ai imaginé que je serais en fin de compte plus utile auprès de Darren ou de Awena et j'ai tenté de les rejoindre... Je ne pensais pas me heurter aussi vite aux monstres...

Encore quelques mots flirtant étrangement avec le mensonge ! songea-t-elle amèrement, tandis qu'elle se retenait de parler du lien qui la rattachait au Dieu des ténèbres, pour soulager sa conscience.

Mais après tout ! Pourquoi le lui dissimuler ? Ils touchaient presque la fin de leur périple et Cameron comprendrait que la liche s'était servie de cette relation qui existait inexplicablement entre eux depuis leurs renaissances dans le but d'appréhender leurs moindres faits et gestes !

Oui, elle allait tout lui dire !

Mais un sifflement ténu, et horriblement douloureux, l'en empêcha et la fit grimacer de souffrance.

— Tu ne pensais pas... reprit sourdement Cameron en serrant les mâchoires, sa peur de la perdre le poussant à adopter un ton rageur. Tu es une humaine, Elenwë ! Dans le combat qui est engagé, tu peux trépasser à tout instant ! Tu continues à réfléchir comme une immortelle, il est plus que temps de changer !

— Mais oui, mais oui... intervint Viviane, en tapotant gentiment les épaules de la jeune femme. Elle le comprend maintenant, cependant, il faut qu'elle se repose un peu avant que nous reprenions la route d'ici quelques heures. Les mises au point se feront plus tard, à un moment propice. J'ai préparé quelques potions pour que tous regagnent des forces, je lui en ferai boire une d'ici peu.

À ce moment-là, Seaumas, qui s'était silencieusement approché, se racla la gorge pour attirer l'attention sur lui.

Il attendit que Viviane et Elenwë s'éloignent pour parlementer en toute tranquillité avec Cameron.

— Étant donné que mes hommes et moi sommes sur le pied de guerre, j'ai pensé qu'une petite troupe pourrait vous accompagner à la marche suivante, tandis que de mon côté, je partirai avec le plus gros de mes Highlanders pour rejoindre ton père. Ainsi, nous guerroierons sur plusieurs fronts et si les Dieux le veulent, nous réussirons ! Qu'en dis-tu ?

Cameron hocha la tête après un moment de réflexion.

— *Aye*, avec la puissance du Gardien, je pourrai faire voyager assez de monde vers notre prochaine destination. Cependant, vous vous changerez tous d'abord ! Laissez vos tenues de Barbie derrière vous et vous enfilerez ce que je vous conseillerai de mettre !

Seaumas tiqua visiblement en baissant le menton pour contempler sa propre cuirasse dorée.

— Barbie ? C'est quoi ça ?

Cameron secoua la tête et leva une main pour couper court à la demande de Seaumas, avant de reprendre :

— Vous allez partir affronter une engeance maléfique que votre existence reculée ne vous a pas préparés à combattre !

Seaumas, cette fois-ci, sourit narquoisement.

— Ne crois pas cela, Élu ! Bien au contraire, nous avons eu plus que le temps de nous entraîner en vous épiant par le biais de la Fontaine de Vision. Nos accoutrements ne sont pas adaptés ? Nous les changerons ! Mais sache que nous sommes redoutables, aguerris, que nous pouvons canaliser nos peurs pour en faire notre force, et avons parmi nous de puissants mages ! Je suis, moi aussi, un fils des Dieux. Mes sortilèges n'équivalent peut-être pas les tiens, néanmoins tu peux compter dessus ! La vie en autarcie est finie, il est temps que nos navires quittent enfin le lac pour rejoindre la mer et pour accoster sur les côtes infestées de vermines ! Le moment est venu pour nous tous de prouver notre valeur ! Ne me refuse pas ce souhait !

Comment Cameron aurait-il pu décliner son offre ? Il

comprenait si bien Seaumas, son besoin d'agir, d'œuvrer de toutes ses forces pour donner une chance au monde de ne pas basculer dans les ténèbres !

— *Aye*... J'accepte ton aide. Cependant, je ne sais pas où se trouve mon *athair* actuellement ! La dernière fois que je l'ai vu, il partait pour les terres Sutherland, enchaîna Cameron l'air soucieux.

— Viens, suis-moi ! lança Seaumas avec un geste de la main. La Fontaine de Vision nous aidera à éclaircir les points sombres.

Éclaircir les points sombres... C'est ce que Seaumas avait pourtant avancé !

Cependant, Cameron avait beau poser des questions au réceptacle magique – sorte de grande coupe de plus d'un mètre de diamètre, surélevée par un imposant piédestal, avec en son centre un poisson en quartz qui projetait de l'eau –, celle-ci ne lui renvoyait qu'une sorte de nuage noir, à l'instar de l'encre que cracherait une seiche pour se dissimuler d'un prédateur.

Passant rageusement la main dans ses cheveux, Cameron marcha de long en large pour s'approcher à nouveau de la coupe.

— Montre-moi mon *athair* ! ordonna-t-il d'un ton dur en détachant soigneusement ses mots.

Là encore, l'eau qui était redevenue limpide, se chargea de nuages noirs traversés par intermittence de filaments bleu argenté ressemblant étonnamment à de minuscules arches électriques.

— Elle ne fonctionne pas ! vociféra Cameron en levant rageusement les mains au ciel. Sa magie est épuisée !

— Impossible, rétorqua Seaumas, conservant un calme serein qui donnait des envies de meurtre à Cameron. Pose une autre question, nous verrons bien !

— Vite tu dois faire, se plaignit Barabal en coassant lugubrement, tandis qu'elle trépignait d'un pied sur l'autre depuis un moment.

— Barabal... gronda Larkin, qui se tenait un peu plus en arrière dans la pièce lumineuse qui abritait la Fontaine de Vision.

— *Och* ! Glouglou du poisson, pipi, envie me donne ! se lamenta-t-elle en retour.

— Les commodités ne sont pas si loin, intervint Fillan lui aussi présent, tout comme son frère.

Ne manquaient à la troupe que Viviane et Elenwë.

— Voir tout, je veux ! Humpf ! tempêta la Seanmhair en grimaçant effrontément sans mettre fin à son étrange gigue.

— Alors, regarde... et *dùin do bheul* (tais-toi) ! marmonna une énième fois Larkin.

Cameron leur intima le silence d'un geste sec de la main et reporta son attention sur la Fontaine.

— Montre-moi ma *màthair*...

L'eau cristalline sembla prendre vie, laissa filtrer une douce lueur tamisée, et devant les yeux ébahis de Cameron, apparut l'intérieur de la grande salle du château des Saint Clare.

La lumière découlait des nombreuses torches accrochées aux murs qui permettaient d'éclairer les multiples paillasses placées à même le sol où reposaient des centaines de blessés, hommes, femmes et enfants...

Là... Awena et Diane passèrent dans le champ de vision de Cameron, et un peu plus loin, Sophie-Élisa aidait sa tante Aigneas et Eileen à panser un guerrier, contusionné à la tête.

Elles avaient l'air surmenées, n'avaient pas dû dormir depuis des siècles, cependant elles restaient vaillantes, les épaules droites, et ne cessaient d'aller et venir pour porter assistance aux alités.

Elles sont en vie ! songea-t-il, immensément soulagé.

Cette constatation atteignit son cœur, comme une flèche l'aurait fait de sa cible, et le bouleversa tant qu'il dut se maintenir des deux mains aux rebords de la coupe pour ne pas perdre l'équilibre.

Petit à petit, la scène s'effaça, et l'eau redevint translucide, seulement agitée par les geysers que la bouche du poisson émettait.

— ... grrr... méchante poiscaille ! coassa Barabal. De cracher, arrêter, il doit !

La porte de la pièce s'ouvrit sur Viviane et Elenwë qui semblait avoir recouvré des forces et des couleurs.

Dès qu'elle vit Cameron, penché sur le bassin, comme effondré, elle se précipita vers lui et ceintura sa taille étroite.

— Cameron ? souffla-t-elle tandis qu'il redressait la tête, la regardant au travers de ses mèches noires, et la prenant tout contre lui.

— Tout va bien, *m'eudail*. *Màthair*, Lisa et les femmes du clan sont saines et sauves... Mais, la magie n'opère pas quand je la somme de me montrer mon *athair* ou Iain...

Un frisson glacial parcourut le corps d'Elenwë. Darren... et Iain ? Lui aussi ?

Ses yeux se posèrent alors sur la surface de la Fontaine de Vision qui évolua de nouveau sans que personne n'eût émis une quelconque question.

L'eau parut bouillonner, s'obscurcir et s'épaissir. Une odeur putride de soufre emplit la pièce où ils se trouvaient tous et soudain, la liche apparut dans toute son horreur sous le liquide mouvant et poisseux.

Un squelette couvert de haillons, des lambeaux de peaux gluantes suintant des ses os mis à nu, et ses orbites les fixant par le biais de deux minuscules fournaises incandescentes.

Tous perçurent nettement son ricanement sinistre, avant qu'une déflagration puissante ne se fasse entendre et qu'une boule de magie phénoménale ne détruise la Fontaine dans son ensemble, rompant ainsi le lien qui venait de s'établir entre le Dieu des ténèbres et eux tous.

L'eau sombre redevint limpide et alla joyeusement couvrir les dalles de lapis-lazuli, tandis que Barabal trépignait cette fois-ci d'allégresse en brandissant son bâton.

Elle avait été la seule à garder ses esprits et à utiliser ses pouvoirs pour agir. Même Viviane la dévisageait révérencieusement en constatant combien la petite mère n'était pas aussi vulnérable qu'elle le laissait supposer au premier abord.

— La Fontaine de Vision ! hurla soudain Seaumas en s'étouffant à moitié ensuite, tandis qu'il désignait les irréparables dégâts éparpillés sur le sol. Elle l'a détruite ! !

— *Och !* gronda Cameron, serrant toujours dans ses bras une Elenwë extrêmement choquée par l'apparition. La liche n'était pas une illusion, elle nous a vus ! Barabal a très bien agi !

— Mais... mais... la Fontaine ! couina encore misérablement Seaumas en écartant les mains et en posant les yeux sur ce qui restait du poisson glougloutant.

— Bien fait ! caqueta la Seanmhair, trottant vers la sortie. Me torturer, elle a ! Humpf... *Och* ! Trop tard, pour commodités, aller... ajouta-t-elle en grimaçant un sourire vicieux vers Fillan qui la talonnait et qui fit un bond de côté en réalisant dans quoi il marchait.

— Mais... gémit derechef Seaumas.

— Elle ne te sera plus d'aucune nécessité ! Vous êtes libres désormais et pourrez découvrir le monde de vos propres yeux !Mais si cela t'ennuie tellement, fais fonctionner la garantie ! lança Cameron en sortant de la pièce à la suite de ses compagnons et en laissant le laird des MacTulkien se lamenter seul sur son sort.

— *Och* ! Garantie ? s'exclama-t-il rageusement. C'est quoi encore cette magie ? ! hurla-t-il dans le couloir, dans l'espoir d'être entendu de Cameron qui s'éloignait sans se retourner.

Alors que le soleil inondait de ses rayons rougeoyants et matinaux les terres de Dôr Lùthien et que la noirceur du Dieu des ténèbres recouvrait les autres domaines des

Highlands, les troupes de Seaumas, ainsi que le groupe de Cameron, atteignaient le pont en arche, escortés par Dorcha, Geal et leurs meutes.

Une barrière invisible vers l'est, par-delà la délimitation représentée par la haute grille forgée, faisait écran aux voiles opaques où tous savaient que se tapissaient les créatures maléfiques.

Les pierres levées remplissaient parfaitement leur rôle de protection et allaient leur donner l'occasion d'utiliser la magie de l'endroit pour voyager sur les chemins célestes et arriver aux points qu'ils s'étaient fixés.

Les terres Sutherland pour Seaumas et son armée, convenablement et sombrement vêtue pour le combat, après que Cameron eut transmis au laird la mélopée enchantée qui lui permettrait d'exécuter ce prodige, le Gardien restant près de Seaumas pour lui transférer une partie de son énergie quand le besoin s'en ferait sentir.

Cameron et ses compagnons, auxquels se rajoutaient une vingtaine de guerriers MacTulkien, allaient rejoindre la marche de l'Eau, localisée à Brocéliande dans le Royaume de France, endroit où le dragon les retrouverait dès que son devoir auprès de Seaumas serait accompli.

Bien avant cela, Viviane avait distribué toutes ses potions, dont une, très importante, qui immuniserait les personnes qui ne l'étaient pas encore contre les *Keenigs* des *bean sith*.

Tout semblait se dérouler sans accrocs... Presque trop facilement.

Pensée que se faisait silencieusement Elenwë, après avoir dit adieu aux MacTulkien et en attendant le moment du départ.

Elle écoutait d'une oreille distraite Viviane et Larkin qui échangeaient avec enthousiasme toutes leurs connaissances quant à la marche de l'Eau, de l'endroit où était retenu prisonnier l'esprit de Merzhin, et de qui l'avait pris sous sa protection.

— On les appelle les membres de la guilde de Mir ! disait Larkin, les yeux pétillants d'entrain. D'après mes sources, ils étaient, à l'origine, de simples bûcherons qui auraient ensuite établi une communauté secrète pour placer le Légendaire sous son égide !

— Oui ! C'est cela ! s'exclama en retour Viviane, ses joues s'empourprant sous l'effet de l'émotion. Des bûcherons, les frères Duenerth[27] ! C'est à eux que j'ai confié la surveillance du corps de Merzhin ! Ils auraient donc formé une guilde[28] ?

— *Aye !* s'écria Larkin en hochant vigoureusement la tête.

— Ne vous emballez pas, intervint sombrement Cameron en s'approchant d'Elenwë et en lui prenant tendrement la main. J'avais moi aussi entendu parler de la guilde de Mir par la communauté des druides qui s'est établie sur les terres de ma famille. Dans le futur... il n'existe plus aucune trace d'eux ! Ils se sont... volatilisés ! Sans compter que le tombeau de Merzhin n'a rien de magique...

— Un tombeau ? le coupa Viviane, en écarquillant les yeux, alors que des images de branches épaisses, de feuilles vertes, et d'un jeu d'ombres et de lumières que l'on rencontrait uniquement dans un sous-bois, se faisaient jour dans la conscience d'Elenwë.

— L'esprit de Merzhin n'a jamais été emprisonné dans un tombeau ! s'offusqua encore Viviane en reprenant la parole et en répétant une énième fois les mêmes mots.

— J'en suis venu à cette déduction en fouillant les lieux pendant des années, mais moi, je cherchais un corps ! commenta Cameron en haussant un sourcil. Il n'y a aucune forme de magie des Dieux en Brocéliande, uniquement celle des éléments. De plus, cet emplacement funéraire a été transféré d'un point à un autre dans le but de rendre la visite plus pratique aux touristes et promeneurs ! Sa place initiale

---

27 *Duenerth : Nom breton signifiant Dieu guerrier.*
28 *Guilde : Association de personnes aux intérêts communs.*

était bien plus éloignée qu'elle ne l'est actuellement !

— Je réitère mes propos, intervint Viviane. L'esprit de Merzhin n'est pas dans une quelconque sorte de tombeau ou tumulus, il est... Mais partons, et vous découvrirez cet endroit par vous-mêmes !

Tous acquiescèrent, plus qu'impatients de passer à l'étape suivante.

— Quelqu'un, manger, a ? caqueta Barabal en se plaçant près de Fillan et Gordon et lorgnant leurs amples et volumineux paquetages.

Cameron ignora la demande de la Seanmhair, hocha la tête vers Viviane pour confirmer l'imminence du départ, et serra un peu plus la main d'Elenwë. Il la dévisageait d'un regard intense, à la fois plein de promesses et d'un amour non dissimulé, infini et puissant.

Elenwë en fut transportée et reprit soudainement confiance en elle. Sur ses lèvres, un sourire lumineux fleurit et ses prunelles renvoyèrent à Cameron le reflet de ses propres émotions.

— Eh ! Les amoureux ! les interpella Gordon en riant et portant son paquetage à bout de bras vers le ciel. Si vous ne faites rien pour partir dès maintenant, notre très aimée, et très obstinée Barabal, va finir par me chiper le gigot que j'ai chapardé dans les cuisines du château !

Cameron et Elenwë s'esclaffèrent en apercevant la petite mère qui sautillait sur place, ses propres bras tendus vers la lourde sacoche de Gordon, bien trop haute pour qu'elle puisse l'atteindre... Du moins, de cette manière-là. Car, quand Barabal avait une idée en tête, elle s'employait toujours à trouver le moyen de parvenir à ses fins, quelle que soit la méthode utilisée !

— Outch ! s'étouffa Gordon en se pliant en deux, ses mains croisées sur son entrejambe qu'un genou osseux venait par « inadvertance » de cogner. Cameron ! s'écria-t-il d'une voix légèrement aiguë tout en lançant un regard meurtrier sur la Seanmhair qui s'éloignait avec son paquetage dans les bras. Fais-nous partir tout de suite... avant que je la tue !

Cameron acquiesça avec un sourire amusé, salua à distance Seaumas qui allait et venait pour parler à ses hommes et se tourna vers le grand druide.

— Larkin ?

— *Aye !* répondit celui-ci en fermant les paupières pour focaliser son esprit sur la marche de l'Eau.

L'instant suivant, Cameron les propulsait tous à Brocéliande, pour reprendre pied sur un petit sentier forestier qui longeait la rive d'un étang aux eaux d'un vert profond, encaissé dans une sorte de dépression creusée à même le schiste rouge.

— Nous sommes au Val sans Retour, murmura Cameron en buvant du regard le magnifique panorama, que la main de l'homme n'avait pas encore transformé en parc à touristes, et en tournant sur lui-même pour faire face à l'étang. Et voici le Miroir aux Fées...

— De mon temps, cet endroit portait le nom de Val des faux-amants... souffla Viviane, visiblement très troublée de se retrouver en ces lieux.

— Là ! Des pierres sacrées ! s'écria Fillan alors que les guerriers de Seaumas continuaient de se matérialiser autour d'eux.

À bien y regarder, il y avait effectivement trois menhirs, pratiquement dissimulés sous des branchages, de la mousse et une masse de fougères, roussies pour les anciennes et vertes pour celles qui célébraient la venue de la période de lumière[29].

— Oui, on les appelle « Les trois frères »[30], leur apprit encore Viviane en se dirigeant vers eux pour caresser révérencieusement la petite superficie d'une des pierres.

— Cela ne me dit rien, observa Cameron en fronçant

---

29 *Période de lumière : Partie de l'année regroupant le printemps et l'été.*
30 *Les trois frères : Inventés pour les besoins du livre, alors, ne les cherchez pas quand vous irez à Brocéliande !*

les sourcils. Ils ne seront plus ici dans le futur. Mais passons ! Viviane, vers où devons-nous nous diriger maintenant ?

La vieille femme orienta son regard vers le point culminant de l'à-pic de schiste rouge qui leur faisait face par-delà l'étang.

— Là-haut ! Il nous faudra contourner le Miroir aux Fées, emprunter le sentier qui nous mène sur les hauteurs et nous enfoncer dans la forêt. Je vous guiderai pas à pas, n'ayez crainte, je connais ces bois comme ma poche.

C'est ainsi qu'ils prirent tous la route en direction du nord-est, remplissant leurs poumons de l'odeur particulière et vivifiante de l'humus des sous-bois et profitant des rayons d'un soleil que le Dieu des ténèbres n'avait pas encore réussi à dissimuler.

Cinq heures et demie plus tard, à grimper, escalader, subir les jérémiades de la Seanmhair qui finit par poursuivre le chemin sur le dos de Fillan, et à penser qu'ils tournaient en rond tant les lieux visités paraissaient identiques, ils arrivèrent enfin dans une partie forestière qui semblait être entretenue par les hommes.

— Nous devrions être à proximité de l'endroit où se situaient les chaumières des frères Duenerth, souffla Viviane en s'épongeant le front de la manche de sa toge sombre et en portant une main sur sa poitrine qui se soulevait et s'abaissait à un rythme saccadé.

— *Och !* s'inquiéta Cameron en s'approchant d'elle. Vous êtes épuisée ! Nous allons faire une pause...

— Non, c'est inutile, fils des Dieux, coupa gentiment Viviane. Je suis âgée et impatiente de retrouver mon bien-aimé. Tout cela ne ménage pas mon cœur. Cependant, je resterai vaillante ! Il faut continuer !

Ce qu'ils firent encore un temps, jusqu'à ce qu'un des guerriers de Seaumas lève le poing et se fige sur place, avant que tous ne l'imitent en saisissant leurs armes.

Cameron, le pommeau de Gradzounoul' bien calé entre

ses doigts agiles, fouilla du regard la pénombre des sous-bois à la recherche du moindre mouvement, ami ou ennemi, tandis que le lourd silence de la zone le frappait de plein fouet.

Pas un souffle de vent jouant à la canopée des arbres, nul bruit d'un animal musant dans les parages et aucun piaillement d'oiseaux que la présence des hommes aurait importunés !

Rien...

Juste... un silence de mort...

Utilisant sa magie pour affiner sa vue, Cameron détecta très vite les traces d'un combat qui avait dû être brutal et féroce. Il avança, suivi de près par ses compagnons et les MacTulkien, et ramena Elenwë dans son dos d'un bras autoritaire, alors qu'elle le dépassait, portée par la célérité de ses pas.

— Être sur le qui-vive est une des premières leçons qu'il te faudra apprendre pour survivre, marmonna-t-il à son intention, sans cesser de déployer tous ses sens pour sonder une large superficie du terrain.

Bientôt, ils arrivèrent dans une sorte de clairière où une vision d'horreur les attendait.

Elenwë ouvrit de grands yeux et posa une main tremblante sur sa bouche, par pur réflexe d'effroi. Partout où son regard se fixait, se trouvaient des restes humains, des corps atrocement démembrés et partiellement dévorés.

Cameron ne lui laissa pas le temps d'en voir plus et l'obligea à cacher son visage tout contre son large torse.

Même Barabal, qui ne manifestait guère ses sentiments, était statufiée d'épouvante...

— Non... non... gémissait Viviane en allant d'un corps à un autre, entrant et sortant des cabanes qu'elle venait d'inspecter, courageusement, dans l'espoir de localiser une personne vivante...

Cependant, force était de constater par l'étendue du massacre que tout avait été mis en œuvre en ces lieux, pour qu'il n'y ait aucun survivant.

— Tous ces hommes faisaient bien partie de la guilde de Mir, les informa Larkin en déglutissant péniblement. Pas de femmes ni d'enfants, remercions-en les Dieux... J'ai pu identifier le symbole de leur communauté tatoué sur quelques... bras restés... en relatif... bon état... et...

La seconde d'après, il vomissait tripes et boyaux en se penchant au pied d'un chêne dont le tronc majestueux et gigantesque prouvait qu'il avait traversé des siècles et des siècles d'existence.

Larkin reçut une sorte de minuscule pierre sur le crâne, se redressa en s'essuyant de son mouchoir, pour repérer du regard le petit malin qui cherchait à plaisanter dans un si pénible moment.

Un autre objet tomba de l'arbre et le toucha à l'épaule.

Larkin posa ses prunelles sur le projectile sagement immobile à ses pieds et découvrit qu'il s'agissait simplement d'un gland. En grimaçant, il renversa la tête en arrière et écarquilla les yeux d'étonnement en apercevant un très vieil homme assis sur une haute branche, à plus de dix mètres du sol. Le drôlet avait les cheveux neigeux coupés courts, hirsutes, et sa barbe longue et blanche était à l'instar d'un véritable nid à nœuds ! Cependant, ce qui troubla au plus haut point Larkin, était le fait que l'homme le contemplait sans le voir, sans exprimer une once de sentiments...

— Vi... Viviane ? couina Larkin sans quitter des yeux le vieux bonhomme, dont le buste était ceinturé d'une épaisse corde de chanvre qui s'étirait dans son dos, et passait sur une autre branche, plus haute, pour serpenter le long du tronc vers son extrémité qui était fermement nouée dans une cavité dissimulée.

On avait hissé le vieil homme sur la branche !
On l'avait mis en sécurité !
Ce pouvait-il qu'il soit... ?

— Merzhin ! hurla Viviane en accourant et en pleurant de joie. Merzhin... par les Dieux, il est vivant ! Vite, aidez-moi à le descendre ! Il nous faut procéder tout de suite à la fusion du corps et de l'esprit !

— Nous devons d'abord trouver le tombeau... commença Larkin.

— Pas de tombeau... souffla Viviane, avant de désigner le chêne millénaire. Mais un arbre vénérable... L'esprit de Merzhin est à l'abri de ses racines, protégé par une Rune du Pouvoir logée en son cœur, indétectable à la magie des hommes-dieux et de la liche...

— Le chêne... murmura Elenwë en s'approchant et en posant sa main sur l'écorce rugueuse... Oui, je me souviens de tout maintenant !

Chapitre 24

Ce qui devait arriver...

Alors qu'Elenwë revoyait la scène qui s'était déroulée au même endroit, plus de mille ans auparavant, tandis qu'elle était la princesse des Sidhes, ses compagnons se mirent à faire le tour du tronc difforme du chêne qui faisait plus de neuf mètres de circonférence, pour trouver le meilleur moyen de faire descendre Merzhin de son perchoir.

Cet homme ne correspondait en aucun point à l'image qu'Elenwë avait dans la tête. Viviane et le Légendaire étaient jeunes, beaux, dans la force de l'âge...

Viviane avait choisi l'apparence d'une femme âgée pour se grimer et survivre, il était donc concevable de penser que Merzhin, par le biais de son Âme sœur, se soit lui aussi métamorphosé en patriarche. Et la bague... son cadeau... les avait immortalisés sous ces formes, jusqu'au jour de leur délivrance.

En ce jour !

Enfin, quand le moyen de libérer le Légendaire serait trouvé !

L'attache de la corde, dont le chanvre était tout ce qu'il y avait de plus ordinaire, avait été dissimulée par magie.

Cameron avait refusé qu'on la coupe à l'aide d'une dague, soupçonnant qu'un sortilège la protégeait de toute attaque contondante. Il fallait désormais délivrer le Légendaire, mais en agissant avec intelligence et pour commencer, trouver le charme qui permettrait d'atteindre le bout du cordage.

— Les hommes de la guilde ont employé une manière des plus banales et rusées pour mettre en sécurité Merzhin et ils possédaient des bases magiques qu'on ne peut ignorer ! commenta Cameron en refaisant le tour du tronc, sa main aux doigts nerveux caressant la vieille écorce rêche de l'arbre.

— Lents, vous êtes, agir je vais ! Humpf ! coassa Barabal qui utilisa son bâton pour jeter un projectile de feu sur la corde, avant que quiconque ne puisse intervenir.

Le chanvre céda, et Merzhin chuta, emporté par son poids. Cameron s'élança d'instinct et le réceptionna dans ses bras vigoureux avant qu'il ne se blesse ou ne se tue en touchant la terre.

— Humpf ! Bébé, le jeu être ! jacassa la Seanmhair, très fière d'elle, jusqu'au moment où un bruit sourd, sorte de vrombissement furieux, se fit entendre d'une des cavités sombres dans le tronc du chêne.

— Des guêpes ! hurla Gordon en se couchant au sol, vite imité par ses compagnons et par les MacTulkien, tandis que Cameron posait précautionneusement Merzhin sur une litière meuble de feuilles mortes, convaincu que les insectes focaliseraient leur hargne uniquement sur Barabal.

Celle-ci couina à l'apparition de l'essaim en colère qui la chargea en formant un immense nuage compact et funeste. Elle prit ses jambes à son cou et galopa comme une antilope, slalomant entre des tas de bûches et divers obstacles.

— Cameron ! s'écria Elenwë dans un appel angoissé pour qu'il vienne en aide à la Seanmhair.

— Juste un instant... répondit-il avec un clin d'œil qui agaça prodigieusement la jeune femme. Laissons-la courir, encore un peu...

Mais, était-il devenu fou ? La *bana-bhuidseach* allait mourir, son corps empoisonné par le venin de milliers de dards !

— Maintenant, gronda Cameron en fermant les yeux, gonflant ses poumons et soufflant un immense panache de fumée blanche qui atteignit l'essaim de guêpes à la vitesse de la lumière au moment où celles-ci se jetaient sur leur proie.

Les insectes se figèrent en plein vol et tombèrent comme des gouttes de pluie, mortes, sur Barabal qui se couvrait la tête de ses frêles bras et ne bougeait plus d'un pouce.

— La prudence est mère de sûreté... marmonna Cameron en s'approchant d'Elenwë et en lui capturant la bouche dans un baiser langoureux qui enflamma ses sens. Deuxième point de leçon pour rester en vie... continua-t-il en s'écartant et en se pourléchant les lèvres comme s'il venait de croquer dans un fruit juteux. Barabal n'a pas attendu, le piège était dissimulé, et son impatience l'aurait tuée si je n'étais pas intervenu... Prends note *mo chridhe* !

Comment pouvait-il l'exaspérer et l'envoûter en même temps ? Être auprès de Cameron la déstabilisait autant que l'aiguille d'une boussole l'aurait été dans le triangle des Bermudes ! Elenwë ne savait plus du tout comment se comporter !

— Merzhin... chuchotait Viviane, agenouillée contre le corps du vieil homme, ses yeux fixant toujours le vide et ses traits ridés n'affichant aucune expression. Il faut intervenir, dès maintenant... s'écria-t-elle en tournant son visage en pleurs vers Elenwë et Cameron. Je sens que l'anneau commence à perdre sa magie et Merzhin, comme moi-même, devons retrouver nos réelles apparences avant cela !

Déjà, les physionomies de Viviane et du Légendaire s'altéraient, se déformaient à l'instar d'une image floue. Les longues mèches de la chevelure blanche de la vieille femme se teintaient de reflets châtains et les rides de son visage s'effaçaient peu à peu tandis que ses traits s'affinaient en même temps qu'ils rajeunissaient.

— Que doit-on faire ? s'exclama vivement Cameron. Ogma ne m'a confié aucune clef, aucune mélopée pour délivrer l'esprit de Merzhin !

— La clef, c'est moi ! intervint Elenwë en lui prenant la main et en entrelaçant ses doigts aux siens. Cameron, connecte-toi à ma conscience, cherche dans mes souvenirs, puise en moi les charmes dont tu as besoin et ordonne à la Rune de libérer l'esprit !

— *Aye* ! acquiesça-t-il avant d'unir ses pensées à celles de la princesse.

Il se heurta à de nombreuses barrières, parties intimes que la jeune femme ne désirait certainement pas lui ouvrir, et continua son chemin jusqu'à un point lumineux qui semblait l'appeler.

Il vit le moment où le couple, dans la fleur de l'âge, subissait l'attaque de Morgause et le moment où ils avaient décidé, épaulés par Elenwë, de se mettre à l'abri en faisant croire à la maléfique sorcière que Viviane trahissait Merzhin en l'emprisonnant éternellement. Il avisa l'instant où l'anneau fut transmis à Viviane, où Elenwë prélevait une goutte du sang du Légendaire pour l'insérer dans la pierre de la bague, fortifiant ainsi le lien qui les unirait et les tiendrait en vie jusqu'au jour de leur délivrance mutuelle, et il visionna encore les secondes où tous deux avaient pris l'apparence de vieilles personnes, absolument méconnaissables.

Récite la mélopée..., souffla Elenwë dans sa tête.

Tout était si clair, et les mots anciens fusèrent de la bouche de Cameron en une sorte de chanson aux accents gutturaux et puissants. Les ondes émises par sa voix allèrent s'enrouler comme du lierre autour des racines de l'arbre. En son cœur, la Rune du Pouvoir s'illumina et scintilla de manière si intense que le chêne millénaire en resplendit extérieurement, de son écorce à la plus petite feuille qui poussait et se développait en avance sur son époque.

La magie qui circulait entre Elenwë et Cameron était époustouflante, à eux deux, ils communiaient comme lors de la fusion d'avec les éléments dans la Forge céleste et la passion charnelle renaissait, impérieuse, ardente...

Mais ce n'était, là encore, pas le moment.

— Merzhin ! s'écria une voix douce et veloutée qui ressemblait étrangement à celle de Viviane.

L'étonnement fit se séparer les consciences de Cameron et d'Elenwë, leurs êtres en feu d'un désir latent, mais leurs esprits immanquablement attirés par ce qui se déroulait auprès d'eux.

Viviane s'était métamorphosée en la belle femme voluptueuse des souvenirs de la princesse, sa longue chevelure châtain cascadant jusqu'à ses reins et son corps avait acquis de nouveau les souples courbes de sa jeunesse. L'homme qui était étendu au sol et dévisageait Viviane d'un air égaré, mais bien vivant, n'avait plus rien de comparable avec le vieillard efflanqué qu'ils avaient découvert assis sur une des branches du chêne. Merzhin avait l'apparence d'un homme d'une trentaine d'années, à la musculature déliée et athlétique, ses cheveux bruns tombaient en boucles soyeuses sur ses épaules et la barbe blanche avait disparu pour laisser place à un menton carré, volontaire, au-dessus duquel un sourire hésitant se dessinait sur des lèvres charnues.

Il essaya de parler, ouvrit la bouche encore et encore, mais ne put émettre que de pitoyables gémissements. L'instant suivant, il s'évanouissait, tandis que Viviane le secouait par les épaules pour lui faire reprendre conscience.

L'anneau à son doigt scintilla brusquement et se désagrégea en une délicate poussière d'or qui s'égraina vers le sol à l'image d'un sable fin.

— Il subit le contrecoup de la fusion de son esprit et de son corps, leur annonça Elenwë en fronçant les sourcils. Il en a été pareil pour moi quand je suis devenue humaine. Il faut absolument qu'il puisse se reposer !

— Il n'en aura pas le temps si nous restons ici ! gronda Cameron en lançant un regard vers la luminosité venue du ciel qui filtrait au travers des branches des arbres.

Celle-ci s'amenuisait à vue d'œil et une obscurité malsaine envahissait peu à peu l'endroit.

— La liche savait ce qu'elle faisait ! reprit sombrement Cameron. Elle a envoyé ses créatures massacrer la guilde de Mir, pensant certainement faire disparaître le détenteur du secret de son nom... Merzhin. Le monstre est instruit de sa défaite et concentre à nouveau ses forces maléfiques sur nous ! Brûlez les cadavres! ordonna-t-il avec vigueur à l'intention de Gordon, Fillan, Larkin et les MacTulkien. Ne laissez aucune trace humaine en ces lieux ! Vous, Viviane, vous allez retrouver ma famille sur les terres Saint Clare, nous utiliserons le pouvoir de la Rune pour vous ouvrir un chemin céleste ! Après...

— Après, coupa Viviane, nous vous rejoindrons à la marche du ralliement, et vous transmettrons le nom de la liche ! Je sais où elle se trouve, j'ai traduit et lu le parchemin que vous, Elenwë, avez transmis à Barabal ! Nous partons ! Je vais utiliser mes propres pouvoirs, car je connais la formule du passage, mais, n'ayez crainte, nous vous retrouverons, quoi qu'il doive nous en coûter !

La seconde suivante, Viviane et Merzhin se dématérialisaient et disparaissaient à la vue de Cameron et d'Elenwë.

— *Mo chridhe*, soupira-t-il en accrochant son regard bleu au sien. Il t'est possible de me donner le point exact du ralliement et de rejoindre Viviane auprès des miens... Tu serais en sécurité !

Elenwë secoua fermement la tête.

— Non, où tu iras, j'irai ! L'as-tu oublié ? Et moi aussi, j'ai un compte à régler avec celui qui se dit être le Dieu des ténèbres. Je sais que je dois être à tes côtés...

— Très bien, accepta Cameron, un muscle nerveux battant sur sa joue. Reste toujours derrière moi, pas d'actes inconsidérés, pas d'héroïsme inutile et...

— Je serai prudente, lui assura la jeune femme en se haussant sur la pointe des pieds et en l'invitant à l'embrasser.

Ce qu'il fit, passionnément, fougueusement, voulant lui faire éprouver la force de ses sentiments.

Ils se séparèrent à contrecœur et allèrent aider leurs compagnons dans la tâche macabre qui les attendait. Tous les corps devaient être brûlés, pour que ces hommes d'honneur reposent en paix et que ce qu'il restait d'eux ne rejoigne pas la horde maléfique des guerriers du mal.

Bientôt, les seules luminosités qui leur permettaient de se déplacer comme en plein jour ne furent émises que par les bûchers funéraires et la clarté du chêne millénaire.

Personne ne parla, tous s'attelèrent à effacer les traces du carnage, serrant les dents et fermant les yeux quand la vision de ce qu'ils faisaient devenait par trop insoutenable.

— Pourquoi le Gardien n'est-il pas avec nous ? demanda soudainement Gordon en posant tout haut la question qui hantait l'esprit de Cameron.

— *Chan eil fios agam* (Je ne sais pas), grommela-t-il en mettant le feu au dernier charnier. Mais nous ne pouvons l'attendre plus longtemps ! Je perçois la présence des créatures dans les sous-bois, dont certaines que je n'arrive pas à définir ! Seule la luminosité sacrée du chêne les tient en retrait, sinon, nous aurions déjà dû les affronter.

— *Aye*, confirma Fillan en le rejoignant et en se frottant les mains de dégoût. Je les ai entendues aussi...

— Approchez tous ! héla Cameron à l'attention de toutes les personnes qui l'entouraient. Nous n'aurons pas le temps de nous reposer, nous devons partir pour l'ultime marche dès maintenant. Nous allons donc boire la potion d'énergie que Viviane m'a confiée. Elle effacera notre fatigue, notre faim, et nous rendra la force dont nous manquons cruellement actuellement. Une fois arrivés dans ce dernier lieu sacré, nous resterons tous ensemble et si le danger est trop grand, je nous protégerai par un bouclier magique. Personne ne devra en sortir ! Hommes et femmes des clans Saint Clare et MacTulkien, êtes-vous prêts ? ! hurla-t-il en levant le poing, la lame de Gradzounoul' brandie vers les cieux.

— *Aye !* lui répondirent-ils tous d'une même voix

farouche en imitant son geste, leurs armes couvertes d'argent reflétant la lueur du chêne.

La fiole d'énergie passa de main en main, les regards étaient graves mais résolus, et tous se serrèrent les bras en marque de respect et de salut, sachant au plus profond d'eux que tous ne reviendraient pas.

— Allons-y... proposa Cameron, retenant Elenwë pas les épaules alors qu'elle s'élançait dans les pas de ses amis. Promets-moi de rester en vie, car je ne pourrai survivre sans toi...

Ces mots la touchèrent tant, que des larmes brûlantes vinrent aveugler les yeux d'Elenwë.

— Par les Dieux... souffla-t-elle. Je te le promets ! Donne-moi aussi ta parole, Cameron...

— Tu l'as... comme tu as mon cœur et mon âme.

Il ne lui laissa pas le temps de répondre, l'embrassa à nouveau fougueusement et se détourna d'elle pour se diriger vers le chêne.

En un instant, la tendresse de ce somptueux homme-dieu déserta les traits de son visage. Sa sombre et charismatique beauté ressurgit, tandis que les muscles de son corps se tendaient sous l'afflux de l'adrénaline.

Un puissant guerrier highlander était en route pour affronter la fin de sa quête qu'il visualisait sous la forme d'un dégoûtant squelette, ni plus, ni moins, qu'il transformerait en un tas de poussière !

Cameron Saint Clare se changea en un instant, son pantalon laissant place à un kilt aux couleurs de son clan, sa chemise disparut et sa peau couverte de la peinture indigo de guerre apparut aux yeux de tous. Deux nattes partaient de ses tempes pour rejoindre sa longue crinière noire et soyeuse, tandis que sa cicatrice sur le visage lui conférait plus que jamais l'allure d'un redoutable et prodigieux combattant.

— Le sang pour le sang ! hurla-t-il de sa voix de baryton, clamant le cri de bataille de sa famille, repris à l'unisson par les siens et les MacTulkien.

Le moment suivant, après qu'Elenwë eut hoché la tête pour signifier qu'elle était prête à les conduire au ralliement des marches, tous disparaissaient du lieu pour affronter leur destin... et la lumière du chêne millénaire s'affaiblit doucement pour s'éteindre, signe que les voyageurs étaient arrivés à destination.

Chapitre 25

... arriva

Cameron fut en tous points déstabilisé quand il se matérialisa à l'endroit qui devait être le ralliement des marches.

Alors qu'il se préparait à affronter des hordes de créatures effroyables et féroces, il se retrouvait à brandir Gradzounoul' face à... des prairies verdoyantes et légèrement vallonnées, agrémentées de quelques bosquets épars !

Le soleil au-dessus des terres brillait de tous ses feux dans un ciel bleu limpide, aucunement menacé d'obscurs et anormaux nuages, annonciateurs de la venue de l'engeance du mal.

Ce pouvait-il que pour une fois, la liche n'ait pas eu connaissance de leur destination ? Ce Dieu des ténèbres n'était donc pas omniscient ?

— Cameron, l'appela Gordon dans un souffle rauque, alors qu'il se tenait dans son dos.

— *Ciod ?* s'enquit-il en jetant un coup d'œil par-dessus son épaule, intrigué par le ton employé par Gordon, et en faisant brusquement volte-face, ahuri par la magnificence de ce qui apparaissait dans son champ de vision.

Il essaya de calmer son esprit survolté et fragmenta les informations que ses iris renvoyaient à son cerveau.

À ses pieds se trouvait une sorte de grand fossé, large de cinq à six mètres et d'à peu près un mètre cinquante de profondeur. Il courait de part et d'autre du point où il se tenait, en une parfaite courbe cylindrique dont la partie opposée remontait ensuite vers un plateau herbeux surélevé, tels un promontoire ou une douce colline, sur lequel trônait le plus impressionnant des cromlechs que le monde n'eût jamais connu.

— Stonehenge ! s'étrangla Larkin, dont les yeux semblaient sortir des orbites, tant la surprise de se retrouver en ce lieu sacré, mythique, l'avait saisi.

Stonehenge ! Le ralliement des marches est Stonehenge ! songea Cameron avec effarement.

Son ahurissement était à l'instar de tous, à une exception près, Elenwë.

— Oui, murmura-t-elle, en buvant de son doux regard améthyste les gigantesques assemblages de blocs de grès rectangulaires qui formaient une enceinte circulaire et se tenaient à une quarantaine de mètres droit devant elle. Cameron, reprit-elle sur le même ton révérencieux, voici le ralliement des marches. La première des portes qui fut érigée entre le monde des Sidhes et celui des hommes. Le Haut lieu Enchanté... Celui qui permet à tous les autres d'exister. Sans lui et son énergie phénoménale, tous les liens magiques qui unissent les divinités à leurs lignées métissées, ne pourraient subsister. Les Runes du pouvoir et les sites sacrés se nourrissent à sa source et à celles de vos croyances.

— *Tha fios agam* (Je sais) ! Je l'ai toujours su ! s'exclama Cameron, éberlué, mais incongrûment heureux, un magnifique sourire fleurissant sur les lèvres.

Elenwë s'amusa de le voir se rengorger comme un paon, fier de ses origines et de ce qu'il était : un digne enfant des Dieux. Il semblait avoir mis de côté ses vieilles rancœurs envers les divinités et sa sombre physionomie en fut totalement métamorphosée : il était positivement radieux !

— Allons à la rencontre des cinq grands druides qui protègent ce site sacré de toute profanation, proposa Elenwë, en provoquant un plus ample étonnement dans les esprits de ses compagnons. Ils forment l'Ordre des éléments et chacun d'eux représente soit le Feu, l'Eau, la Terre, l'Air ou l'Éther... D'ailleurs, ils doivent se dissimuler dans les nombreuses galeries construites sous l'édifice et attendent pour se montrer de savoir si nous sommes amis ou ennemis.

Elenwë se dirigea vers une sorte de large avenue herbeuse qui coupait le grand fossé circulaire ceinturant le cromlech et s'engagea sur la pente douce qui y menait.

— Nous nous trouvons exactement au nord-est, les renseigna-t-elle, très à l'aise dans son nouveau rôle de maîtresse des écoles. L'ombre de nos pas est derrière nous et d'ici peu, nous pourrons apercevoir les pierres bleues qui forment le cœur du lieu sacré... mais...

La princesse se figea dans son discours en remarquant les silhouettes des cinq grands druides vêtus de leurs toges blanches, surgissant de leurs cachettes tels des diables, et courant vers eux en faisant d'amples signes de la main.

Ils semblaient visiblement vouloir les mettre en garde, cependant, la distance empêchait leurs paroles de parvenir distinctement aux oreilles des membres du groupe.

— Il se passe quelque chose... murmura sourdement Cameron, qu'un sombre pressentiment avait poussé à se tenir à nouveau sur le qui-vive.

Intuition qui se renforça nettement quand une sorte de mini-séisme fit frémir et gronder la terre nourricière.

— En garde ! hurla-t-il aux siens et en saisissant Elenwë par le bras pour la propulser derrière lui.

— Attends ! s'offusqua-t-elle, dague à la main elle aussi, et voulant le contourner pour se rendre compte par elle-même de ce qui était en train de se produire.

— Reste derrière moi, petite sotte ! l'invectiva Cameron, que sa peur pour elle poussait à parler rudement.

— *Aye !* Derrière lui, toi te tenir ! caqueta à son tour Barabal que Larkin retenait désespérément par un bout de sa toge sombre, tandis qu'elle cherchait à s'élancer à la rencontre des cinq membres de l'Ordre des éléments.

— Corne de bouc ! Reste à ta place ! lui adjura peu poliment Larkin, tirant fortement sur le tissu de son vêtement, au risque de le déchirer, et réussissant enfin à l'attirer dans son dos.

Cameron ressentit soudain un immense froid le transpercer intérieurement et, alors que les grands druides se dirigeaient toujours vers eux en gesticulant, il se mit à hurler à ses propres compagnons :

— Courez vers le fossé ! *Courez !*

Tous lui obéirent sans discourir et battirent en retraite vers la tranchée, heureusement distante de quelques pas de l'endroit où ils se trouvaient.

Au moment même où ils se laissaient lourdement chuter dans le ravin, une formidable déflagration leur frappa les tympans et fut instantanément suivie par une onde de choc d'une incroyable violence. Elle glissa au-dessus de leurs têtes sans les toucher, leurs corps étant protégés in extremis par l'anfractuosité du sol.

— Que se passe-t-il ? marmonna Fillan dès qu'un semblant de calme fut revenu, avant de coincer la lame de son *skean dubh* entre ses dents et de ramper à la suite de Cameron vers le haut du fossé.

Ce qu'ils découvrirent parut littéralement les statufier et, curieuse, Elenwë accéléra le mouvement pour les rejoindre et constater de visu ce qui avait pu les méduser à ce point.

Ce qu'elle vit lui coupa le souffle et la figea d'horreur !

De l'édifice de pierres de grès tout entier jaillissait un gigantesque faisceau d'un bleu argenté, à l'intérieur duquel évoluaient des milliers de formes floues et phosphorescentes qui suivaient la fulgurante ascension du vortex vers l'empyrée.

Quand le monstrueux jet d'énergie atteignit une partie du ciel, celui-ci émit une plainte sourde, pathétique, comme un appel bouleversant porté par le vent, percé en son cœur par la tornade luminescente. Le choc céleste fit naître des éclairs qui zébrèrent et déchirèrent les limbes, tandis que le vortex maléfique semblait aspirer toute la clarté solaire et la remplacer par des crachats nuageux d'une obscurité sépulcrale.

Déjà, le soleil disparaissait, comme englouti, et ses chaleureux rayons rendirent l'âme à l'instar de la flamme mourante d'une bougie.

Une immense nappe sombre s'étalait peu à peu au-dessus de Stonehenge et de ses environs, telle que l'aurait fait, dans le futur, une dévastatrice mare de pétrole, libérée d'un cargo éventré.

— Cameron, fit Gordon qui les avait rejoints et pointait son doigt, droit devant lui.

Elenwë porta les yeux vers l'endroit qu'il désignait et émit un soupir de soulagement en apercevant les cinq grands druides, vivants, qui s'aidaient mutuellement à se relever et dont les silhouettes se découpaient en ombres chinoises sur la luminosité froide du vortex.

Celui-ci englobait toute la partie intérieure et circulaire de l'alignement des pierres sacrées. Cela ressemblait à...

— C'est un Sort de séparation des Âmes ! gronda Cameron en serrant fortement le poing sur le pommeau de Gradzounoul'. Je n'en ai jamais vu, mais ma *màthair* a failli y trouver la mort il y a de cela vingt-trois ans !

— *Aye...* marmonna piteusement Larkin, un peu plus loin sur sa gauche et qui contemplait le maléfice avec effroi. C'est moi qui l'avais involontairement invoqué... et si Darren et Barabal n'étaient pas intervenus, qui sait ce que nous serions tous devenus. Cependant... tout aussi dangereux que fût celui du passé, celui qui nous fait face actuellement l'est certainement cent fois plus ! Je n'en ai jamais vu de cette taille-là ! Cela dépasse l'entendement... Qui a pu... reprit-il avec une fêlure dans sa voix nasillarde.

Les éclats bruyants des éclairs masquèrent la suite de sa phrase et l'obscurité aurait pu être totale, pesante, si le tourbillon opalescent du sortilège n'avait pas diffusé sa froide clarté.

— Sortons de ce fossé et allons porter secours aux grands druides, lança Cameron, déterminé, en s'adressant à Larkin et ses grands-oncles, avant de se tourner vers Elenwë. Toi, tu restes ici avec Barabal et les MacTulkien !

— Non ! s'écria-t-elle indignée en secouant son joli visage, ses cheveux ébène, libérés de sa natte, dansant joyeusement sur ses épaules et dans son dos. Je te suis !

— *Naye !*

Cameron la foudroya du regard et, à son grand étonnement, la princesse hocha la tête en un consentement crispé et muet.

Son instinct de guerrier lui soufflait que le pire était à venir. Il fallait à tout prix que la jeune femme soit éloignée du danger pour qu'il puisse se battre sans s'inquiéter inutilement pour elle.

Il fit un geste du menton à ses proches et se redressa d'un bond souple pour sauter agilement hors de la tranchée.

À peine eurent-ils fait quelques pas, que l'attitude des grands druides changea perceptiblement. Ils se tenaient épaule contre épaule et brandissaient leurs bâtons de mage vers le vortex qui crépitait d'énergie négative.

Tous les cinq rassemblèrent leurs forces et façonnèrent par magie une boule iridescente d'une pure blancheur : ils invoquaient le charme de Lumière Vive, le seul qui pourrait détruire le sortilège de Séparation des Âmes.

— Les fous ! s'écria Larkin, ils vont se tuer en se vidant de leurs flux vitaux avant de produire assez de puissance pour terrasser ce maléfice !

— Les druides... ont toujours été... de pauvres *fouuuuus*... siffla une voix d'outre-tombe qui paraissait provenir de l'intérieur du vortex.

Elenwë sursauta, comme tous ceux qui l'entouraient, en entendant ces paroles qui semblaient résonner sur des lieues à la ronde.

La frayeur fit palpiter furieusement son cœur, son pire

cauchemar allait se matérialiser à la marche du ralliement !

La liche était ici !

— Venez... misérables asticots... Venez nourrir mes damnés... ils ont si *faimmm*....

— La liche ! ! cria Elenwë de toutes ses forces pour alerter Cameron. Revenez ! C'est un piège !

Un rire sinistre sembla répondre à l'appel désespéré de la princesse et alors que Cameron, Larkin, Gordon et Fillan hésitaient entre battre à nouveau en retraite et porter secours aux grands druides, les hommes de l'Ordre furent soulevés du sol par une action invisible et aspirés dans le Sort de séparation des Âmes en hurlant de terreur.

L'instant suivant, les damnés qui évoluaient à l'intérieur du rayon sous la forme de silhouettes évanescentes, se jetèrent sur les pauvres hommes et les terrassèrent avec une cruauté inouïe.

— *Ouiiiii... ouiiiiiiiiii...* leurs âmes revigorent mes petits... chantonna la liche qui peu à peu se matérialisait à l'intérieur du tourbillon, en une forme décharnée, inhumaine.

Il s'avança encore, passant la paroi du vortex puis l'ouverture sous une arche rectangulaire formée par un des assemblages de pierres de grès.

— Il est l'heure, mon fils... de me rejoindre... Cameron... siffla-t-il à nouveau, son hideux faciès d'os et de muscles putrides semblant grimacer un sourire, tandis que ses orbites luisaient d'un feu malveillant.

Des rugissements et ricanements sinistres naquirent un peu partout autour de Cameron et d'Elenwë, tandis qu'une odeur de soufre insoutenable se répandait dans l'air.

Les monstres de la liche, conduits par ses féodaux guerriers-zombis, venaient de les rejoindre et les cernaient de toute part.

Ils étaient bel et bien tombés dans un piège !

La liche ne les avait pas retrouvés, non, c'était pire que ça... elle les attendait !

— Défense maximale, Larkin ! ordonna Cameron alors

que tous formaient un cercle sur la sorte d'avenue qui coupait le fossé circulaire. Bouclier ! hurla-t-il encore comme les premiers monstres aux yeux luisants et crocs saillants s'avançaient vers eux.

— Prince des ténèbres... susurra le squelette, tel sera ton titre si tu me rejoins. Approche, mon fils !

— *A-chaoidh* (Jamais) ! Je suis le *mac* d'un seul homme, Darren ! vociféra Cameron en fusionnant son énergie avec celle des autres pour fortifier un sort de protection sur lequel vinrent s'abattre des goules et des métamorphes, crachant leur mécontentement et griffant la paroi invisible pour essayer de la percer.

Toute la monstruosité du monde semblait s'être matérialisée autour d'eux ! Rejoignant les premières ignobles races, les lycanthropes, *bean sith*, vampires mâles, et zombis se lancèrent eux aussi à l'assaut du bouclier magique.

Ils véhiculaient dans leur sillage une telle puanteur que Cameron réussit à songer avec ironie que s'ils ne trépassaient pas sous leurs morsures et griffures, ils le seraient certainement d'asphyxie !

Les *bean sith*, sortes de silhouettes féminines blanches et fantomatiques, poussèrent leurs *Keenigs* qui ricochèrent sur Cameron, Elenwë et leurs compagnons, judicieusement immunisés par la potion de Viviane.

— Nous aurions besoin du Gardien ! gronda Fillan, se retenant de franchir la paroi de protection pour pourfendre une goule grimaçante qui se frottait lascivement sur le bouclier et aguichait son instinct de guerrier.

— *Aye*, mais nous tiendrons sans lui ! Il le faut ! marmonna Cameron, son regard allant et venant sur ses ennemis et les jaugeant pour trouver leurs points faibles.

Son cercle se déplaçait imperceptiblement, sans en avoir conscience, vers le Sort de séparation des Âmes, poussé par la masse grouillante de leurs hideux adversaires.

Bientôt, ils ne furent plus qu'à une dizaine de mètres du squelette ricanant.

— Tous ces siècles ont fait de toi un magnifique futur prince des ténèbres... susurra la liche en jouant avec les pointes affûtées qui remplaçaient ses ongles. Tu seras prodigieusement... monstrueux !

— Je suis un fils des Dieux et ne me soumettrai jamais ! clama fortement Cameron, en fendant le bouclier de la lame de Gradzounoul' et jubilant de voir partir en poussière incandescente une autre goule particulièrement agaçante.

La liche poussa une sorte de long sifflement aigu en guise de rire.

— Mais... le processus est déjà entamé ! Notre petite princesse des Sidhes a très bien fait son travail !

Cameron se figea et perdit de sa contenance un instant, en fragilisant du même coup la protection magique. Il serra les dents et augmenta son apport de flux vital pour reprendre le dessus. La ruse de la liche avait failli porter ses fruits.

Elenwë n'avait pu retenir un hoquet de surprise à la suite des paroles du Dieu des ténèbres. Petit à petit, elle commençait à voir jour dans son immonde esprit torturé et savait ce que le monstre s'apprêtait à faire.

Dieux ! Que l'amour de Cameron pour moi, soit plus fort que les insinuations de la liche ! pria-t-elle en son for intérieur.

— Tu ne me crois pas... susurra vicieusement le squelette repoussant. Alors... qu'elle le dise elle-même ! Princesse des Sidhes, as-tu déjà menti à mon fils ?

La puissante magie noire contenue dans les paroles de la liche traversa le bouclier de protection et s'enroula autour des pensées de la jeune femme.

Elle lutta, Cameron s'élançant vers elle et la prenant dans ses bras, tandis qu'elle se tordait de douleur sous la pression du poison qui investissait son crâne.

— Parle ! Lui as-tu déjà menti ? insista encore la liche.

— Oui ! hurla la princesse sans pouvoir empêcher les mots de franchir la barrière de ses lèvres. Oui, je lui ai menti !

Cameron se figea contre elle, son étreinte se relâchant autour de son corps, tandis qu'il plongeait en elle un regard blessé, chargé d'incompréhension et d'une intense tristesse.

— Cameron, non... ce n'est pas ce que tu crois ! J'ai dissimulé certaines parts de vérité, pour ton bien...

— Comme celle de savoir que ton stupide père, Darren, et ton arrière-grand-père Iain... ont rejoint mes troupes ? s'enquit avec jubilation le Dieu des ténèbres. Cela aussi, elle a omis de te le dire... Elle a été envoyée par les siens ! Depuis le début, elle se sert de toi pour parvenir à ses fins ! ricana la liche en sifflant son rire cynique.

En Cameron, les révélations poisseuses du monstre faisaient leur effet. La noirceur contenue dans son âme depuis tant de siècles, enflait et investissait toutes les particules de son corps et de son esprit.

Il avait donné son cœur à une femme, et celle-ci l'avait trahi, utilisé, sciemment !

Son *athair*... Darren... et Iain... tombés aux mains de l'ennemi, rejoignant la horde de zombis du Dieu des ténèbres... et elle le savait ! Ne lui avait rien dit !

Il les aurait sauvés, il en aurait eu le pouvoir !

L'aura rouge de la rage s'enroula autour de lui, l'aura sombre du mal se mit à danser contre son corps...

— Non ! Non ! Cameron, tout cela n'est pas la vérité ! s'exclama Elenwë en lui tendant les mains, son visage si parfait reflétant toute sa souffrance. Je t'aime, je t'ai toujours aimé, de tout temps !

Cameron ricana, sa haute physionomie rendue plus impressionnante de sombre beauté alors que le trouble empoisonnait sa conscience.

— *Naye*... tu ne m'as jamais aimé... Tu as laissé les miens se faire tuer...

— Cameron ! intervint Larkin, tendu et anxieux en comprenant que la liche était sur le point de transformer le fils de Darren en prince des ténèbres. Ressaisis-toi ! C'est ce tas d'os qui te ment ! Rien ne prouve que ton *athair* et Iain soient tombés ! Regarde les zombis autour de nous, aucun d'eux n'ont l'apparence, même minime, des membres de ton clan !

Les paroles du vieux grand druide touchèrent une part de conscience que Cameron réussissait à maintenir hors de la prise de la liche. Cependant, son cœur était brisé par les mensonges d'Elenwë et il savait que le poison avait trouvé la faille... Bientôt, il tomberait entre les griffes du Dieu des ténèbres et deviendrait son fils...

Et, il allait lutter contre cela, avec l'aide de ses dernières pensées cohérentes !

Alors il décida d'agir, de s'éloigner des siens pour leur laisser une chance de survivre. Il lança un regard en direction de ses grands-oncles qui levaient leurs claymores vers son torse. Ami, famille ou ennemi, plus personne ne savait ce qu'il était vraiment.

Ignorant ostensiblement Elenwë et dans un sursaut d'humanité, Cameron leur enjoignit par la pensée de faire tenir le bouclier magique, coûte que coûte, alors que celui-ci le propulsait vers l'extérieur en voyant en lui une réelle menace.

Cameron leur tourna le dos, poussa un féroce cri de guerre, animal, et s'élança à l'attaque de ceux qu'il considérait encore comme ses ennemis.

Il se métamorphosa en une machine de mort, fauchant et pourfendant toutes les hideuses créatures qui se dressaient entre lui et son but final : la liche !

— Bien... bien... susurrait celui-ci en ricanant et ne bougeant pas d'un pouce.

Gradzounoul' continuait de servir le fils des Dieux, mais sa lame sifflait un chant douloureux à chaque fois qu'il la maniait pour décapiter, trancher, et mettre à bas ses adversaires qui paraissaient presque se retenir de le toucher.

— Ton nom ne m'est pas acquis, monstre ! hurla férocement Cameron, enveloppé de son aura noire, les iris bleus de ses yeux rougeoyant par alternance. Cependant, je jure que tu tomberas sous le coup de mon courroux ! Tu ne gagneras pas ! lança-t-il encore en tournoyant agilement sur lui-même pour décimer l'engeance du mal qui le cernait et en utilisant sa vaste connaissance des arts martiaux pour faire le maximum de dégâts.

Bientôt, il se retrouva à quelques pas de la liche, sourit cyniquement et se mit à marcher souplement tout en portant des coups fatals à ceux qui osaient s'interposer entre eux.

— Tu désires m'affronter ? chantonna le monstre dont l'odeur insoutenable de décomposition rendait l'air fétide tout autour de lui. J'en suis honoré !

Le combat prit des allures magiques, Gradzounoul' et toute autre arme devenant inutiles en un pareil instant.

C'était une lutte de titans, le bien contre le mal... et Cameron se jura de trépasser en se faisant brûler vif plutôt que de se soumettre au Dieu des ténèbres.

Et s'il devait mourir, le monstre le suivrait aussi !

De son côté, Elenwë qui avait fini de pleurer sur son sort, buvait du regard le magnifique et terrifiant guerrier qu'était devenu Cameron.

Elle ne pouvait pas le laisser se sacrifier, elle l'aimait et avait été stupide de ne pas le lui dire plus tôt.

Elle pouvait agir ! Ce serait son ultime cadeau pour endiguer le poison qui avait envahi le corps de son bien-aimé.

Fermant son esprit à toute autre chose que le but qu'elle venait de se fixer, elle s'élança elle aussi hors du bouclier et fila avec toute la célérité que lui permettait la fluidité de ses mouvements.

Les créatures, peu importe qui elles étaient, n'avaient pas le temps de la voir s'approcher et encore moins le moyen de contrer sa lame argentée.

Elenwë tuait et courait avec une farouche et prodigieuse détermination !

Elle ne s'arrêta qu'en arrivant à toucher la paroi du Sort

de séparation des Âmes, tandis que Cameron et la liche prenaient conscience de sa présence, à quelques mètres d'eux.

— Pardonne-moi, Cameron, d'avoir dissimulé des informations qui t'auraient détourné de ton objectif, cependant, je t'aime, je te le dis peut-être trop tard, mais là aussi, c'était pour te protéger, pour que ton âme ne soit pas liée à la mienne alors que l'issue de ta quête était par trop incertaine. Je t'aime, depuis toujours... Quant à toi ! Fils de p... ! gronda Elenwë en fusillant du regard la liche qui paraissait quelque peu décontenancée par le ton et l'allure combative de la princesse des Sidhes. Je vais m'amuser à te mettre de sérieux bâtons dans les roues et donner une sacrée déculottée à tes damnés ! Je rassemblerai les autres âmes, celles qui souffrent de leur emprisonnement dans cet immonde sortilège, celles qui sont pures et tourmentées, perdues... je les conduirai et les libérerai ! Voilà ce pourquoi, en définitive, nous étions venus en cet endroit, car : *À la marche du ralliement, les âmes devront être libérées pour que nos mondes subsistent* ! récita Elenwë en foudroyant la liche des yeux, avant de se tourner vers Cameron pour lui sourire amoureusement.

La seconde suivante, elle s'élançait dans le vortex et se laissait happer par le tourbillon malsain.

Les damnés, bizarrement, ne se jetèrent pas sur elle, tandis que ses vêtements se dématérialisaient pour faire apparaître les sillons d'or tatoués sur sa peau et que ceux-ci s'illuminaient de plus en plus fortement pour qu'à la fin, la jeune femme tout entière se transforme en une gigantesque étoile à la clarté intense, à l'instar d'un fabuleux charme de Lumière Vive.

— Elenwë ! ! hurla Cameron, fou de douleur, alors que les mots d'amour de la princesse avaient atteint son cœur et que celui-ci palpitait furieusement sous le coup de la souffrance de voir celle qu'il aimait se sacrifier une nouvelle fois pour la terre entière et... pour lui !

— Cameron ! s'égosilla Larkin, loin derrière lui. Le bouclier ! Nous sommes à bout de forces !

Ce que comprit très vite le fils des Dieux en apercevant les MacTulkien et ses grands-oncles se jeter dans le combat pour que Larkin et Barabal puissent tenir sous le peu de protection magique qui restait.

— Tu ne les sauveras pas... marmonna cruellement la liche tandis qu'ils se refaisaient face, ses os et haillons émettant de la fumée mais résistant à la Lumière Vive qui le touchait de ses rayons. Et cette impertinente princesse ne vivra pas longtemps non plus... reprit-il encore rageusement. Tout est encore possible ! Pour la dernière fois, rejoins-moi !

Cameron était libéré du mal, sa vision était à nouveau claire et précise, son objectif final aussi. Son âme saignait pour Elenwë, cependant il bandait toutes ses forces pour ériger une barrière autour de son esprit pour que la souffrance ne puisse pas atteindre ses pensées et ne lui fasse perdre le contrôle de ses moyens...

— Je suis Cameron Saint Clare, *mac* de Darren Saint Clare, et nous sommes des Enfants des Dieux ! Je te combattrai jusqu'à la mort ! gronda Cameron en mettant en joue le squelette du bout de la lame de Gradzounoul', son énergie céleste fusionnant à nouveau avec son porteur.

— Alors... tu mourras ! cracha la liche en parant les coups de l'épée et en blessant Cameron de ses griffes acérées.

Le monstre paraissait troublé, d'autant plus que la luminosité provenant d'Elenwë transformait toutes les goules, zombis, et vampires mâles en poussière et faisait fuir les *bean sith* dans d'abominables cris plaintifs. Ne restaient plus que les lycanthropes et métamorphes, puissance ennemie toujours considérable.

Derrière eux, les Highlanders de MacTulkien tombaient les uns après les autres sous leurs assauts féroces, combattant valeureusement jusqu'à leur dernier souffle. Gordon et Fillan prirent la décision de rejoindre Larkin et

Barabal qui avaient abandonné le sort de bouclier pour utiliser toutes leurs forces dans des charmes de projectiles, et les protéger de leurs armes.

Tout paraissait voué à l'échec...

Cameron lui-même se rendait compte qu'il ne viendrait pas à bout du Dieu des ténèbres qui se reconstituait à chaque fois qu'il perdait une partie de son immonde anatomie.

— Passons à la phase finale... susurra mielleusement la liche.

Le sol sembla encore une fois être traversé de frissons douloureux, tandis que les monstres poussaient des rugissements exaltés, presque heureux...

Ça et là, de grandes mottes de terre se formèrent un peu partout sur la plaine, identiques à celles des taupes, mais en plus impressionnantes, et des sifflements stridents parcoururent le lieu sacré.

— Que mijotes-tu, sale tas d'os! gronda Cameron entre ses dents et en battant légèrement en retraite pour se guérir et faire disparaître les nouvelles plaies sanglantes qu'il avait aux bras et à la cuisse.

Il restait attentif au moindre déplacement de la liche, s'efforçait vaillamment de ne pas regarder en direction du Sort de séparation des Âmes qui semblait être malmené par celle qui portait, plus que jamais, son nom de « Femme Étoile », et ne put contenir un feulement dépité, au moment où des monstres légendaires, apocalyptiques, sortirent peu à peu des remous de la terre.

— Des anguipèdes[31], cracha Cameron en parant une nouvelle attaque vicieuse du squelette et en formant un bouclier contre un maléfice particulièrement traître et mortel, celui de la pétrification.

Les nouvelles créatures avaient une tête mi reptile mi-homme, avec des dents pointues distillant un venin

---

31 *Anguipède : Créature monstrueuse de la mythologie celtique. Le haut de son corps est d'apparence humaine alors que le bas se termine en queue de serpent. Cette créature symbolise les formes du mal issues de la Terre.*

foudroyant pour celui qui se ferait mordre. Leurs corps étaient constitués d'un buste et de bras qui se prolongeaient sur des mains griffues, le tout couvert d'écailles, et à partir de la taille, une immense queue à sonnette prenait le relais, d'une longueur de plus de trois mètres, leur permettant un déplacement d'une grande fluidité.

Les anguipèdes se dressaient tels des cobras et dominaient tout le monde de leur deux mètres cinquante de hauteur.

Ils prirent la relève des goules, zombis, et vampires décimés et s'élancèrent vivement vers le dernier noyau ennemi : Gordon, Fillan, Larkin et Barabal.

— C'est fini... ricana la liche. Soumets-toi à moi ! Deviens mon fils !

— Jamais ! gronda rageusement Cameron en faisant hurler le Dieu des ténèbres, prodigieusement courroucé de ne pas avoir gain de cause sur l'Élu.

Chapitre 26
À la mort, à la vie

Un rugissement puissant perça la noirceur du ciel et soudain, Cameron sourit cyniquement à la liche.

Le Gardien arrivait enfin et avec lui, le lien magique qui l'unissait à Cameron s'accentuait et transmettait à ce dernier un flux d'énergie colossal.

La donne changeait brusquement et en Cameron, l'espoir de secourir Elenwë et le monde des hommes renaissait.

— Ta bébête volante ne te sauvera pas, cracha la liche, comme si elle avait lu dans ses pensées, les faisceaux rouges de ses orbites augmentant en intensité.

— Moi, peut-être pas, admit tranquillement Cameron, au grand étonnement du Dieu des ténèbres. Mais... mes amis, *aye* !

Effectivement, le dragon plongea vers le sol et fit place nette autour des derniers survivants composés de Gordon, Larkin, Fillan et Barabal. Il souffla d'abord un panache de glace, statufiant un nombre considérable de monstres, toutes griffes et crocs dehors, prêts à massacrer leurs victimes, et cracha ensuite un nuage incandescent qui les fit éclater en milliers de petits morceaux sanguinolents.

La liche hoqueta de surprise et perdit un peu de sa superbe, pour après pousser un hurlement effrayant, donnant l'ordre à ses créatures infernales de charger le Gardien.

Le dragon se posa majestueusement dans une zone

ratissée par ses soins et baissa le cou pour permettre à Gordon et Fillan de hisser Larkin et Barabal sur son dos. Les deux grands-oncles de Cameron hésitèrent visiblement à faire de même et prirent la décision de se replier, la mort dans l'âme, en priant pour que Cameron résiste assez longtemps dans l'attente d'une aide secourable... qui ne viendrait peut-être jamais.

Ils s'envolèrent, la gorge serrée, leurs yeux secs et brûlants fixés sur le somptueux guerrier highlander qui combattait à nouveau le Dieu des ténèbres de toutes ses forces, de toute sa rage, parant des arches électriques funestes par un bouclier enchanté et répliquant en lançant des projectiles incandescents de ses mains. Il maniait la magie et ses armes avec une fluidité qui poussait à l'admiration et au respect.

Alors que le panorama se faisait plus ample et que le site sacré rapetissait à vue d'oeil, tous aperçurent distinctement la masse pullulante de l'engeance du mal, regroupée autour de Stonehenge à l'intérieur de la partie délimitée par le fossé circulaire, se déplacer comme des vers grouillants, tandis que quelques zombis ou goules encore présents s'enflammaient comme des torches sous l'effet de la Lumière Vive d'Elenwë.

Le Haut lieu Enchanté ne tenait plus que par la persévérance et le sacrifice de deux êtres extraordinaires, de ceux qui marquaient les légendes et resteraient dans les esprits, à tout jamais, pour leur bravoure incomparable.

Cameron et Elenwë... Les Enfants des Dieux.

Et l'obscurité occulta leur vision au moment où ils franchirent la nappe épaisse des nuages sépulcraux. Barabal et Larkin pleuraient à chaudes larmes, les épaules affaissées par l'abattement et le désespoir, tandis que Gordon et Fillan adressaient une dernière prière aux divinités : celle de porter secours à leurs enfants... celle de ne pas les abandonner.

Plus bas, Cameron vidait son esprit pour ne plus être que célérité, ruse, et combattre en faisant le plus de dégâts possible.

— Il paraîtrait que tes amis t'ont laissé seul face à ton triste sort, ricana la liche en projetant une nouvelle arche électrique en direction de son agile adversaire.

Cette fois-ci, Cameron ne fut pas assez rapide pour l'éviter et fut catapulté dans les airs sous le choc de l'impact douloureux, avant d'échoir lourdement sur le dos et d'être cerné par plusieurs anguipèdes.

Un de ces monstres, plus rusé que les autres, donna un coup de sa queue de serpent sur le *skean dubh* et la claymore céleste, tombés au sol lors de la chute de Cameron, et les propulsèrent hors de sa portée.

Déjà, au-dessus de lui, ses acolytes se penchaient en montrant leurs crocs aiguisés et venimeux. La liche ne les retenait plus, elle avait certainement compris que Cameron ne céderait pas et qu'il suffisait de le tuer pour le faire revenir ensuite à la vie sous la forme d'un zombi obéissant et surpuissant.

Un chant chargé de souffrance supplanta les sifflements odieux des anguipèdes et Cameron tourna la tête pour poser son regard sur le vortex du Sort de séparations des Âmes.

Sa Femme Étoile chantait pour lui toute la force de son amour et de sa tristesse. Par sa mélopée enchantée, elle essayait encore de lui communiquer le peu d'énergie qu'il sentait émaner d'elle.

Elenwë était sur le point de mourir, elle aussi. Déjà, l'aura de l'étoile s'amenuisait, et la Lumière Vive baissait d'intensité.

Une larme inopinée coula du coin de l'oeil de Cameron, son large torse indigo se soulevant au rythme de sa respiration oppressante, tandis que son coeur se gorgeait de l'amour qui se répandait en lui tel le plus pur des élixirs.

Oui, ils allaient mourir, tous les deux... mais avant :

— *Tha gaol agam ort, Elenwë...* murmura-t-il d'une voix rauque, cassée.

Le chant se tut, et les mots qu'il attendait depuis des

siècles vinrent lui caresser le visage dans un souffle chaud, porteur des effluves d'une orangeraie ensoleillée où fleurissait du lilas blanc.

Cameron n'avait qu'à fermer les paupières pour se transporter en ce lieu, juste par la pensée, et serrer son Âme sœur dans ses bras pour une dernière étreinte.

Il l'attendit *elle*, des pétales blancs dansant dans le vent et tourbillonnant joyeusement autour de lui, et elle apparut...

Magnifique, somptueuse, vêtue d'une robe arachnéenne nacrée, ses longs cheveux ébène effleurant ses reins.

Elle sourit, lui tendit les mains...

— *Tha goal agam ort,* Cameron... souffla-t-elle en accentuant son lumineux sourire, tandis que ses yeux améthyste aux cils aile de papillon étaient parcourus de reflets étincelants. Je suis à toi... pour l'éternité... chuchota-t-elle à nouveau, leurs doigts se touchant presque.

— Je suis à toi, pour l'éternité... murmura à son tour Cameron, scellant ainsi leurs destinées, mortelle et immortelle.

Ils étaient désormais liés, à jamais. Un geste de plus, et leurs peaux seraient en contact l'une de l'autre, encore...

Et la vision s'effaça dans un soupir ténu.

Cameron rouvrit vivement les paupières pour constater qu'il était toujours au sol, les anguipèdes plus près de lui que jamais, et que l'étoile s'éteignait doucement, le corps de sa princesse réapparaissant par intermittence, les damnés guettant le moment propice pour se jeter sur elle.

Puisque nous devons mourir tous deux, mo chridhe, c'est moi qui déciderai comment ! songea Cameron avec détermination en serrant les poings.

« *Oui...* », lui répondit un souffle transportant la voix riche et sensuelle de son aimée.

Alors, Cameron ferma à nouveau les yeux et concentra toute son énergie dans une partie de son esprit. Il trépasserait sous forme de bombe incandescente qui emporterait Elenwë avec lui dans la mort, sans qu'il ne reste un seul morceau de leurs corps pour rejoindre l'engeance du mal.

L'explosion ne détruirait peut-être pas la liche ni le vortex, mais réduirait en cendres son armée... Ce qui donnerait le temps à son clan, Viviane et Merzhin, ou tout autre magicien, de trouver le nom du Dieu des ténèbres et de l'anéantir.

Sa décision était prise, dans une seconde... tout serait fini.

— *Tha goal agam ort...* souffla-t-il encore, une ultime fois.

Cameron, en paix avec lui-même, allait mettre son plan à exécution, quand de nombreuses déflagrations résonnèrent à différents points de là et à des rythmes successifs.

Le comportement des monstres changea : ils se détournèrent de lui pour siffler entre leurs crocs et ensuite brandirent leurs griffes vers ces mêmes endroits que Cameron se força à regarder.

— *Non* ! hurla la liche en se désintéressant de Cameron et en s'avançant de quelques pas furieux sur ses pieds horriblement mutilés.

L'instinct guerrier de Cameron reprit le dessus et il bondit agilement pour se redresser et constater de visu ce qui pouvait avoir déclenché la colère de la liche.

Il resta ahuri !

Partout où se posait son regard, par delà l'engeance des nuisibles et l'immense fossé circulaire, se matérialisaient dans des explosions continues, des centaines et centaines d'hommes lourdement cuirassés. Les uns à pied, les autres chevauchant des destriers qui trépignaient sur place d'impatience en frappant le sol de leurs sabots.

Des armées entières de Highlanders et d'Anglais, reconnaissables à leurs tartans et tuniques, se tenaient côte à côte, unies dans l'adversité, prêtes à s'engager vaillamment dans le combat du bien contre le mal.

Devant eux apparurent, à espace régulier d'une trentaine de mètres, des silhouettes éthérées aux ondes magiques et surpuissantes... Les Dieux eux-mêmes se joignaient à la bataille !

Soudain, le cœur de Cameron marqua un temps d'arrêt, à l'instant où ses yeux se posèrent sur les nouveaux arrivants, dont un en particulier, impressionnant de prestance et de force, son père... Darren Saint Clare.

Il était vivant !

Ainsi que Iain, qui venait de le rejoindre et tenait sa monture à la même hauteur que le laird. Et voici qu'apparaissaient aussi Seaumas et ses MacTulkien !

L'exaltation électrisa Cameron, fit gonfler ses poumons et le poussa à hurler d'impétuosité en levant le poing vers le ciel, geste que Darren, suivi des milliers de guerriers présents, imita dans une clameur générale.

Deux personnes se matérialisèrent encore, les visages encapuchonnés et leurs corps restant dissimulés sous d'amples capes. Un homme et une femme, si Cameron devait se fier à leurs corpulences.

Logan ? Lisa ?

Darren fut le premier à brandir un arc, qu'il banda puissamment avant de décocher une flèche argentée qui vint s'abattre entre les deux yeux luisants d'un lycanthrope, tandis que celle de Iain l'achevait en se fichant dans son cœur.

Le mouvement était donné !

Tout en restant de l'autre côté du fossé, les combattants et les Dieux mêlèrent leurs projectiles de métal et de magie.

Les traits de glace envoyés par les divinités ne s'arrêtaient pas à un seul monstre, mais semblaient les poursuivre un à un, les transperçant pour ensuite continuer leur funeste chemin à l'instar des missiles nucléaires du futur.

La liche hurlait et répliquait en lançant sur les hommes une pluie de feu qui ricochait sur un immense bouclier créé par les communautés druidiques et *bana-bhuidseach* qui s'étaient matérialisées en arrière des troupes guerrières.

Les mages et sorcières frappaient rythmiquement le sol de leurs bâtons en fusionnant leurs forces dans des charmes protecteurs, scandant des mélopées anciennes et unissant les tonalités des barytons et des sopranos pour déstabiliser leurs adversaires.

Le chant était du poison pour l'engeance du mal, comme pour leur Dieu qui ne paraissait plus se maîtriser et se déchaînait vers tout et n'importe quoi.

Le rugissement du dragon couvrit un instant leurs voix quand il plongea derechef au travers de la nappe obscure du ciel et perça le vortex pour se poser sur les pierres bleues, cœur de Stonehenge, à l'endroit exact où Elenwë se trouvait. Il lia son énergie à celle de la princesse, lui transmit ses forces, et à eux deux, ils prirent à nouveau la forme d'une étoile qui se mit à scintiller de plus en plus puissamment en enflammant comme des torches les évanescents damnés qui se tortillaient avant de disparaître dans d'effrayants hurlements.

Et la voix d'Elenwë ressurgit, intense, pure, d'une beauté céleste tandis que la Lumière Vive sur Stonehenge allait en s'amplifiant et s'étalait comme les rayons chauds d'un soleil levant...

Cameron savait, dorénavant, ce qu'il avait à faire, couper la route de la liche à défaut de la supprimer sans l'aide de son nom réel !

Le Dieu des ténèbres paraissait effectivement battre en retraite vers le Sort de séparation des Âmes, cherchant visiblement à l'utiliser pour s'enfuir, avant qu'il ne soit détruit par la Lumière Vive, dans l'espoir de réintégrer son sanctuaire et... de, sans nul doute, tout recommencer ultérieurement.

Non !

Il ne s'échapperait pas !

— Cameron ! hurla Darren, le son de sa voix unique et rauque traversant l'espace, portée par les mélopées jointes de la princesse des Sidhes et des magiciens.

Tout en se postant devant la liche pour lui barrer le chemin, alors que son squelette semblait être sur le point de prendre feu au vu des panaches de fumées âcres qui émanaient de lui, Cameron orienta son regard derrière le monstre, droit sur son père qui lui désignait une des personnes encapuchonnées.

Les visages apparurent enfin, le Dieu des ténèbres ne pouvant les apercevoir puisqu'il leur tournait le dos et lui faisait face, et Cameron maîtrisa son expression avec une volonté de fer quand la surprise de voir Merzhin et Viviane faillit lui couper le souffle.

Le Légendaire lui adressa un signe de la main dans laquelle il montrait un minuscule objet blanc. D'un geste de l'épaule, il dégagea son autre bras qui tenait contre son corps une sorte de toute petite peluche bien vivante et frétillante.

Tikitt ! !
Son chien ?

Là encore, Cameron serra les dents et mit en garde la liche ricanante qui le contemplait comme s'il n'était qu'un misérable moucheron tout en faisant apparaître des arches d'énergie destructrice au bout de ses doigts osseux.

Du coin de l'œil, Cameron vit distinctement Merzhin déposer Tikitt au sol alors que ses petites pattes battaient déjà l'air, dans la furieuse envie de rejoindre son maître.

La seconde suivante, le cairn terrier s'élançait, ventre à terre, et la langue pendante, disparaissant un instant quand il dévala la pente du fossé, pour ressurgir brusquement sur la plaine de tous les dangers.

Il slaloma entre les créatures infernales qui se déplaçaient en tous sens pour éviter les tirs mortels, sans prendre conscience du minuscule intrus qui courait avec célérité, sa truffe noire en avant, et son poil gris noir collé à son corps par sa phénoménale lancée...

Cameron feinta l'attaque de la liche et propulsa sur lui une énorme boule de feu qui déstabilisa le monstre et le fit tomber sur le dos, au moment même où le chien arrivait sur Cameron et bondissait, comme à son habitude, pour se jeter dans ses bras qui le réceptionnèrent avec un amour infini.

Là, accroché à son collier, se trouvait un parchemin que Cameron se hâta de déplier.

Enfin !

Le nom de la liche lui était révélé !

Celle-ci se redressait déjà et hoqueta méchamment en apercevant le chien que Cameron posa derrière lui pour le protéger de son corps.

— Sage ! Pas bouger !

— Wouah ! jappa Tikitt avant de s'asseoir sur son derrière, tendre ses oreilles pointues et laisser tomber sa langue rose tout en respirant bruyamment après sa longue et folle course.

— Qu'est-ce que cette vermine ? cracha le Dieu des ténèbres en brandissant un doigt crochu en direction de Tikitt.

Cameron sourit ironiquement en saisissant Gradzounoul' et en adoptant ensuite une posture de mise à mort.

— Lui... *Est* le sauveur du monde, celui grâce à qui tu mourras ! *Dymas*...

La liche hurla en entendant son nom et se trémoussa douloureusement.

— Dymas... reprit Cameron, répétant son patronyme sciemment, et s'avançant pas à pas pour se tenir au plus près de la liche qui sifflait et crachait férocement, avant de rugir à nouveau de sa voix d'outre-tombe.

Cameron leva sa claymore au-dessus du squelette qui venait de tomber à terre, les rotules dans la boue.

— Sache, Dymas... avant de disparaître à jamais, que ton règne s'effondre grâce à la valeureuse présence d'un chien extraordinaire ! Meurs, maintenant !

La lame enchantée trancha les vertèbres cervicales du monstre qui paraissait être bouche bée et dont le crâne alla rouler dans l'herbe comme un vulgaire ballon, pour se figer, ses orbites rouges orientées vers Cameron et Tikitt... avant qu'ils ne s'éteignent à tout jamais.

Le squelette tout entier, ainsi que les restes des haillons qui l'habillaient partiellement, se désintégrèrent en une fine poussière blanche à l'instant même où le Sort de séparation des Âmes était lui aussi détruit et que le soleil gagnait enfin son combat sur la noirceur malsaine, libéré du charme infâme qui lui fouaillait les entrailles.

Enfin !

Dymas, le Dieu des ténèbres, était vaincu !

Chapitre 27

À la vie, avant tout !

Des milliers de minuscules feux follets s'élevèrent de la poudre maculée – reste du monstre – et grandirent pour atteindre chacun la taille d'un poing d'homme fermé pour ensuite s'enrouler autour du corps de Cameron et le toucher en douces caresses.

Aucun danger dans ces étranges apparitions évanescentes qui murmuraient dans le vent et paraissaient soupirer et chuchoter de contentement.

Ces feux follets étaient les âmes de toutes les personnes, femmes, enfants, et hommes que Dymas – l'humain – avait aspirées lors de leur mise à mort. C'est ce qui lui avait permis de vivre durant des siècles sous l'apparence du prêtre noir, comme un immortel, dans l'attente de pouvoir concrétiser son projet final : sa transformation en liche.

De combien de vies s'était-il nourri ? Des centaines de milliers, d'après l'incroyable essaim de boules lumineuses qui s'élevait de ses restes pour gagner le cœur de Stonehenge et se diriger vers les cieux, guidés par les mugissements du dragon qui les poussait à la rencontre du Chant.

Alors que Cameron faisait ce macabre constat, le cœur serré, les guerriers alliés, à pied ou à cheval, traversèrent le large fossé et se jetèrent dans la bataille finale.

N'étant plus liés à leur Dieu des ténèbres, les monstres

subsistants ne cherchaient plus qu'à fuir et tombaient les uns après les autres sous la force de la coalition des hommes et des divinités. Les Dieux gelèrent le sol pour empêcher les anguipèdes de s'enfoncer dans la terre et les guerriers les achevèrent à coups de flèches, d'épées et de dagues.

Bientôt, une formidable clameur de victoire se répandit sur les plaines entourant le Haut lieu Enchanté et ricocha à l'infini sur son majestueux édifice de pierres sacrées.

— Wouah ! Wouah ! aboya Tikitt en se tortillant joyeusement dans les bras de Cameron qui s'était accroupi pour le serrer contre lui et lui prodiguer mille caresses joueuses.

— Tu es le plus brave de tous les *cù* du monde... s'amusa Cameron en recevant sur le visage, en guise de remerciement à ses paroles, une longue léchouille baveuse. Je demanderai à Odette qu'elle te prépare les meilleurs os à moelle du château !

— Grrrr... Wouah !

— Crapule, va ! grommela Cameron avec beaucoup d'émotion, tandis que Tikitt s'élançait rapidement vers le cœur de Stonehenge, dont les pierres bleues formaient un fer à cheval.

Le petit chien jappa crânement en passant sous la gueule du dragon qui le contemplait avec beaucoup de curiosité, souffla de sa truffe d'un air prodigieusement dédaigneux, et essaya de sauter sur un énorme bloc de grès, sorte d'autel sur lequel Elenwë était allongée, ses longs cheveux ébène ruisselant sur le flanc de l'imposante roche.

Et, pour ne pas changer, elle était nue !

Cameron se dépêcha de faire apparaître une ample cape de soie d'un vert profond pour ensuite en couvrir son corps voluptueux.

— Ne t'approche pas de moi, chuchota Elenwë, en levant une main faible. Mes parents m'ont joué un méchant tour, qu'il faut que je règle absolument ! Ils ne perdent rien pour attendre !

Cameron sourit malgré lui, sa petite princesse avait adopté un jargon bien peu royal, cependant, son état de fragilité l'inquiétait au plus haut point. Sans compter qu'il mourait d'envie de la prendre dans ses bras et de l'emporter loin de cet endroit, aussi sacré soit-il !

Le corps d'Elenwë scintillait par intermittence, comme si elle était passée au scanner et par moment, toute sa physionomie devenait éthérée, comme celles de ceux qu'elle venait d'invectiver.

Un froid intense saisit Cameron.

— Que t'arrive-t-il ? demanda-t-il en serrant les poings pour s'empêcher de la toucher.

Elenwë soupira en tournant la tête vers lui et marmonna d'un air outré :

— Je perds mon humanité... au profit de l'immortalité. En ce qui me concerne, je ne t'ai jamais menti ! Bien au contraire, j'ai toujours voulu te protéger, Cameron, en taisant certaines vérités, dont mon amour pour toi. Mais, eux, ma famille ! *Eux,* m'ont trahie ! clama-t-elle en insistant sur le mot.

Cet éclat de colère la laissa plus fragile encore.

— Nous n'avions pas le choix, intervint Lug en apparaissant brusquement auprès de l'autel, suivi de sa cour céleste. Si nous t'avions fait part de nos projets, tu n'aurais jamais aidé l'Élu comme tu l'as fait et nous ne serions jamais venus à bout du Dieu des ténèbres.

— Je vais le ratatiner, gronda furieusement Cameron en bondissant vers Lug, avant qu'un étau surpuissant ne l'en empêche.

— *Mac*, souffla Darren. Attends...

Qu'il était bon de retrouver ce père aimant et de revoir tous les visages familiers des personnes qui les avaient rejoints : Viviane, le fabuleux Merzhin aux yeux intelligents et doux, Iain, et le fier Seaumas...

— Je n'ai jamais changé quoi que ce soit aux courbes du temps ! N'est-ce pas ? reprit Elenwë, la mine rageuse.

Tout, depuis le début, de ma rencontre avec Viviane et Merzhin il y a mille ans, de la prophétie de la Promise, de Logan et Lisa... pour finir à ma mort céleste pour revenir à la vie... Tout était orchestré d'avance ! C'est bien ça ?
— Oui.

Le ton froid qu'employa Lug, redonna des couleurs aux joues de la princesse, tant elle fulminait de rage.

— Il est temps de nous rejoindre à nouveau, ma fille. Les Tertres enchantés t'attendent.

— Eh bien ! Ils vont foutrement m'attendre longtemps !

Cameron faillit s'étouffer de rire en entendant les mots peu délicats que sa femme proférait !

— Je sens ma transformation proche, et je sais qu'il me reste un choix important à faire...

— Non ! Elenwë ! sembla s'écrier Lug.

— Au nom de la magie céleste, par le pouvoir des éléments et des mondes, moi, Elenwë, princesse des Sidhes, fais vœu de demeurer humaine et d'abandonner tous mes dons ! Je le dis, je le veux... qu'il en soit fait ainsi... souffla-t-elle dans un soupir exténué, tandis que son corps scintillait à des degrés de plus en plus élevés pour recouvrer ensuite l'apparence, tout à fait normale, d'une femme de chair et de sang.

— Ma fille n'est plus, déclara Lug en se tournant vers les autres divinités. Elle fait partie, désormais, du monde des hommes.

Il narrait cela comme s'il annonçait la pire des catastrophes !

— *Awen !* hurla soudain Cameron, ne se retenant plus de prendre Elenwë tout contre lui tout en la protégeant du regard des autres grâce à la cape verte.

À quelque chose près, la princesse ressemblait à une succulente feuille de vigne farcie...

— *Awen !* scandèrent les Highlanders de tous clans réunis, alors que les Anglais les dévisageaient en souriant, sans vraiment comprendre l'importance du moment, mais si fiers de participer à cet instant de gloire.

— Elenwë est ma femme ! Et je l'aurais recherchée à travers le temps et l'espace s'il vous était venu à l'esprit de nous séparer ! Si vous souhaitez que les hommes croient en vous, cessez de les prendre de haut ! Soyez à leurs côtés quand ils vous prient, vous implorent ! Car pour la plupart, ils ne se sont jamais détournés de vous ! Ne laissez plus des enfants mourir et protégez leurs parents ! Quant à nous, humbles humains, donnez-nous la liberté de nos choix et de nos destinées, n'intervenez plus pour nous propulser dans le temps !

— Tu as raison, fils Saint Clare... Nous serons à la fois plus présents et plus respectueux... observa Lug, toujours de ce ton monocorde. Et nous allons commencer par ramener tout ce petit monde chez lui, fit-il en désignant les soldats anglais, très impressionnés devant les Dieux. Nous effacerons les épisodes malheureux de leurs esprits et de tous ceux qui ne sont pas de nos lignées, pour que le temps suive à nouveau son cours, malgré les pertes subies sur cette planète. Les monstres ne seront plus et la vague de peste et de choléra envoyée par Dymas a d'ores et déjà été annihilée. Le futur sera désormais... quelque peu différent, il est vrai, et nous espérons que les hommes ne réitéreront pas les mêmes erreurs. L'avenir vous le dira...

— Père ? intervint Elenwë, ses bras enserrant le cou de Cameron. Plus d'entourloupettes ? Vous me le promettez ?

Lug hocha son éthérée et céleste tête, sembla sourire mystérieusement, et fit un signe de la main en disparaissant de la vue de tous, tout comme sa Cour et les armées anglaises qui, l'espace d'un souffle dans le temps, avaient été leurs meilleures alliées.

Dans le vent, le rire rauque de Lug accompagna son départ et fit froncer les fins sourcils d'Elenwë.

— Tu parles ! s'énerva-t-elle, avant de river son regard furieux à celui de Cameron, dont le large torse tressaillait d'un rire silencieux. Pourquoi ris-tu ?

Il l'embrassa, ses lèvres dessinant un sourire malicieux tout contre les siennes.

— Parce que j'adore ton nouveau langage, ta fougue, et... que je sais que nous n'en avons certainement pas fini avec ton encombrante *divine* famille.

Elenwë fit semblant de faire la moue et pouffa à son tour.

— *Mac*, intervint Darren, en lui tapant sur l'épaule.

— *Athair*... murmura Cameron, qui pouvait enfin lui parler et le toucher, preuve tangible de son existence. Nous t'avons considéré comme mort, ainsi que Pa' !

— *Naye*, chahuta Darren en lançant un clin d'œil à Elenwë. Vos parents l'ont fait croire au tas d'os en nous occultant à sa magie. De vrais cerbères ces divinités, soit dit en passant, ajouta-t-il à l'attention de la princesse. Ils nous ont gardés à l'œil jusqu'à ce que Merzhin nous rejoigne ! Interdiction de bouger !

— Et de boire, on se demande bien pourquoi ! grommela Iain en s'approchant. Pas même un bon *uisge* !

Là encore, les retrouvailles furent enthousiastes et les plaisanteries allèrent bon train.

Darren leur apprit aussi que Gordon, Fillan, Larkin et Barabal étaient rentrés au château Saint Clare et devaient attendre – tout comme le reste des membres du clan – de leurs nouvelles.

Viviane et Merzhin se présentèrent à leur tour, les remerciant chaleureusement de tout ce qu'ils avaient accompli pour la survie du monde des hommes et pour eux-mêmes, et leur firent promettre de venir leur rendre visite sur les terres MacTulkien, qu'ils comptaient rejoindre en compagnie de Seaumas, de son armée et... du Gardien, celui-ci ayant choisi de s'installer dans la montagne, près de la Forge ancestrale.

— Tu as le dragon, nous avons le nôtre : Barabal ! plaisanta Cameron en saluant Seaumas.

— *Aye* ! s'amusa le laird avec une émotion retenue dans

la voix. Ce fut un honneur de combattre à tes côtés, fils des Dieux ! ajouta-t-il plus cérémonieusement avant de prendre congé.

Merzhin s'approcha alors, plongeant son regard intense dans celui de Cameron et hocha la tête tandis qu'un doux sourire venait ourler ses lèvres.

— Votre ennemi s'appelait Dymas Lómion, quatrième fils d'une lignée d'Enfants des Dieux connus aussi sous le patronyme *d'Enfants du crépuscule*. C'était une lignée sombre de par leur sang humain, portée sur la magie noire. Cependant, Dymas était le plus funeste de tous. Je l'ai rencontré alors qu'il avait tout juste huit ans, sur ses terres jouxtant celles des MacTulkien... Oui, vous avez compris, je parle du domaine de Creag Mary qui appartient désormais à vos amis les MacLeod.

Cameron écarquilla les yeux d'étonnement, tandis qu'Elenwë, toujours blottie dans ses bras, fronçait les sourcils.

— Je n'ai jamais entendu parler de cette lignée, souffla-t-elle, effarée. Qui est la divinité qui s'est unie à un de leurs aïeux ?

— Je n'en ai aucune idée, et la réponse restera certainement dans le néant, si je puis m'exprimer ainsi, fit Merzhin en hochant la tête et en souriant légèrement. Peut-être que vos parents vous renseigneront un jour. Pour en revenir à Dymas Lómion, je l'ai rencontré lors d'une de mes « escapades » hors des terres MacTulkien, peu de temps avant que Viviane et moi soyons obligés de partir pour notre long périple. C'était un enfant malingre, au sourire inexistant, et aux yeux terriblement froids. Cet enfant m'a tout de suite mis mal à l'aise et me fixait comme si j'étais un insecte nuisible tandis que sa fratrie se présentait à moi et que je les saluais en retour en donnant mon nom.

— C'est à cet instant là que le futur Dieu des ténèbres a compris que vous représentiez une menace ! s'exclama Elenwë. Et par la suite, en tant que liche, il a tout de suite fait le rapprochement du Merzhin de son enfance avec celui que l'on nommait le Légendaire !

— Oui, sans nul doute, acquiesça Merzhin. Seulement, il ne savait pas que Viviane et moi avions changé nos physionomies quand il a donné l'ordre d'anéantir la guilde de Mir. Il a focalisé ses troupes démoniaques vers un homme jeune et non un vieillard, pensant que mes pouvoirs m'avaient protégé du temps. C'est certainement ce qui m'a sauvé, ainsi que le fait que les membres de la guilde aient eu l'idée de me percher sur la plus haute branche du chêne millénaire.

— Vous vous souvenez de tout ? s'enquit Cameron.

— Oui... maintenant. Mais il a fallu les soins de votre charmante famille pour que je puisse me rétablir dans les temps. Votre mère, Awena, est une grande dame, au cœur pur... Je ne la remercierai jamais assez pour l'aide qu'elle m'a apportée.

Merzhin se tut et enroula amoureusement son bras autour des épaules de Viviane qui ne le quittait pas des yeux.

Ils discutèrent encore un instant et firent serment de se retrouver très bientôt.

Les membres des deux clans se saluèrent et les MacTulkien regagnèrent leurs terres en empruntant les passages célestes, devenus extrêmement commodes pour abroger les distances et se sentir plus proches les uns des autres.

Ne restèrent plus que les gens du clan Saint Clare, ainsi que leurs druides et *bana-bhuidseach.* Tous décidèrent, avant de partir à leur tour, d'incinérer les restes des créatures maléfiques, comme les corps de ceux qui avaient valeureusement combattu à leurs côtés et donné leur vie afin de permettre à Cameron d'accomplir sa tâche.

La journée touchait à sa fin, quand les cérémonies d'adieux aux défunts s'achevèrent.

Enfin, Darren et Iain s'en allèrent avec leurs Highlanders et leurs magiciens pour laisser le temps à

Elenwë et Cameron de se retrouver pour un moment de paix unique, là, au sein de ce lieu sacré, tandis que le soleil couchant déployait la palette de ses chaudes couleurs.

— Rentrons-nous à la maison ? chuchota Cameron, son regard bleu chargé d'amour posé sur le beau visage d'Elenwë.

Elle cilla en cessant de fixer le ciel rougeoyant et dévisagea Cameron.

— Chez... nous ?

— *Aye* ! gronda-t-il en fronçant les sourcils, dans un air faussement menaçant. As-tu oublié le plaid ? As-tu omis que tu es ma femme ?

Elenwë ne put retenir un rire.

— Non, mon cher mari... Je ne pourrai jamais l'oublier ! Mais...

— Mais ? s'enquit Cameron qui ne put masquer un trouble d'anxiété.

— Je rêve d'une union comme tes parents, et comme celle de Lisa et de Logan... Une union dans le Cercle des Dieux ! Là où tout a commencé... murmura Elenwë avec beaucoup d'émotion.

Cameron soupira en fermant un instant les paupières de soulagement et sourit joyeusement.

— *Mo chridhe, aye*... et cela sera la plus belle cérémonie nuptiale de tous les temps ! s'écria-t-il en l'embrassant passionnément et en l'entraînant sur les chemins célestes qui les mèneraient tout droit dans le Cercle sacré des terres Saint Clare.

Ils rentraient chez eux, vivants, et fabuleusement heureux.

L'horizon était lumineux et leur destin, plein de promesses.

Tout était accompli...

À une exception près !

Épilogue

Oui, la cérémonie nuptiale d'Elenwë et Cameron fut sans conteste la plus somptueuse de tous les temps et se déroula dans le Cercle des Dieux une semaine, jour pour jour, après leur retour très attendu du Haut lieu Enchanté : Stonehenge.

Furent invités aux noces : Seaumas, Viviane et Merzhin, ainsi que l'incontournable et légendaire Gardien.

L'union marqua les esprits, cependant, le dragon blanc usurpa peu à peu la vedette au couple en créant un engouement certain au sein du clan Saint Clare. Les gens étaient comme hypnotisés par le magnifique reptile, tous voulaient l'approcher et toucher ses écailles luminescentes.

La créature céleste se prêta gentiment au jeu et devint la coqueluche de tous les enfants du domaine, sans parler de Barabal qui ne le quitta pas et s'entêta à l'appeler « *Petit, petit !* », comme si elle s'adressait à un minuscule animal plutôt qu'à un dragon aussi imposant qu'un immeuble de quatre étages.

Et dire que ce n'était qu'un bébé ! Les MacTulkien allaient avoir du souci à se faire pour le loger quand il atteindrait sa taille adulte...

Cameron mit également à l'honneur Tikitt – en digne sauveur du monde – qui se vit offrir comme récompense de sa bravoure, le gage d'avoir pour toute sa vie une gamelle des meilleurs plats d'Odette, servie bien avant que les seigneurs et dames du château ne soient attablés !

Vers la fin de l'an 1416, qui avait connu des débuts mouvementés, obscurs et tragiques, le clan fêta euphoriquement l'arrivée très attendue de non pas un bébé

Saint Clare... mais quatre !

Eloïra, pour Darren et Awena, qui tombèrent tout de suite sous le charme de celle qu'ils appelleraient désormais leur « rayon de soleil ».

Dàrda et Dagon, des jumeaux, pour le couple Logan et Sophie-Élisa qui rêvaient de fonder une grande famille et furent dès lors comblés au plus haut point... Jusqu'à ce que les nuitées se fassent très, très courtes...

Et enfin, trois mois plus tard, début 1417, juste avant la fête d'Imbolc, naquit Liam, fils d'Elenwë et de Cameron. Ce dernier en devint presque gâteux, tant il s'amusait à faire rire son digne *mac* en grimaçant constamment.

Sa tante Aigneas avait beau lui seriner que le nourrisson ne « souriait pas », mais faisait des mimiques parce qu'il digérait son lait maternel, Cameron persistait et faisait le singe, fier des réactions hilares de son enfant !

Et les années passèrent, emplies de rires et de vie.

En 1418, les aînés de la nouvelle génération Saint Clare se métamorphosèrent en véritables petits monstres à la naissance de leurs cadets : Iona et Rowan, des jumelles – encore –, pour Logan et Sophie-Élisa qui jurèrent qu'on ne les y reprendrait plus et une superbe Viviana pour Elenwë et Cameron... qui se remit à grimacer de plus belle, au grand amusement d'Elenwë et aux soupirs désabusés d'Aigneas.

Mais où s'était caché le farouche guerrier highlander ?

Pouf ! Transformé en papa gâteau, ou *fol*, tout dépendait des instants...

Cependant, tous s'émouvaient de voir combien cet homme torturé du passé s'épanouissait dans sa vie et resplendissait de bonheur.

L'an 1423 apporta son lot de joies et d'angoisses quand les enfants contractèrent successivement des maladies infantiles. Puis le rire revint... pour un temps.

L'ombre du jour fatidique où Eloïra devait faire sa funeste chute de cheval approchait et l'attitude de Cameron se modifia à nouveau.

Plus l'heure avançait, plus il se retranchait sur lui-même, enroulé d'une aura sombre dont personne ne comprenait la provenance à part Elenwë, seule détentrice avec lui de ce lourd secret.

Tous deux en avaient décidé ainsi, pour pouvoir agir au bon moment sans provoquer la panique au sein des membres de la famille.

Awena et Darren avaient connu assez d'angoisses pour ne pas ajouter ce tourment à leur compte.

Cameron s'en allait, jour après jour, dans l'ombre des pas d'Eloïra. Elle était, à presque six ans, sans nul doute la cheftaine de la nouvelle génération, ses cousins et cousines lui obéissant au doigt et à l'œil.

Eloïra était une flamme vive, attirant les siens comme les papillons de nuit le seraient d'une envoûtante lumière. Elle riait et le monde resplendissait et à l'inverse, quand il lui arrivait de pleurer, alors le ciel s'assombrissait et déversait lui aussi des trombes d'eau sur les terres Saint Clare.

Elle communiait avec les éléments et eux fusionnaient avec elle. Ses pouvoirs étaient sans conteste surpuissants.

La veille du jour fatal pour la fillette, Elenwë, enceinte de huit mois, prit en aparté son charismatique mari :

— Cameron, murmura-t-elle en se lovant dans un fauteuil à bascule, spécialement rapatrié du XVIIIe siècle pour « relaxer » les futures mères.

Cependant, elle n'y resta pas, se redressa difficilement, et fit signe à Cameron de s'asseoir à sa place.

— Tu veux que je m'installe là-dedans ? souffla-t-il en écarquillant les yeux et en pointant le doigt vers la berceuse qui brandillait[32] toute seule.

— Oui, s'il te plaît mon amour, minauda Elenwë en battant ingénument des cils.

Oh, oh... Cameron connaissait cette moue-là, sa douce princesse avait quelque chose à lui annoncer et comme toujours, ce serait de la plus haute importance !

---

32 *Brandillait : (Vieux) verbe balancer.*

Tout compte fait, il valait mieux qu'il s'assoie !

— Je t'écoute, marmonna-t-il en adoptant une fausse attitude de nonchalance et en maudissant intérieurement le balancement intempestif du fauteuil alors qu'il s'efforçait de garder un air digne.

Elenwë se mordilla la lèvre pour ne pas rire, redevint sérieuse et caressa son ventre imposant tout en cherchant ses mots.

La grossesse lui sied à ravir, songea Cameron très fier de lui... un peu moins en réalisant que l'accouchement serait pour bientôt.

— Hum... Bien ! Mon amour, je ne vais pas y aller par quatre chemins, ni tourner autour du pot, et encore moins...

— C'est ce que tu fais, grommela Cameron en reculant énergiquement son siège pour le caler contre le mur de pierres de leur chambre et en basculant burlesquement vers l'avant, coincé par la position du maudit meuble.

— Ne m'interromps pas et cesse de jouer avec le fauteuil, tu risques de le casser !

— Ça serait trop beau...

— Pardon ?

— Je disais qu'il est très beau ! s'exclama Cameron, tout sourire. Mais parle, *mo chridhe* ! Je t'écoute !

Elenwë le jaugea du regard, prit son courage à deux mains et lui raconta ce qu'elle savait :

— Je me suis souvenue d'une chose la nuit passée. Bizarrement et très heureusement pour nous, d'ailleurs, que cela soit avant la journée de demain où Eloïra...

La voix d'Elenwë se transforma en un lent soupir attristé avant qu'elle ne reprenne la parole vaillamment :

— Quand tu la sauveras de sa chute de cheval, attends-toi à réitérer ce geste-là toute la journée, et ce, jusqu'au coucher du dernier rayon de soleil.

Cameron cilla et s'extirpa de son fauteuil.

Il avait pâli sous son hâle et dominait maintenant sa tendre et douce femme qui affronta courageusement son bleu regard froid.

— Ce qui veut dire ? réussit-il à demander alors que son cœur battait la chamade.

— Son destin est de trépasser demain, cela fait partie de son existence depuis le jour de sa naissance et normalement, ni les hommes, ni les Dieux n'ont le droit d'intervenir. La Mort rôdera autour d'elle et te barrera le chemin. À chaque fois qu'elle échouera et que tu remporteras une victoire, elle tentera d'obtenir son dû par un autre moyen...

Cameron passa une main nerveuse dans sa chevelure et se mit à faire les cent pas.

— Ce qui signifie que demain sera la journée la plus longue de mon existence, gronda-t-il. Je gagnerai Elenwë, il le faut !

Jour J...

La chute de cheval fut évitée en début de matinée. Cameron remporta sa première bataille en réceptionnant dans ses bras le corps doux et chaud de sa petite sœur Eloïra alors que sa monture venait de la désarçonner.

Il en fut de même lorsqu'elle grimpa dans le pommier, près du jardin de simples[33] d'Awena, et que, malencontreusement, une branche céda sous son poids de plume, idem lorsqu'elle escalada une échelle dans la grange à foin et qu'un barreau céda sous son minuscule pied alors qu'elle se trouvait à deux mètres du sol... où traînaient des fourches et des faucilles négligemment abandonnées.

La Mort corsait les difficultés à chaque nouvelle épreuve !

Les choses se compliquèrent au déjeuner, alors que Cameron venait d'interchanger la chaise d'Eloïra avec celle de Larkin qui s'écroula sur les dalles dures du sol dans un bruit de bois cassé, et qui, par la suite, dévisagea Cameron

---

33 *Simples : herbes destinées à la préparation d'onguents pour les soins.*

avec de grands yeux outrés.

— *Och !* Tu veux me tuer ? s'exclama-t-il en se redressant difficilement et en se frottant le bas des reins.

Son comportement, une fois à table, attira d'abord la curiosité d'Awena, puis le froncement de sourcils agacé de Darren quand Cameron écrasa méticuleusement chaque aliment que devait manger la fillette.

— Cameron ! gronda Darren. Ta *piuthar* (sœur) a passé l'âge d'engloutir de la purée ! Nous savons tous que tu seras très bientôt à nouveau *athair*, mais avec deux aînés avant ton bébé à venir, il semblerait que tu n'aies plus rien à apprendre !

Eloïra gloussa en voyant rougir les joues de son grand frère et ouvrit la bouche en grand tout en lui faisant un clin d'œil complice pour enfourner un nouvel arrivage de pommes de terre écrasées.

— Cameron, s'enquit Awena. Ton propre repas va refroidir, laisse Eloïra s'alimenter toute seule.

— Ne le gronde pas maman, pouffa la fillette, ses yeux verts s'illuminant de reflets amusés. J'ai gagné un pari ce matin, et Cameron doit m'obéir... pour tout !

Pas encore six ans, et déjà très futée, songea intérieurement Cameron en souriant malgré lui et en croisant le regard sérieux d'Elenwë qui, à l'évidence, s'inquiétait pour tous les deux.

Cependant Eloïra était très intelligente et quatre accidents évités en une demi-journée, grâce au secours de son frère, devaient avoir éveillé son immense curiosité.

Et puis... comment expliquer le fait qu'il soit perpétuellement à ses côtés ? Où qu'elle aille ?

Cela risquait de compliquer encore plus la donne ! Surtout si la petite se mettait en tête de fausser compagnie à Cameron, juste pour voir ce qui pourrait se passer sans lui.

Ce qu'elle ne manqua pas de mettre au point et de réussir, Cameron étant momentanément distrait par les chamailleries de ses enfants, Liam et Viviana.

— Je m'en occupe ! lança Elenwë. Va, Eloïra a déjà pris la poudre d'escampette !

Mais où était-elle partie ?

Cameron la vit passer sur le pont-levis surplombant les douves au moment même où Barabal et son Bob dit l'âne s'avançaient en sens inverse.

Il s'élança, aperçut Eloïra faire un pas de côté pour éviter les nouveaux arrivants... et perdre l'équilibre.

Il la rattrapa in extremis au moment où son corps tombait vers les eaux boueuses, mais déstabilisa dans le même temps la *Seanmhair* qui de son côté avait également voulu porter secours à la petite !

C'est elle qui tomba dans un – court – hurlement avant de faire un monstrueux plat à la surface de l'immonde liquide et de disparaître sous sa surface vaseuse.

— Baba ! cria Eloïra en gesticulant pour s'échapper des bras de Cameron et venir en aide à la vieille *banabhuidseach*.

— Que se passe-t-il encore ! s'écria Iain, lui aussi intrigué et qui venait d'arriver sur les lieux.

— J'ai évité la chute à notre « rayon de soleil », mais Barabal est tombée ! expliqua Cameron en serrant les dents. Et toi ? Me promets-tu de rester sage un instant si je te libère ? demanda-t-il à la minuscule furie qui se débattait toujours.

— Promis ! lui répondit sa douce voix flûtée.

Bien sûr, elle n'en fit rien du tout et courut vers la berge pour tendre un bâton à Barabal qui hurlait qu'elle se noyait.

— Seanmhair ! cria à son tour Iain. Tes jambes ! Mets-toi debout !

Comment pouvait-on se noyer dans une eau qui arrivait aux genoux ?

Et comment Barabal avait-elle pu sortir indemne de cette mésaventure, sachant que la Mort avait prévu le piège pour Eloïra ?

Et les déboires de Cameron et de la petite

continuèrent...

Sauf qu'au fur et à mesure que le temps passait et que la journée touchait à sa fin, les membres de sa famille s'étaient mis en tête de le suivre pas à pas et se rendirent compte, effarés, du danger qui ne cessait de se dresser sur la route de la fillette.

Elle échappa de justesse, grâce à Darren, à un éboulis de pierres tombant des hauteurs d'un moulin en construction. Puis au feu, des étincelles s'envolant d'un bûcher de rameaux venant s'accrocher à sa robe de velours, vite éteintes par un jet d'eau qu'Awena appela de sa magie.

Il était alarmant de se rendre compte à quel point tout devenait un danger mortel, jusqu'à cette soi-disant inoffensive brindille dans laquelle Eloïra donna un coup de pied avant de perdre l'équilibre et de manquer s'empaler dessus, s'il n'y avait eu l'aide salvatrice de Iain.

Une brindille aussi néfaste qu'un pieu ? Cela ne pouvait plus continuer !

— Cameron ! s'écria Awena, son visage déformé par l'inquiétude, éclairé par les derniers rayons rougeoyants du soleil couchant et prenant sa fille dans ses bras tremblants. Quelque chose qui nous dépasse est à l'œuvre en ce moment autour de nous ! Dis-moi ce qui se trame !

— *Màthair*, soupira Cameron, épuisé, en soutenant les regards inquisiteurs de Darren et de Iain. Le soleil est sur le point de disparaître, dès que cela sera chose faite, je vous promets de tout vous expliquer !

— Cam... gémit Eloïra en s'avançant vers lui, sa jolie frimousse encore pouponne accusant le contrecoup de la fatigue et de la peur qu'elle essayait bravement de cacher. Je ne veux plus jouer et si...

Elle ne put finir sa phrase et ses beaux yeux verts s'arrondirent d'effroi tandis que le sol tremblait sous leurs pieds et les déséquilibrait tous en les séparant les uns des autres.

Elenwë qui les avait elle aussi suivis s'accrocha

désespérément au tronc d'un chêne à l'orée de la forêt ancestrale et du grand pré d'entraînement.

Elle hurla de terreur, au même moment que Cameron, quand elle vit la terre s'ouvrir sous Eloïra et son corps être aspiré dans le gouffre à peine né.

Son hurlement aigu leur perça le cœur et la douleur les statufia tous sur place.

— *Naye !* cria désespérément Darren en se redressant agilement et en s'élançant vers la gigantesque crevasse.

Non ! La Mort n'avait pas pu emporter Eloïra, pas alors que le soleil disparaissait enfin et que la nuit apportait la délivrance tant attendue de Cameron.

Il arrivait au bout !

Et il avait échoué !

L'ombre pouvait bien cacher ses larmes, mais le silence pesant de l'instant porta plus fortement encore les gémissements torturés qui sortaient de sa poitrine.

— Cameron... l'appela Elenwë. Regarde !

Là, du fond de la crevasse, une lueur laiteuse se faisait de plus en plus présente et quelques secondes plus tard, Eloïra réapparaissait, soutenue par les bras évanescents du Dieu Lug en personne.

Elle dévisageait la divinité comme si elle contemplait la plus belle des merveilles, et bizarrement, Lug paraissait faire de même vis-à-vis de la fillette.

— Père ! s'écria Elenwë, un sanglot dans la voix. Vous l'avez sauvée !

Lug sembla s'apercevoir de ce qui l'entourait, s'éleva encore un peu au-dessus du gouffre et le referma par sa magie céleste.

L'instant suivant, il remettait son précieux fardeau dans les bras d'Awena.

— Lug... murmura Cameron, en s'approchant pour caresser la joue de la fillette du bout de ses doigts tremblants.

— Fils des Dieux, souvenez-vous de la promesse que je

vous ai faite, il y a de cela une pincée de sable dans le temps : *Ne plus laisser les enfants mourir*. À présent, toutes vos quêtes sont achevées et votre sœur vivra longtemps, car elle est promise à un destin...

— Père ! Vous nous avez juré de ne plus interférer dans nos existences ! gronda Elenwë même si elle était extrêmement touchée par le secours prodigieux que Lug leur avait apporté.

— Je n'ai rien à faire, je viens de lire son nouveau chemin de vie dans la clarté de ses yeux... Au revoir mes enfants, vivez heureux !

Non ! Il partait ainsi ? Aussi vite ?

Eh oui !

Awena appela les lucioles pour que leur lumière les aide à se retrouver tous dans l'obscurité alors que Darren prenait tendrement sa fille dans ses bras.

À peine eut-elle posé la tête sur son épaule, qu'elle s'endormit.

Ils rebroussèrent chemin et Cameron se mit en devoir de leur narrer le secret de cette journée sans fin.

Par les Dieux ! Grâce à Lug, tout s'était bien fini et la Mort s'en était retournée dans son antre.

Les questions et réponses fusaient et Elenwë mêla sa voix à celle de son Highlander de mari tandis qu'elle se blottissait contre lui.

Cameron était épuisé, mais heureux...

Pourtant, les derniers mots de Lug ne laissaient pas de l'intriguer : *Votre sœur est promise à un destin...*

Un destin... et, quoi ?

Non, décidément, la vie des Saint Clare n'était pas auréolée de tranquillité et ne le serait pas avant longtemps !

Quel était donc l'avenir d'Eloïra ?

Ah... si seulement Cameron avait pu être devin...

Note de l'auteur

Les connaisseurs auront noté l'hommage que je désirais apporter à J.R.R. Tolkien par le biais de certains noms ou termes.

D'autres, spécialistes des RPG, se demanderont si j'ai oublié le « phylactère » en rapport avec la liche, ce à quoi je réponds : non. Car j'ai choisi intentionnellement son « nom véritable » pour la détruire.

Certains lieux ont été inventés de toutes pièces pour les besoins du tome 3. Vous ne trouverez nulle part les terres de Creag Mary ou celles des MacTulkien...

Un énorme merci à tous les lecteurs et fans, si nombreux.

Remerciements à ma famille, à mon âme-sœur et mes enfants, qui ont pris sur eux pour me laisser travailler et m'ont constamment encouragée.

Remerciements à ma fidèle amie, Solange Guilhamat, pour m'avoir suivie et guidée avec autant de patience et de gentillesse.

Remerciements à mon comité de lecture et au « clan » avec vos avis qui m'ont tant émue et touchée, et n'hésitez surtout pas à partager vos commentaires ailleurs sur les sites.

Amicalement et tendrement

Linda Saint Jalmes

www.ingramcontent.com/pod-product-compliance
Lightning Source LLC
LaVergne TN
LVHW040131080526
838202LV00042B/2870